Antje Diewerge

Sammelband

Donia und die Islandpferde
Donia auf dem Islandhof
Donia, Island und die Folgen

TIERBUCHVERLAG
Irene Hohe

Impressum:

Titelfotos:
© Irene Hohe Pferdefotografie
www.pferdefotos.de

Sie zeigen:
„Iona vom Bartenstein“ (Bes.: Fam. Kompagne),
„Vingur vom Hochwaldhof“ (www.gestuet-steinachtal.de),
„Rokko vom Moarschusterhof“ (Bes.: V. Kremmer) und
„Vina von Hammersdorf“ (Bes.: N. Ebner)

Einbandgestaltung und Illustrationen:
Antje Diewerge, www.antjediewerge.de

Die Namen der Personen und die Handlung sind frei erfunden.

1. Auflagen 1990, 1992 und 1993: Selbstverlag Antje Diewerge
Bearbeitete Auflage: © Tierbuchverlag Irene Hohe 2014
www.tierbuchverlag.de

ISBN: 978-3-944464-18-3

Druckerei Bussard, Gundelsheim
www.bussard.de

Antje Diewerge

Donia und die Islandpferde

TIERBUCHVERLAG
Irene Hohe

Inhaltsverzeichnis

Eine Entdeckung im Regen

Donia hatte die Landstraße verlassen und nach rechts einen holprigen Feldweg genommen. Dann war sie links einige Kilometer auf einer kurvenreichen Nebenstraße weitergeradelt und schließlich wieder rechts in eine schmale Pappelallee abgebogen. Als sie bemerkte, dass die mit Kopfstein gepflasterte Allee an einem abseits gelegenen Gehöft endete, hielt sie an. Sie strich sich seufzend die dunkelblonden Ponysträhnen aus der Stirn und kehrte um.

Die Sonne stand drückend über der flachen Heidelandschaft. Donia krempelte während des Fahrens die Ärmel ihres Shirts bis zu den Schultern hinauf. Dass es heute noch so heiß werden könnte, damit hatte sie nicht gerechnet, als sie vormittags zu ihrer Entdeckungstour aufgebrochen war. Da hatte sie sogar noch ihren Anorak überziehen müssen, weil ein frischer Wind wehte.

Inzwischen klemmte die Jacke auf dem Gepäckträger, und selbst der dünne Stoff des Shirts war ihr jetzt zu warm. Alle Augenblicke zupfte Donia daran, um sich ein wenig Abkühlung zu verschaffen.

Donia und ihre Mutter waren erst vor wenigen Tagen, kurz nach Beginn der Sommerferien, aus dem südlichen Niedersachsen hierher an den Rand des Naturparks Lüneburger Heide umgezogen.

Anstatt in einem Wohnblock an einer innerstädtischen Hauptverkehrsstraße wohnten sie nun in einem Einfamilienhäuschen mit Garten vor den Toren der Stadt, in der sie nach den Ferien zur Schule gehen und ihre Mutter arbeiten würde.

Hinter den Gärten der Ortschaft begannen bereits die Äcker und Weiden der Bauern, und Donia hatte sich sofort ausgemalt, wie schön es wäre, hier gleich hinter dem Haus ein eigenes Pferd zu halten, auf dem sie jeden Tag lange Ausritte unternehmen könnte. Sie nahm schon seit gut drei Jahren Reitstunden und konnte sich ein Leben ganz ohne Pferde kaum noch vorstellen.

Fast mehr noch als ihre Freundinnen vermisste sie daher auch die Stute Felina, eine elegante Haflingerkreuzung und ihr erklärtes Lieblingspferd aus dem Reitverein. Felina hatte sie immer freudig begrüßt, wenn sie zu ihr in die Box gegangen war und war vor lauter Übermut und Vorwärtsdrang kaum zu halten gewesen, sobald die Reitlehrerin bei gutem Wetter das Tor der Halle geöffnet hatte, um mit der Abteilung ins Gelände zu gehen.

Mit Felina hier in der Heide auszureiten, wo jeder Sandweg regelrecht nach einem, ausgiebigen Galopp verlangte, das müsste das Höchste überhaupt sein. Aber Felina war weit, und so angestrengt Donia auch Ausschau hielt und lauschte, es schien hier in dieser Gegend nichts zu geben, das nur im entferntestem einem Reitstall ähnelte. Nicht einmal ein Wiehern oder Schnauben war von irgendwoher zu hören.

Stattdessen hörte Donia plötzlich ein leises Zischen, das ganz eindeutig aus dem Hinterreifen ihres Fahrrads kam. Sie hielt an und stieg ab. Eine lange, schmale Glasscherbe hatte sich tief in den Reifen hineingebohrt und hinterließ ein ansehnliches Loch, als Donia sie vorsichtig herauszog. Der Reifen seufzte laut und wurde endgültig schlapp. Donia hatte nicht daran gedacht, Flickzeug mitzunehmen. Verärgert schlug sie mit der flachen Hand auf den Sattel.

Aus der dunklen Wolkenwand, die sich in der Zwischenzeit unbemerkt am Horizont zusammengebraut hatte, antwortete ihr ein dumpfes Donnergrollen. Es sah nach einem kräftigen Gewitterschauer aus. Donia zog ihren Anorak an, machte erneut kehrt und schob ihr Rad so schnell die Straße entlang, wie es der schlackernde Hinterreifen zuließ. Vielleicht konnte sie das Gehöft am Ende der Allee noch erreichen, bevor der Schauer losbrach.

Zu spät. Schon klatschten ihr die ersten schweren Regentropfen in den Nacken, und kurz darauf schüttete es bereits wie aus Eimern. Ehe Donia sich versah, klebten ihr Anorak und Jeans wie nasse Waschlappen auf der Haut, ihre sonst so keck abstehenden kurzen Haare hingen nur noch in traurig tropfenden Fransen herunter und aus den völlig durchweichten Turnschuhen quoll bei jedem Schritt gurgelnd das Wasser heraus. Als sie dann endlich das Gehöft erreichte, hatte sie kaum noch einen trockenen Faden am Leib und glich mehr einer aus dem Teich gezogenen Katze als einem vierzehnjährigen Mädchen.

Sie ließ ihr Fahrrad an der Hauswand stehen und flüchtete sich durch das große, grün gestrichene Eingangstor auf die Diele des Fachwerkgebäudes. Dort zog sie als erstes den Anorak aus und wischte sich damit den Regen aus Gesicht und Haaren. Dann tastete sie sich weiter ins Halbdunkel des großen, gepflasterten Innenraumes vor, um die Bewohner des Hauses zu suchen und sich bemerkbar zu machen. Sonst hielten die fremden Leute sie womöglich noch für eine Einbrecherin.

An der langen Dielenseite rechts vom Eingang nahm sie eine halbhohe hölzerne Trennwand und an der Außenwand dahinter, eine lange Raufe wahr. Donia vermutete, dass es sich um einen Laufstall für Rinder handelte, konnte aber kein Vieh entdecken. Überhaupt war es hier für ein Bauernhaus ungewöhnlich still, fast schon unheimlich.

Umso erschrockener fuhr sie zusammen, als sie plötzlich links von sich etwas rascheln hörte. Hoffentlich gab es hier keine Ratten. Sie schauderte allein schon bei dem Gedanken daran. Doch dem Rascheln folgte ein Schnauben, und über die Tür einer Pferdebox reckte sich neugierig ein weißer Ponykopf mit aufgeregt verdrehten Augen und weit geblähten Nüstern. Donia lachte vor Erleichterung und Freude. Ein Pferd. Sie mochte es kaum glauben. Nun war sie stundenlang unterwegs gewesen, um nach Pferden zu suchen, und ausgerechnet in diesem abgelegenen Bauernhaus musste sie eins finden.

„Ach du Armes. Bist du hier ganz allein in der Dunkelheit?“

Sie lehnte sich über die Boxentür, um dem Schimmel den Hals unter der dicken Mähne zu streicheln. Doch noch ehe sie dazu kam, hatte das Pony bereits mit seinen gummiartigen Lippen nach ihrem Shirt geschnappt. Schnell zog Donia ihre Hand wieder zurück. Der Schimmel rümpfte die Nase und entblößte dabei seine gelben Zähne. Es sah aus, als würde er lachen.

„Ha, ha, sehr komisch“, sagte Donja und wischte sich die Ponyspucke vom Ärmel. „Aber du hast ja recht. Was muss ich auch gleich auf dich losstürzen. Hier, riech erst mal, wer ich bin.“ Sie hielt dem Pony ihre Hand hin.

Der Schimmel war weder an Donias Hand noch an weiteren

Kostproben ihres Shirts interessiert. Er schob seinen Kopf mit dem dichten Stirnschopf jetzt schlangengleich um die Ecke und lauschte erwartungsvoll mit gespitzten Ohren in Richtung Dieleneingang.

Im nächsten Moment wurde das Tor von außen geöffnet. Die Deckenbeleuchtung ging an und zwei Reiterinnen in bodenlangen Regenponchos, führten unter lautem Hufgeklapper, vier weitere Ponys herein; zwei davon gesattelt, die anderen nur aufgehalftert. Ihnen allen troff das Wasser aus Schweif und Mähne, sodass sich rund um ihre Hufe sofort kleine Pfützen auf dem Dielenpflaster bildeten.

Die größere der beiden Reiterinnen, die einen kompakten Fuchsschecken und einen grazilen Mausfalben hereingeführt hatte, schob die Kapuze ihres Ponchos von ihren wirren, dunklen Locken und hielt mitten in der Bewegung inne, als sie Donia entdeckte.

„Mir scheint, wir haben Besuch“, sagte sie zu der anderen Reiterin, einem etwa sechzehnjährigen Mädchen, das sein glattes, hellblondes Haar zu einem dicken Zopf geflochten trug.

„Entschuldigen Sie“, sagte Donia und wrang verlegen den Saum ihres Shirts aus. „Ich habe mich hier nur vor dem Regen untergestellt.“

„Aber wie man sieht, wohl nicht mehr rechtzeitig.“ Die Frau lächelte freundlich und warf einen Blick auf Donias nasse Kleidung. „Ich habe mir schon so etwas gedacht, als ich das Fahrrad draußen sah. Es ist doch deins, oder?“

Donia nickte. „Es hat einen Platten.“

„Scheint ja nicht gerade dein Glückstag zu sein.“ Die Frau sattelte den Schecken ab und hakte dem Mausfalben den Führstrick vom Halfter. Die anderen Ponys standen bereits angebunden an der Trennwand zum Laufstall und bekamen von dem Mädchen Schüsseln mit Kraftfutter vorgesetzt. Nachdem die Frau ihre beiden Ponys ebenfalls versorgt hatte, wandte sie sich wieder Donia zu.

„Meine Güte, du bist ja wirklich nass wie eine Wasserratte“, stellte sie besorgt fest. „Bist du so lieb, und nimmst Gyrðirs Sattelzeug mit?“, fragte sie das Mädchen mit dem Zopf. „Ich muss mich wohl erst einmal um dieses nasse Geschöpf hier kümmern. Wie heißt du eigentlich?“ Sie sah Donia an.

„Donia“, antwortete Donia und wurde rot, weil sie nicht gleich daran gedacht hatte, sich vorzustellen. „Donia Kern.“

„Donia? Ein ungewöhnlicher Name.“ Die Frau zog erstaunt die Augenbrauen hoch.

„Na ja eigentlich heiße ich Adonia. Aber Donia gefällt mir besser, wissen Sie?“

„Du kannst mich ruhig duzen, das tun alle hier“, erklärte die Frau und zog ihren Poncho aus. Darunter trug sie ein Shirt, dunkelgraue Reithosen und Stiefel. Auch die streifte sie jetzt ab, ehe sie eine Tür am Ende der Diele öffnete.

„Komm mit. Wir wollen mal sehen, ob wir für dich etwas Passendes zum Anziehen finden. Ach ja, ich heiße übrigens Iris Holzer. Und das Mädchen ist meine Nichte Alex. Eigentlich heißt sie Alexandra, aber ihr geht es mit ihrem Vornamen genauso wie dir.“ Sie schmunzelte.

Donia war ihr in einen fast quadratischen Vorraum gefolgt, von dem weitere Türen abgingen und eine Treppe nach oben führte. In der Ecke unter der Treppe stand eine alte Kommode. Iris zog eine Schublade nach der anderen auf und förderte nach einigem Suchen ein Paar moosgrüne Cordjeans zutage und ein Sweatshirt, das zu seinen besten Zeiten einmal rot gewesen sein mochte. Dazu noch ein Paar dicke graue Wollsocken.

„Versuch es mal damit.“ Sie drückte Donia den Stapel Wäsche in den Arm und wies auf eine der Türen. „Das Badezimmer ist dort. Handtücher liegen im Regal. Ich bin dann wieder bei den Pferden.“

Donia schloss die Tür zum Bad hinter sich und sah sich um. Sie hatte nicht erwartet, in diesem alten Bauernhaus ein ganz gewöhnliches Badezimmer vorzufinden. Es unterschied sich kaum von dem in ihrer Wohnung. Nur dass Kacheln und Einrichtung hier nicht hellrosa waren, sondern weiß. Den einzigen Farbfleck bildete ein schmales, tomatenrotes Regal mit bunten Handtüchern.

Donia befreite sich von ihren nassen Sachen, warf sie in die Badewanne, rubbelte sich gründlich trocken und zog dann an, was Iris ihr gegeben hatte.

So ganz die passende Größe war es nicht. Das Sweatshirt hing ihr fast bis in die Kniekehlen und die Hosenbeine musste sie erst zweimal umkrempeln, damit sie nicht mehr auf den Saum trat. Einzig die dicken Socken passten einigermaßen.

Sie ließ ihre nassen Kleidungsstücke auf dem Badewannenrand liegen, ging zum Stall zurück und fand Iris und Alex in einer kleinen Sattelkammer neben der Box, wo sie über einem steinernen Ausguss die Trensen ihrer Ponys abspülten und die leeren Kraftfutterschüsseln auswuschen.

„Nicht gerade die neueste Pariser Mode, aber dafür trocken“, bemerkte Iris schmunzelnd, als sie Donia in der Tür stehen sah.

„Wir sind hier auch gleich fertig, müssen nur noch die Pferde rausbringen.“ Sie hängte ihr Reithalfter zu einem der vier Sättel an der Wand.

„Oh, darf ich helfen?“, bat Donia.

„Von mir aus gerne“, sage Iris. „Da in der Ecke liegen noch alte Gummistiefel. Irgendwelche davon werden dir schon passen. Nimm dann gleich am besten den Schecken und den Falben, die lassen sich gut zusammen führen. Alex nimmt Bondi und Hvatur und ich kümmere mich um unsere werdende Mutter, das sind ja auch schon fast zwei Pferde.“

Sie nahm ein gelbes Gurthalfter vom Haken und ging damit hinüber zur Box.

Bis Donia passende Stiefel gefunden hatte, war Alex mit ihren beiden Ponys bereits unterwegs. Donia löste die Anbindestricke des Schecken und des fast gleich großen Falben von den Ringen an der Wand und folgte den ersten beiden Ponys durch eine seitliche Schiebetür in den Laufstall, wo sie die Pferde abhalfterten. Als letzte kam Iris mit der Schimmelstute.

Die Ponys hielten sich nicht lange im Stall auf, sondern wanderten gleich im Gänsemarsch durch einen offenen Durchgang weiter in einen teilweise überdachten Auslauf. Donia folgte ihnen interessiert und wäre dabei um ein Haar über den Schecken gestolpert, der sich gleich hinter dem Durchgang zum Wälzen in den Sand geworfen hatte. Wieder und wieder wirbelten seine Beine durch die Luft. Hinter ihm wartete der Falbe im Stall geduldig auf das Freiwerden des Ausgangs.

Der Schimmelstute hingegen dauerte das zu lange. Sie setzte trotz ihres ausladenden Bauches mit einem eleganten Sprung schräg über Schweif und Hinterteil des Schecken hinweg ins Freie und galoppierte dann zielstrebig auf das Gatter zur angrenzenden großen Weide zu. Als sie merkte, dass es verschlossen war, bremste sie ab, schnaubte verärgert und scharrte mit den Hufen.

„Es wird nicht mehr lange dauern“, sagte Iris, die das Verhalten der Stute aufmerksam beobachtete. „Sie hat bereits Harztropfen am Euter. Das Fohlen kann jetzt jederzeit kommen. Vielleicht sogar schon diese Nacht.“

Die Stute stand immer noch am Gatter und trat unruhig von einem Vorderhuf auf den anderen.

Es hatte aufgehört zu regnen. Nur vom Vordach des Auslaufs tropfte es noch ein wenig nach, aber in den Pfützen auf dem gepflasterten Teil spiegelten sich schon wieder die ersten Sonnenstrahlen.

„Wirst du dann bei ihr Nachtwache halten?“ Donia deutete auf die Stute. „Ich würde wahnsinnig gerne mal dabei sein, wenn ein Fohlen geboren wird.“

Iris lachte. „Ich auch. Aber ich schätze, Hyndla wird es genauso machen wie ihre wildlebenden Schwestern und ihr Fohlen ganz allein in den ruhigsten Nachtstunden zur Welt bringen. Ich werde allerdings schon regelmäßig nach ihr sehen, falls doch nicht alles so glatt läuft. Immerhin ist es ihr erstes Fohlen, und manche Stuten haben damit Probleme. Das ist aber eher die Ausnahme.“

Sie sah Donia von der Seite an. „Du hast aber nicht zum ersten Mal mit Pferden zu tun, oder? Wie du eben mit Gyrðir und Jörvi umgegangen bist, das sah jedenfalls nicht unbedingt nach einer Anfängerin aus.“

„Ich reite schon seit drei Jahren“, sagte Donia, „und ich finde Pferde das Allerschönste überhaupt.“

„Ach, deshalb.“ Iris lächelte sie an. „Dann haben sich ja hier genau die richtigen getroffen. Hast du nicht Lust, noch einen Tee mit uns zu trinken? Dann können wir uns noch ein bisschen ausführlicher über Pferde unterhalten.“

Donia legte den Zeigefinger an die Nase und zog nachdenklich die Stirn kraus. „Dann muss ich aber erst zu Hause Bescheid sagen“, sagte sie schließlich. „Kerstin macht sich bestimmt schon Sorgen, weil ich noch nicht zurück bin.“

„Kerstin? Ist das deine Schwester?“, fragte Iris interessiert.

„Nein“, Donia lachte, „meine Mutter.“

Iris schüttelte verwirrt den Kopf. „Und warum nennst du sie dann nicht Mutti oder Mammi oder so?“

„Kerstin sagt immer, sie würde mich ja auch nicht Tochter nennen.“

„Da ist was dran.“ Iris nickte zustimmend. „Na, dann ruf deine Kerstin mal an. Telefon steht auf der Kommode im Flur. Und sag‘ ihr, sie soll sich keine Sorgen machen. Du bist hier nicht unter die Räuber gefallen. Die Anschrift des Hofes findest du auf meinen Visitenkarten, die neben dem Telefon liegen.“

Donia erzählte Kerstin nur ganz kurz von ihrem Plattfuß und dem Regenguss, aber umso ausführlicher von Iris und den Ponys. Dabei betrachtete sie die beiden Fotos, die über der Kommode an der Wand hingen. Auf dem einen Bild stand der Fuchsschecke, der ihr eben noch so brav in den Stall gefolgt war, ungesattelt mit stolz erhobenem Kopf und wehender Mähne in einer weiten, baumlosen Landschaft. Das andere zeigte ihn in schnellem Lauf mit Iris im Sattel.

Donia stutzte. Die Körper- und Beinhaltung des Schecken auf dem zweiten Foto war ungewöhnlich. Aber irgendwo hatte sie so etwas Ähnliches schon einmal gesehen. Sie musste einen Augenblick überlegen, ehe es ihr wieder einfiel. Es war ein Foto aus einem Nachschlagewerk über Ponyrassen gewesen und darunter hatte etwas von Tölt gestanden, einer typischen Gangart der Islandponys. Dann war der Schecke also ein Isländer und das erste Foto war vermutlich noch in seiner Heimat aufgenommen worden.

Donia lächelte. Sie hatte schon immer mal ein Islandpony persönlich kennenlernen wollen.

„Donia, bist du noch dran?" Kerstins Stimme klang fragend aus dem Hörer.

Donia schreckte aus ihren Gedanken auf. „Ja, ich bin noch da", antwortete sie schnell.

„Gut, ich hole dich dann gegen vier Uhr mit dem Wagen ab."

„Ja, prima, bis dann." Donia legte auf.

Sie öffnete auf Verdacht eine Tür, hinter der sie Stimmen, das Klappern mit Geschirr sowie das Pfeifen eines Wasserkessels hörte und fand sich in einer Wohnküche wieder. Alex stellte soeben zwei dickwandige Steingutbecher auf den himmelblau lackierten Tisch und Iris setzte eine dazu passende Teekanne auf dem Stövchen ab. „Hol bitte noch einen dritten Becher", sagte sie zu Alex. „Ich habe Donia zum Tee eingeladen."

Alex warf Donia einen unfreundlichen Blick zu.

Donia sah Iris an. „Ich habe dich gar nicht hereinkommen sehen", sagte sie.

„Und jetzt denkst du, ich bin ein Geist, was?" Iris schmunzelte. „Ich war noch mal bei den Pferden und bin über die Veranda in die Küche gekommen."

Sie deutete auf die dunkelblaue Eckbank. „Setz dich doch. Nimm dir Tee und Kuchen, so viel du magst."

Donia ließ sich nicht zweimal bitten. Sie merkte erst jetzt, wie hungrig sie war, und ihr fiel ein, dass sie seit dem Frühstück nichts mehr gegessen hatte.

„Und was sagt deine Kerstin?", fragte Iris. „Hast du sie davon überzeugen können, dass der Regen dich nicht weggespült hat?"

„Alles in Ordnung", sagte Donia, so deutlich, wie ihr das mit vollem Mund eben möglich war. „Um vier Uhr holt sie mich mit dem Auto ab."

Alex sah Donia verärgert und ihre Tante flehend an. „Aber wir wollten doch noch zum Gut rüberfahren." Sie fasste Iris am Arm.

Iris tätschelte beschwichtigend ihre Hand. „Ob wir nun eine halbe Stunde früher oder später hier wegkommen, ist doch nicht so wichtig. Wir haben Lilo und Bernd ja keine genaue Uhrzeit gesagt."

Alex schnitt sich ein besonders großes Stück des Marmorkuchens ab und stopfte ihn sich grollend in den Mund.

Donia hatte von alledem kaum etwas mitbekommen. Sie konnte von ihrem Platz aus, über die Veranda hinweg, direkt auf den Auslauf sehen und beobachtete die Ponys. Eben veränderte der Schecke seine Position und wandte dem Küchenfenster nun sein breites Hinterteil zu. Donia grinste, als sie seine rotbraune Fellzeichnung sah, die sich als fast gleichmäßiger Ring rund um den weißen Schweifansatz zog.

Iris war Donias Blick gefolgt. „Ich weiß", sagte sie, als könne sie Donias Gedanken lesen. „Er sieht so aus, als wenn er sich auf eine frisch gestrichene Klobrille gesetzt hätte."

Donia prustete laut los. Fast hätte sie dabei ihren Tee verschüttet.

„Armer Gyrðir", bedauerte Iris. „Immer wird er deswegen ausgelacht."

Donia hatte sich wieder gefangen. „Er ist ein Islandpony, nicht wahr?", fragte sie. „Ihr habt aber dann viele verschiedene Ponys hier. Isländer, Haflinger, Fjordpferd, Dülmener. Und die Stute, ist das ein Highlandpony?"

„Wie bitte, was?", fuhr Alex auf, und Donia erschrak vor ihrer barschen Stimme. „Wo siehst du denn hier bitte schön einen Haflinger? Du wirst doch wohl nicht allen Ernstes meinen Hvatur für einen Haflinger halten?"

„Aber das ist doch nichts Schlimmes." Donia sah Alex verwundert an. „Die Mutter meines Lieblingspferdes in der Reitschule ist auch ein Haflinger."

„Mein Hvatur ist aber ein Isländer", presste Alex zwischen den Zähnen hervor.

„Das ... ", sie deutete zum Auslauf hinüber, „das sind alles Isländer. Verstehst du? Und sag bloß nicht noch mal Ponys zu ihnen. Das sind Pferde. Islandpferde."

„Aber von der Größe her sind es doch Ponys", beharrte Donia.

Iris legte Alex besänftigend die Hand auf den Arm. „Von der

Größe her sind es natürlich Ponys“, sagte sie, „aber wir haben uns angewöhnt, sie Islandpferde zu nennen, weil wir sie ebenso respektieren wie ihre größeren Kollegen.“

„Und um den Großpferdereitern endlich klar zu machen, dass Isländer viel mehr sind als nur Kinderponys, nämlich vollwertige Erwachsenenpferde.“ Alex bedachte Donia mit einem weiteren herablassenden Blick.

„Ich habe Ponys nie weniger ernst genommen, nur weil sie kleiner sind als andere Pferde“, verteidigte sich Donia.

„Richtige Pferde?“, fragte Alex lauernd, wobei sie das ‚richtige‘ ganz besonders betonte.

„Andere Pferde“, wiederholte Donia mit fester Stimme.

„Wo reitest du denn?“, schaltete sich Iris jetzt ein. „Hier in der Gegend gibt es doch gar keinen Verein mit Großpferden. Nur ein paar private Halter. Aber die lassen, so viel ich weiß, niemanden sonst auf ihre Pferde.“

Donia schüttelte den Kopf. „Nicht hier, sondern dort, wo wir bisher gewohnt haben“, sagte sie und fügte mit nachdenklichem Gesicht hinzu: „Wir sind erst vor einer Woche in die Heide gezogen. Und ich habe die Radtour heute vor allem gemacht, weil ich gucken wollte, wo es in der Umgebung Pferde gibt.“

„Das ist dir ja auch gelungen.“ Iris schob lächelnd ihren Becher zur Seite. „Aber du hast dir wahrscheinlich etwas anderes vorgestellt, oder?“

„Na ja“, druckste Donia herum, „eigentlich habe ich schon einen richtigen Reitverein gesucht oder wenigstens einen Reiterhof. Und dass das hier kein Reitstall ist, das habe ich schon kapiert.“

„Ach, schon?“, fragte Alex herausfordernd.

Donia beachtete es nicht. „Aber ich habe vorhin schon gedacht, ob ich hier nicht vielleicht ab und zu mal reiten könnte. Ich will es gerne bezahlen oder im Stall mithelfen.“ Sie sah Iris hoffnungsvoll an.

„Mit dem bisschen Mist werden wir noch alleine fertig“, konterte Alex schnippisch. „Dazu brauchen wir deine Hilfe nicht.“

„Moment mal, junge Dame“, ging Iris dazwischen. „Du kommst schließlich nur am Wochenende her, aber dein Hvatur äpfelt auch von montags bis freitags. Da könnte ich ein bisschen Hilfe zwischendurch schon ganz gut gebrauchen. Und warum soll Donia dafür nicht ab und zu Gyrðir reiten dürfen?“

„Aber auf Hvatur kommt sie nicht“, erklärte Alex sofort.

„Davon war auch gar nicht die Rede.“ Iris schaute sie tadelnd an.

Donia war vor Freude schon ganz aufgeregt. Am liebsten hätte sie sich gleich an die Arbeit gemacht. „Wann soll ich kommen?“, fragte sie sofort.

„Lass mich mal überlegen“, sagte Iris. „Heute ist Samstag. Wie wäre es mit Montag. Montagvormittag?“

„Um zehn Uhr bin ich hier“, versprach Donia. Ihre Wangen glühten. Sie nahm einen großen Schluck des kalt gewordenen Tees aus ihrem Becher.

Draußen im Auslauf ging die Schimmelstute eben auf den großen Falben los. Der trollte sich zur anderen Seite.

„Warum war die Stute eigentlich vorhin in der Box?“, wollte Donia wissen.

Iris beobachtete den Schimmel ebenfalls. „Hyndla ist nicht gerne allein“, erklärte sie. „Und wenn wir die anderen beim Reiten als Handpferde mitnehmen, habe ich sie lieber in der Box auf Nummer sicher, ehe sie mir durch den Zaun geht, um uns hinterher zu laufen. Aber bald hat sie ja ihr Fohlen zur Gesellschaft.“

Donia nickte verstehend. „Sind das alles deine Pferde?“ Sie sah Iris an.

„Hvatur gehört mir“, erklärte Alex sofort.

„Ja, Hvatur gehört Alex“, bestätigte Iris. „Gyrðir und Jörvi, die du vorhin rausgebracht hast, das sind meine Pferde. Genau wie Hyndla. Bondi, der Mausfalbe, ist ein Berittpferd.“

„Das heißt, dass meine Tante ihn zur Ausbildung hier hat“, fügte Alex belehrend dazu.

„Ich weiß, was ein Berittpferd ist.“ Donia versuchte, Alex ebenfalls von oben herab anzusehen. Doch es gelang ihr nicht so recht, weil Alex fast einen Kopf größer war als sie.

„Tantchen“, sagte Alex jetzt schmeichelnd und sah demonstrativ hinauf zur Küchenuhr. „Es ist gleich vier Uhr. Wollen wir nicht bald losfahren?“

„Ich kann die paar Minuten gerne draußen auf dem Hof auf Kerstin warten“, bot Donia an.

„Nicht möglich“, sagte Alex spöttisch.

„Das wäre mir ganz lieb.“ Iris klappte den Sitz der Eckbank hoch und gab Donia eine der dort aufbewahrten Plastiktüten.

„Für deine nassen Sachen. Meine kannst du mir ja dann am Montag wieder mitbringen.“

„Mach ich“, versprach Donia.

Sie begleitete Iris und Alex hinaus auf den Hof und setzte sich dann mitsamt ihrem nassen Kleiderbündel barfuß vor dem Dielentor in die Nachmittagssonne, um auf Kerstin zu warten.

„Ist das nicht ein toller Tag heute?“, sagte sie zu einer Schwalbe, die hoch oben über das Dach geflogen kam. Die Schwalbe machte ihr mit einem fröhlichen ‚Kiwitt‘ einen weißen Klecks auf den Fuß.

Nachwuchs und Zuwachs

Donias erster Gedanke, als sie um neun Uhr aufwachte, war, ob Hyndla wohl schon ihr Fohlen bekommen hatte.

Aus der Küche drang Radiomusik und das röchelnde Gurgeln der altersschwachen Kaffeemaschine, Stuhlbeine schabten über den Fliesenboden und die Kühlschranktür schnappte zu.

Alles deutete darauf hin, dass Kerstin bereits das Frühstück vorbereitete. Dabei hätte sie heute am ersten Feriensonntag in aller Ruhe ausschlafen können. Sonst stöhnte sie doch immer darüber, dass sie als Lehrerein jeden Tag so früh aus den Federn musste.

Brutus, der rotgetigerte Hauskater, saß am Fußende von Donias Bett und angelte mit den Pfoten unter der Bettdecke nach ihren Zehen. „Lass das“, schimpfte Donia, schlug die Decke beiseite und stand auf. Barfuß und mit schlafzerzausten Haaren tappte sie über den Korridor, wich im letzten Augenblick den sich dort noch stapelnden Umzugskartons aus und verschwand ins Badezimmer.

„Donia, bist du es?“, rief Kerstin aus der Küche.

„Ja!“, antwortete Donia und fügte leise hinzu: „Wer denn sonst?“

Nachdem sie sich gewaschen, eine Jogginghose und ein Schlabbershirt angezogen hatte und sich ohne sichtbaren Erfolg mit der Bürste durchs Haar gefahren war, ging sie ebenfalls in die Küche. Sie setzte sich auf einen der schönen alten Holzstühle, zog die nackten Füße auf den Sitz und sich das Shirt weit über die Knie. Kerstin sah von ihrer Kaffeetasse auf und lachte.

„Du siehst aus wie ein Wäschesack", scherzte sie. „Ich hoffe, du fühlst dich nicht auch so. Guten Morgen, mein Schatz, gut geschlafen?" Sie beugte sich zu Donia hinüber und gab ihr einen Kuss auf die Wange.

„Ganz gut." Donia füllte ihren Kaffee mit viel Milch auf. „Ich glaube, ich gewöhne mich langsam daran, dass keine Lastwagen mehr an meinem Fenster vorbeidonnern."

„Ja", Kerstin nickte zustimmend, „das geht mir ähnlich. Man muss sich eben auch an die Ruhe erst gewöhnen."

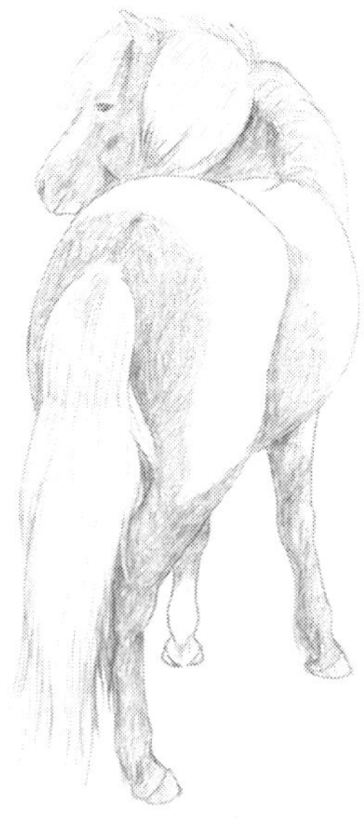

Während Donia sich eine Scheibe Brot schmierte, sah sie immer wieder mit verdrehtem Hals durch das Küchenfenster gen Himmel.

„Suchst du was?“, fragte Kerstin interessiert.

Donia sah sie an. „Ich wollte nur gucken, wie das Wetter wird. Gestern Morgen war der Himmel auch so blau. Und trotzdem bin ich klatschnass geworden. Ich glaube, heute nehme ich lieber gleich eine Regenjacke mit.“

Kerstin setzte die Kaffeekanne ab. „Wieso, wo willst du denn hin? Ich dachte, wir wollten heute zusammen die restlichen Kartons auspacken. Oder was meinst du, warum ich schon so früh aufgestanden bin?“

„Das habe ich total vergessen.“ Donia machte ein zerknirschtes Gesicht und zog den Kopf ein. „Muss das denn unbedingt heute sein? Das können wir doch morgen noch machen. Ich will so gerne zu Iris fahren und sehen, ob das Fohlen schon da ist. Bitte, Kerstin, die Ferien sind doch noch lang genug zum rumräumen.“

„Donia, nein wirklich. Wir hatten es so ausgemacht. Morgen früh muss ich in die Stadt und bis dahin hätte ich die Sachen wirklich gerne aus dem Korridor raus.“ Sie sah Donia an. „Ich denke, du hast dich erst für morgen auf dem Hof verabredet?“

„Ja, schon“, meinte Donia mit flehendem Blick, „aber ich kann mich auf gar nichts anderes konzentrieren, so lange ich nicht weiß, ob Hyndla schon ihr Fohlen hat. Bitte.“

Kerstin steckte die Haarsträhne wieder fest, die ihr aus dem blonden Pferdeschwanz herausgerutscht war. Dann griff sie hinter sich, nahm den Telefonhörer von der Ladestation auf dem Küchenschrank und legte ihn mitten auf den Frühstückstisch.

„Dann ruf auf dem Hof an“, schlug sie vor.

„Ich habe doch die Nummer nicht.“

„Versuche es mal mit dieser“, feixte Kerstin und schob ihr einen Notizzettel zu.

Donia stutzte. „Woher hast du denn Iris‘ Telefonnummer?“

„Sie wurde mir gestern bei deinem Anruf angezeigt. Ich habe Frau Holzer gestern auch noch angerufen. Es interessiert mich schließlich, mit wem du dich da so mir nichts, dir nichts anfreundest?“

„Und?“
„Nichts und. Ich fand, sie hörte sich soweit ganz nett an. Sie hat mir sogar gleich angeboten, dass ich morgen mit dir zusammen rauskommen soll.“ Kerstin lächelte.
„Aber du hast doch eben gesagt, dass du morgen früh in die Stadt willst“, warf Donia ein, „und ich bin doch schon um zehn Uhr mit Iris verabredet.“
„Ach ja“, Kerstin fuhr sich über die Stirn, „das hätte ich fast vergessen. Frau Holzer lässt dir ausrichten, dass es ihr lieber wäre, wenn du erst morgen Nachmittag kommst und nicht schon morgen früh.“
Donia sah ihre Mutter zweifelnd an. „Stimmt das auch?“
„Warum sollte ich dich anlügen?“ Kerstin deutete auf das Telefon. „Ruf an.“
„Ach, Kerstin“, bettelte Donia.
„Ruf an“, beharrte Kerstin und fügte nach einer kurzen Pause hinzu: „Wenn die Stute schon gefohlt hat und es Frau Holzer recht ist, dass du sie kurz besuchst, dann verschieben wir unsere Räumaktion auf heute Nachmittag. Andernfalls geht es jetzt gleich nach dem Frühstück damit los. Also?“
Donia wählte. Man hörte sie nur: „Oh, wie toll, was ist es denn?“ und: „Kann ich gleich kommen?“, fragen, dann warf sie den Hörer auf den Tisch und stürmte aus der Küche.
„He, junge Frau“, rief Kerstin ihr nach. „Du kannst ja wenigstens mal sagen, was los ist.“
Donia erschien in der Küchentür, die Jeans noch nicht zugeknöpft und das Sweatshirt erst halb über den Kopf gezogen.
„Das Fohlen ist da“, grummelte sie in den Stoff und tauchte dann aus dem Shirt auf. „Ein Stutfohlen und ich darf gleich kommen.“
Dann stutzte sie plötzlich und ließ die Arme sinken.
„Oh, verdammt, ich habe ja einen platten Reifen.“
Kerstin nestelte ihren Fahrradschlüssel vom Schlüsselbund und gab ihn Donia. „Hier, nimm mein Rad“, schlug sie vor. „Ausnahmsweise. Und morgen Vormittag flickst du als erstes deinen Reifen. Abgemacht?“„Abgemacht.“ Donia gab ihrer Mutter einen

eiligen Kuss, wickelte die Sachen von Iris in ihren Regenmantel und war schon im nächsten Moment zur Tür hinaus.

Sie trat in die Pedale, als könnte das Fohlen sich in Luft auflösen, wenn sie den Hof nicht in Rekordzeit erreichte. Seit sie die Strecke gestern mit Kerstin im Auto zurück gefahren war, wusste sie, dass sie auf der Hinfahrt einen riesengroßen Umweg gemacht hatte. Jetzt kannte sie den direkten Weg und brauchte von Tür zu Tür nicht einmal eine halbe Stunde.

In der Diele schaute ein Falbe aus der Box, in der gestern Hyndla gestanden hatte. „Hallo Jörvi“, begrüßte ihn Donia im Vorbeilaufen. Drüben im Auslauf standen nur Hvatur und Bondi dösend nebeneinander.

„Wo ist es?“, platzte sie gleich darauf in die Küche, wo Iris in der Sonntagszeitung blätterte.

„Guten Morgen.“ Iris sah von ihrer Zeitung auf. „Hyndla und das Fohlen sind auf der hinteren Weide. Du kannst sie von hier aus nicht sehen.“

„Und warum sind die anderen dann im Auslauf?“ Donia schaute hinüber zu dem Fuchs und dem Mausfalben, denen sich jetzt auch Gyrðir zugesellt hatte.

„Sie haben sich die ganze Nacht draußen die Bäuche vollschlagen dürfen.“ Iris nahm einen Schluck aus ihrem Teebecher. „Wenn ich sie auch noch tagsüber auf die Weide ließe, wären sie bald so rund, dass man sie rollen könnte. Bei der Stute ist das was anderes. Die muss ja jetzt das Fohlen mitversorgen und kann den zusätzlichen Weidegang gut gebrauchen. Außerdem hat sie so ihre Ruhe vor den anderen Neugiernasen. Die sind ihr im Moment sowieso nicht so wichtig wie ihr Fohlen.“

Sie löschte das Teelicht im Stövchen und stand auf. „Dann lass uns mal zu ihr gehen. Aber bleib immer hinter mir. Es ist ihr erstes Fohlen, und sie glaubt sonst vielleicht, dass sie es vor dir beschützen muss. Schließlich bist du ihr noch sehr fremd.“

„Ist klar“, sagte Donia.

Sie verließen das Haus über die Veranda, betraten die große Weide durch eine schmale Seitenpforte und gingen leise zur dahinter liegenden kleinen Koppel.

Hyndla graste dort im Schatten einiger Bäume. Und neben ihr, so selbstverständlich, als hätte es dort schon immer hingehört, stand ein winziges Pferdchen auf überlangen Beinen und wedelte keck mit der gelblichen Krusselwolle, die einmal ein Schweif werden sollte. Auch der lockige Mähnenansatz hatte diese Farbe. Sein Fell war cremefarben mit einem grauen Hauch, so dass es wie eingestaubt wirkte.

„Ist es nicht wunderschön?“, fragte Iris mit leuchtenden Augen.

„Ja“, Donia strahlte. „Aber ich dachte, Schimmel werden immer dunkel geboren.“

Iris nickte. „Das stimmt in den meisten Fällen. Hyndlas Tochter wird aber wohl windfarben werden, darauf weisen zumindest ihre hellen Wimpern hin, die typisch für diese Farbe sind. Wenn unter ihrem Fohlenplüsch das erste richtige Fell zum Vorschein kommt, wird es von einem dunklen, rötlichen Grauton sein.

Mähne und Schweif bekommen später einen silbrigen Schimmer. Ob sie diese Fellfarbe auf Dauer behält, muss sich dann zeigen, denn falls sie nach Hyndla gerät, könnte sie im Laufe der nächsten Jahre noch ausschimmeln. Das hoffe ich allerdings nicht, denn ich habe mir immer schon ein windfarbenes Pferd gewünscht.“ Iris lächelte verträumt.

„Windfarben.“ Donia kostete dieses neue Wort aus. „Von der Farbe habe ich noch nie etwas gehört.“

„Das ist eine isländische Farbbezeichnung“, erklärte Iris. Im Deutschen wird es oft noch aus Unkenntnis ‚Dunkelfuchs‘ genannt.

„Hast du schon einen Namen für das Fohlen?“

„Ich werde die Kleine ‚Vindstjarna‘ nennen“, meinte Iris. „Das ist genau der richtige Name für eine windfarbene Stute mit Stern. Und falls sie doch noch ausschimmeln sollte, bedeutet es eben ‚Windstern‘. Darunter kann sich dann jeder vorstellen, was er mag.“ Sie schmunzelte.

„Wusstest du, dass sie diese Farbe haben wird?“

Iris schüttelte den Kopf. „Ich hatte es mir aber erhofft, weil sowohl ihr Vater als auch dessen Mutter rappwindfarben sind, also dunkel mit silberweißem Langhaar. Sie wäre dann farblich ein richtiges Wunschfohlen.“

Das Wunschfohlen umsprang seine Mutter momentan in ungelenken Hopsern.

„Wie alt ist sie jetzt?“, fragte Donia.

Iris schaute auf ihre Armbanduhr. „Ziemlich genau sieben Stunden. Und ich habe fast gesehen, wie sie geboren wurde. Ich bin die ganze Nacht über immer wieder aufgestanden, um Hyndla von weitem zu beobachten und sicher zu gehen, dass alles in Ordnung ist. Und so gegen vier Uhr morgens sah ich sie plötzlich in der hinteren Ecke ihrer Koppel im Gras liegen. Ich bin dann, um sie nicht zu beunruhigen, langsam außen herum gegangen und hatte noch gehofft, die Geburt mitzuerleben. Doch als ich bei Hyndla ankam, war das Fohlen schon geboren und sie stand bereits wieder und leckte es trocken. Da wusste ich dann, dass ich mir keine Sorgen mehr zu machen brauchte und endlich beruhig schlafen gehen konnte.“

Das Fohlen hatte jetzt Iris und Donia bemerkt und stakste neugierig auf die beiden zu. Donia erhaschte eben noch einen Blick auf seinen kleinen weißen Stirnfleck und die hellen Wimpern, da hatte sich Hyndla auch schon schützend vor ihr Kind geschoben. Sie legte die Ohren an und beruhigte gleichzeitig mit einem leisen kehligen Wiehern ihr Fohlen, das nun unter ihrem Bauch nach dem Euter stupste.

„Wir lassen sie jetzt besser wieder allein.“ Iris wandte sich zum Gehen. „Sie muss sich erst einmal an ihre Mutterschaft gewöhnen. In drei, vier Wochen wird sie schon wieder umgängliche sein, nehme ich an.“

Sie verließen die Weide diesmal durch den Auslauf. Als Donia sich noch einmal umdrehte, sah sie, dass Hyndla ihre Abwehrhaltung zwar wieder aufgegeben hatte, aber noch immer wachsam zu ihnen herüberschaute. Das Fohlen stand dösend neben ihr.

Donia war so in diesen Anblick versunken, dass sie einen gehörigen Schrecken bekam, als sie plötzlich eine leichte Berührung an der Schulter spürte. Hinter ihr stand Gyrðir, der Schecke. Er machte den Hals lang und blies ihr seinen warmen Atem ins Gesicht. Donia drehte sich um und pustete ihm sanft in die Nüstern.

Das war die Art, wie Pferde sich untereinander begrüßten. Und prompt kam Gyrðir einen Schritt näher und sog prüfend ihren Atem ein. Dabei zog er die Oberlippe hoch, wie Hyndla es gestern getan hatte. Donia lachte und streichelte ihm freundlich über die Nase.

Auf einmal legte Gyrðir die Ohren an, schwang seinen langen Kopf herum und schnappte nach Jörvi, der sich seitlich heran zu drängeln versuchte. Jörvi wich dem Angriff behände aus und machte einen Bogen um den Schecken.

„Wie kommt der denn plötzlich hierher?“ Donia kraulte dem Falben die Stirn. „Der war doch eben noch in der Box, als ich gekommen bin. Oder hab ich mir das nur eingebildet?“

Iris schmunzelte. „Weder noch. Komm mal mit, dann verstehst du, was ich meine.“

Donia folgte ihr durch den Stall auf die Diele.

Über die Boxentür schaute tatsächlich ein Falbe. Aber als Donia ihn sich genauer ansah, fiel ihr auf, dass er trotz der gleichen Fellfarbe kaum Ähnlichkeit mit Jörvi hatte. Jörvi war groß und stämmig und in seinem schwarzen Langhaar fand sich nicht die kleinste Strähne. Der Falbe hier in der Box jedoch war eher grazil und sein Mähnen- und Schweifhaar schwarz-weiß, wie bei einem Fjordpferd. Er beschnoberte jetzt ausführlich Donias ausgestreckte Hand.

„Wer ist das?“, fragte Donia. „Ein zweites Berittpferd? Es ist aber ganz schön neugierig.“

„Sie“, stellte Iris richtig. „Es ist eine Stute. Aber kein neues Berittpferd, dazu hätte ich schon rein beruflich gar nicht die Zeit.“

Donia sah Iris verblüfft an. „Ich dachte, du hast hier nur den Hof und die Pferde und nicht obendrein eine Arbeitsstelle.“

Iris schüttelte den Kopf. „Die Pferde kosten mich mehr, als sie einbringen“, sagte sie. „Genau wie jedes andere Hobby. Hauptberuflich bin ich Fotografin und freie Mitarbeitern bei einem Verlag. Aber zusammen mit dem Pensionsgeld für Hvatur und dem, was man mir für meine Arbeit mit den Berittpferden bezahlt, komme ich ganz gut über die Runden. Den Beritt mache ich schließlich ebenso wenig umsonst wie die Arbeit für Hvatur.“

„Darüber habe ich noch gar nicht nachgedacht, dass du nicht von den Pferden leben kannst.“

„Warum solltest du auch“, Iris legte Donia den Arm um die Schulter, „es sind doch nicht deine Pferde.“

„Leider.“ Donia seufzte vernehmlich. „Dann gehört die Stute also dir?“

„Meinem Bruder“, gestand Iris. „Er kam gestern am späten Abend völlig unerwartet mit einem Hänger auf den Hof gefahren und sagte, er habe ein neues Pensionspferd für mich. Ich war ziemlich verdutzt. Ich hatte gewusst, dass er Alex abholen wollte, um mit ihr in den Urlaub zu fahren, aber nicht, dass er sie gegen ein Pferd austauscht.“ Sie grinste. „Er hat die Stute gestern auf einem Viehmarkt hier in der Nähe gesehen und sofort gekauft, weil er darauf schwört, dass sie eine reinrassige Isländerin ist. Und das, obwohl der Händler sie als Fjordpferd angeboten hat und sie außerdem keinerlei Papiere besitzt.“

„Ist das denn so wichtig?“ Donia streichelte der Stute über die kleine Schnippe, die wie ein Sahneklecks mitten auf ihrer Oberlippe saß.

„Wenn du mit ihr anerkannt reinrassige Fohlen züchten willst, dann sind Papiere unentbehrlich“, erklärte Iris. „Die brauchst du sogar schon, um mit ihr auf einem Islandpferdeturnier zu starten.“

Donia atmete tief durch. „Das sind aber strenge Bestimmungen.“

„Wie man es nimmt.“ Iris zuckte die Schultern. „Ich halte sie schon für ganz sinnvoll. Immerhin sind die Isländer eine sehr alte Pferderasse, in die, soweit bekannt, kein anderes Blut eingeflossen ist. Und ich finde, das sollte auch so bleiben. Das geht aber eben nur, wenn du die Reinrassigkeit zweifelsfrei durch Papiere belegen kannst.

„Glaubst du denn auch, dass sie eine Isländerin ist?“

„Von ihrer äußeren Erscheinung her wäre das durchaus denkbar.“

„Hat sie bereits einen Namen?“, fragte Donia.

Wieder hob Iris die Schultern. „Von einem Namen hat Robert mir nichts gesagt. Nur, dass er erst einmal versuchen will, irgendwie ihre Herkunft aufzuklären. Deswegen hat er sogar seine und Alex‘ Abreise in den Urlaub verschoben, weil er heute unbedingt noch zu Lilo und Bernd rüberfahren wollte. Auf Gut Aue züchten sie schon seit über zwanzig Jahren Isländer und können ihm für seine Nachforschungen vielleicht ein paar gute Tipps geben.

Donia setzte sich neben der Boxentür auf den Rand der hölzernen Futterkrippe. Lachend wehrte sie die Stute ab, die versuchsweise an ihren Haaren zog.

„Ich werde meinen Bruder wohl vor dem Urlaub nicht mehr sehen. Da müssen wir uns mit dem Namen für die Stute also noch zwei Wochen gedulden“, meinte Iris und schob sanft, aber energisch den Kopf der Stute zur Seite.

„Zwei Wochen bleiben sie weg?“ Donia strahlte erfreut, fühlte sich dann aber ertappt und sah schuldbewusst zu Boden.

Iris lächelte verschmitzt.

„Du meinst wegen Alex, nicht? Ich weiß, dass sie manchmal ein ganz schönes Biest sein kann. Seit ihre Eltern sich vor einigen Jahren haben scheiden lassen, ist sie unglaublich eifersüchtig geworden. Am Anfang war es noch viel schlimmer, da ist sie richtig auf Fremde losgegangen. Inzwischen macht sie nur noch bissige Bemerkungen. Am besten, du überhörst es einfach.“

„Leicht gesagt“, brummelte Donia. „Meine Eltern haben sich auch getrennt, und trotzdem reiße ich nicht gleich jedem den Kopf ab, der mir nicht passt.“

„Jede geht eben anders damit um, der einen macht es Probleme und der anderen nicht.“ Iris stieß sich von der Wand ab, verschwand in der Sattelkammer und kam mit einem schwarzen Gurthalfter und einem Gummistriegel in der Hand wieder zurück. Die Stute ließ sich artig von ihr aufhalftern und aus der Box führen. Iris verknotete den Führstrick an einem Anbindering in der Wand neben der Sattelkammer. „So, mein Mädchen, dann wollen wir dich mal putzen. Du hast ja noch den ganzen Dreck vom Viehmarkt im Fell.“ Sie führte den Striegel in langen, kräftigen Strichen über Hals und Schultern der Stute.

„Kann ich dir was helfen?“, fragte Donia. Sie fühlte sich ein wenig unnütz.

„Im Moment nicht.“ Iris sah unter dem Hals der Stute hindurch. „Aber wenn ich hiermit fertig bin, könnten wir zusammen den Laufstall ausmisten. Erzähl mir doch mal was von dir und deiner Mutter. Es gefiel mir, dass sie mich einfach so angerufen hat. Hier in der Gegend sind die Leute sonst oft recht stur. Interessiert sie sich auch für Pferde?“

Donia zog die Füße auf den Rand der Krippe hinauf. „Sie ist früher ebenfalls geritten.“

„Im gleichen Verein wie du?“

„Nein“, Donia lachte, „damals war ich noch fast ein Baby. Und als ich dann mit dem Reiten angefangen habe, hat sie gesagt, eine Pferdenärrin in der Familie würde reichen und eine müsste ja einen klaren Kopf behalten.“

Iris grinste. „Ich mag Leute mit Humor. Sie war am Telefon schon so witzig und hörte sich irgendwie noch sehr jung an.“

„Sie ist im Februar sechsunddreißig geworden.“

„Und ich werde im Oktober siebenunddreißig.“ Iris kratzte der Stute die Hufe aus und betrachtete skeptisch die abgelaufenen Eisen. „Damit können wir aber nicht mehr warten, bis dein Besitzer zurückkommt. Die sind ja bereits völlig vom Horn überwachsen und schon ganz locker.“ Sie setzte den Huf der Stute wieder ab. „Am besten, ich fahre dich gleich morgen früh zum Schmied.“

„Wohnst du hier eigentlich ganz allein?“, fragte Donia.

„Mal mehr, mal weniger.“ Iris lächelte. „An den Wochenenden ist meist Alex hier. Die lebt sonst bei meinem Bruder in Hamburg. Und bis vor gut einem Jahr habe ich noch mit einem Freund hier zusammengelebt. Aber dann ist die Beziehung auseinandergegangen.“

Donia sah sie an. „Das kenne ich“, seufzte sie. „Kerstin hat auch mal mit einem Freund zusammengelebt. Den mochte ich aber nicht, weil er immer so getan hat, als ob er mein Vater wäre. Ich war dann ganz froh, als er irgendwann wieder ausgezogen ist.“

„Kann ich mir gut vorstellen. Siehst du deinen richtigen Vater denn noch ab und zu?“

„Nein.“ Donia schüttelte energisch den Kopf. „Er lebt schon ganz lange nicht mehr hier in Deutschland. Aber das ist mir egal.

Ich war ja noch ganz klein, als er weggegangen ist."

„Dann ist das für dich einfacher als für Alex. Als deren Eltern sich getrennt haben, war sie immerhin schon zwölf." Iris brachte die Stute zurück in die Box und schloss die halbhohe Tür.

„Darf sie nicht raus in den Auslauf?", fragte Donia.

„Morgen, nach dem Besuch beim Schmied. Mit den Klapperlatschen an den Füßen bricht sie sich sonst womöglich schon beim ersten Galoppsprung alle Beine. Und das möchte ich nicht riskieren." Iris wandte sich Donia zu. „Du kannst schon mal die Schubkarre holen. Sie steht draußen am Misthaufen. Wenn du durch das große Tor aus der Diele kommst gleich rechts um die Ecke."

Wenig später rumpelte Donia mit der leeren Karre über die Diele. Iris gab ihr eine von zwei Forken und eine Schaufel. Damit luden sie die Pferdeäpfel und die durchtränkte Einstreu des Laufstalls in die Karre, die Donia dann hinaus zum Misthaufen brachte. Nach vier Fuhren war die Arbeit erledigt.

„Noch was?", fragte Donia eifrig, während sie sich in de Sattelkammer die Hände wusch.

Iris stellte die Werkzeuge beiseite. „Nein, das ist im Augenblick alles. Den Auslauf habe ich heute früh schon sauber gemacht und den Mist von der Weide sammle ich nur alle paar Wochen ab."

Als sie Donias enttäuschten Gesichtsausdruck sah, fügte sie schmunzelnd hinzu: „Aber bis morgen sind sicher wieder genug frische Äpfel zusammengekommen."

Donia nahm die mitgebrachten Sachen vom Gepäckträger. „Kerstin hat mir erzählt, dass du sie eingeladen hast", sagte sie.

Iris nickte. „Ich würde mich wirklich freuen, wenn sie morgen mitkäme. Falls es übrigens morgen wieder so warm wird wie heute, dann kommt lieber erst am späteren Nachmittag. Jetzt, Ende Juni, bleibt es ja lange hell, da können wir bis weit in den Abend hinein reiten. Das ist für die Pferde und uns angenehmer, als in der Mittagshitze."

Donia schwang sich aufs Rad. „Also dann bis morgen. Gestiefelt und gespornt."

„Gestiefelt reicht!", rief Iris ihr lachend nach.

Zwischen Schritt und Galopp

„Ach du liebes bisschen, da hätten wir uns das Tapezieren ja gleich schenken können.“ Kerstin war in Donias Zimmer getreten und betrachtete ungläubig die Wand hinter dem Bett, die Donia in ihrer ganzen Breite und Höhe mit Pferdebildern gespickt hatte. Nur hier und da blitzte noch ein wenig vom Sonnengelb der Tapete hervor.

Donia sah von ihrem Zeichenblock auf. „Ich finde es toll“, behauptete sie.

„Nun, du musst schließlich in diesem Zimmer wohnen und nicht ich.“ Kerstin zuckte die Schultern. Sie trug Jeans, Pumps und einen sportlichen Blazer über einer hellgrau gemusterten Bluse. „Ich fahre jetzt in die Stadt“, kündigte sie an.

„Ist gut“, antwortete Donia, die schon wieder am zeichnen war. „Fährst du mit dem Rad?“

Kerstin winkte ab. „Nein, das dauert mir heute zu lange, obwohl es eine schöne Strecke ist, so entlang der Wiesen und Felder. Ich nehme das Auto. Nachher fahren wir dann aber mit den Rädern zu Frau Holzer. Du denkst daran, dass du deinen Reifen noch flicken musst?“ Sie wuschelte Donia liebevoll durch die Haare.

Donia zog den Kopf ein. „Nicht, ich kann das nicht leiden“, wehrte sie ab.

„Entschuldige.“ Kerstin machte ein betont betretenes Gesicht. „Das hatte ich mal wieder vergessen.“

„Vergessen, pah!“ Donia strubbelte sich ihre Haare wieder zu recht. Sie sahen zwar jetzt nicht anders aus als vorher, aber selbstgestrubbelt blieb nun mal selbstgestrubbelt.

Als Kerstin gegangen war, beugte Donia sich wieder über den Zeichenblock und strichelte an ihrem Bild weiter. Dass es ein Fohlen auf einer Wiese werden sollte, war schon recht genau zu erkennen. Auch, dass es dieselbe Farbe wie Vindstjarna hatte. Nur seine Beine wollten Donia nicht so recht gelingen, und sie radierte sie mehrmals wieder aus, ehe sie einigermaßen mit dem Ergebnis zufrieden war.

Sie rollte das fertige Bild ein und band einen bunten Wollfaden darum, denn sie wollte es am Nachmittag Iris mitbringen. Dann kramte sie den Werkzeugkasten unten aus dem Küchenregal, suchte sich heraus, was sie brauchte und ging seufzend in den Keller, um ihr Fahrrad zu reparieren.

Kerstin hatte ihr solche handwerklichen Arbeiten schon sehr früh beigebracht, und Donia flickte nicht zum ersten Mal einen kaputten Reifen. Trotzdem mochte sie diese Arbeit nicht besonders. Viel lieber werkelte sie mit Holz. Und ganz besonders stolz war sie auf ihr selbstgebautes Wandregal, auf dem ihre Sammlung von Pferdefiguren stand.

Nachdem sie den Reifen geflickt hatte, räumte sie ihr Zimmer auf, eine Arbeit, die sie ebenfalls nicht schätzte, die ihr aber Pluspunkte bei Kerstin einbrachte. Und als sie auch damit schneller als erwartet fertig war entschloss sie sich noch großzügig, ihren morgigen Küchendienst vorwegzunehmen und das Geschirr abzuwaschen. Danach fand sie es dann an der Zeit, schon mal ihre Reitsachen zusammenzusuchen, denn das Wetter hatte auf kühl umgeschaltet, und so würden sie gleich, wenn Kerstin aus der Stadt zurückkam, zu Iris hinausfahren können.

Schwungvoll öffnete sie den großen Einbauschrank in Kerstins Zimmer. Dabei rutschte einer der Einlegeböden schräg nach unten weg und warf ihr seine gesamte Ladung frischer Wäsche entgegen.

„Blödes Teil“, muffelte Donia das Brett an.

Brutus war durch die offene Balkontür ins Zimmer gekommen und machte es sich gleich auf dem herausgefallenen Wäscheberg gemütlich.

„Blöder Kater“, bekam auch er sein Fett weg und zog beleidigt mit hocherhobenem Schwanz davon.

Donia rückte den Einlegeboden wieder zurecht und versuchte, die Wäschestücke möglichst gerade wieder übereinander zu schichten.

„Donia, um Himmelswillen, was ist denn hier passiert?“ Kerstin stand plötzlich in der Tür und blickte verwundert auf das Chaos vor ihrem Schrank.

Donia erzählte es ihr. „Ganz so ordentlich wie du bekomme ich es irgendwie nicht hin“, entschuldigte sie sich.

„Ist nicht so wichtig. Falls du übrigens zufällig deine Reitsachen gesucht haben solltest, die hängen schon seit gestern frisch gewaschen an der Leine auf dem Balkon.“

Kerstin zog ihren Blazer aus und streifte sich gleichzeitig die Pumps von den Füßen. „Wenn ich gewusst hätte, was das für ein Gerenne wird von einer Behörde zur anderen, dann hätte ich mir Turnschuhe angezogen“, sagte sie und half Donia, die restlichen Wäschestücke in den Schrank zurück zu räumen. „Haben wir noch etwas Zeit, ehe wir los müssen? Ich habe nämlich aus der Stadt Pizza mitgebracht.“

Sie holte eine flache Pappschachtel aus ihrem Einkaufsbeutel.

Donia fuhr sich mit der Zunge über die Lippen. „Hm, lecker“, freute sie sich.

Kerstin verteilte die Pizza auf zwei Teller. Während sie aßen, erzählte sie Donia von ihrem Besuch in der Stadt.

„In fünf Minuten bist du einmal durch die Fußgängerzone durch“, schilderte sie. „Es ist alles ein paar Nummern kleiner als da, wo wir vorher gewohnt haben, aber irgendwie ganz gemütlich, und es gibt nicht so viele Autos in der Innenstadt.“ Sie tupfte die letzten Krümel mit dem Finger von ihrem Teller auf. Dabei fiel ihr Blick auf den vollgestellten Abtropfkorb. „Ich denke, du bist erst morgen mit Küchendienst dran?“

„Habe ich es eben heute schon gemacht“, sagte Donia achselzuckend.

„Na, dann können wir ja gleich los.“ Kerstin stand auf. „Mal sehen, wer von uns beiden schneller umgezogen ist.“ Sie rempelten sich gegenseitig an, als sie gleichzeitig versuchten, sich durch die schmale Küchentür zu drängeln.

Zehn Minuten späte trug Donia ihre Reitsachen und Kerstin ein Paar alte Jeans und Turnschuhe. Dazu ihre leichten Anoraks.

Auf dem Hof war Iris eben fertig, die Diele auszufegen. Sie wischte sich die Hände an ihrem Arbeitskittel ab und begrüßte Kerstin mit einem freundlichen Händedruck.

„Schön, dass Donia Sie überreden konnte, mitzukommen“, sagte sie.

Kerstin schmunzelte. „Viel zu überreden gab es da eigentlich nicht. Ich wollte Sie ja auch gerne mal persönlich kennenlernen, nachdem Donia mir schon so viel von Ihem Hof und den Pferden vorgeschwärmt hat.“

Iris streckte erneut die Hand aus. „Ich würde gerne ‚Du‘ sagen, wenn Sie einverstanden sind. Ich heiße Iris.“

„Und ich bin Kerstin.“ Kerstin erwiderte Iris‘ Händedruck.

„Deine Mutter scheint in Ordnung zu sein.“ Iris zwinkerte Donia zu. „Ist ja auch kein Wunder, bei der Tochter.“

Donia versuchte, sich ihre Verlegenheit nicht anmerken zu lassen. Sie gab Iris die zusammengerollte Zeichnung. „Habe ich dir mitgebracht“, sagte sie.

Iris betrachtete das Fohlenbild mit anerkennendem Lächeln.

„Vindstjarna wie sie leibt und lebt. Vielen Dank. Das ist dir wirklich gut gelungen. Das bekommt einen Ehrenplatz in meinem Arbeitszimmer.“

„Donia erzählte mir, dass du Fotografin bist?“ Kerstin wandte sich Iris neugierig zu.

Iris nickte. „Als freie Mitarbeiterin bei einem Verlag. Da bekomme ich mein Geld zwar nur von Auftrag zu Auftrag, aber dafür kann ich mir meine Arbeitszeit selbst einteilen. Im Augenblick stelle ich gerade Fotos für einen Bildband über den Naturpark Lüneburger Heide zusammen. Und was machst du beruflich?“

„Ich versuche, Kindern zwischen sechs und zehn Jahren alle möglichen Dinge beizubringen, die sie eigentlich gar nicht interessieren“, scherzte Kerstin.

Iris grinste. „Lehrerin also.“

Kerstin verdrehte in gespielter Verzweiflung die Augen. Dann trat sie neben Donia, die sich über die Boxentür lehnte und die Falbstute streichelte. „Ein hübsches Pferd ist das. Als junges Mädchen war ich mal in ein Filmpferd vernarrt, das genauso aussah. Wie alt ist es?“

„Schätzungsweise zehn bis zwölf Jahre“, sagte Iris. „Mein Bruder hat sie ohne Papiere gekauft und zu mir gebracht, weil er meint, hier würde es ihr wohl besser gefallen als in seiner Hamburger Wohnung.“

„Damit hat er sicher Recht.“ Kerstin klopfte der Stute den Hals.

„Wie hat sie sich heute morgen beim Schmied benommen?“, fragte Donia.

„Bestens“, sagte Iris. „Sie hat gestanden wie eine Eins. Wenn du willst, kannst du sie jetzt rausbringen auf die kleine Weide neben der Reitbahn. Ich musste da vorhin noch den Elektrozaun reparieren, darum habe ich sie noch in der Box gelassen.“ Sie öffnete die Boxentür und legte der Stute das schwarze Gurthalfter um. Dann übergab sie Donia den Führstrick.

„Warum kommt sie nicht zu den anderen?“, fragte Donia.

Iris wies hinüber zum Laufstall. „Wenn ich sie da jetzt reinlassen würde, dann wäre spätestens in fünf Minuten im Auslauf die Hölle los, weil die anderen Pferde sie noch nicht kennen. Aber ich werde sie in den nächsten Tagen häufiger als Handpferd mitnehmen, dann können die anderen sie nach und nach beschnuppern, und die Eingewöhnung in die Herde wird etwas leichter für sie werden.“

Die Stute folgte Donia gehorsam durch die Diele hinaus zu der kleinen Weide. Donia führte sie bis in den dortigen Unterstand und nahm ihr das Halfter ab. Die Stute hielt einen Moment unschlüssig inne, trabte dann an Donia vorbei ins Freie und begann gierig zu grasen.

Donia brachte das Halfter zurück in die Sattelkammer.

„He, junge Dame", rief Iris ihr nach. „Wenn du reiten möchtest, dann hol schon mal Gyrðir aus dem Auslauf. Das blaue Halfter ist seins." Zu Iris gewandt sagte sie: „Hier hat jedes Pferd ein Halfter in einer anderen Farbe. Dann weiß ich immer gleich, welches zu wem gehört und muss nicht ständig die Größen verstellen."

„Praktisch", bemerkte Kerstin.

Iris lächelte. „Wenn man ganz allein so eine kleine Herde zu versorgen hat, dann muss man schon zusehen, wie man sich die Arbeit ein wenig erleichtert."

Donia kam mit dem Schecken durch die Schiebetür. „Wo soll ich ihn putzen?"

„Am besten draußen vor dem Eingang", sagte Iris, „dort sind Anbinderinge an der Wand befestigt.

Gyrðir klapperte folgsam hinter Donia her zum Dielentor hinaus.

Kerstin blickte ihm nach. „Der macht aber einen ruhigen Eindruck", sagte sie.

„Täusch dich nicht in ihm." Iris hob verschmitzt warnend den Zeigefinger. „Er kann ganz schön munter sein. Und trotzdem ist er dabei jederzeit absolut zuverlässig. Früher bin ich mit ihm sogar Turniere geritten und er lief gar nicht mal so schlecht." Sie sah Kerstins ungläubigen Blick und winkte ab. „Nein, keine Springturniere natürlich, mit 1,60 hohen Mauern. Islandpferdeturniere. Mit Töltprüfungen, Passrennen und so."

„Ach ja", sagte Kerstin, „die Isländer sind ja die Pferde mit den vielen Gangarten. Ich bin allerdings noch nie Tölt und so geritten. Früher in der Reitschule hieß es immer, solche Gangarten seien unnatürlich und würde den Pferden künstlich andressiert.

„Blödsinn." Iris verzog einen Moment lang verärgert den Mund. „Inzwischen wissen es die meisten Pferdeleute zum Glück schon besser. Donia hat mir bereits erzählt, dass du auch reiten kannst."

„Ich habe es jedenfalls mal gekonnt. Aber das ist lange her. Als alleinerziehende Mutter wollte ich nicht riskieren, dass mir beim Reiten etwas zustößt. Ich habe bestimmt schon sein Donias Kindergartenzeit nicht mehr im Sattel gesessen.“

Iris sah sie feixend an. „Dann wird es aber höchste Zeit. Reiten verlernt man nicht. Ich gebe dir eine Reithose, Stiefel und einen Reithelm, und dann kommst du nachher ebenfalls auf Gyrðir an die Longe.“

„Ich bin doch viel zu groß für ihn“, wand Kerstin zweifelnd ein.

„Glaub bloß nicht, dass er ausgerechnet unter dir in die Knie gehen wird.“ Iris Stimme klang entrüstet. „Stell dir einfach vor, er sei ein etwas kleineres Pferd.“

„Ich will es versuchen. Also gut, wo finde ich die Reitsachen?“

Iris zeigte es ihr.

Donia war immer noch mit Putzen beschäftigt. Iris nahm ihr den Gummistriegel aus der Hand. „Genug geputzt“, sagte sie, „von dem kannst du ja schon essen, so sauber ist er. Du kannst ihn jetzt satteln und ihm den Kappzaum anlegen, der hängt neben der Longe an der Wand. Sein Sattel ist der rechts unten. Sein Name steht aber auch dran.“

Das rötliche Leder von Gyrðirs Sattel war weich und gut gepflegt, wenn auch schon leicht abgewetzt. Donia sattelte den Schecken, nahm ihm das Halfter ab und legte ihm den Kappzaum an. Dann führte sie ihn hinüber zur Reitbahn, die eigentlich nur aus einem Stück fest eingezäunter und mit Sand aufgeschütteter Wiese bestand. Gleich nebenan graste die Falbstute.

Gyrðir wieherte ihr mit interessiert aufgestellten Ohren zu, aber die Stute hob nur kurz den Kopf und widmete sich dann wieder dem Gras zu ihren Hufen.

Donia stellte Gyrðir linker Hand an die Bahnumzäunung, übergab die Longe an Iris und setzte ihren Helm auf. Sie hatte schon einen Fuß im Bügel, als Kerstin um die Ecke bog. In Reitsachen kannte Donia sie bislang nur aus dem Fotoalbum.

„Sieht toll aus“, bemerkte sie anerkennend.

Iris stupste sie mit dem Schaft der Longierpeitsche an. „Eigentlich wollten Sie sich doch keine Modenschau ansehen, sondern reiten, junge Dame“, sagte sie, „oder irre ich mich da?“

„Wie? Was? Nein, ich meine ja.“ Donia war ganz durcheinander. Aber dann konzentrierte sie sich wieder auf Gyrðir und saß mit Schwung auf. Als sie auch den anderen Bügel aufgenommen hatte, gab Iris das Kommando zum Schritt. Der Schecke setzte sich gehorsam in Bewegung. Nur hin und wieder schielte er zu der grasenden Stute hinüber.

Donia bemühte sich, die Absätze tief und den Rücken gerade zu halten, wie sie es in der Reitschule gelernt hatte. Und sehr viel anders als auf Felina war es auf Gyrðirs Rücken auch nicht. Man saß nur eben ein wenig niedriger. „Sehr schön“, lobte Iris nach einigen Runden, „und jetzt mal die Bügel überschlagen und Teeer-rabbb.“ Gyrðir trabte an.

Donia war auf die ungewohnt kurzen Trabschwünge nicht gefasst gewesen und hüpfte wie ein Sack Kartoffeln im Sattel auf und ab. „Aber, aber“, sagte Iris kopfschüttelnd. „Er macht natürlich nicht so lange Schritte wie ein Großpferd, aber für einen Isländer trabt er wirklich ausgesprochen weich. Versuch mal, leichtzutraben, damit du ein besseres Gefühl für den Rhythmus bekommst.“ Donia versuchte es. „Schon viel besser“, meinte Iris. „Und Scheer-ritt und Halt.“

Sie gurtete nach. Dann schickte sie Gyrðir wieder auf den Weg. „Jetzt versuch mal, ihn ohne mein Kommando anzutraben.“

Donia drückte Gyrðir mit hochgezogenen Unterschenkeln die Absätze in den Bauch. Der Schecke machte einen erschrockenen Satz nach vorne und trabte dann so überraschend im Stechtrab los, dass Donia sich vorn am Sattel festhalten musste.

Iris brachte Gyrðir zum Stehen. Sie umfasste Donias Fuß und zog das Bein lang. „Da gehören die Absätze hin“, erklärte sie mit Nachdruck in der Stimme. „Und jetzt das Ganze noch einmal. Aber bitte mit Gefühl. Gyrðir ist empfindsamer als er aussieht.“

„Das hab ich gemerkt.“ Donia lächelte entschuldigend, spannte das Kreuz an und drückte nur die Unterschenkel ganz leicht an den Gurt. Diesmal klappte es. Und nachdem sie Gyrðir kurz darauf auch noch ohne Kommandohilfen angaloppiert hatte, hörte sie glücklich, wie Iris sagte: „ Ich glaube wirklich, du hast Talent. Jetzt wollen wir doch mal sehen, von wem du das hast. Mach mal den Sattel frei für deine Mutter, junge Dame.“

Donia saß ab. Sie klopfte dem Schecken den Hals. „Prima hast du das gemacht“, sagte sie. Gyrðir senkte den Kopf und schnaubte. Donia half Kerstin, die Bügelriemen auf die richtige Länge einzustellen. „Hals- und Beinbruch!“ Sie grinste ihre Mutter an. Kerstin lachte zurück und saß etwas unsicher auf.

Iris ließ ihr Zeit, den zweiten Bügel aufzunehmen und sich im Sattel zurechtzusetzen. Dann nahm sie Gyrðir im Schritt auf die rechte Hand.

Es zeigte sich, dass Kerstin wirklich nichts verlernt hatte. Sogar das Leichttraben beherrschte sie noch perfekt. Nur mit dem Aussitzen der kurzen Trabschwünge hatte sie anfangs ähnliche Probleme wie Donia.

„Sieh an, sieh an“, sagte Iris. „Und? Wie fühlst du dich da oben?“

Kerstin strahlte. „Bestens. Darf ich ihn auch mal galoppieren?“

„Wenn du magst“, sagte Iris, „aber Rechtsgalopp geht er nicht so gerne. Da ist es manchmal etwas schwierig, ihn richtig anzugaloppieren.“

Kerstin gelang es auf Anhieb.

„Anfängerglück“, tat sie ab, als Gyrðir nach zwei Galoppsprüngen wieder in Schritt gefallen war.

„Nein, das war schon sehr gekonnt.“ Iris hielt den Schecken an, und Kerstin glitt aus dem Sattel. Sie kraulte Gyrðir zwischen den Ohren. „Braves Pferdchen, kluger Gyrðir.“ Gyrðir lauschte aufmerksam.

„Reicht es euch schon für heute oder habt ihr noch Lust auf einen kurzen Ausritt?“, fragte Iris, nachdem sie die Reitbahn verlassen hatten.

„Oh, bitte, Kerstin“, bat Donia.

Kerstin lächelte. „Hab ich etwa Nein gesagt? Also ich bin dabei.“

Donia umarmte sie und gab ihr einen Kuss.

„Na prima“, freute sich Iris. „Donia du kannst Gyrðir schon mal den Kappzaum abnehmen und ihn auftrensen. Ich nehme Bondi, und Kerstin bekommt Jörvi.

„Ist der auch so brav wie der Schecke?“, fragte Kerstin vorsichtig.
„Etwas munterer ist er schon“, bekannte Iris. „Aber butterweich im Maul. Du kannst ihn mit zwei Fingern reiten und brauchst wirklich keine Bedenken zu haben.“
Kerstin atmete erleichtert auf. „Welcher ist es denn? Dann kann ich ihn schon mal holen.“
„Es ist der Falbe. Aber ich hole ihn besser selbst. Er ist Fremden gegenüber etwas eigen.“ Iris verschwand mit zwei Halftern im Laufstall und kam schon wenig später mit Jörvi und Bondi zum Dielentor heraus.
Kerstin kraulte Jörvi am Kinn. „Du bist aber ein Schöner“, bekannte sie. Jörvi schüttelte den Kopf. Kerstin lachte.
Donia half ihr beim Putzen und Satteln. Jörvis Sattel war anders gearbeitet als Gyrðirs. Der Sitz bestand aus dicken Lederrippen und sah sehr bequem aus. Ebenso wie Gyrðir besaß Jörvi ein Zaumzeug ohne Sperrhalfter und mit doppelt gebrochenem Gebiss. Bondi hingegen trug ein Englisches Reithalfter und dazu eine dicke Gummistange. Sein Sattel hatte ebenfalls einen Rippsitz.
„Seid ihr so weit?“ Iris verschloss den Kinnriemen ihres Reithelms und schaute fragend in die Runde. Donia und Kerstin nickten. „Dann können wir ja aufsitzen.“
Sie ritten hintereinander auf dem grasbewachsenen Seitenstreifen der Pappelallee und ließen die Pferde am langen Zügel gehen. Kurz vor der Landstraße parierten sie durch und Iris und Kerstin gurteten nach. Dabei ging der Mausfalbe ein paar Schritte rückwärts.
„Ruhig, Bondi, mein Junge“, beruhigte Iris ihn.
Nach dem Überqueren der Straße drehte sie sich zu Donia und Kerstin um. „Wollt ihr mal Tölt reiten?“, fragte sie auffordernd.
Donia sah sie unentschlossen an. „Ich weiß nicht so recht.“
„Ich hätte schon Lust dazu“, meinte Kerstin. „Aber ich weiß nicht, welche Hilfen ich Jörvi zum Tölten geben muss.“
„Nimm die Zügel ein wenig kürzer, aber immer nachgiebig bleiben. Etwas im Sattel zurücksetzen, abwechselnd leichte Paraden geben und dabei gleichzeitig mit Kreuz und Schenkeln trei-

ben“, erklärte Iris.

Die Pferde reagierten auf die Hilfen mit hochgenommenen Köpfen und einem flotten, vibrierenden Laufschritt. Fast so schnell wie Trab, aber viel bequemer auszusitzen.

„Das fühlt sich fantastisch an“, stellte Kerstin mit leuchtenden Augen fest, nachdem sie ihre Pferde wieder in Schritt zurückgenommen hatten.

„Das ist ein ganz neues Gefühl im Sattel. Nicht mehr so bupp, bupp, bupp.“ Dabei blies sie die Backen auf.

Iris lachte. „Nein, es ist mehr so tacke-tacke-tacke-tacke.“

Jetzt drehen sie völlig durch, dachte Donia.

Sie ritten in zügigem Schritt weiter, bis Iris Bondi am Rand eines Wäldchens durchparierte und absaß.

„Lasst uns mal eine kurze Pause machen“, schlug sie vor, „hier ist gerade so ein nettes Fleckchen.“

Die Pferde stürzten sich sofort auf die wenigen Grasbüschel, die zu ihren Hufen wuchsen. Donia versuchte, Gyrðirs Kopf nach oben zu ziehen.

„Lass das!“, forderte sie. Aber Gyrðir wollte es nicht lassen.

„Ist schon in Ordnung“, meinte Iris. „Sollen sie ruhig grasen. Da müssen wir nachher nur die Trensen besonders sorgfältig sauber machen.“

„Also gut, du hast gewonnen“, sagte Donia zu Gyrðir. Gyrðir senkte zufrieden den Kopf.

„Warum tölten eigentlich nur die Isländer?“, fragte Kerstin.

Iris schüttelte den Kopf. „Nicht nur die Isländer. Es gibt noch viele andere töltende Pferderassen, allerdings hauptsächlich in Amerika und Asien. Hier bei uns in Europa sind Tölt und Pass nach dem Mittelalter fast völlig aus der Zucht verschwunden, weil man mehr Wert auf trabende Pferde legte. Manchmal kommt die Veranlagung zu den alten Gangarten allerdings auch bei unseren Rassen wieder durch. Ich habe vor Jahren sogar mal einen ausgesprochen elegant töltenden Hannoveraner gesehen. Und andere Gangpferdefreunde wieder haben die Töltveranlagung vieler Renntraber neu entdeckt.“

Kerstin lachte ungläubig. „Also das mit der natürlichen Veranlagung, das nehme ich dir ja noch ab“, sagte sie. „Aber den töltenden Hannoveraner hast du doch sicher nur erfunden. Gib es zu.“

„Da ist nichts zuzugeben“, beteuerte Iris. „Ich kann dir nachher in einer älteren Ausgabe vom Pferdemagazin sogar ein Foto davon zeigen. Und falls du mir das mit den töltenden Trabern nicht abnimmst, musst du unbedingt mal mitkommen zum Gut Aue. Das ist zwar ein Isländergestüt, aber Lilo und Bernd halten sich nebenher noch einige große Tölter. Sozusagen als Hobby.“

Donia seufzte. „Ein Gestüt und dann noch als Hobby Pferde. So gut möchte ich es auch mal haben. Sag mal“, sie sah Iris an, „ich hatte eben das Gefühl, dass Gyrðir viel lieber getrabt wäre als getöltet. Oder habe ich da was falsch gemacht?“

„Nein, das hat schon seine Richtigkeit“, gab Iris zu. „Gyrðir ist zwar ein Viergänger, aber wenn es nach ihm gegangen wäre, hätte er das Tölten wahrscheinlich nie gelernt. Seine erklärte Lieblingsgangart war immer schon der Trab. Früher ist er sogar lieber Renntrab als Galopp gegangen. Das war dann im Sattel ein Gefühl wie auf einer dahinbrausenden Lokomotive.“ Sie klopfte Gyrðir den Hals. „Sein Tölt war mehr so etwas wie ein verborgenes Talent, das man erst fördern musste. Er braucht aber immer noch eine gewisse Zügelanlehnung beim Tölten, sonst fällt er ganz schnell wieder in Trab.“

„Und wie ist das bei Jörvi?“, fragte Kerstin. „Ich hatte bei ihm eher den Eindruck, dass ich ihn mit ganz leichter Hand tölten konnte.“

Iris schmunzelte. „Jörvi ist zwar auch ein Viergänger“, erklärte sie, „aber einer, der lieber Tölt als Trab geht, also genau das Gegenteil von Gyrðir. Bei Jörvi kannst du die Zügel wegwerfen und er töltet immer noch. Bondi hier“, sie deutete auf den Mausfalben, den sie am Zügel hielt, „wird mal ein guter Fünfgänger werden. Unter dem Sattel wirft er allerdings im Moment noch alle Gänge durcheinander, wie Eintopf. Und ich habe ihn jetzt bei mir auf dem Hof, um ihm die Unterschiede deutlich zu machen. Er hat schon so einiges gelernt.“ Sie schaute Bondi wohlwollend an.

„Hat er deshalb ein anderes Zaumzeug als deine beiden Pferde?“, fragte Donia. „Und so einen Sattel wie Jörvi?“

„Das Zaumzeug hat damit nicht viel zu tun“, sagte Iris. „Ich reite meine Pferde am liebsten mit möglichst wenig Leder am Kopf. Aber ich probiere trotzdem immer erst aus, welches Pferd mit welchem Zaum und welchem Gebiss am besten geht. Und bei Bondi ist das nun mal die Gummistange zusammen mit dem Englischen Reithalfter. Ganz zu Anfang habe ich noch Hannoversche Reithalfter benutzt, deren Sperrriemen gleich hinter dem Maul, auf Höhe der Trense, verschnallt werden, aber die drücken bei den meisten Isländern auf die Nüstern und behindern dann die Atmung. Das kann beim Englischen Reithalfter, das weit oberhalb der Nüstern verschnallt wird, nicht passieren. Und die Rippsitzsättel sind hervorragend zum Gangpferdereiten, denn sie geben einem in jeder Gangart den richtigen Halt.“

Sie legte Bondi die Zügel über und saß auf. Kerstin und Donia bestiegen ebenfalls ihre Pferde.

Auf dem Heimweg ritten sie wieder eine lange Töltstrecke auf der Donia verstohlen ausprobierte, wie Gyrðir reagierte, wenn sie mit den Händen nachgab. Er tat genau das, was Iris gesagt hatte, streckte den Hals und fiel sofort in Trab. Und weil Donia ihn nicht wieder in den Tölt zurückbekam, musste sie den Rest der Strecke leichttraben, während Iris und Kerstin die Annehmlichkeiten des vierten Ganges genießen konnten.

„Glaubst du mir jetzt", fragte Iris verschmitzt, als Donia im Trab zu ihr aufschloss.

Donia lächelte gequält und nickte.

Auf dem Hof versorgten sie die Pferde, brachten sie anschließend in den Auslauf und Iris öffnete das Gatter zur Weide. Die drei Wallache begannen sofort ein spielerisches Wettrennen. Und obwohl der schützende Zaun dazwischen lag, umrundete Hyndla auf ihrer Koppel aufgeregt ihr Fohlen und äugte ängstlich schnaubend zu den galoppierenden und ausgelassen buckelnden Wallachen hinüber.

„Im Vergleich zu gestern benimmt sie sich schon ganz manierlich", sagte Iris. „Da hat sie sich aufgeführt, als wäre ein Rudel Wölfe hinter ihrem Fohlen her. Man konnte richtig Angst vor ihr bekommen. Ich würde niemand fremden raten, in den nächsten Tagen zu ihr auf die Koppel zu gehen. Es ist alles noch zu neu für sie."

Donia tippte Iris an. „Kann ich mir mal ein paar von den Pferdemagazinen ausleihen, von denen du uns vorhin erzählt hast. Du weißt schon, die mit dem töltenden Hannoveraner."

„Ja, klar." Iris wandte sich Donia zu. „Aber nicht verschlampen, ich hänge an ihnen."

„Großes Reiterinnenehrenwort", versprach Donia feierlich.

Ísafold

Donia saß außerhalb der Reitbahn auf einem umgedrehten Eimer und sah Iris beim Longieren der Falbstute zu.

Es war das erste Mal, dass Iris mit ihr arbeitete, denn in den vergangenen zwei Wochen hatte ein dringender Fotoauftrag ihr keine Zeit dazu gelassen. Sie war nicht einmal zum Reiten ihrer eigenen Pferde gekommen. Nur mit Bondi hatte sie regelmäßig trainiert. Schließlich bezahlten seine Besitzer sie nicht dafür, dass sie den Mausfalben Urlaub auf der Weide machen ließ.

Aber jetzt war der Fotoauftrag abgeliefert, und sie konnte sich endlich wieder intensiver um die Pferde kümmern. Den Anfang machte die Longenarbeit mit der Falbstute, die allmählich wachsendes Interesse an den anderen Pferden des Hofes zeigte. Wenn Iris oder Donia in der Bahn ritten, kam sie jetzt schon mal neugierig an den Zaun oder wieherte ihren vierbeinigen Kollegen eine kurze Begrüßung hinüber.

Trotzdem hatte sich nichts an Iris‘ Entschluss geändert, die neue Stute erst dann in den großen Auslauf zu bringen, wenn die anderen Pferde sie durchs Handpferdereiten schon etwas besser kennengelernt hatten.

Im Augenblick drehte sie an der Longe gleichmütig Runde um Runde, fiel auf Kommando in die drei Grundgangarten und blieb auf Zuruf sofort stehen.

Iris schon ihr ein Stück trockenes Brot ins Maul und klopfte ihr lobend den Hals. Dann führte sie die Stute aus der Bahn.

„Das war bestimmt nichts Neues für sie“, sagte sie zu Donia, die neben ihr ging. „Ich könnte mir vorstellen, dass sie schon mal als Voltigierpferd eingesetzt worden ist. Viel Spaß scheint es ihr aber nicht zu machen, immer nur im Kreis herum zu laufen.“

„Vielleicht würde ihr ein Ausritt besser gefallen“, merkte Donia hoffnungsvoll an. Seit sie Iris kennengelernt hatte, kam sie fast täglich auf den Hof, um Gyrðir zu reiten. Aber Iris erlaubte ihr nie, allein mit dem Schecken auszureiten. Nur wenn sie selbst zufällig zur gleichen Zeit auf Bondi ins Gelände ging, um auf den langen Sandwegen Tölt und Rennpass zu trainieren, dufte Donia sie begleiten. Doch das kam leider viel zu selten vor.

„Du meinst wohl, dir würde ein Ausritt besser gefallen?“, fragte Iris schmunzelnd. Dann wurde ihr Ausdruck wieder ernsthaft. „Ich gehe nicht mit einem Pferd ins Gelände, das ich noch nie geritten habe. Das ist mir viel zu riskant. Wer weiß denn, ob sie nicht die Angewohnheit hat, unter dem Reiter sofort im Wildwestgalopp los zu stürmen.“

„Die doch nicht“, sagte Donia. „Die ist doch so lieb.“

„Das ist Gyrðir auch.“ Iris lächelte. „Aber du hättest ihn mal vor fünfzehn Jahren sehen sollen, als ich ihn nach dem Kauf das erste

Mal geritten habe. Im Umgang war er bis dahin ebenso lieb gewesen, wie er heute noch ist. Aber unter dem Sattel ist er mir gleich dermaßen abgegangen, dass ich dachte, mein letztes Stündlein hätte geschlagen.“

Donia sah Iris fragend an. „Vor fünfzehn Jahren? Dann muss Gyrðir ja heute mindestens achtzehn sein.“

„Zwanzig“, korrigierte Iris. „Ich habe ihn damals schon angeritten gekauft. Da war er knapp fünf, also genau im richtigen Alter für die weitere Ausbildung unter dem Sattel.“

„Zwanzig Jahre? Donnerwetter“, sagte Donia anerkennend. „Dafür ist er aber noch ganz schön munter. Wie alt werden Islandpferde eigentlich?“

„Kommt ganz darauf an. Man sagt so als Faustregel, dass ein Islandpferd, das mit zwanzig noch gesund ist, oft dreißig Jahre oder sogar noch älter wird. Andere dagegen sind schon mit achtzehn am Ende ihrer Kräfte.“ Iris sah Donia an. „Das ist so ähnlich wie bei uns Menschen. Der eine ist mit neunzig noch ganz fit, und der andere hat schon mit vierzig Jahren einen Herzinfarkt.“

„Da bin ich aber froh.“ Donia atmete auf.

„Dass einer mit vierzig einen Herzinfarkt hat?“, fragte Iris irritiert.

Donia lachte. „Nein, darüber natürlich nicht. Ich bin froh, dass Gyrðir dann ja hoffentlich noch einige Jahre vor sich hat. Aber reiten kann man ihn wohl bald nicht mehr, oder?“

„Doch, noch eine ganze Weile.“ Iris machte eine weitläufige Handbewegung. „Man sollte ihn mit zunehmendem Alter allerdings nicht mehr so fordern wie ein jüngeres Pferd, das ist ja klar. Einen Siebzigjährigen schickst du schließlich auch nicht mehr zum Hürdenlauf.“ Sie grinste.

Donia streichelte der Falbstute, die mit gesenktem Kopf neben Iris wartete, nachdenklich die Kruppe. „Also dann kein Ausritt heute.“ Sie verzog schmollend den Mund.

„Das habe ich nicht gesagt.“ Iris löste die Schnallen des Kappzaums. „Ich habe gesagt, dass ich die Stute nicht im Gelände reiten möchte. Aber ich wollte schon die ganze Zeit ausprobieren, wie sie sich als Handpferd anstellt. Dann sollte ich allerdings besser den Gyrðir reiten und du müsstest Jörvi nehmen.“

Donia horchte auf. „Ich darf Jörvi reiten? Toll!“, rief sie begeistert und lief sofort los, um die beiden Pferde aus dem Auslauf zu holen.

Nach einigen vergeblichen Versuchen gelang es ihr sogar, Jörvi das Halfter anzulegen. Stolz kam sie mit ihm und Gyrðir aus der Diele und band sie neben dem Tor an, um sie zu putzen und zu satteln. Iris hatte der Stute inzwischen den Kappzaum abgenommen und ihr ein stabiles Lederhalfter angelegt, in das sie jetzt einen Führstrick einhakte.

„Warum nimmst du kein Reithalfter?“, frage Donia, während sie mit dem Gummistriegel über Jörvis Fell fuhr. Jörvi blickte äußerst interessiert zu der Falbstute auf der anderen Seite des Eingangs hinüber. Die Stute wieherte leise.

„Sie soll ja nur nebenher laufen“, antwortete Iris auf Donias Frage. „Und dazu braucht sie nicht unbedingt eine Trense im Maul.“

Donia lehnte sich gegen Jörvis Schulter. „Fuß!“ Gehorsam hob der Falbe den Fuß, und Donia konnte ihm den Huf auskratzen. „Ab!“, sagte sie, und Jörvi setzte den Fuß wieder ab.

„Manchmal verhält er sich schon fast wie ein Hund“, bemerkte Iris. „Fehlt nur noch, dass er einem auf den Schoß hüpft.“

Donia versuchte, sich das vorzustellen, und musste so lachen, dass ihr Jörvis nächster Huf aus der Hand rutschte und laut zu Boden krachte. Jörvi sah sie erschrocken an. „Entschuldige vielmals.“ Donia kraulte ihn unter der schwarzen Mähne. Sie sattelte ihn, zäumte ihn auf und stellte die Bügelriemen auf ihre Länge ein.

Inzwischen war auch Iris mit Gyrðir so weit. Sie führte die Stute an die rechte Seite des Schecken und Gyrðir beschnupperte sie neugierig. Iris saß auf.

„Fertig?“, fragte sie.

„Fertig“, bestätigte Donia.

Sie ritten durch das hintere Hoftor und kamen dort auf einen Weg, der sich abseits der Landstraße zwischen Feldern und Ichden entlang schlängelte. Die Stute war wie ausgewechselt. Schon nach wenigen Metern versuchte sie, an Gyrðir vorbeizuziehen. Doch der Schecke war ein guter Lehrmeister. Er schnappte kurz, aber gezielt nach rechts und machte der Stute damit klar, dass sie ihn nicht zu überholen hatte.

Iris lächelte spitzbübisch. „Verstehst du jetzt, warum ich lieber Gyrðir nehmen wollte?", fragte sie. „Ich brauche die Stute nicht einmal zurückzuhalten; das erledigt alles mein bestes Pferd im Stall. Er hat damals auch Jörvi angelernt. Und wenn ich im Winter anfange, mit Hyndla zu arbeiten, dann wird er mir ebenfalls einen Teil der Arbeit abnehmen."

Am nächsten Feldweg hielten sie kurz an, um nachzugurten und ritten dann im Tölt weiter. Jörvi töltete ganz anders als Gyrðir. Viel weicher und gleitender und wirklich fast von selbst. Donia hatte den Eindruck, dass sie ebenso gut einen Knoten in die Zügel machen und Däumchen drehen könnte.

Die Stute trabte mit schwungvollen, schwebenden Schritten neben Gyrðir her und wagte hin und wieder sogar einige übermütige Galoppsprünge. Aber jedes Mal brachte Iris sie sofort durch ein kurzes Annehmen des Führstricks zurück in Trab. Gegen Ende der Strecke drosselte sie das Tempo und bat Donia, rechts auf gleicher Höhe mit ihr zu reiten, sodass die Stute zwischen den beiden Wallachen lief.

„Treib sie mal etwas mit der Gerte an", forderte Iris. „Aber nur ganz vorsichtig."

Donia tippte der Stute kurz auf die Kruppe, während Isis sie am Führstrick zurückhielt. Verwirrt über diese gegensätzlichen Aufforderungen setzte die Stute weit mit der Hinterhand unter und machte mit hochgeworfenem Kopf andeutungsweise einige Töltschritte.

„Danke, das reicht. Mehr wollte ich nicht wissen." Iris ließ den Führstrick wieder lang und parierte ihre Pferde zum Schritt durch. „Veranlagung zum Tölt hat sie jedenfalls. Aber die könnte sie auch haben, wenn sie nur eine halbe Isländerin wäre." Sie schaute Donia an. „Wie gefällt dir eigentlich mein Jörvi?"

Donia strahlte. „Fantastisch", schwärmte sie. „Er ist so weich wie ein Sofa."

Iris betrachtete den Falben nicht ohne Stolz. „Er ist ein prima

Kumpel und ein wundervoller Tölter. Und doch wird er immer in Gyrðirs Schatten stehen. Der war nun mal mein allererstes Pferd, und das ist schon etwas ganz besonderes. Als ich ihn kaufte, war ich erst Anfang zwanzig und musste mir noch die Hälfte des Geldes für ihn zusammenleihen."

„Ich hätte so gerne ein eigenes Pferd", meinte Donia, „aber Kerstin sagt, dass unser Geld nicht mal für einen Isländer ausreichen würde."

Iris seufzte. „Die sind heute längst nicht mehr so preiswert, wie sie früher einmal waren. Wenn du Glück hast, bekommst du ein akzeptables Pferd für ein paar tausend Euro. Für die meisten legst du inzwischen aber leicht das Doppelte und Dreifache hin."

„Da würde mir auch kein Glück helfen." Donia ließ den Kopf hängen. „Ich habe noch nicht einmal zweitausend Euro auf dem Sparbuch."

Iris lächelte. „Ich habe auch viele Jahre auf meinen ersten Isländer sparen müssen. Aber wenn ich das Geld schon eher gehabt hätte, wäre ich nie an meinen guten Gyrðir geraten."

„So kann man es auch sehen", sagte Donia.

Am Waldrand kehrten sie um und ritten zum Hof zurück. Dort erwartete sie schon ein hochgewachsener, dunkelhaariger Mann, der Iris ein wenig ähnlich sah. Neben ihm stand Alex mit dem gesattelten Hvartur am Zügel.

„Was machen Alex und mein Bruder denn heute schon hier?" Iris parierte Gyrðir durch.

Robert Holzer kam auf sie zu. „Da ist ja unsere Ísafold", sagte er. „Alex glaubte erst, sie sei ausgebrochen, aber als ich sah, dass auch Gyrðir und Jörvi fehlten, habe ich mir schon gedacht, dass ihr wohl mit ihr unterwegs seid." Er nahm Iris die Stute ab.

Iris glitt aus Gyrðirs Sattel und begrüßte ihren Bruder und Alex mit einem Kuss auf die Wange. „Ich dachte, ihr kommt erst morgen aus dem Urlaub zurück", sagte sie.

„Wir haben es uns kurzfristig anders überlegt." Robert wehrte freundlich, aber bestimmt die Stute ab, die an seinen lockigen Haaren zog. „So haben wir noch den ganzen Sonntag Zeit für die Pferde. Und ich war sehr gespannt darauf, wie Ísafold sich in der

Zwischenzeit entwickelt hat.
Du bist dann sicher das Mädchen, das hier vor kurzem so unerwartet hereingeschneit ist“, wandte er sich an Donia. „Oder besser gesagt, hereingeregnet, was?“ Er lächelte freundlich.
„Ja, das ist Donia“, sagte Iris.
Robert gab Donia die Hand. „Ich heiße Robert. Uns wehe, du sagst nur ein einziges Mal ‚Herr Holzer‘ zu mir.“
„Ich werde mir Mühe geben.“ Donia lachte.
„Wieso hat deine Stute jetzt eigentlich einen Namen?“, fragte Iris ihren Bruder. „Hast du etwa schon was über ihre Herkunft herausfinden können? In der kurzen Zeit?“
Robert schüttelte den Kopf. „Von Korsika aus? Nein. Lilo und Bernd haben mir leider wenig Hoffnung gemacht. Sie befürchteten, selbst wenn ich herausbekäme, wo die Stute herkommt und sie überhaupt jemals Papiere besessen hat, sei es so gut wie unmöglich, diese jetzt noch aufzutreiben. So etwas haben sie selbst schon einmal erlebt. Aber ich kann doch deshalb meine Stute nicht einfach namenlos lassen. Und weil ich immer noch davon überzeugt bin, dass sie eine Isländerin ist, habe ich ihr Ísafold ausgesucht. Das heißt nämlich ‚isländische Heimat‘.“
Iris schmunzelte. Sie löste Gyrðir den Bauchgurt und sattelte ihn ab. Der Schecke schüttelte sich. Iris stellte den Sattel hochkant an die Hauswand. Sie sah ihren Bruder an. „Und was willst du mit der Stute machen, wenn ihre Herkunft weiterhin im Dunkeln bleibt? Du hast doch gesagt, dass du nur eine Stute haben willst, mit der du auch züchten kannst.“
„Mal sehen, was sie so zu bieten hat und was sich aus ihr machen lässt“, sagte Robert. „Ich werde sie wohl eine Weile reiten, vielleicht bis zum nächsten Frühjahr, und sie dann weiterverkaufen.“ Er übergab Alex den Führstrick der Stute und ging zu seinem Wagen.
Hvatur biss Ísafold quiekend weg. Ísafold wich ängstlich zur Seite und legte die Ohren an, doch Hvatur nahm weiter keine Notiz von ihr.
Robert tauchte in den Kofferraum und zog einen funkelnagelneuen Rippsitzsattel und ein Englisches Reithalfter daraus hervor.

„Hab ich vor unserem Urlaub noch auf dem Gut gekauft und sogar schon eingefettet“, verkündete er stolz.

Iris besah sich das Lederzeug. „Sieht nicht gerade billig aus. Hast du im Lotto gewonnen?“

„Papi hat einen großen Auftrag bekommen.“ Alex reckte die Nase in die Luft.

Robert lächelte entschuldigend. „Warum soll ein kleiner Architekt nicht auch mal Glück haben?“ Er legte Ísafold den Sattel auf und zog den Bauchgurt an. Die Stute machte erschrocken einen Schritt zur Seite. „Schon gut“, beruhigte er sie.

„Gratuliere“, sagte Iris. „Willst du mit ihr in die Bahn?“

„Nein, eigentlich wollten Alex und ich einen kleinen Ausritt machen.“ Robert hielt im Einstellen der Bügelriemen inne. „Oder wart ihr sehr lange mit ihr weg und ich sollte sie für heute lieber in Ruhe lassen?“

Iris nahm Gyrðirs Sattel auf. „Die halbe Stunde als Handpferd wird ihr höchstens gut getan haben. Ich dachte nur daran, dass du sie ja vorher noch nie geritten hast. Und dann gleich ins Gelände ...“

Alex sah ihre Tante an und deutete auf Donia, die eben mit einer Schüssel Kraftfutter von der Diele kam. Jörvi scharrte erwartungsvoll mit den Hufen. „Hat die sie etwa schon geritten?“, fragte sie.

„Nein.“ Iris setzte den Sattel wieder ab, und half ihrem Bruder beim Auftrensen seiner Stute. „Hat sie nicht. Und ich auch noch nicht. Zufrieden?“

„Bist du endlich fertig, Papi? Alex‘ Stimme klang ungeduldig.

„Meine Tochter verlangt nach mir“, sagte Robert feixend. Er schwang sich in Jeans und Turnschuhen in Ísafolds Sattel und Alex bestieg Hvatur. Gemeinsam ritten sie im zügigen Schritt vom Hof.

Iris kam jetzt endlich dazu, Gyrðirs Sattel wegzubringen und ihr Pferd zu versorgen.

Später, im Auslauf, sah Donia zur Fohlenweide hinüber und beobachtete Vindstjarna, die ein ums andere Mal in rasantem Galopp ihre Mutter umrundete.

„Ein Fohlen hätte ich auch gern“, sagte Donia verträumt.

Vindstjarna hatte neben der grasenden Hyndla Halt gemacht und beknabberte verspielt deren Mähnenkamm.

„Mein Wunschfohlen ist unverkäuflich“, sagte Iris. „Vindstjarna und Hyndla haben eine gute Abstammung und Hyndla bietet auf der Weide jetzt schon alle fünf Gänge an. Wenn sie die auch später unter dem Sattel so sauber geht und Vindstjarna nach ihr gerät, dann werde ich mir vielleicht sogar ernsthaft überlegen, mit den beiden eine kleine Zucht aufzubauen. Aber das ist noch alles Zukunftsmusik. Im Winter kommt Vindstjarna erst einmal in die Absatzherde von Gut Aue und ich reite Hyndla ein, und danach werden wir weitersehen.

Donia hockte sich rittlings auf das Gatter. „Haben sie viele Pferde auf Gut Aue?“, fragte sie.

„So an die fünfzig werden es schon sein.“ Iris stellte ihren Fuß auf die untere Zaunlatte. „Das sind aber nicht alles ihre eigenen. Etwa die Hälfte steht dort nur in Pension. Und dazu kommen dann immer noch ein paar Berittpferde. Lilo und Bernd leben schließlich von ihrem Hof.“

„Ich denke, das geht nicht.“

Iris nahm ihren Fuß wieder zurück. „In so einer Größenordnung schon. Durch die Privatpferde kommt etwas Geld rein. Und dann verkaufen sie natürlich auch das eine oder andere Pferd aus ihrer eigenen Zucht.“

„Ich stelle mir das toll vor, den ganzen Tag nur mit Pferden zu tun zu haben“, sagte Donia versonnen.

„Mit so vielen, das wäre nichts für mich“, sagte Iris. „Das ist dann wirklich Knochenarbeit. Allein, was da jeden Tag an Mist wegzuschaffen ist.“

Donia fasste das als Stichwort auf, sprang vom Gatter und holte die Karre vom Misthaufen.

„Prima“, lobte Iris. „Dann koche ich uns schon mal einen Tee. Du magst doch auch einen, oder?“

Donia nickte. Iris ging über die Veranda in die Küche. Donia mistete den Laufstall aus. Die Pferdeäpfel im Auslauf ließ sie liegen. Für Alex.

Sie wusch sich in der Sattelkammer die Hände. Plötzlich fiel ihr ein, dass Kerstin ihr ja Kuchen mitgegeben hatte. Und die Tüte klemmte noch in der Nachmittagssonne auf dem Gepäckträger ihres Fahrrads.

Donia hob sie vorsichtig hoch und spähte hinein. Besonders gut voneinander unterscheiden ließen sich die einzelnen Stückchen nicht mehr. Aber essen konnte man sie bestimmt noch. Sie nahm die Tüte mit in die Küche.

„Oh, Fünfgangkuchen", lachte Iris als sie die zusammengepappten Teilchen sah.

Sie brachten Geschirr und Teekanne auf die Veranda.

„Toll, hier zu sitzen, mit den Pferden direkt vor der Nase."

Donia biss in ein Kuchenstück, das sich nicht so recht zwischen Apfel- und Mohnschnitte entscheiden konnte. Sie kaute auf dem Gemisch. Es schmeckte ganz originell.

Eben wollte sie sich eine Tasse Tee einschenken, da drangen von der Allee her Hufgeklapper und aufgeregte Rufe zu ihnen herüber. Donia und Iris sprangen fast gleichzeitig auf und rannten durch die Diele nach draußen.

Ísafold kam in scharfem Tempo, unter den Pappeln entlang, auf den Hof zu galoppiert. Robert saß zwar noch im Sattel, doch er hatte beide Steigbügel verloren. Sie schlugen im Takt des Galopps gegen Ísafolds Flanken und trieben die Stute noch zusätzlich an.

Hvatur war Ísafold dicht auf den Fersen. Alex hatte sich weit über seinen Hals gebeugt, streckte einen Arm nach vorne aus und rief etwas, das sich anhörte wie: „Haltet den Dieb!"

Die Stute kam jetzt in unvermindertem Tempo auf den Hof gestürmt und schlug einen scharfen Haken, als Iris sich ihr mit ausgebreiteten Armen in den Weg stellte. Robert saß unfreiwillig zur anderen Seite hin ab. Iris griff nach Ísafolds Zügeln und redete beruhigend auf die Stute ein. In Ísafolds Augen stand Panik.

Alex parierte Hvatur gerade noch rechtzeitig durch. Sie sprang aus dem Sattel. „Papi, Papi, ist dir was passiert?"

Robert stand auf. „Alles noch heil", stöhnte er und wischte sich den Dreck von seiner Jeans. „Also schnell ist sie ja. Vielleicht sollte ich sie fürs Hamburger Galoppderby melden." Er lächelte schief.

„Jetzt mal im Ernst." Iris sah ihren Bruder durchdringend an. „Was ist passiert?"

„Keine Ahnung." Robert zuckte die Schultern. „Wahrscheinlich war es meine eigene Schuld. Ich habe wohl einen Moment lang nicht richtig aufgepasst, und da ist sie mir plötzlich abgegangen wie vom Katapult geschossen."

„Es war eine Zeitung", sagte Alex. „Nur eine blöde Zeitung. Ich habe es genau gesehen. Ein Windstoß hat sie ihr vor die Hufe geweht, und dann war es auch schon passiert."

Robert klopfte Ísafold den schweißnassen Hals. „Wenn ich bei dem Satz, den sie gemacht hat, nicht die Steigbügel verloren hätte, dann hätte ich sie besser unter Kontrolle bringen können. Aber sie ist im Zickzack mit mir abgerauscht wie ein schlingerndes Schiff bei Windstärke zwölf."

„Und wenn du die Absätze unten gehabt hättest, wären dir die Steigbügel nicht entwischt", fügte Iris hinzu. „Dein alter Fehler. Den wirst du wohl nie mehr los."

„Ich weiß." Robert machte ein gespielt zerknirschtes Gesicht. „Kannst du mir noch einmal verzeihen, liebe Schwester?"

Iris deutete auf Ísafold. „Entschuldige dich lieber bei deinem Pferd. Das hat sicher einen noch größeren Schrecken bekommen als du."

„Entschuldige", sagte Robert zu der Stute. „Woher sollte ich denn wissen, dass du lesen kannst und dir die Nachrichten in der Zeitung einen solchen Schrecken einjagen?"

Ísafold hörte ihm aufmerksam zu. Iris lachte. „Na, ist ja noch mal gut gegangen", sagte sie.

Alex hatte Hvatur abgesattelt und kämmte mit den Fingern durch seine strohblonde Mähne. „Also ich finde, sie ist zu gefährlich für Papi", sagte sie. „Er sollte lieber sehen, dass er sie schnell wieder los wird und sich besser die vierjährige Rappscheckstute von Gut Aue kaufen."

„Die Fluga, die Lilo und Bernd im letzten Herbst aus Island geholt haben?", fragte Iris.

Robert nickte. „Sie ist wirklich ein schönes Pferd, und hat beste

Veranlagungen zur Fünfgängerin. Aber erstens wollen die beiden sicher einen entsprechenden Preis für sie haben, und zweitens hab ich ja immer noch die Hoffnung, dass Isas Papiere doch noch aufzutreiben sind. Außerdem war das heute bestimmt nur ein dummer Zufall."

„Und wenn nicht?", fragte Alex.

„Also gut," Robert wiegte den Kopf hin und her, „wenn sich innerhalb der nächsten zwei, drei Monate wegen der Papiere von Isa immer noch nichts ergeben hat, dann verkaufe ich sie schon im Herbst wieder und hole mir vielleicht doch die Vierjährige."

Alex gab ihm einen Kuss.

Donia fegte mit energischen Strichen den Sattelplatz.

„Du hast kein eigenes Pferd, nicht wahr?" Robert war von hinten an sie herangetreten.

Donia hielt im Fegen inne und wandte sich um. „Nein", sagte sie, „aber ich darf ja hier den Gyrðir reiten."

„Na, der ist ja nicht mehr der Jüngste. Reitest du denn gut?"

Donia wusste darauf nichts zu sagen, aber Iris nickte. „Sie hat in den vergangenen zwei Wochen sogar schon einiges über das Tölten gelernt. Talentiert, wenn du mich fragst."

„Was meinst du, käme sie wohl mit Isa zurecht?" Robert sah seine Schwester an.

Iris überlegte einen Moment. „Ich denke schon", sagte sie dann.

„Glaubst du, ich komme nicht mit ihr klar?", fragte Alex bissig.

Robert winkte unwillig ab. „Darum geht es mir nicht. Aber du bist nur an den Wochenenden hier und hast außerdem deinen Hvatur. Ich fände es sinnvoll, wenn Isa auch während der Woche regelmäßig geritten würde. Und warum soll das nicht Donia übernehmen?"

„Ich? Meinen Sie das ernst?" Donia holte tief Luft und sah Robert ungläubig an.

„Ja, du", Alex war ganz rot im Gesicht, „dir schmeißen sie ja die Pferde regelrecht hinterher."

„Sei nicht ungerecht", bat Robert. „Ich habe ihr Ísafold schließlich nicht geschenkt. Sie soll sie nur reiten."

„Das finde ich wahnsinnig nett von Ihnen", sage Donia. Beinahe hätte sie Robert umarmt.

Robert lachte. „Das war jetzt schon das zweite ‚Sie‘. Wenn das so weitergeht, überlege ich mir mein Angebot noch einmal.“

„Hoffentlich geht Isa mit dir auch durch.“ Alex löste Hvaturs Anbindestrick mit einem wütenden Ruck und führte den Fuchs auf die Diele.

„Um das zu verhindern, bin ich dafür, deine Reiterlaubnis auf die Bahn zu beschränken“, wandte Iris sich an ihren Bruder. „Oder wenn Ausritte, dann nur in meiner Begleitung.“

„Einverstanden“, sagte Robert.

„Einverstanden“, jubelte Donia. Sie konnte es immer noch nicht fassen, dass sie jetzt während der Woche fast so etwas wie ein eigenes Pferd besaß.

Robert legte ihr den Arm um die Schulter. „Sie ist bei dir bestimmt in guten Händen.“, sagte er, „aber gewöhne dich nicht zu sehr an sie, falls ich sie doch im Herbst schon wieder verkaufe.“

Donia schluckte. Daran wollte sie jetzt nicht denken.

Der Geburtstagsritt

„Oh, Kerstin, wie toll!“ Donia ließ das Geschenkpapier zu Boden fallen und hielt die geflochtenen Zügel in der Hand wie ein kostbares Schmuckstück. Das waren genau die, die sie sich gewünscht hatte und viel schöner als die einfachen Gurtzügel von Ísafolds Zaumzeug.

„Iris hat mir geholfen, die Richtigen zu finden“, sagte Kerstin und drückte Donia liebevoll. Dann reichte sie ihr ein zweites Päckchen, noch viel größer als das Erste. „Und bei diesem Geburtstagsgeschenk hat sich mich ebenfalls beraten“, erklärte sie.

Donia packte es aus und hielt sich überrascht die Hand vor den Mund, denn vor ihr lag, ordentlich zusammengefaltet, ein funkelnagelneuer himmelblauer Regenponcho.

„Wahnsinn“, Donia umarmte Kerstin, „woher hast du das denn nur gewusst?“

Kerstin lachte. „Die Buschtrommeln funktionieren hier recht gut. Und irgendwann letzte Woche, nachdem es so fürchterlich geregnet hatte, kam die Meldung, dass du einen Ausritt in einer klatschnassen Hose beendet hast."

Donia verzog das Gesicht. Nun hatte Kerstin es also doch erfahren. Dabei hatte Iris, die unter ihrem Poncho mal wieder völlig trocken geblieben war, ihr doch hoch und heilig versprochen, weder Kerstin noch sonst wem etwas zu erzählen. Davon nämlich, dass Donias kurze, gelbe Regenjacke den dicken Schauer, der plötzlich vom Himmel gerauscht war, auf direktem Weg hinten in den Sattel geleitet hatte. Und das ausgerechnet bei ihrem ersten Ausritt auf Ísafold.

Aber wenn Iris nichts erzählt hätte, dann hätte sie jetzt nicht diesen wunderschönen Poncho zum Geburtstag bekommen.

Sie probierte ihn sofort an. Er reichte fast bis zum Boden. Wenn sie den beim Reiten trug, würde außer ihr und dem Sattel auch noch das halbe Pferd darunter trocken bleiben.

„Vielen Dank!", sagte sie. Sie zog den Poncho wieder aus und rollte ihn so zusammen, dass sie ihn bei nächster Gelegenheit gleich hinter den Sattel schnallen konnte. Die passenden Riemchen dafür lagen zusätzlich mit im Paket. Iris hatte wirklich an alles gedacht.

Kerstin zog noch ein kleines Päckchen hervor. „Und das hier soll ich dir von Ísafold geben."

„Von Isa?“ Donia wickelte zögernd das mit Glücksklee und Marienkäfer bedruckte Geschenkpapier um den schweren Gegenstand ab und fand darin ein abgelaufenes Hufeisen, in dem sogar noch zwei krumme Hufnägel hingen. Sie streichelte gedankenverloren über das Metall. Dieses Eisen würde einen Ehrenplatz in ihrem Zimmer bekommen. Mit den Enden nach oben, um das Glück aufzufangen. Vielleicht wehrte es ja auch böse Geister ab. Und dabei dachte sie an Alex.

Wenn Alex am Wochenende auf dem Hof zu Besuch war, dann ließ sie kaum eine Gelegenheit aus, Donia zu hänseln und von oben herab zu behandeln. Da konnte Donia so freundlich zu ihr sein, wie sie wollte, es änderte nichts an Alex‘ Verhalten.

Dass sie immer mit ihrem Vater zusammen ausreiten wollte, konnte Donja ja noch verstehen. Aber sie verstand nicht, warum sie sich dann obendrein noch jedem Ausritt von Iris anschließen musste. Sie nahm ihre Tante dermaßen in Beschlag, dass Donia sich wie das fünfte Rad am Wagen fühlte. Alex brachte es fertig, ihr das ganze Wochenende zu verderben.

Donia drückte das Eisen an sich. „Das ist das schönste Geschenk überhaupt“, sagte sie.

„Dann willst du das Nächste wohl gar nicht mehr haben, was?“ Kerstin sah sie feixend an.

„Noch eins?“ Donia sah sich im Zimmer um, konnte aber nirgends ein weiteres Päckchen entdecken.

Kerstin tat sehr geheimnisvoll. „Es ist etwas, das man nicht einpacken kann“, sagte sie.

Donia überlegte fieberhaft, doch es fiel ihr nichts ein.

„Nun sag schon“, bettelte sie.

„Also, ich habe mit Iris gesprochen und die hat ihren Bruder gefragt. Sie waren damit einverstanden, dass wir beide ganz allein einen Ausritt auf Gyrðir und Ísafold machen. Was sagst du dazu?“

„Ganz allein? Nur du und ich? Toll!“ Donia strahlte sie an. „Wann denn?“

„Ich dachte an heute Nachmittag. Wir könnten zu dem Gasthaus im Wald reiten und dort ganz luxuriös Kaffee trinken. Mit Schwarzwälder Kirschtorte und allem drum und dran.

„Toll!“, wiederholte Donia.

Kerstin sah aus dem Küchenfenster. „Mit dem Wetter haben wir anscheinend auch Glück. Nicht zu warm, nicht zu kalt und etwas windig. Genau richtig für einen Ausritt.“ Sie warf Bruno ein Stück zusammengeknülltes Geschenkpapier vor die Pfoten.

Der Kater versetzte der Papierkugel einen Hieb, sodass sie quer über den Fußboden schoss, und sprang ihr dann mit einem geschmeidigen Satz nach.

Kurz nach dem Mittagessen machten sie sich auf den Weg zum Stall.

Iris führte gerade Ísafold und Gyrðir am Halfter zum Dielentor hinaus und blieb erstaunt auf der Schwelle stehen, als sie Donia und Kerstin kommen sah.

„Schade, dass ihr schon so früh hier sein“, sagte sie.

„Wirklich eine nette Begrüßung.“ Kerstin grinste. „Aber wieso früh? Ich hatte doch mit dir ausgemacht, dass wir um diese Zeit hier sind.“

Iris strich sich die braunen Locken zurück. „Dann bin ich wohl etwas zu spät dran“, sagte sie. „Ich wollte euch doch überraschen und die Pferde schon so weit fertig machen, dass ihr sie nur noch zu satteln braucht. Sozusagen als mein Geburtstagsgeschenk für Donia. Und ehe ich es vergesse: Herzlichen Glückwunsch zum Fünfzehnten, junge Dame.“ Sie lächelte Donia an, nestelte etwas aus ihrer Hosentasche und drückte ihr einen winzigen Gegenstand in die Hand. „Aus der Heimat unserer Pferde.“

In Donias Handfläche blinkte eine silbrige Münze, etwas so groß wie ein Cent, aber leichter.

„Das ist eine alte isländische Krone“, sagte Iris. „Sozusagen ein isländischer Glücksbringer.“

Donia steckte das Geldstück sorgfältig in die Reißverschlusstasche ihrer Reithose. „Vielen Dank! Erst das Eisen und jetzt noch die Münze, bei so viel Glück kann ja nichts mehr schief gehen“

Sie putzten und sattelten die Pferde, und dann schnallte Donia stolz ihre geflochtenen Zügel in Ísafolds Trensenringe ein. Die

Stute sah Donia mit sanften, dunklen Augen an. Donia streichelte ihre weiche Nase. Sie wusste inzwischen, dass Isa keineswegs so sanft war, wie sie aussah. Vor allem im Gelände musste man höllisch aufpassen, was ringsumher geschah, denn Isa erschrak oft schon vor einem flatternden Stofffetzen, der irgendwo an einem Zaun hing. Aber Donia kam gut mit ihr zurecht, und sie war ihr noch nie durchgegangen.

Sie saßen auf und ritten zum hinteren Hoftor hinaus.

Nachdem sie nachgegurtet hatten, schlugen sie eine schnellere Gangart an. Isa trabte ruhig, aber aufmerksam neben dem töltenden Gyrðir her.

„Geht sie keinen Tölt?“ Kerstin sah die Stute an.

Donia erklärte: „Als Handpferd hat sie schon ein paar Schritte gezeigt, aber Iris will nicht, dass ich versuche, sie im Tölt zu reiten. Sie meint, um sie einzutölten, fehlt mir noch die Erfahrung, und ich soll das lieber ihr und Robert überlassen.“

Sie parierten ihre Pferde durch, ritten eine lange Strecke im Schritt und legten dann auf dem letzten Wegstück noch einmal an Tempo zu. Vor dem Gasthaus saßen sie ab und führten ihre Pferde zum Geländer der breiten Terrasse.

„Das darf nicht wahr sein.“ Donia stoppte so unvermittelt, dass Kerstin beinahe gegen Ísafolds Hinterteil geprallt wäre.

„Was ist denn los?“, fragte sie, während sie Gyrðir davon abhielt, seinen Kopf an ihrem Pulli zu reiben.

Donia stöhnte. „Wir haben vergessen, die Stallhalfter mitzunehmen. Wie sollen wir denn jetzt die Pferde anbinden?“

„Tja“, überlegte Kerstin, „an den Zügeln auf keinen Fall. Nachher verletzen sie sich noch im Maul oder zerreißen das Zaumzeug, wenn sie sich vor irgendetwas erschrecken. Können wir uns nicht hier am Rand der Terrasse einen Platz suchen und die Zügel in der Hand behalten, während wir uns mit Kuchen vollstopfen?“

„Ja, das könnte klappen“, meinte Donia, „wenn es auch vielleicht ein bisschen unbequem wird.“

Sie fanden einen freien Tisch unter den ausladenden Ästen einer Blutbuche, lockerten die Sattelgurte sowie Isas Sperrhalfter, schlugen die Steigbügel über, schoben die Zügel über den Arm und rückten sich die Stühle zurecht. Vom Nebentisch waren ein paar dumme Bemerkungen zu hören. Kerstin stieß Donia an und verdrehte stumm die Augen. Sie lachten beide.

Der Kellner war ein Pferdefreund. Nachdem er Kaffee und Kuchen gebracht hatte, kam er noch ein zweites Mal mit einer großen Wasserschüssel, die er vor Gyrðir und Ísafold absetzte. Er lächelte und streichelte die trinkenden Pferde freundlich über die Mähnen.

„Hab ich mir doch gedacht, dass ihr Durst habt“, sagte er, bevor er wieder ins Gasthaus zurückging.

Donia hatte gerade das zweite Stück Schwarzwälder Kirschtorte in Arbeit, als sie hinter sich eine bekannte Stimme sagen hörte: „Na, mein Mädchen, machst du einen Ausflug mit deiner neuen Freundin?“ Donia drehte sich um. Da stand Robert und kraulte Ísafold die Stirn.

„Grüß dich, Donia“, sagte er lächelnd und fügte mit einem interessierten Blick auf Kerstin hinzu: „Dann sind Sie wohl Donias Mutter. Das ist ja nett, dass wir uns auch mal kennenlernen. Wo Ihre Tochter sich doch schon eine Weile so prima um mein Pferd kümmert.“

Kerstin lächelte und stellte sich vor.

„Hast du uns nachspioniert?“, entrüstete sich Donia. „Traut Iris uns etwa nicht?“

„Blödsinn!“ Robert deutete auf einen freien Stuhl. „Darf ich mich zu euch setzen?“

Kerstin nickte zustimmend. Robert setzte sich und bestellte sich ebenfalls einen Kaffee.

„Ich bin wirklich ganz zufällig hier“, beteuerte er. „Ich hab mir hier in der Nähe einen Bauernkotten angesehen, der zu verpachten ist, einen kleinen alten Fachwerkhof mit etwas Weideland. Gar nicht so übel. Und da fiel mir auf dem Rückweg dieses Gasthaus wieder ein. Iris und ich sind auch schon oft mit den Pferden hier gewesen. Wundert mich übrigens, dass sie euch nicht begleitet hat.“

„Es ist Donias Geburtstagsritt“, erklärte Kerstin. „Und da hat Iris uns erlaubt, ohne sie auszureiten.“

Robert schlug sich mit der flachen Hand vor die Stirn. „Klar, meine Schwester hatte mich noch extra wegen Isa angerufen. Jetzt verstehe ich, was du eben mit ‚nachspionieren' meintest. Na, dann auch meinen herzlichsten Glückwunsch zum Geburtstag. Ist das Eisen heil angekommen?"

„Von dir ist das also." Donia sah von ihrem Kuchen auf. „Vielen Dank noch mal. Ich hatte mich schon gewundert, weil Iris gesagt hatte, dass du die Hufeisen, die der Schmied Isa abgenommen hatte, alle selbst behalten wolltest."

„Wollte ich ursprünglich auch, als erste Eisen meines ersten eigenen Pferdes." Robert nickte und nahm einen Schluck aus seiner Kaffeetasse. „Aber ich habe inzwischen alle möglichen Islandpferdegestüte angeschrieben und mit so vielen Leuten telefoniert, die sich gut mit der Zucht auskennen, und die Antworten waren jedes mal so niederschmetternd, dass ich die Hoffnung eigentlich aufgegeben habe, noch etwas über Isas Herkunft zu erfahren. Es läuft wohl darauf hinaus, dass ich sie schon bald wieder verkaufe. Und dann kann ich mich ebenso gut von ihren Eisen trennen."

Donia sah zu Boden. „So ist das also", sagte sie. „Ich glaube nicht, dass ich mich jetzt noch über das Hufeisen freuen kann." Sie drehte sich um und lehnte ihr Gesicht an Ísafolds lehmfarbenen Kopf. „Wenn du doch nur sagen könntest, wo du herkommst." Ísafold schnaubte.

„Ich verstehe das alles nicht, dieses ganze Getue um die Papiere." Kerstin schob ihren Kuchenteller beiseite und schenkte sich Kaffee nach. „Letzten Endes ist doch das Pferd wichtig und nicht seine Abstammung."

Robert sah sie an. „Ich bin im Grunde genau der gleichen Ansicht", sagte er. „Aber wenn ich mir schon eine Stute kaufe, dann möchte ich gerne mal ein Fohlen aus ihr ziehen. Und da könnte Isa isländisch wiehern und der Hengst einen Stammbaum bis zurück zu den alten Wikingern haben, und doch würde das Fohlen nicht als reinrassiges Islandpferd anerkannt werden. Ich mag Isa auch sehr, aber unter diesen Umständen kann ich sie einfach nicht behalten."

Er bemerkte Donias Blick. „Ich verspreche dir aber, dass sie in gute Hände kommt. Wenn du willst, darfst du sogar die neuen

Besitzer mit aussuchen."

Donia schüttelte in sich versunken den Kopf.

Ihre Gedanken waren ganz woanders. Und zwar bei einem Brief, den sie an das Pferdemagazin geschrieben hatte. Dort veröffentlichten sie jeden Monat kostenlos Suchmeldungen von Leuten, die mehr über die Herkunft ihres Pferdes erfahren wollten oder darüber, wohin ein früheres Pferd, das ihnen einmal gehört hatte, weiterverkauft worden war.

Donia hatte geschrieben, dass Ísafold wahrscheinlich eine Isländerstute und etwa zwölf Jahre alt sei und verkauft werden sollte, wenn man nichts über ihre Herkunft heraus bekäme. Dazu hatte sie ein Foto gelegt, das sie erst wenige Tage zuvor von Ísafold aufgenommen hatte und auf dem die Schnippe der Stute sehr schön zu erkennen war.

Wenn sie Ísafolds Herkunft auf diesem Wege klären konnte und sich vielleicht sogar ihre Papiere auftrieben ließen, dann brauchte Robert die Stute nicht wieder zu verkaufen.

Donia überlegte einen Augenblick, ob sie ihm etwas von ihrer heimlichen Aktion erzählen sollte. Aber dann entschied sie sich, nichts davon zu verraten. Falls die Anzeige keinen Erfolg brachte, würde man sie nur auslachen. Am lautesten Alex. Und darauf konnte sie gut verzichten.

Kerstin betrachtete ihre Tochter und wandte sich dann wieder Robert zu. „Für Donia und mich ist die Islandpferdereiterei noch ziemlich neu. Aber bei Ihnen scheint die Liebe zu den Isländern ziemlich in der Familie zu liegen. Sind Sie auch schon so lange dabei wie Ihre Schwester?"

Robert lachte. „Gegen Iris' Erfahrung mit Isländern bin ich ein blutiger Anfänger. Noch vor zwei, drei Jahren hätten mich weder Geld noch gute Worte auf diese kleinen Kerle bekommen. Ich ritt mit einigen meiner Geschäftsfreunde in einem ziemlich noblen Hamburger Reitverein und nahm kein Pferd wirklich ernst, das nicht mindestens 1,70 hoch war. Ich befürchtete immer, jeder Zentimeter weniger könnte meinem Ansehen schaden."

„Und was hat Ihre Meinung geändert?" Kerstin stützte ihr Kinn auf die Hand.

„Irgendwann habe ich mich von meiner Schwester und meiner Tochter breitschlagen lassen und auf Jörvi meine ersten Tölterfahrungen gemacht“, Robert lächelte, „und ehe ich mich versah, war ich infiziert und ebenfalls ein begeisterter Isi-Reiter.“

„Ein ‚Easy Rider‘.“ Kerstin lachte.

Robert lachte auch. „Ich kann mir heute kaum noch vorstellen, dass ich mich ein paar Monate vorher noch ganz fürchterlich mit meiner Tochter verkracht hatte, nur weil sie unbedingt lieber ein Islandpferd haben wollte, als bei den Junioren meines Reitvereins in die Turniermannschaft aufgenommen zu werden.“

„Und doch hast du ihr Hvatur gekauft“, stellte Donia fest.

Robert stupste sie an. „Den Teufel hab ich getan. Das war ihre Mutter, meine geschiedene Frau. Ich glaube, sie wollte mir damit nur eins auswischen. Für Pferde hatte sie sich nämlich vorher noch nie interessiert.“

Ísafold hinderte ihn daran, weiterzureden. Sie machte den Hals lang und schnappte mit den Lippen nach seinen Haaren. Beim Versuch, sie abzuwehren, fegte Robert Donias Papierserviette vom Teller. Sie schwebte taumelnd zu Boden und Ísafold sprang mit einem erschrockenen Satz zurück. Und weil Donia ihre Zügel über den Arm gehängt hatte, kippte sie mitsamt ihrem Stuhl hintenüber und landete halb in der Wasserschüssel und halb im nun ebenfalls nassen Gras daneben. Verwundert fuhr Ísafold ihr mit ihren weichen Nüstern durchs Gesicht. Das war zu viel. Donia bekam einen Lachanfall und konnte sich gar nicht mehr beruhigen.

„Tut mir leid“, prustete Robert und Kerstin kicherte: „Hast du dir weh getan?“

„Nein, nein.“ Donia strampelte wie ein Käfer, der auf dem Rücken liegt, bis sie endlich ein Tischbein zu fassen bekam und sich hochziehen konnte. Japsend setzte sie sich auf ihren Stuhl, den Kerstin inzwischen wieder aufgerichtet hatte. Aus ihren Haaren tropfte das Wasser, auf der Stirn hatte sie Pferdespucke und im Kragen mindestens ein halbes Pfund Gras und Erde.

Die beiden Gäste am Nachbartisch sahen kopfschüttelnd zu ihnen herüber.

„Also Wasser scheint ja eine ganz besondere Anziehungskraft

auf dich auszuüben", amüsierte sich Kerstin. „Vielleicht solltest du besser nur noch in Regensachen aus dem Haus gehen."

Donia grinste.

Robert hatte sich von der Bedienung im Gasthaus ein Handtuch geben lassen, mit dem sie sich nun die Haare trocken rubbelte. Sie wunderte sich, dass Robert sich nicht wieder setzte.

„Ich muss leider dringend zurück nach Hamburg", er stützte sich auf die Rückenlehne seines Stuhles, „aber wir werden und sicher demnächst mal wiedersehen, zum Beispiel bei meiner Schwester." Er druckste etwas herum und sah Kerstin an. „Und ich fände es schön, wenn wir uns ebenfalls duzen würden. Ich heiße Robert."

„Gerne, ich bin Kerstin", erwiderte Kerstin.

„Dann feiert mal noch schön." Robert umfasste eines von Ísafolds Ohren. „Und du sei nicht immer gleich so schreckhaft."

Die Stute schüttelte den Kopf und verdrehte die Augen.

Wenig später brachen Donia und Kerstin auf.

„Ich finde Iris' Bruder unheimlich nett", sagte Donia.

Kerstin schmunzelte. „Klar, wenn du ständig sein Pferd reiten darfst."

„Nein, nicht nur deshalb." Donia hielt Ísafold energisch davon ab, sich Proviant von einem Busch am Wegrand abzurupfen. „Er ist irgendwie so witzig und tut nicht immer so furchtbar erwachsen und wichtig. Wenn er bloß nicht so eine blöde Tochter hätte."

Kerstin lächelte in sich hinein und nahm Gyrðirs Zügel auf.

„Was hältst du von einem kleinen Galopp?"

Donia nickte, und sie gaben ihren Pferden die Zügel hin.

Ísafold griff weit aus. Ihr Galopp war fast so federleicht wie der von Felina, ihrem ehemaligen Reitschulpferd. Donia beugte sich tief über den Pferdehals und spornte die Stute durch kleine Schnalzer noch weiter an. Es war ihr gleich, dass ihr dabei ständig Mähnenhaare in den Mund gerieten. Ísafold galoppierte nicht mehr, sie flog.

Gyrðir hatte das hohe Tempo nicht mithalten können und lag daher ein ganzes Stück zurück, als Donia die Stute wieder durchparierte. Nachdem Kerstin zu ihr aufgeschlossen hatte, ließen sie

Gyrðir und Ísafold den ganzen Rest des Ausritts am langen Zügel im Schritt gehen, sodass sie erholt wieder bei Iris ankamen.

Dort versorgten sie ihre Pferde und brachten sie anschließend in den Auslauf. Ísafold war vor ein paar Tagen ebenfalls dorthin umgezogen und hatte sich schon recht gut eingewöhnt. Nur Hvatur biss die neue Stute manchmal noch weg. Jörvi hingegen wich ihr kaum mehr von der Seite und kam auch jetzt gleich freudig schnaubend auf sie zu.

Iris saß in ihrem Arbeitszimmer neben der Küche und sortierte Fotos.

„Ach, war das herrlich“, schwärmte Kerstin.

Iris wandte sich zu ihnen um. „Wollen wir uns noch einen Moment zusammensetzen und ihr erzählt mir von eurem Ausritt?“, fragte sie.

„Ich miste lieber den Stall aus“, sagte Donia.

Iris zuckte die Achseln. „Bitte, wenn du das an deinem Geburtstag machen willst. Ich habe nichts dagegen.“

Donia machte sich an die Arbeit. Sie wunderte sich jedes Mal aufs Neue, welche Unmengen an Äpfeln so wenige Pferde an einem einzigen Tag zustande bringen konnten. Und hier im Stall lag noch nicht einmal die Hälfte der Tagesproduktion. Der Rest verteilte sich über den Auslauf und die Nachbarweide, wo Iris sich fürs Ausmisten zuständig fühlte. Donia brachte die letzte Fuhre hinaus und sah zu Hyndlas Koppel hinüber.

Vindstjarna stand ganz allein hinten am Zaun und versuchte Kontakt zu einer schwarzbunten Kuh auf der Nachbarweide aufzunehmen. Aber die Kuh zeigte kein Interesse. Die kleine Stute stampfte trotzig mit dem Vorderhuf auf, drehte dann ab und spurtete mit gesenktem Kopf im Renngalopp quer über die Weide. Sie war jetzt schon über einen Monat alt und bewies bereits eine gehörige Portion Durchsetzungsvermögen, zum Beispiel, wenn sie mit Nachdruck bei Hyndla ihre Milchration forderte.

Donia musste lachen über so viel Selbstbewusstsein. Vindstjarna würde einmal eine richtige Pferdepersönlichkeit werden.

Kerstin und Iris saßen plaudernd auf der Veranda.

„Na, du Mistkäfer“, flachste Kerstin. „Wenn du dein Zimmer immer so sauber halten würdest, wie hier den Pferdestall, ich glaube, das wäre kaum zu ertragen. Aber ab Montag müssen die Pferde wieder etwas zurückstecken. Dann fängt das neue Schuljahr an.“

Donia stöhnte. „Musst du mich jetzt daran erinnern? Es sind doch noch vier Tage bis dahin.“ Sie sagte das mit einer Betonung, als meinte sie Monate.

„Eben, nur noch vier Tage“, stellte Kerstin fest. „Ich will dir ja das Reiten nicht ganz verbieten, aber fast jeden Tag, so wie bislang, wirst du sicher nicht mehr herkommen können.“

„Auch nicht, wenn ich mich in der Schule ganz doll anstrenge?“

Kerstin sah Donia an. „Darüber ließe sich natürlich reden.“

Donia atmete erleichtert auf. Dabei fiel ihr Blick auf eine Zeitschrift, die auf dem Gartentisch der Veranda lag. Es war die neueste Ausgabe des Pferdemagazins. Sie griff danach.

„Heute gekommen“, sagte Iris. „Wenn du willst, kannst du es erst mal mitnehmen. Ich habe in den nächsten Tagen sowieso keine Zeit, es zu lesen. Mein Verleger ist mit meiner Fotoauswahl für den Bildband noch nicht ganz zufrieden, und jetzt muss ich noch mal all meine Aufnahmen durchforsten.“ Sie sah Kerstin an. „Und dabei habe ich gedacht, ich käme jetzt endlich mal etwas intensiver zum Reiten. Ha, ha. Manchmal hat so ein freier Beruf eine Menge Nachteile.“

Kerstin stand auf. „Na, dann wollen wir dich nicht länger von der Arbeit abhalten.“

„So war das aber nicht gemeint“, wehrte Iris ab.

„Weiß ich wohl“, Kerstin lächelte, „aber trotzdem müssen wir jetzt los.“

Donia bekam das alles nur beiläufig mit. Eben war sie mit der flüchtigen Durchsicht des Pferdemagazins fertig und hielt es nun zusammengerollt in vor Aufregung feuchten Händen. Die Redaktion hatte die Suchanzeige mit Isas Foto tatsächlich schon veröffentlicht.

Erste Erfolge

„Die spinnen ja wohl!“ Donia warf wütend ihre Schultasche aufs Bett und schimpfte mit sich selber: „Erst lassen sie sich über eine Woche Zeit mit dem neuen Stundenplan und dann brummen sie uns jeden Tag mindestens sechs Stunden auf. Wann soll ich denn dann zum Reiten kommen, wenn ich vorher noch die Hausaufgaben machen muss?“

Kerstin war ihr unbemerkt gefolgt. „Am Wochenende“, merkte sie an.

Donia drehte sich erschrocken nach ihr um. „Wo kommst du denn jetzt schon her?“

„Wie immer aus derselben Schule wie du.“ Kerstin lächelte und lehnte sich an den Türrahmen. „Aber im Gegensatz zu dir muss ich jetzt nach der Einführungswoche keinen Tag mehr länger als bis zur fünften Stunde dort bleiben.“

„Ist ja toll.“ Donias Augen funkelten. „In dieser Stadt müssen die Schüler schuften, und die Lehrer machen sich ein nettes Leben. Dann können wir auch wieder ein richtiges Mittagessen einführen, wenn du jetzt genug Zeit zum Kochen hast.“

Kerstin stieß sich vom Türrahmen ab. „Das würde dir so passen, was? Aber daraus wird nichts. Ich bin doch nicht deine Haushälterin. Nein, es bleibt dabei, dass wir abends zusammen kochen.“

„War ja nur Spaß“, meinte Donia besänftigend.

„Hat sich aber wie Ernst angehört.“ Kerstin sah sie forschend an.

Donia ließ sich neben die Schultasche aufs Bett fallen. „Ich bin bloß sauer über diesen blöden Stundenplan. Da komme ich ja erst spätnachmittags zu Iris raus. Und wenn die Tage dann wieder kürzer werden, kann ich das auch vergessen.“

„Tut mir leid für dich“, sagte Kerstin, „aber ich habe den Stundenplan für die neunte Klasse nicht gemacht.“

Donia blitzte sie an. „Nein, aber du hast angeordnet, dass ich immer erst die Hausaufgaben machen muss, bevor ich reiten gehen darf.“

„Da hast du allerdings Recht.“ Kerstin setzte sich neben Donia aufs Bett. „Aber ich schlage dir eine andere Lösung vor.“

Donia wurde hellhörig. „Und welche?“

„Du kannst gleich nach der Schule zu Iris.“ Kerstin kam kaum dazu, weiter zu reden, weil Donia ihr um den Hals fiel, bekam dann aber den Rest des Satzes doch noch heraus: „und die Hausaufgaben später machen.“

„Angenommen!“ Donia gab ihr einen Kuss.

„Nicht so hastig“, Kerstin sah Donia an. „das gilt nur, so lange ich merke, dass du in der Schule noch einigermaßen gut mitkommst.“

„Ich werde die Beste in der Klasse sein“, versprach Donia.

Kerstin lächelte. „Das erwarte ich gar nicht von dir. Ich möchte nur, dass du annehmbare Zensuren nach Hause bringst und ein passables Zeugnis. Und damit meine ich höchstens zwei Vieren. Sonst findet das Reiten wirklich nur noch am Wochenende statt.

„Ich werde mich anstrengen.“

Donia suchte bereits unter ihrem Bett nach ihren Reitstiefeln, da hielt Kerstin ihr drei Briefumschläge unter die Nase. „Post für dich. Von lauter Leuten, die ich nicht kenne.“

Beinahe hätte Donia sich den Kopf am Bettrahmen angestoßen. Das konnten nur Antworten auf ihre Suchanzeige sein. „Zeig her“, forderte sie und wollte Kerstin die Kuverts aus der Hand schnappen. Dabei fielen sie zu Boden.

Kerstin sammelte sie wieder auf. „Willst du mir nicht verraten, was das zu bedeuten hat?“

Donia überlegte kurz, ob sie auch ihrer Mutter die Suchaktion verheimlichen sollte, entschied sich dann aber doch für die Wahrheit: „Ich habe wegen Isa an das Pferdemagazin geschrieben. Vielleicht finde ich auf diesem Wege etwas über ihre Herkunft heraus.“

Kerstin legte die Post auf Donias Schreibtisch. „Du hast Angst, dass Robert sie wieder verkauft, nicht wahr?“

Donia nickte. „Wer weiß, in welche Hände sie dann kommt. Wenn wir doch bloß das Geld hätten, sie zu kaufen...“

„Du weißt, dass wir das nicht haben. Und nur, um ein Pferd finanzieren zu können, möchte ich keine volle Stelle mehr annehmen. Den ganzen Tag in der Schule zu sein und dann auch noch abends und am Wochenende zu Hause nachzuarbeiten, war die letzten Jahre anstrengend genug für mich, und ich bin froh, hier nun endlich eine halbe Stelle bekommen zu haben.“

„Weiß ich ja“, sagte Donia zerknirscht. „Trotzdem finde ich es einfach unfair.“

„Dass ich jetzt eine halbe Stelle habe?“

„Nein, dass Isa wieder verkauft werden soll, nur weil sie keine Papiere hat. Dafür kann sie doch nichts.“

„Noch ist sie nicht verkauft, und vielleicht hast du mit deiner Suchaktion ja Erfolg.“ Kerstin wies auf die Kuverts.

Donia schaute ihre Mutter bittend an: „Erzähl bitte niemandem etwas davon, auch Iris nicht.“

„Versprochen!“ Kerstin hob lächelnd die rechte Hand zum Schwur und wandte sich zum Gehen. „Viel Erfolg.“

Kaum war sie zur Tür hinaus, riss Donia mit fliegenden Fingern die Umschläge auf. Es waren tatsächlich Antwortbriefe auf ihre Suchanzeige. Zweien davon lagen sogar Fotos bei. Und obwohl das eine nur schwarz-weiß und das andere vermutlich in der späten Abenddämmerung aufgenommen worden war, konnte man doch auf beiden Bildern einen Falben mit einer Schnippe erkennen. Aber so selten waren Falben mit kleiner Schnippe nun auch wieder nicht.

Donia las den Brief zum ersten Foto:

Liebe Donia Kern,
suchst du vielleicht diese Stute? Wir haben sie vor einigen Jahren von einem Privatbesitzer im Münsterland für unseren Reitbetrieb gekauft. Nach seiner Auskunft sollte sie ein Isländer sein, es hat sich dann aber herausgestellt, dass sie wohl eine Kreuzung aus Fjordpferd und Deutschem Reitpony war. Später hat einer unserer damaligen Reitschüler sie übernommen und zu sich geholt. Er ist aber inzwischen umgezogen, und wir kennen seine neue Anschrift nicht.
Viel Erfolg bei deiner weiteren Suche.
Familie Schröder

Donia schaute sich das Schwarzweißfoto genauer an. Nein, das konnte nicht Isa sein. Der Kopf dieser Stute war viel breiter, und die Schnippe war größer und saß höher als die von Isa. Enttäuscht legte sie Brief und Foto beiseite und griff zu dem Schreiben mit dem Farbfoto.

Hallo Donia,
ich suche schon seit Jahren nach meiner früheren Stute Blika. Meine Eltern haben sie verkauft, als mein Vater schwer krank wurde und seine Arbeit verlor. Und meine Mutter musste dann ihre Arbeit aufgeben, um ihn zu pflegen. Der Hof, an den meine Eltern sie gegeben haben, hat sie kurz darauf weiterverkauft, und niemand dort wollte mir den Namen des neuen Besitzers sagen. Ich vermisse Blika immer noch sehr und wüsste gern, wie es ihr geht Sie war ein wundervolles Pferd mit ganz weichem Naturtölt und einer sehr guten Abstammung. Bitte schreib mir ganz schnell, ob sie das Pferd sein könnte, das du jetzt hast.
Viele Grüße
Bea

Die Stute auf dem Foto sah Isa wirklich sehr ähnlich. Sogar die Schnippe saß an der richtigen Stelle. Aber Naturtölt, so wie Jörvi, ging Isa ganz gewiss nicht. Auch war eine Stute mit guter Abstammung bestimmt nicht ohne Papiere weiterverkauft worden.

Noch ein Brief, der in eine Sackgasse führte.

Seufzend und schon leicht entmutigt faltete Donia den dritten Brief auseinander, der einzige, dem kein Foto beigelegen hatte.

Liebe Donia,
das auf deinem Foto könnte mein Pony Cindy sein. Sie war sehr lieb, aber manchmal ist sie einfach so losgerannt. Einmal bin ich dabei runtergefallen und hab mir das Bein gebrochen. Deshalb hat mein Papa sie verkauft. Ich war ihr aber nicht böse, auch wenn sie mich immer an den Haaren gezogen hat.
Deine Pia

Donia schmunzelte. Ísafold zupfte auch gerne an ihrem Haar. Aber war sie nun eine Isländerstute oder nicht? Cindy klang ja nicht gerade sehr isländisch. Dennoch könnte Pias Brief eine erste heiße Spur sein, und Donia beschloss, ihr sofort zu antworten, um mehr über diese Cindy zu erfahren.

Sie holte Block und Stift hervor und schrieb:

Liebe Pia,
vielen Dank für deinen netten Brief. Es könnte gut sein, dass deine Cindy die Stute ist, die ich suche. Gib diesen Brief doch bitte an deinen Vater weiter. Vielleicht weiß er noch, an wen er Cindy damals verkauft hat und kann mir den Namen und die Anschrift geben. Ich lege dir Rückporto für seine Antwort bei.
Viele Grüße
Donia

Sie steckte den zusammengefalteten Brief und eine Marke in ein Kuvert, frankierte und adressierte den Umschlag und legte ihn zu ihren Schulsachen. So konnte sie ihn gleich morgen früh in den Briefkasten neben der Schule einwerfen. Die anderen beiden Briefe würde sie später beantworten. Jetzt wollte sie erst einmal zum Pappelhof fahren. Sie suchte ihre Reitsachen zusammen, rief Kerstin ein ‚Tschüs‘ ins Arbeitszimmer und zog die Wohnungstür hinter sich zu.

Der Sommer hatte ein paar kühle Tage eingelegt. Donia schloss den Reißverschluss ihres Anoraks bis hinauf zum Kinn und beugte sich tief über den Lenker ihres Fahrrads.

Auf dem Hof war es still. Donia fand Iris im Arbeitszimmer beim Sichten ihrer Fotos.

„Komm ruhig rein“, sagte sie und schwang auf ihrem Drehstuhl herum.

„Sind die Fotos immer noch für das Heidebuch?“, fragte Donia.

Iris schüttelte den Kopf. „Nein, das ist schon ein neuer Auftrag. Nur ein kleiner, aber ich möchte ihn gerne bis morgen fertig haben. Mit einem Ausritt wird es heute also nichts. Aber wenn du Lust hast, kannst du mit Jörvi in die Bahn gehen und versuchen, ihm mal wieder beizubringen, was traben bedeutet. Er geht mir in letzter Zeit zu passnah.“

„Mache ich gerne“, bestätigte Donia.

„Leg dir am besten ein paar Cavaletti in die Bahn und reite ihn im versammelten Tempo darüber“, schlug Iris vor. „Dann wird ihm nichts anderes übrig bleiben, als zu traben.“ Sie lächelte so verschmitzt, als wollte sie Jörvi damit einen Streich spielen. „Falls es irgendwelche Probleme geben sollte, weißt du ja wo du mich findest.“

Donia ging hinaus in den Auslauf und fing Jörvi ein. Nachdem sie ihn draußen neben dem Dielentor geputzt und gesattelt hatte, führte sie ihn in die Mitte der Reitbahn und ließ ihn dort stehen. „Da staunst du, was?“, sagte sie zu ihm, als sie die Cavaletti hereinschleifte und hintereinander aufstellte. „Das sieht nicht nur nach Arbeit aus, das wird auch welche.“

Jörvi beobachtete ihr Treiben interessiert und schüttelte den Kopf. Donia lachte. Sie schloss den Eingang, gurtete nach und saß auf.

Zuerst ließ sie den Falben am langen Zügel im Schritt über die Cavaletti gehen. Er hob schön vorsichtig die Hufe und stieß nicht ein einziges Mal an. Anders als Donia das Tempo steigerte. Jörvi fiel sofort in Tölt und als sie die Cavaletti erreichten, rumpelte er mit einem Vorderhuf gegen die erste Stange und stolperte so kräftig, dass er kurz strauchelte und Donia schräg über seine Schulter abrutschte.

Sie klopfte sich den Sand von der Hose und holte Jörvi zurück, der schon Richtung Ausgang marschierte. „So nicht, mein Guter“, sagte sie. „Ich weiß, dass du traben kannst. Und darum kommst du mir nicht so leicht davon.“ Sie besah sich Jörvis Vorderhuf, und als sie feststellte, dass er sich nicht verletzt hatte, saß sie wieder auf.

Diesmal war sie auf den Rumpler vorbereitet und konnte ihn abfangen. Unnachgiebig trieb sie Jörvi weiter, und siehe da, über den letzten beiden der sechs Stangen spürte sie die vertrauten Trabstöße im Sattel. Sie parierte Jörvi durch und lobte ihn. „Ganz, ganz prima. Und genau so jetzt noch einmal.“

Beim nächsten Versuch trabte Jörvi schon über vier Stangen. Doch sobald er die Reihe der Cavaletti hinter sich hatte, fiel er sofort wieder in passnahen Tölt.

„So hat es keinen Zweck.“ Donia saß ab und vergrößerte die Abstände der Cavaletti zueinander. Außerdem drehte sie die Seitenkreuze so weit herum, dass die Stangen jetzt etwas höher über dem Boden lagen.

Damit Jörvi sich die neuen Abmessungen merken konnte, ließ Donia ihn die erste Runde wieder im Schritt gehen. Dann trieb sie ihn an. Aber Jörvi dachte gar nicht daran, zu traben. Er sprang mit einem Satz über die erste Stange hinweg und wiederholte das auch bei allen übrigen Cavaletti, wobei er zwischen den einzelnen Sprüngen galoppierte.

„Schlau, aber nicht schlau genug“, sagte Donia. Sie trieb Jörvi über das erste Cavaletto, über das er erneut hinwegsetzte, nahm ihn aber gleich anschließend energisch zurück und schon lag die nächste Stange vor seinen Hufen, über die er diesmal den gewünschten Trabschritt machte.

Donia lobte ihn überschwänglich und trieb ihn weiter. Und so bald Jörvi wieder zu tölten oder zu galoppieren versuchte, verband sie die korrigierende Parade mit einem scharfen ‚Nein‘, bis sie dann endlich den ersten fehlerfreien Durchgang hinter sich brachten. Donia ließ ihn die Runde gleich noch einmal gehen und befand dann, dass er seine Lektion für heute gelernt hatte.

Ehe sie ihn in den Auslauf zurück brachte, verwöhnte sie ihn noch mit einem besonders großen Stück Apfel.

Mit verschwitztem Gesicht, aber strahlend, erschien sie wieder in Iris‘ Arbeitszimmer.

„Na, hat es geklappt?“, fragte Iris.

Donia berichtete ihr stolz von ihrem Erfolg. „Warum soll er denn das Traben überhaupt üben?“, fragte sie. „Er ist doch ein so schöner Tölter.“

„Das schon“, entgegnete Iris. „Aber in letzter Zeit hat er sich in bisschen den Schweinepass angewöhnt, und da rückt ihm konsequente Trabarbeit sozusagen die Beine wieder zu recht.“

Donia grinste. Sie fand den Ausdruck ‚Schweinepass‘ immer noch komisch, obwohl sie inzwischen wusste, dass damit ein langsamer, verspannter Zockelpass gemeint war, der mit dem begehrten Rennpass nichts gemein hatte und den man bei Islandpferden nicht besonders schätzte.

„Soll ich ihn morgen noch mal in der Bahn reiten?“, fragte sie. „Es hat mir Spaß gemacht, mal wieder eine richtige Aufgabe zu haben.“

Iris sah überrascht auf. „Wenn du willst, jederzeit. Dem Gyrðir könnte das übrigens auch nicht schaden. Du kennst ja sein altes Problem mit dem Rechtsgalopp. Da wäre sicher was zu machen. Und wenn du Lust hast, kannst du gleich damit anfangen.“

Lachend war Donia schon wieder unterwegs zum Auslauf.

Nachdem sie die Cavaletti aus der Bahn geräumt hatte, ging sie mit Gyrðir auf die linke Hand und ließ ihn sich in Schritt und Trab am langen Zügel lockern. Dann gurtete sie nach, nahm die Zügel auf und ging auf die rechte Hand. Nach zwei Runden Arbeitstrab gab sie die Hilfen zum Galopp. Wie gewohnt fiel Gyrðir jedoch in Linksgalopp und Donia parierte ihn sofort zum Schritt. „Also das müssen wir noch ordentlich üben, mein Alter“, sagte sie.

Um Gyrðir besser vorzubereiten, ritt sie auf der rechten Hand mehrere Volten, ließ ihn dem Schenkel weichen und auf dem Zirkel traben. Der Unterschied zur Linksbiegung war deutlich spürbar. Rechts herum brauchte Gyrðir viel stärkere Hilfen.

Nach einer Trabrunde gab sie dann so konsequent, als hinge ihr Leben davon ab, die Hilfen zum Rechtsgalopp und Gyrðir sprang genau so an, wie er sollte. Donia ließ ihn eine Runde gehen, nahm ihn dann zurück und probierte das Angaloppieren gleich noch einmal. Wieder gab es keine Probleme. Sie parierte Gyrðir zum Schritt. „Du wolltest mich wohl an der Nase herumführen, was?" Sie tätschelte dem Schecken lobend Hals und Schulter. Gyrðir kaute ihr als Antwort die Zügel aus der Hand.

„Verstehe, Feierabend." Donia saß ab und führte den Schecken zurück zum Sattelplatz, wo Iris Ísafold putzte.

„Ich dachte, du hättest heute keine Zeit?" Donia löste Gyrðirs Gurt und nahm ihm den Sattel ab. Gyrðir schüttelte sich.

Iris nickte. „Stimmt eigentlich auch. Aber mir ist vom vielen Bilder gucken schon ganz eckig vor den Augen und da dachte ich, ein wenig Tölttraining zur Abwechslung könnte weder Isa noch mir schaden." Sie sattelte die Stute und saß auf. „Bin bald wieder da." Sie ritt zum Hoftor hinaus und auf dem Seitenstreifen der Pappelallee in Richtung Hauptstraße.

Donia versorgte Gyrðir. Sie hatte ihn eben zurück in den Auslauf gebracht, da näherte sich von der Allee ein gleichmäßiges ‚tacke-tacke-tacke-tacke' dem Hof. Gespannt lief Donia zum Hoftor. Was sie sah, verschlug ihr fast die Sprache, denn Ísafold kam mit erhobenem Kopf und rhythmisch wippender Mähne im taktklaren Tölt die Straße entlang und Iris in ihrem Sattel strahlte wie ein kleines Kind zu Weihnachten. Einige Meter vor dem Tor parierte sie die Stute zum Schritt, hielt dann an und saß ab.

„Ist das nicht fantastisch?" Sie legte die Steigbügel über den Sattel. „Sie ist zum ersten Mal ein so langes Wegstück sauber durchgetöltet ohne umzuspringen. Und das schon nach der kurzen Zeit, die ich sie erst trainiere." Sie klopfte Ísafold den schweißnassen Hals. „Braves Mädchen, gutes Pferd."

„Es sah toll aus", sagte Donia bewundernd. „So stolz wie eine Königin."

„Na ja“, wehrte Iris ab, „den Kopf nimmt sie noch etwas zu hoch. Aber das gibt sich noch, darüber mache ich mir nicht allzu viele Gedanken. Das wichtigste ist, dass sie jetzt wenigstens verstanden hat, was ich von ihr will.“ Wieder tätschelte sie die Stute. Sie führte sie zum Sattelplatz neben dem Dielentor, legte ihr ihr Halfter um und band sie an.

„Eins versteh ich nicht“, sagte Donia. „Mir hast du verboten, auf der Straße schneller als Schritt zu reiten und jetzt reitest du Isa darauf sogar im Tölt.“

Iris stellte den Sattel hochkant an die Hauswand. „Das war nur eine absolute Ausnahme zur Taktkontrolle und keinesfalls zur Nachahmung gedacht. Wie ist es denn mit dir und Gyrðir gelaufen?“

„Ich habe ihn drei mal hintereinander in Rechtsgalopp bekommen“, berichtete Donia. „Obwohl er sich erst ganz schön dickköpfig angestellt hat.“

Iris lachte. „Ja, ohne Konsequenz kommt man bei ihm nicht weiter.“

„Ich mag ihn sehr“, sagte Donia. „Gerade weil er seinen eigenen Willen hat.“

„Gleich und gleich gesellt sich gern.“ Iris schmunzelte. „Du kannst Kerstin übrigens mal sagen, dass Alex, mein Bruder und ich am nächsten Samstag einen Tagesritt zum Gut Aue machen wollen. Wenn ihr beide Lust habt mitzukommen, seid ihr herzlich dazu eingeladen.“

Donia klatschte begeistert in die Hände. „Oh, toll, ich frage Kerstin sofort, wenn ich nach Hause komme. Einen Tagesritt habe ich noch nie mitgemacht. Aber ist das denn nicht zu weit für die Pferde? Du hast doch gesagt, dass das Gut Aue dreißig Kilometer entfernt ist. Das wären sechzig hin und zurück.“

Iris band Ísafold los. „Sechzig Kilometer sind es mit dem Auto auf der Straße. Wenn wir die Feldwege nehmen, sind es nur knapp vierzig. Das ist für die Pferde zwar auch eine ordentliche Wegstrecke, aber es wird sie nicht überanstrengen. Wir wollen ja kein Distanzrennen veranstalten, sondern ganz in Ruhe reiten.“

Sie brachte Ísafold in den Auslauf und ließ die kleine Herde auf die Weide. Die Falbstute und Jörvi trabten gemeinsam bis zum hinteren Zaun, wälzten sich dort und begannen dann, dicht beieinander zu grasen.

„Schade, wenn sie wieder weg kommt." Iris zeigte zu den beiden Falben hinüber. „Jörvi wird sie bestimmt vermissen."

„Ich auch", gestand Donia.

Iris sah sie an. „Ich glaube, der Einzige, der sich freuen kann, ist mein Bruder. Jetzt, wo Ísafold schon so sauber töltet, bekommt er sicher einen guten Preis für sie. Viel mehr, als er selber auf dem Viehmarkt für die Stute bezahlt hat. Gute, töltende Freizeitpferde finden immer ihren Käufer."

Donia schoss der Brief von Pia durch den Kopf. Sie überlegte, ob sie Iris davon erzählen sollte. Aber dann verwarf sie den Gedanken wieder. Iris würde es bestimmt Robert weitererzählen. Und der natürlich Alex.

Sie machte sich auf den Heimweg.

Kerstin war nicht zu Hause. Sie kam erst, als Donia sich bereits aus ihren Reitsachen gepellt hatte und unter der Dusche stand.

„Donia, bist du schon zurück?", rief Kerstin über den Korridor.

Donia kam aus dem Badezimmer. „Dachtest du etwa, Brutus würde duschen?", feixte sie.

Kerstin knuffte sie scherzhaft. Donia lugte in ihre Einkaufstasche: „Hmm, Spagetti!". Sie leckte sich die Lippen.

Kerstin packte die Tasche in der Küche aus. „Morgen bist du wieder mit Einkaufen dran, in Ordnung?"

„In Ordnung", willigte Donia ein. Sie hatte ihren Trainingsanzug angezogen und füllte bereits Wasser in einen Topf. „Ich habe schon einen Riesenhunger."

Während Kerstin das Hackfleisch würzte und Donia die Tomatensoße vorbereitete, erzählte sie von ihrem Trabtraining mit Jörvi.

„Schon verrückt", grinste Kerstin. „Erst freut man sich, dass die Isländer so schön tölten, und dann bringt man ihnen wieder das Traben bei."

„Es ist doch nur wegen des Schweinepasses", verteidigte Donia sich.

Jetzt lachte Kerstin aus vollem Hals. „Schweinepass, Reisepass, Alpenpass", stieß sie hervor und die Tränen liefen ihr dabei über die Wangen.

„Ach, Kerstin", Donia lachte mit ihr mit, „du weißt schon."

„Ja, ja", kicherte Kerstin. „Passfoto, Passkontrolle ..." Sie wischte sich die Tränen ab und konnte sich nur langsam wieder beruhigen. Immer wieder prustete sie los, während sie das Hackfleisch anbriet.

„Apropos reiten", Donia schob die Spagetti ins kochende Wasser, „schöne Grüße von Iris. Sie will wissen, ob wir am Samstag mit ihr zusammen einen Tagesritt zum Gut Aue machen wollen. Du weißt schon, zu den Leuten, die auch töltende Traber haben."

Kerstin rührte in der Soße. „Nur wir drei?"

„Nein, Robert kommt auch mit. Er und seine blöde Tochter."

„Macht dir das so viel aus?" Kerstin schüttete das Hackfleisch in die Soße.

„Es geht." Donia kostete mit dem Finger. „Reiten wir denn nun mit? Bitte, Kerstin." Sie holte Teller aus dem Schrank und füllte die Spagetti darauf.

Kerstin stellte den Topf mit der Soße auf den Tisch. „Warum eigentlich nicht?", sagte sie. „Dann drück mir nur die Daumen, dass ich mir auf der langen Strecke keinen Wolf reite."

„Mach ich“, sagte Donia schmunzelnd, nachdem sie die erste Gabel voller Spagetti erfolgreich bewältigt hatte. „Vielleicht gibt Iris dir ja Jörvi. Bei seinen weichen Gängen brauchst du vorm Wundreiten bestimmt keine Angst zu haben. Iris wird sicher Bondi reiten.“

„Und deine Isa wirst du wohl an Robert abtreten müssen, oder?“ Kerstin sah Donia an. „Bist du mit deiner Suche nach ihrer Herkunft schon weiter gekommen?“

Donia schüttelte den Kopf und berichtete ihrer Mutter von Pias Brief.

„Das ist doch immerhin schon ein Anfang“, sagte Kerstin.

Kleine und große Tölter

Über die Heide zogen tiefhängende Wolkengruppen. Kerstin und Donia entschieden sich, ausnahmsweise mit dem Auto zu Iris zu fahren. Kerstin nahm ihre Regenjacke mit und Donia ihren neuen Poncho.

„Ihr seid aber superpünktlich“, lobte Iris, die mit Bondi aus dem Stall kam. „Von meinem Bruder und Alex ist noch keine Spur zu sehen. Die kommen bestimmt wieder auf den letzten Drücker.“ Sie band Bondi an. „Ihr könnt trotzdem schon mal eure Pferde holen. Donia, du nimmst Jörvi und Kerstin Gyrðir.“

Kerstin und Donia sahen sich erstaunt an.

Sie waren schon beim Satteln, als Robert und Alex endlich auf den Hof gefahren kamen.

„Tut mir leid, Schwesterchen“, Robert umarmte Iris. Dabei sah er zu Kerstin hinüber, „wir haben etwas verschlafen.“

Iris blieb ungerührt. „Wenn ihr mit uns zusammen losreiten wollt, müsst ihr euch beeilen.“ Sie schob die Hand prüfend unter Bondis Sattelgurt und schnallte ihn ein Loch enger.

„Hallo“, grüßte Robert, als er an Kerstin vorbei auf die Diele ging.

Kerstin lächelte ihn an. „Hallo“, antwortete sie.

„Sie sind Donias Mutter?“ Alex musterte sie neugierig.

„Ja, ich heiße Kerstin.“ Kerstin streckte Alex die Hand hin, aber

Alex beachtete sie nicht. „Wollen wir uns nicht auch duzen, wie alle hier?“

„Ich entscheide lieber selber, wen ich duzen will.“ Alex lief ihrem Vater hinterher.

Kerstin verschnallte schmunzelnd Gyrðirs Zaumzeug.

Alex kam mit Hvatur durchs Dielentor und band ihn neben dem Schecken an.

„Ein schönes Pferd“, bemerkte Kerstin anerkennend.

„Ja“, sagte Alex einsilbig.

Donia lehnte sich von der anderen Seite über Gyrðirs Sattel und flüsterte Kerstin zu: „Ich habe dir doch gesagt, dass sie eine dumme Ziege ist.“

„Ich glaube, sie ist nur unsicher“, flüsterte Kerstin zurück.

Beinahe hätte Donia laut los gelacht. „Die und unsicher?“ Sie wandte sich kopfschüttelnd Jörvi zu und kontrollierte noch einmal, ob das Fell unter der Satteldecke und dem Gurt glatt anlag. Das würde sonst nach einem so langen Ritt böse Druckstellen geben. Aber es war alles in Ordnung.

„Halb neun!“, rief Iris. Sie befestigte Bondis Stallhalfter auf dem zusammengerollten Poncho hinter ihrem Sattel. „Seid ihr so weit?“

„Moment noch!“ Das war Robert. „Meine Zügel haben sich verdreht.“ Er fingerte an Ísafolds Zaumzeug herum. „So, von mir aus kann es losgehen.“

Sie ritten hintereinander die Allee entlang. Vorneweg Iris, gefolgt von Alex, Kerstin und Donia. Robert bildete das Schlusslicht.

Donia drehte sich in Jörvis Sattel nach im um. „Warum reitest du hinten?“

„Ich mache ganz gerne den Lumpensammler“, behauptete Robert und lächelte.

Donia konzentrierte sich wieder auf Jörvi, der versuchte, Gyrðir zu überholen. Sie nahm ihn zurück und reihte sich wieder ein. Nachdem sie die Allee verlassen und nachgegurtet hatten, ritten sie nebeneinander. Alex natürlich neben Iris, und Robert in der Mitte zwischen Donia und Kerstin, mit der er sich angeregt unterhielt.

Donia kam sich ein wenig überflüssig vor und schloss nach vorne neben Iris auf. Iris lächelte sie an. Alex' Blick hingegen hätte einen Baum fällen können. Sie stellte Hvatur dermaßen übertrieben an den Zügel, dass er das Kinn fast bis an die Brust nahm, und aufgeregt zu trippeln begann.

„Alex, wir sind hier nicht in der Wiener Hofreitschule", wies Iris sie zurecht. Alex warf ihr einen Blick zu, der diesmal für einen ganzen Wald gereicht hätte und drehte ab, um neben ihrem Vater zu reiten.

„Warum hast du Kerstin eigentlich nicht Jörvi gegeben, sondern Gyrðir?" Donia warf Iris einen fragenden Blick zu.

„Weil ich dachte, es sei vielleicht interessant für sie, auch mal ein anderes Pferd auszuprobieren. Schließlich ist sie ja keine Anfängerin mehr. Und dir gefällt es doch sicher auch, den Jörvi mal so ausgiebig zu reiten, oder?"

Donia nickte.

„Lasst uns mal ein Stück traben oder tölten, ganz wie ihr wollt!" Iris trieb Bondi an und richtete sich dabei ganz leicht im Sattel auf. Die Zügel ließ sie etwas durchhängen. Gehorsam trabte der Mausfalbe an. Donia machte es Iris nach, und siehe da, auch Jörvi begann brav zu traben. Als er jedoch Bondi überholen wollte und Donia sich wieder tiefer in den Sattel setzte, um ihn zu parieren, wechselte er sofort wieder in seinen geliebten Tölt.

Iris hatte es beobachtet. „Bleib im entlastenden Sitz und nimm ihn nur leicht mit der Hand zurück, wenn er zu schnell wird. Dann ist die Wahrscheinlichkeit geringer, dass es dir wieder in Tölt umspringt."

„Soll ich ihn denn überhaupt nicht tölten? Den ganzen Ritt lang nicht?" Donia verzog enttäuscht das Gesicht.

Iris lächelte. „Natürlich kannst du ihn tölten. Aber es tut ihm gut, mal über eine längere Strecke gleichmäßig zu traben. Tölte ihn am besten auf festeren, ebenen Wegen und lass ihn traben, wenn wir über schweren Boden oder bergauf reiten.

Donia schmunzelte. Wo sollte es denn hier in der Heide bergauf gehen? Allenfalls mal hügelauf, aber selbst das war schon selten.

Sie parierten die Pferde zum Schritt durch.

Nach ungefähr einer Stunde legten sie eine kurze Verschnaufpause ein. Dann ging es zügig weiter und nach einer weiteren Pause sahen sie gegen Mittag in der Ferne ein größeres Anwesen mit einigen Nebengebäuden.

Iris wies mit der Gerte voraus. „Dort liegt das Gut. In einer Viertelstunde sind wir da.“

Sie schafften es in zehn Minuten.

Lilo und Bernd, er groß und bullig, sie klein und etwas schlanker, aber beide mit den gleichen, rötlich blonden Haaren, begrüßten sie herzlich und zeigten ihnen eine kleine Weide mit Unterstand, auf die sie ihre Pferde bringen konnten. Kaum waren die von Sätteln und Zaumzeugen befreit, wälzten sie sich ausgiebig und scheuerten genüsslich ihr verschwitztes Fell.

Lilo umarmte Iris. „Schön, dich zu sehen“, sagte sie. „Ihr kommt gerade rechtzeitig zum Mittagessen.“

„Was glaubst du denn, warum wir hier sind?“, flachste Robert und umarmte Lilo ebenfalls.

Es gab selbstgemachte Reibekuchen mit Preißelbeer-Kompott. Sie aßen an einem langen Tisch in einer Wohnküche, die so groß war, dass man dort wahrscheinlich ein Pferd hätte longieren können.

„Erzähl mal“, Bernd sah Robert an und deutete aus dem Fenster in Richtung Gastpferdeweide. „Der Falbe, der wie ein Fjordpferd aussieht, ist das deine papierlose Neuerwerbung? Die Stute vom Viehmarkt?“

Robert nickte mit vollem Mund. Er schluckte den Bissen hinunter. „Ich habe sie Ísafold getauft, um jeden weiteren Zweifel an ihrer Reinrassigkeit von vornherein auszuschließen.“

„Du scheinst dir deiner Sache sehr sicher zu sein.“ Bernd lächelte still in sich hinein. „Hast du denn bei deiner Suchaktion nach ihrer Abstammung schon irgendwelche Erfolge erzielt?“

Robert schüttelte den Kopf. „Darum werde ich sie wohl auch nicht behalten. Was nutzt mir eine noch so gute Stute, wenn ich nicht mit ihr züchten kann. Dann hätte ich mir gleich einen Wallach kaufen können. Aber sie scheint sich zu einem wirklich schönen Tölter zu entwickeln, und falls ihr mal von irgendwelchen Leuten hört, die ein gutes Freizeitpferd suchen, dann gebt mir Bescheid. Ich spiele ernsthaft mit dem Gedanken, mir dann die vierjährige Rappscheckstute zu kaufen, die ihr im letzten Herbst aus Island mitgebracht habt."

Lilo sah schmunzelnd ihren Mann an. „Also Geschmack hat er, das muss man ihm lassen."

Bernd schmunzelte ebenfalls. „Das schon, aber ob er genug Geld hat, um Fluga zu bezahlen?" Er schob seinen Teller beiseite. „Na, dann lasst uns deinen Möchtegern-Isis mal näher ansehen."

Dic anderen standen ebenfalls auf und folgten ihm hinaus zur Weide.

Bernd sprach Ísafold mit ruhiger Stimme an, ging auf sie zu und hielt sie am Kinn fest, während er einen kurzen Blick auf ihre Zähne warf. Dann betrachtete er die Stute prüfend von allen Seiten, besah sich ihre Augen, die Mähne und den Schweif und ließ sie von Robert einige Schritte über die Weide führen.

„Na?", fragte Robert. „Wie lautet dein fachmännisches Urteil? Original oder Fälschung?"

Bernd wiegte den Kopf hin und her. „Nach allem, was ich weiß, wohl eher ein Original. Sie dürfte tatsächlich ein Isi sein."

Lilo kraulte die Stute. „Ich finde Falben hinreißend", sagte sie. „Aber mein Vater konnte sie leider bei Isländern überhaupt nicht leiden. Ich erinnere mich noch daran, dass er mal eine Stute hatte, die so ähnlich aussah wie Ísafold. Eine sehr gute Viergängerin übrigens. Nur eben diese Farbe. Und als sie die dann auch noch weitervererbt hat und noch dazu an zwei ganz fürchterlich mickrige Fohlen, da hat mein Vater sie eines Tages wutentbrannt mitsamt ihrem Jährling und dem Fohlen bei Fuß verkauft. Und so lange er lebte, gab es bei uns keine Falben mehr auf dem Gut. Erst Bernd und ich haben wieder damit angefangen." Lilo klopfte Ísafold den Hals.

Die Stute rieb ihren Kopf an Lilos Windjacke. Lilo schmunzelte. „Du bist ja eine richtige Schmusekatze."

„Manchmal ist sie nicht ganz so lieb", sagte Robert und erzählte von seinem allerersten Ausritt mit Isa. „Aber seit Donia sie reitet, ist so etwas noch nicht wieder vorgekommen."

„Schade“, raunte Alex Donia zu.
Donia stemmte die Hände in die Hüften. „Kannst du mir mal verraten, was ich dir eigentlich getan habe?“
„Du mir was getan?“ Alex hob erstaunt die Augenbrauen. „Wie kommst du denn darauf? So ein nettes Mädchen wie du tut doch keiner Fliege etwas zu leide.“
„Wie du meinst“, sagte Donia und wandte sich ab.
Kerstin und Robert schauten erst Donia und Alex und dann sich gegenseitig an und zuckten beide zugleich in gespielter Verzweiflung mit den Schulten. Sie mussten lachen.
„Ob das Theater wohl jemals aufhört?“, fragte Kerstin, und Robert antwortete: „Bloß nicht einmischen. Das sollen die beiden unter sich austragen. Da müssen sie durch.“

Lilo und Bernd führten ihre Besucher weiter über das Gut. Auf einer kleinen Anhöhe befand sich ein großer Offenstallkomplex mit mehreren, voneinander getrennten Ausläufen. Über ein geschickt ausgedachtes Wegesystem hatten die Pferde von dort aus Zugang zu verschiedenen Weiden, die das Stallgebäude umgaben. Auf zweien dieser Weiden grasten Mutterstuten mit ihren Fohlen, auf zwei weiteren eine kleine Herde von Jungpferden.
„Hier oben stehen im Moment nur die Reitpferde“, erklärte Lilo. „Und Hrimnir, unser Familienvater.“ Sie deutete auf einen mittelgroßen, drahtigen Schimmelhengst, der in Imponier-Haltung am Zaun des Auslaufs entlang trabte und immer wieder lauschend zu den Pferden auf den Weiden hinüber sah. „Wir haben ihn erst vor kurzem von der Deckweide geholt“, sagte Lilo. „Und er hat sich noch nicht ganz damit abgefunden, jetzt wieder von seinen Stuten getrennt zu sein.“
Sie gingen weiter zu den Reitanlagen. Neben einer großen Reithalle und einem Dressurviereck im Freien lag noch eine Art Rennbahn im Kleinformat.
„Wozu ist die denn?“, fragte Donia.
Alex sah sie herablassend an. „Da ist eine Ovalbahn!“, machte sie deutlich
„Dass sie oval ist, sehe ich selber.“ Donia reckte ebenfalls ihre

Nase in die Höhe."

„Ach, wirklich?", fragte Alex schnippisch.

„Ja. Und außerdem habe ich nicht gefragt, was das ist, sondern wozu."

„Sie ist dazu da, um die Pferde in den einzelnen Gangarten zu trainieren", schaltete Iris sich ein. „Vor allem, um sie längere Strecken tölten zu können, ohne dass die Pferde ständig enge Kurven laufen müssen, wie in der Reitbahn." Sie deutete auf eine lange Gerade hinter dem Oval. „Und das ist die Bahn für den Rennpass. Lilo und Bernd haben sich hier wirklich eine ausgezeichnete Reitanlage aufgebaut."

Als nächstes kamen sie zu einem weiteren Offenstall, in dessen Sandauslauf ein paar schlaksige Großpferde im Vollbluttyp standen.

„Unsere großen Tölter, stellte Bernd sie vor, „ehemalige Renntraber."

Donia staunte. Rennpferde kannte sie nur aufgeregt und überempfindlich. Diese hier aber machten einen ruhigen und ausgeglichenen Eindruck, kamen ans Gatter geschlendert und streckten neugierig ihre feingliedrigen Köpfe über den Zaun.

Bernd streichelte die Nase eines Rappen mit Stern.

„Na, Jupiter, mein alter Junge."

Der Rappe schnoberte an Bernds Brusttasche. Bernd lachte und holte ein Stück Möhre heraus, die Jupiter ihm vorsichtig von der Hand nahm und knuspernd zermalmte.

„Jupiter war der erste, den ich von der Rennbahn geholt habe, weil er seinem Besitzer dort kein Geld eingebracht hat. Ich wusste damals schon, dass viele Traber auch Tölt gehen können und ähnlich robust gehalten werden können wie unsere Isis. Und ich hatte schon eine ganze Weile davon geträumt, selbst mal einen großen Tölter zu besitzen. Aber ihr hättet Lilo mal erleben sollen, als ich plötzlich mit Jupiter ankam. Sie hat mir doch glatt an den Kopf geworfen, ich würde die Isländer verraten."

Bernd sah seine Frau an und schmunzelte.

Lilo winkte ab. „Wenn du dich jahrelang mit der Islandpferdereiterei gegen eingefleischte Großpferdereiter behaupten musstest, dann ist es erst ein seltsames Gefühl, plötzlich selbst ein Großpferd zu besitzen. Aber inzwischen sind mir unsere Deutschen Tölter schon ebenso ans Herz gewachsen wie die Isis." Lilo sah Kerstin und Donia an. „Wollt ihr sie mal ausprobieren?"

„Gerne", sagte Kerstin spontan.

Lilo sattelte Jupiter und zäumte ihn auf Westernstange. Das Kopfstück bestand nur aus einem einzigen Lederriemen mit einer verstellbaren Schlaufe, die Lilo über eins von Jupiters langen Ohren schob. Sie gingen hinüber zur Ovalbahn und Lilo hielt Jupiter am Zügel, während Kerstin aufsaß.

„Was muss ich tun?", fragte sie.

„Das Gleiche wie bei Gyrðir, wenn du ihn tölten willst", sagte Iris.

Kerstin ritt den Rappen ein Stück im Schritt und gab dann an der langen Seite der Bahn die gewohnten Tölthilfen. Jupiter hob den Kopf und wechselte in einen lockeren Tölt.

Kerstin nahm ihn nach ein paar Runden wieder in Schritt zurück und parierte ihn kurz vor der Gruppe durch. „Fantastisch!" Sie saß ab. „Willst du auch mal Donia?"

Donia nickte, verstellte die Bügelriemen auf ihre Länge und gurtete noch einmal nach. Sie hatte sich in den letzten Wochen schon so sehr an die praktische Größe der Islandpferde gewöhnt, dass es ihr jetzt ganz seltsam vorkam, ihren Fuß in einen höher hängenden Steigbügel zu setzen.

Wie Kerstin ritt sie Jupiter erst eine Runde im Schritt und gab dann die Hilfen zum Antölten.

Jupiters Tölt war weder mit dem von Jörvi noch mit Gyrðirs zu vergleichen. Er fühlte sich im Sattel fließender und schwingender an, als der der Islandpferde, war aber genauso angenehm zu reiten.

Donia strahlte, als sie wieder bei der Gruppe anhielt. „Wirklich toll." Sie reichte Alex die Zügel. „Du auch?"

Alex sah sie entrüstet an. „Nicht nötig, ich weiß, wie ein Traber töltet."

Donia zuckte die Schultern und gab den Rappen an Lilo zurück. „Danke, das war ganz große Klasse."

Lilo sattelte Jupiter ab und brachte ihn zurück in den Auslauf.

Alex hakte sich bei ihrem Vater unter und zog ihn mit sich fort. „Lass uns mal zu Fluga runter gehen“, schlug sie vor. Robert ließ sich hilflos lächelnd von ihr zu den Jungpferdeweiden entführen.

„Der lässt sich aber auch alles gefallen.“ Donia war neben Kerstin getreten und sah Alex und Robert nach.

Kerstin legte Donia den Arm um die Schulter. „Vielleicht hat hartes Durchgreifen bei dem Mädchen nicht viel Sinn“, meinte sie nachdenklich. „Sie scheint eher Zuwendung als Zurechtweisung zu brauchen.“

Nach einer Weile kamen Alex und ihr Vater wieder zurück.

„Die kleine Isabellstute mit der Strichblesse sieht auch nicht übel aus“, sagte Robert zu Lilo. „Wie heißt sie noch mal? Du hast mir erst letztens ihren Namen gesagt, aber ich habe ihn schon wieder vergessen.“

„Filfilla, Papi.“ Alex runzelte die Stirn.

Roberts Gesicht erhellte sich. „Ach ja, jetzt fällt es mir auch wieder ein. Heißt das nicht ‚Wollgrasblume‘?“

„Nicht ‚Wollgrasblume‘, sondern ‚Löwenzahn‘“. Lilo lachte. „‘Wollgrasblume‘ hieße ‚Fifa‘.“

„Das werde ich mein Leben lang durcheinander bringen“, gab Robert zu. „Ich kann mir immer nur merken, dass es was Blühendes ist.“ Er grinste.

„Ehe ich es vergesse“, sagte Lilo plötzlich. „Wir warten noch auf eure Nennungen zu unserer ‚Isitary‘ im September.“

„Zugelassen sind alle Pferde, die wie ein Isi aussehen und mehr als drei Gänge zeigen.“ Bernd knuffte Robert lachend in die Seite. „Da kannst du mit deiner Stute also auch starten.“

„Wir schicken euch die Anmeldungen spätestens bis Ende der Woche“, versprach Iris. „Ich starte auf jeden Fall mit Jörvi.“

„Und ich mit Hvatur, ist ja klar“, fügte Alex hinzu.

„Dann nehme ich natürlich mit Isa teil“, entschied Robert. „Wenn sie gut abschneidet, werde ich sicher noch etwas mehr Geld für sie verlangen können.“

„Was ist denn, bitte schön, eine ‚Isitary‘?“, fragte Kerstin.

Bernd schmunzelte. „Eine Spezialität des Hauses. So eine Art Military für Islandpferde. Mit leichtem Geländeritt, einer mittelschweren Gehorsamsprüfung und natürlich einer Mehrgangprüfung."

„Dann sind die Fünfgänger ja wieder im Vorteil." Iris sah Lilo nachdenklich an.

Lilo lächelte geheimnisvoll. „Eben nicht. Die Viergänger können pro Gangart maximal zehn Punkte erreichen und die Fünfgänger nur acht. So haben beide die gleiche Chance, auf eine Höchstpunktzahl von vierzig zu kommen."

„Das ist natürlich eine optimale Lösung." Iris nickte anerkennend.

Donia schwieg. Wenn Iris, Alex und Robert an der Isitary teilnehmen wollten, bliebe für sie nur Gyrðir übrig, und der war zu alt für ein solches Turnier. Donia war bitter enttäuscht und kämpfte mit den Tränen.

Alex schien denselben Gedanken gehabt zu haben, denn plötzlich schaute sie Donia mit einem wahren Siegerlächeln an.

Kerstin und Robert warfen sich einen vielsagenden Blick zu.

Iris hingegen sah zum Himmel hinauf. Die Wolken waren dichter zusammengerückt. „Sieht nach Regen aus", sagte sie. „Ich glaube, wir sollten uns bald auf den Heimweg machen."

Sie sattelten ihre Pferde und verabschiedeten sich von Lilo und Bernd.

Iris drückte aufs Tempo. Sie ritten lange Strecken in Tölt oder Trab, längere als auf dem Hinweg. Dennoch überraschte der Regen sie bereits kurz nach der zweiten Pause, als sie gerade den Waldrand erreicht hatten. Sie parierten ihre Pferde durch und zogen ihre Regensachen an.

Im gleichen Moment, in dem Robert seinen raschelnden Poncho über Ísafolds Kruppe breitete, war die Stute schon mit einem panischen Satz in den Wald hinein gesprungen und schoss nun im Zickzack zwischen den hohen Bäumen hindurch. Es sah so aus, als würde Robert jeden Augenblick mit dem Knie an einen der Stämme prallen, und Kerstin hielt sich erschrocken die Hand vor den Mund.

Die Stute und Robert verschwanden mit wehendem Poncho im dichter werdenden Unterholz und damit aus dem Blickfeld der anderen. Hin und wieder markierte das Knacken zerbrechender Zweige noch ihre Richtung, dann wurde es still.

Iris lenkte Bondi ebenfalls in den Wald hinein und folgte dort im Schritt der Spur, die Isas Hufe auf dem weichen Waldboden hinterlassen hatte. Die anderen taten es ihr gleich.

„Robert, wo bist du?“, rief Iris.

„Papi, melde dich doch!“, rief Alex.

Jörvi wieherte.

Er war der Einzige, der eine Antwort erhielt: Von Ísafold, die kurz darauf mit leerem Sattel und baumelnden Steigbügeln um die nächste Wegbiegung auf ihn zu getrabt kam. Donia nahm sie am Zügel. Alex drückte Hvatur die Schenkel in die Seiten, und ehe sie jemand aufhalten konnte, verschwand sie im Galopp zwischen den Bäumen.

Bald darauf schallte ein lautes: „Alles in Ordnung!“, durch den Wald.

Iris und Kerstin atmeten fast gleichzeitig auf, als wenig später Robert um die Biegung gehumpelt kam. Er hatte den langen Poncho wie ein Ballkleid gerafft und lächelte schief. Alex begleitete ihn im langsamen Schritt auf Hvatur.

Donia brachte ihm Ísafold als Handpferd entgegen.

„Danke, sehr lieb“, sagte er, nahm die Zügel und wollte aufsitzen. Doch wieder scheute die Stute vor seinem Poncho. Robert konnte sie gerade noch an einer erneuten Flucht hindern. „In Ordnung“, sagte er, zog den Poncho aus, schnallte ihn wieder hinter den Sattel und saß auf. „Wenn du lieber willst, dass wir nass werden.“

Aber der Regenschauer war bereits wieder vorbei.

„Hast du dich verletzt?“ Kerstin ritt neben Robert.

„Nur das Schienbein etwas angeschlagen.“ Robert versuchte zu lächeln. „Ich bin nach dem Sturz eine kleine Böschung hinunter gerollt und immer innen auf den Saum meines Ponchos getreten, als ich versucht habe, sie auf allen Vieren wieder hoch zu kriehen. Deshalb hat es so lange gedauert.“

„Ich mache mir Sorgen wegen Donia“, sagte Kerstin. „Ich hätte ihr niemals erlaubt, auf deiner Stute auszureiten, wenn ich gewusst hätte, dass Isa so unberechenbar ist.“

Robert sah Kerstin an. „Das Pferd kann nichts dafür. Es war ganz allein mein Fehler. Viele Pferde haben Angst vor diesen Regenponchos. Ich hätte schon vorher ausprobieren müssen, wie Isa darauf reagiert.“

„Trotzdem. In der Bahn soll Donia sie meinetwegen weiterhin reiten dürfen, aber auf keinen Fall mehr im Gelände. Das ist mir zu riskant nach diesem Vorfall eben.“

Donia hatte sich den Rest des Gesprächs mit angehört.

„Mir ist auf Isa noch nie etwas passiert“, sagte sie aufgebracht. „Und Iris auch nicht.“

„Irgendwann ist immer das erste Mal“, beharrte Kerstin. „Und ich habe keine Lust, dich irgendwann im Krankenhaus wiederzutreffen, nur weil es Ísafold gerade mal in den Kopf gekommen ist, dich an einem Baum abzustreifen.“

Robert hob beschwichtigend die Hand. „Ich kann verstehen,

dass du dir Sorgen machst. Aber wenn meine Schwester sagt, dass Donia problemlos mit Isa zurechtkommt, dann können wir das ruhig glauben. Spätestens nach der Isitary kommt die Stute ja wieder vom Hof. Mach Donia die letzten Wochen mit ihr doch nicht unnötig schwer."

„Dein Mitgefühl in allen Ehren", Kerstins Augen blitzten, „aber ich bin nun mal diejenige, die für Donia verantwortlich ist."

„Kerstin, bitte!", flehte Donia.

„Nein, keine Diskussion mehr."

Donia lenkte Jörvi herum und ritt allein in großem Abstand hinter der Gruppe her. Die Tränen liefen ihr über die Wangen. Sie beugte sich über Jörvis Mähne und schlang dem Falben die Arme um den Hals. „Das Leben ist so ungerecht", schluchzte sie.

Jörvi hörte ihr schweigend zu und nickte bei jedem Schritt.

Zu Hause lag die Samstagspost im Briefkasten, darunter wieder zwei an Donia adressierte Briefe. Einer mit unbekanntem Absender, der andere von Pias Vater. Donia öffnete und las ihn, noch ehe sie ihre Reitstiefel auszog.

Sehr geehrte Frau Kern,
meine Tochter Pia erzählte mir, dass Sie nach der Stute Cindy suchen, die uns vor einigen Jahren gehörte. Leider kann ich Ihnen nicht viel weiterhelfen. Ich habe sie seinerzeit von einem Pferdehändler aus unserer Gegend gekauft und sie nach dem Reitunfall meiner Tochter auch wieder an diesen Händler zurück gegeben, der zu der Zeit gerade einige Ponys für eine Auktion zusammenstellte. Die Stute hatte keine Papiere und ich weiß weder etwas über ihre Vorbesitzer noch über die späteren Käufer. Tut mir leid!
Mit freundlichen Grüßen
Peter Bauer

Mist! Donia streifte die Stiefel ab und nahm die Post mit in ihr Zimmer. Sie wagte kaum, den anderen Briefumschlag zu öffnen. Wahrscheinlich war es wieder nur blinder Alarm. Sie holte tief Luft und riss das Kuvert auf.

Liebe Frau Kern,
die Stute, die Sie besitzen, könnte das Pony Minka sein, das bis zum Frühjahr den Betreibern eines Pensionsbauernhofs gehörte, auf dem wir mit unseren Kindern oft die Ferien verbracht haben. Sie haben Minka dort noch in den Pfingstferien geritten, doch da die Stute unter dem Sattel oft sehr schreckhaft war, ist sie schon vor den Sommerferien wieder verkauft worden. Leider wissen wir nicht, an wen. Die Hofbetreiber haben sie zwar immer als Fjordpferdemix ausgegeben, ich glaube aber, dass Minka eine Isländerstute ist (habe früher selbst Isländer geritten).
Viele Grüße
Barbara Hochstädt

Donia ließ den Brief aufs Bett segeln. Cindy und Minka waren zwar unterschiedliche Namen, aber die bei beiden beschriebene Schreckhaftigkeit passte auch zu Isa. Es bestand also doch ein Funken Hoffnung, dass es sich bei diesen Stuten und Isa um ein und dasselbe Pferd handelte. Nur half ihr das alles nichts, wenn niemand ihre Herkunft kannte.

Wege zum Ziel

Als Donia aus der Schule kam, wedelte Kerstin ihr lächelnd mit einem Briefumschlag vor der Nase herum.

„Post von einer Familie Bockmann“, verkündete sie. „Du scheinst auf deine Suchanzeige ja einigen Zulauf zu haben. Bist du mit deinen Nachforschungen denn schon weiter gekommen?“

Donia ließ ihre Schultasche fallen wo sie stand und schnappte Kerstin den Brief aus der Hand. „Wirklich weiter leider noch nicht.“ Sie riss den Umschlag auf und las:

Liebe Donia,
das Pony in der Anzeige könnte unsere frühere Stute Quicka sein. Sie müsste dann eine Narbe an der Innenseite des linken Oberschenkels haben. Die stammt von einem Unfall, den sie als Zweijährige hatte. Damals ist auf der Straße direkt neben ihrer Weide

an einem stürmischen Tag ein Lkw voller Altpapier verunglückt. Er hat seine Ladung über die ganze Weide verteilt und Quicka ist voller Panik in den Zaun gelaufen.

Wir hatten sie als Jährling zwar ohne Papiere gekauft, waren aber davon überzeugt, dass sie ein Islandpony ist. Heute wäre Quicka elf Jahre alt. Leider mussten wir sie verkaufen bevor wir sie reiten konnten, weil wir für eine Weile ins Ausland gegangen sind.
Beiliegend schicken wir dir die Fotokopie von Quickas Kaufvertrag, den wir noch in unseren Unterlagen gefunden haben. Darauf findest du auch den Namen und die Anschrift des Händlers. Allerdings ist der Kauf ja schon zehn Jahre her und wir wissen nicht, ob die Anschrift noch stimmt.
Wir haben jetzt wieder drei Ponys. Zwei Isländer und ein Connemara.
Wenn deine Stute tatsächlich unsere Quicka sein sollte, schreib uns doch bitte. Wir würden uns sehr freuen.
Liebe Grüße
Deine Familie Bockmann

Donia besah sich die Vertragskopie. Neben Namen und Anschrift des Verkäufers enthielt sie nur die Bemerkung: ‚Ponystute ohne Papiere; Jährling, Falbe mit Schnippe, Name: Quicka'.

‚Quicka', das klang nach dem englischen Wort ‚quick', für schnell. Und schnell war Isa nun wirklich, das hatte sie schon mehrfach unter Beweis gestellt. Warum sollte ein Islandpferd aber einen englischen Namen tragen, wo es doch allgemein üblich war, ihm einen isländischen zu geben?

Diese Quicka sollte eine Narbe auf der Innenseite des linken Oberschenkels haben. Donia nahm sich vor, das heute noch nachzuprüfen. Bevor sie den Händler anrief, wollte sie erst völlig sicher sein, dass Isa wirklich Quicka war. Und das konnte nur die Narbe beweisen. Sie steckte die Post von Bockmanns in ihre Schultasche, aß in aller Eile eine Scheibe Brot und fuhr dann zu Iris hinaus.

Als sie eben in die Pappelallee einbiegen wollte, kam ihr von dort ein Auto mit Kleinpferdehänger entgegen, das an der Landstraße in die andere Richtung abbog und danach schnell an Tempo zulegte. Donia erhob sich aus dem Sattel und versuchte, über die oben offene Rückwand hinweg einen Blick in das Innere des Hängers zu erhaschen. Doch außer einer schwarz-weißen Mähne hinter einem hochgeworfenen Pferdekopf konnte sie nichts erkennen.

Eine schwarz-weiße Mähne? Ísafold hatte eine schwarz-weiße Mähne. Hatte Robert sie etwa doch schon verkauft, ohne ihr ein Sterbenswörtchen davon zu sagen? Und das ausgerechnet jetzt, wo sie einen neuen Hinweis auf die Herkunft der Stute bekommen hatte? So schnell Donia konnte, radelte sie zum Hof.

Iris saß vor der Sattelkammer auf einem Hocker und war darin vertieft, Jörvis Sattel zu putzen. Sie schrak zusammen, als Donia plötzlich hereingestürmt kam. Dabei fiel ihr der Schwamm in die Sattelseife.

„Was ist denn mir dir los?" Sie fischte den Schwamm wieder aus der Seifendose heraus. „Ist dir ein Gespenst begegnet?"

„Wo ist Isa? Wer hat sie da eben abgeholt?", sprudelte Donia hervor, ohne Luft zu holen.

Iris hob den Seifenschwamm. „Stopp, stopp, stopp", sagte sie. „Isa ist im Auslauf, und es ist nichts weiter passiert, als dass Bondis Besitzer ihr Pferd abgeholt haben, weil meine Arbeit mit ihm beendet ist. Ganz einfach."

Donia ließ sich aufatmend gegen die Boxentür sinken. „Dann ist es ja gut. Ich hatte schon Angst, dass Robert Isa verkauft hätte."

„Du musst nicht immer gleich das Schlimmste annehmen." Iris legte den Schwamm beiseite und verschloss die Seifendose.

„Wer immer nur glaubt, dass ihm nur schreckliche Dinge passieren, dem passieren dann irgendwann nur noch schreckliche Dinge. Das ist wie mit den Wünschen. Wenn du etwas tief im Inneren willst, dann bekommst du es auch. Wenn auch manchmal nicht sofort." Sie lächelte.

Donia schüttelte zweifelnd den Kopf. Seit sie reiten durfte, träumte sie davon, einmal ein eigenes Pferd zu besitzen. Und was war geschehen? Nichts. Sogar Ísafold, die fast schon so etwas wie ihr eigenes Pferd war, sollte wieder verkauft werden."

„Du kannst mir ruhig glauben." Iris nahm den Sattel vom Bock und trug ihn zurück in die Sattelkammer. Donia begleitete sie. Als ihr Blick auf Gyrðirs Namensschild fiel, kam ihr die Isitary wieder in den Sinn.

„Ich finde es unfair!", stieß sie hervor.

Iris sah sie erstaunt an. „Was findest du unfair? Dass man nicht immer sofort das bekommt, was man sich wünscht?"

„Nein", Donia versuchte, zu lächeln, „aber dass man nur auf der Isitary starten kann, wenn man ein eigenes Pferd hat."

„Wer behauptet das denn?" Iris hob verwundert die Brauen.

„Aber es ist doch so", beharrte Donia. „Du und Robert und Alex, ihr habt alle drei ein eigenes Pferd. Und ihr könnt mitreiten und ich nicht."

Iris legte ihr die Hand auf die Schulter. „Du hast mir keinen Ton davon gesagt, dass du auch gerne auf der Isitary starten würdest."

„Aber es bleibt ja kein Pferd mehr für mich übrig."

„Und was ist mit Gyrðir?" Iris deutete auf das Sattelzeug des Schecken.

Donia machte ein ungläubiges Gesicht. „Ich dachte, der wäre für die Isitary schon viel zu alt. Du hast doch selbst mal gesagt, dass man einen Sechzigjährigen nicht mehr zum Hürdenlauf schicken würde."

Iris lachte. „Er wird bestimmt den Geländeritt nicht mehr gewinnen können. Aber mitgehen kann er ihn auf alle Fälle. Und in den anderen beiden Prüfungen hätte er durchaus noch gute Chancen. Du weißt doch selbst, wie munter er noch ist. Und wenn du ihn reiten willst ... Ich hätte nichts dagegen."

„Natürlich will ich, gerne sogar." Donia fiel Iris um den Hals. „Oh, Iris, vielen, vielen Dank!"

Iris drückte sie an sich.

„Sag mal", begann Donia, „Ist Quicka eigentlich ein isländische Pferdename?"

„Mit ‚Qu' geschrieben, wie das englische ‚Quick'?"

Donia nickte. Ich hab das neulich mal irgendwo gelesen und

fand es etwas seltsam, weil es sich so gar nicht isländisch anhört."
Iris nahm Ísafolds schwarzes Gurthalfter vom Haken. „Im Isländischen gibt es so viel ich weiß keine Worte, die mit ‚Q' beginnen. Vielleicht haben diese Leute es aber nur falsch verstanden und es wird mit ‚Kv' am Anfang geschrieben. Ich gebe dir nachher mal ein Buch, in dem unter anderem ganz viele isländische Pferdenamen stehen. Da kannst du dann selbst mal nachschauen."
Sie reichte Donia Gyrðirs blaues Halfter. „Ich gehe gleich mit Isa zum Tölttraining ins Gelände. Wenn du möchtest, kannst du so lange allein mit Gyrðir ausreiten. Du kannst mit ihm gerne mal über die beiden Hindernisse hinter dem Hof springen. Die haben ganz ähnliche Abmessungen wie die auf der Isitary. Aber vergiss nicht, vorher die Bügel etwas kürzer zu schnallen. Damit du nicht beim Springen eine meiner wunderschönen Konstruktionen mit den Füßen abräumst." Iris grinste.

Sie putzten und sattelten die Pferde. Dann ritt Iris zum vorderen, Donia zum hinteren Hoftor hinaus. Sie lächelte glücklich. Es war das erste Mal, dass sie ganz allein ausritt. Sie ließ die Hindernisse vorerst unbeachtet. Die würde sie auf dem Rückweg springen. In Richtung Stall sprangen die meisten Pferde sowieso lieber als von zu Hause weg. Und wenn sie schon allein mit Gyrðir ins Gelände gehen durfte, dann wollte sie das auskosten.

Sie ritt hauptsächlich Schritt und Tölt, legte aber auch eine geruhsame Galoppstrecke ein. Gyrðir ging genauso willig vorwärts wie sonst in der Gruppe, und Donia fand es herrlich, ganz allein Richtung und Tempo bestimmen zu können.
Als sie eine knappe Dreiviertelstunde später von ihrem Ausritt zurückkehrte, hielt sie kurz vor den Hindernissen an und schnallte die Bügelriemen so kurz, dass die Bügel nicht mehr tiefer hingen als der Pferdebauch. Außerdem kontrollierte sie noch einmal, ob der Sattelgurt noch fest genug anlag. Es war alles in Ordnung.

Das erste Hindernis bestand aus armdicken, übereinander gestapelten Ästen und war etwa sechzig Zentimeter hoch. Das zweite, ein Birkenstamm, der auf zwei großen Holzklötzen lag, war ein wenig höher. Dass der Platz unter dem Stamm mit Strohballen ausgefüllt war, verlieh ihm ein sehr stabiles Aussehen.

Donia ließ Gyrðir antraben und hielt auf den Holzstapel zu.

Gyrðir übersprang ihn lässig und mit viel mehr Abstand zu den oben aufliegenden Ästen als nötig. Danach fiel er in Galopp und nahm den Birkenstamm über den Strohballen auf die gleiche Art. Donia parierte ihn durch und lobte ihn. Zufrieden lächelnd ritt sie auf den Hof zurück.

Sie wunderte sich, dass Iris noch nicht zurück war. Normalerweise dauerte ihr Tölttraining nicht länger als eine halbe Stunde.

Aber sie war nirgends zu sehen und Ísafolds Halfter hing noch an einem der Anbinderinge neben dem Dielentor. Donia versorgte erst einmal Gyrðir und brachte ihn in den Auslauf.

Dann endlich kam Iris zurück, jedoch zu Fuß und mit Ísafold am Zügel. Sie humpelte. Donia eilte ihr entgegen und nahm ihr die Stute ab. Iris versuchte zu lächeln, aber es gelang ihr nicht, denn von ihrer Wange bis hinunter zum Kinn zog sich eine breite, blutige Schramme. Ihr linker Arm und der linke Reitstiefel waren ebenfalls arg zerkratzt. Stöhnend ließ Iris sich auf einen Holzklotz sinken.

„Was ist denn passiert?“ Donia beugte sich besorgt zu ihr hinunter.

Iris hielt sich die schmerzende Wange. „Sieht wahrscheinlich schlimmer aus, als es ist“, brachte sie hervor. „Hauptsache der Stute ist nichts passiert.“

Donia schnallte Ísafold das Halfter locker um den Hals und nahm ihr Sattel und Zaumzeug ab. Die Stute hatte Hautabschürfungen an der linken Schulter, die aber bei weitem nicht so gefährlich aussahen, wie Iris‘ Verletzungen.

„Nur ein paar Kratzer“, sagte Donia mit einem Blick auf Ísafold. „Aber was ist denn passiert? Hat sie sich wieder von irgendetwas erschrocken?“

„Wahrscheinlich.“ Iris befühlte ihr linkes Bein. „Ich habe noch so etwas wie einen großen Futtersack aus Packpapier am Feldrand gesehen. Dann ist sie mir schon quer über den Acker abgegangen. Und dahinter war dann ein asphaltierter Weg. Da müssen ihr wohl die Hufe weggerutscht sein. Ich habe jedenfalls einen ziemlichen Hechtsprung aus dem Sattel gemacht. Ein Glück nur, dass ich die Zügel dabei nicht losgelassen habe. Nicht auszudenken, wenn sie bis zur Hauptstraße weiter gerannt wäre."

Iris stemmte sich hoch und Donia half ihr auf die Beine. „Ich kümmere ich schon um Isa", versprach sie. Das war zugleich eine ideale Gelegenheit, dem Hinweis auf die Narbe nachzugehen.

„Danke, das ist lieb von dir." Iris verschwand humpelnd im Haus.

Donia verarztete Isfolds Hautabschürfungen und tastete dann behutsam am linken Hinterbein der Stute entlang bis zur Innenseite des Oberschenkels. Dort fühlte sie tatsächlich eine schmale, etwa fingerlange Verdickung auf der unbehaarten Haut in der Nähe des Euters. Sie strich vorsichtig darüber. Ísafold hob unwillig das Hinterbein und trat zur Seite.

„Ist schon alles in Ordnung", beruhigte Donia sie und fügte versuchsweise ‚Quicka' hinzu. Ísafold stellte die Ohren auf und schaute sie an. „Kommt dir der Name bekannt vor? Ach bestimmt nicht, wer weiß, wie viele Besitzer und Namen du schon gehabt hast. Ich werde dich jedenfalls weiterhin Isa nennen." Donia klopfte ihr nachdenklich den Hals. „Kommt deine Panik vor flatternden Sachen womöglich daher, dass du dich damals auf der Flucht vor dem herumfliegenden Papier auf deiner Weide verletzt hast? Ach, wenn du doch bloß reden könntest."

Ísafold scharrte ungeduldig mit den Hufen. „Verstehe", sagte Donia. „Hunger. Du kannst also doch reden."

Nachdem Donia Ísafold gefüttert und in den Auslauf gebracht hatte, mistete sie noch den Laufstall aus.

„Du brauchst dich heute um nichts mehr zu kümmern", verkündete sie stolz, als sie eine Weile später den Wohnraum betrat. Iris lag auf dem Sofa.

„Vielen Dank, das ist lieb von dir“, sagte sie. „Es geht mir aber schon wieder besser.“ Sie deutete auf die Pflaster im Gesicht und auf dem Unterarm.

„Kannst du denn jetzt überhaupt die Isitary mitreiten?“, fragte Donia.

Iris lächelte. „Bis dahin habe ich ja noch gut zwei Wochen Zeit, um mich wieder zu erholen. Wahrscheinlich kann ich sogar schon morgen wieder in den Sattel steigen. Nur im Moment ist mir noch ein bisschen flau im Magen. Aber gut, dass du mich an die Isitary erinnerst ...“ Sie wies auf einen niedrigen Couchtisch voller Zeitschriften und Papierkram. „Nimm dir eins von den Anmeldeformularen mit. Das muss Kerstin für dich unterschreiben, weil du noch keine achtzehn bist. Und in dem Regal daneben findest du das Buch, in dem hinten die Pferdenamen stehen. Das dicke blaue ist es.“

Das Buch war leichter zu finden als das Formular.

„Du kannst es dir gerne mitnehmen“, sagte Iris. „Aber behandle es sorgsam. Was ist übrigens mit meinem Pferdemagazin, das hast du doch auch immer noch?“

„Nächstes Mal bringe ich es ganz bestimmt mit“, versprach Donia.

Plötzlich flog die Tür auf und Alex stürmte ins Zimmer. Hinter ihr erschien Robert. Sie blieben abrupt stehen, als sie Iris so zugepflastert auf der Couch liegen sahen.

„Mein Gott, Schwesterherz, was ist denn mit dir passiert?“, fragte Robert, und Alex kniete sich sorgenvoll neben das Sofa.

Iris hob den Kopf. „Frag lieber deine sanfte, zutrauliche Stute.“

„Nein, nicht schon wieder.“ Robert warf einen flehenden Blick gegen die Zimmerdecke. „Ich dachte, sie hätte sich diese plötzlichen Starts inzwischen abgewöhnt.“

„Sie hat sich wohl vor einem Futtersack erschrocken“, erklärte Donia und fügte zögernd hinzu: „Vielleicht hat sie allgemein Angst vor Papier.“

Was verstehst du denn schon davon?“, meinte Alex schnippisch. „Sie ist ganz einfach unberechenbar.“

„Lass mal“, winkte Robert ab und sah Donia interessiert an. „Glaubst du, dass Ísafold so was wie einen Papierkoller haben könnte? Raschel, raschel und schon ist sie weg?“

Iris setzte sich auf. „Das wäre durchaus denkbar. Immerhin ist sie schon zweimal durchgegangen, wenn Papier im Spiel war.“

„Beinahe dreimal“, ergänzte Donia. „Als an meinem Geburtstag beim Kaffeetrinken meine Serviette vom Tisch geweht ist, ist sie auch gleich weggesprungen.“

Alex sah sie an. „Aber einmal war es ein Regenponcho. Und du willst doch wohl nicht behaupten, dass der aus Papier war.“

„Nein, aber er hat auch geweht und geraschelt“, warf Robert nachdrücklich ein.

„Verkauf sie so schnell wie möglich.“ Alex setzte sich zu Iris auf die Sofakante und streichelte ihr wie eine Krankenschwester den Arm. „Du siehst ja, was sie anrichtet.“

Iris zog ihren Arm weg. „Verkaufen? Mit dieser Macke? Damit sich dann der nächste Besitzer wegen einer Brötchentüte den Arm bricht und der übernächste wegen einem Fetzen Bonbonpapier den Hals? Und was meinst du, was dann wohl mit Ísafold geschieht? Ich kann es dir jetzt schon sagen: sie wird irgendwann beim Pferdeschlachter landen. Nein, da gibt es nur ein Mittel: Gelassenheitstraining.“

„Genau!“ Robert schnippte mit dem Finger.

„Ich fange am besten gleich morgen damit an“, sagte Iris. „Dann habe ich sie bis spätestens bis zur Isitary so weit, dass du sie mit wehendem Poncho durch einen Berg alter Zeitungen reiten kannst, ohne dass sie mit der Wimper zuckt.“

Donia nickte zustimmend. Sie hatte ein solches Gelassenheitstraining in ihrem früheren Reitstall schon ein paar Mal mit angesehen. Wenn ein Pferd sich dort, wie Isa, vor herumfliegendem Papier oder etwas anderem fürchtete, dann führte man es immer wieder vom Boden aus ruhig und selbstverständlich an diese Dinge heran und dicht daran vorbei. Das wiederholte man so lange, bis das Pferd verstanden hatte, dass das, vor dem es sonst immer geflohen war, ihm gar nichts Böses antat und es dann auch unter dem Sattel gelassen darauf reagierte.

„Darf ich dir dabei helfen?“, fragte Donia.

„Iris kommt auch ohne deine Hilfe zurecht“, sagte Alex patzig.

„Es reicht wirklich, wenn ich das alleine mache“, schaltete Iris sich besänftigend ein. „Und du hast ja jetzt genug damit zu tun, Gyrðir auf die Isitary vorzubereiten.“

Alex lachte laut los. „Was, auf dem alten Opa willst du die Isitary mitreiten? Na ja, schon mal eine weniger, die mir die Turnierschleifen streitig machen könnte.“

„Abwarten!“, grollte Donia und ärgerte sich noch den ganzen Heimweg lang über Alex‘ Bemerkung.

Zu Hause fand sie einen Zettel auf ihrem Schreibtisch:

Bin vor der Konferenz noch in die Stadt gefahren und konnte nicht mit dem Essen auf dich warten. Im Kühlschrank steht noch Gemüsesuppe zum Aufwärmen. Guten Appetit.
Küsschen, Kerstin.

Donia stellte den Topf mit der Suppe auf den Gasherd und holte dann das Buch von Iris aus ihrer Tasche. Ganz hinten fand sie im Anhang etliche Seiten voller isländischer Pferdenamen. Sie suchte unter ‚Kv‘ nach einem Stutennamen, der sich wie ‚Quicka‘ anhören konnte. Und sie fand ihn. Er wurde ‚Kvika‘ geschrieben und hieß übersetzt ‚Leichtfuß‘. Donia schlug das Buch wieder zu. Leichtfuß, das würde gut zu Ísafold mit ihren schwebenden Gängen passen.

Während sie die Suppe umrührte, fiel ihr plötzlich etwas ein: Wenn ein Pferd ohne Papiere verkauft wurde, dann gab man auch seinen Namen oft nur mündlich weiter und der Käufer schrieb ihn später so, wie er ihn gehört hatte. Aus ‚Kivka‘ wurde vielleicht ‚Quicka“. Natürlich, das könnte die Lösung sein.

Donia stellte die Gasflamme unter dem Topf kleiner, setzte sich an den Küchentisch und füllte das Nennformular für die Isitary aus. Beinahe hätte sie als Namen des Pferdes nicht ‚Gyrðir‘, sondern ‚Kvika‘ eingetragen. Sie legte den ausgefüllten Bogen beiseite. Jetzt fehlte darauf nur noch Kerstins Unterschrift.

Die Suppe war noch nicht heiß genug. Donia holte sich das Telefon in die Küche und rief die Auskunft an. Dort erfuhr sie die Rufnummer des Händlers, der die Falbstute als Jährling an Bockmanns verkauft hatte und tatsächlich noch am selben Ort wohnte wie damals. Donia wählte die Nummer mit klopfendem Herzen. „Hoffentlich ist er zu Hause", betete sie laut. Sie hatte Glück.

„Pferdehandel Kramer", meldete sich eine Männerstimme in breitem Hamburger Dialekt.

„Hier ist Donia Kern", sagte Donia und erklärte Herrn Kramer, worum es ging. „Das muss ungefähr zehn Jahre her sein", schloss sie.

„Mädchen, Mädchen", sagte Herr Kramer. Donia glaubte fast zu sehen, wie er den Kopf schüttelte. „Du verlangst Sachen."

„Bitte", bat Donia, „es ist ganz furchtbar wichtig."

„Gut, ich will mal in meinen Unterlagen nachgucken. Kann aber einen Moment dauern." Donia hörte, wie am anderen Ende der Leitung der Hörer hart aufschlug und schlurfende Schritte sich vom Telefon entfernten. Aber noch viel deutlicher hörte sie ihr Herz klopfen. Endlich kam Herr Kramer zurück.

„Hallo?", fragte er, „bist du noch dran?"

„Ja, ja, bin ich."

„Also, ich habe hier was gefunden. Ist sogar ziemlich genau zehn Jahre her. Du hast Glück, dass man Geschäftsunterlagen so lange aufheben muss. Im nächsten Jahr wären diese hier schon im Reißwolf gelandet. Hast du was zum Schreiben?"

„Moment." Donia zog sich Block und Stift für die Einkaufslisten heran. „Ja, ich hab was."

„Na, dann schreib mal: Quicka", er buchstabierte, „Q, U, I, C, K, A, Ponystute, Falbe, Jährling, gekauft von Erwin Lürsen, verkauft an Werner Bockmann."

„Vielen, vielen Dank, das war wirklich sehr nett von Ihnen", bedankte sich Donia. „Haben Sie von diesem Erwin Lürsen zufällig auch noch die Adresse?"

„Nee, tut mir leid, min Deern. Da ist wohl mal Kaffee übers Papier geschüttet worden und hat die Tinte verwischt."

Donia fiel noch etwas ein. „Wissen Sie denn die Rasse von der

Stute noch?“

Herr Kramer lachte. „Ich hab mein Lebtag schon so viele Pferde und Ponys verkauft, da kann ich mir die Rassen wirklich nicht alle merken. Meistens sind es sowieso Kreuzungen. Aber warte mal, hier habe ich noch eine Notiz auf dem Blatt. Da steht, dass ich zusammen mit dem Jährling noch eine Islandponystute mit einem Hengstfohlen bei Fuß gekauft habe. Die Stute hatte Papiere. Bleikála hieß sie. Das Fohlen und der Jährling hatten aber keine Papiere.“

„Vielen, vielen Dank“, sagte Donia noch einmal.

„Bitte, bitte“, sagte Herr Kramer und hatte schon aufgelegt.

Donia betrachtete ihre Notizen und ihre erst Freude verflog langsam wieder. Lürsen. Der Nachname war in Norddeutschland nichts Besonderes. Da konnte sie lange suchen, ehe sie den richtigen fand. Und sie wusste ja nicht einmal, wo sie mit der Suche beginnen sollte.

Der Topfdeckel begann über der kochenden Suppe zu klappern, und Brutus floh mit angelegten Ohren aus der Küche. Donia nahm den Topf vom Herd und füllte die Suppe in einen tiefen Teller.

Nachdem sie gegessen hatte, zog sie sich mit Iris‘ Pferdebuch in ihr Zimmer zurück. Jetzt wollte sie doch endlich wissen, was eigentlich all die isländischen Pferdenamen bedeuteten, denen sie bisher schon begegnet war. Bondi hieß ‚Bauer‘, Fluga, die Rappscheckstute, ‚Fliege‘, Gyrðir ‚der Gegürtete‘, Donia schmunzelte. Hvatur bedeutete ‚Eile‘, Hyndla ‚weiße Riesin‘, Hrimnir, der Schimmelhengst von Gut Aue, hieß übersetzt ‚Rauhreif‘ und Jörvi ‚Sandbank‘. Und der Name der Isländerstute, die Herr Kramer gekauft hatte, Bleikála, bedeutete nichts anderes als ‚Hellbraunfalbe mit Aalstrich‘.

Sie las noch lange in dem Buch und legte es erst beiseite, als sie Kerstin nach Hause kommen hörte. Sie schaute in Donias Zimmer. „Schläfst du noch nicht? Es ist schon fast Mitternacht.“

„Die Konferenz hat aber sehr lange gedauert.“ Donia stützte die Ellenbogen auf.

Kerstin zog amüsiert die Augenbrauen hoch. „Ich war anschließend mit ein paar Kollegen noch eine Kleinigkeit essen. Aber seit wann interessierst du dich denn für meine Arbeit?“

„Schon immer“, versicherte Donia.

Kerstin setzte sich zu ihr auf die Bettkante. „Raus mit der Sprache. Da steckt doch was dahinter. Hast du wieder deine Jeans mit in die helle 60°-Wäsche gesteckt?“

Donia grinste verschämt. Sie trug heute noch die Folgen dieser Panne in Form von hellblau verfärbter Unterwäsche.

„Nein, nein, viel harmloser. Iris hat mir erlaubt, auf Gyrðir an der Isitary teilzunehmen. Aber du musst meine Anmeldung unterschreiben. Das machst du doch, oder?“ Sie warf Kerstin einen flehenden Blick zu.

„Ach, daher weht der Wind.“ Kerstin lachte. „Auf Gyrðir sagst du? Na, dann will ich mal nicht so sein. Bei Ísafold wäre ich dagegen gewesen, du weißt ja, warum.“

Donia erzählte ihr von Roberts Idee mit dem Gelassenheitstraining. Von Iris‘ Sturz erzählte sie nichts.

„Eine sehr gute Idee“, meinte Kerstin. „Wo ist das Nennformular?“

Donia deutete in Richtung Schreibtisch und Kerstin unterschrieb die Anmeldung. „Ist dir übrigens schon aufgefallen, dass ich heute dein Altpapier mit zum Container genommen habe?“, fragte sie.

Donia sah sie an. „Welches Papier? Etwa das aus dem Karton unter meinem Schreibtisch?“

„Ja, wieso? Wolltest du es etwa noch behalten?

„Das war nicht nur Altpapier sondern auch das Pferdemagazin von Iris.“ Donia setzte sich im Bett auf. „Was machen wir jetzt nur?“ Sie bemühte sich, ein bestürztes Gesicht zu machen, obwohl ihr soeben eingefallen war, dass sie diesem Zufall eigentlich dankbar sein sollte, denn wenn Iris das Pferdemagazin vorerst nicht in die Finger bekam, konnte sie die Anzeige mit Ísafolds Foto nicht entdecken.

Kerstin zuckte mit den Schultern. „Tut mir leid, da war ich wohl zu voreilig. Aber aus dem Container rausholen kann ich es wohl nicht mehr. Ich kann Iris höchstens anbieten, ihr das Heft neu zu besorgen.“

„Damit ist sie sicher einverstanden.“ Donia lächelte still in sich hinein. Manchmal regelten sich die Dinge wirklich wie von selbst.

Alles passt zusammen

Donia vergaß vor dem Geländeritt nachzugurten und die Bügelriemen kürzer zu schnallen. Und weil Gyrðir diesmal ungewöhnlich flach über das erste Hindernis sprang, streifte er sie dort mitsamt dem Sattel einfach nach hinten ab.

Und als Robert die Mehrgangprüfung beendet hatte, zogen die Wertungsrichter anstelle der Punktetafeln große Tageszeitungen aus ihren Umhängetaschen und raschelten laut damit. Daraufhin sprang Ísafold mit Robert aus der Ovalbahn und rannte panisch davon.

Auch Iris hatte Pech, denn Jörvi wollte und wollte einfach nicht traben. Er ging nicht einmal mehr Galopp, sondern nur noch Tölt. Und beim Geländeritt töltete er an der einen Seite der Hindernisse hinauf und an der anderen wieder hinunter.

Alex dagegen gewann alle Prüfungen und ritt mit hoch erhobener Nase an den jubelnden Zuschauern vorbei. Lilo und Bernd überreichten ihr als Sonderpreis Fluga und Alex nahm die Scheckstute wie selbstverständlich entgegen und ritt, ohne sich auch nur ein einziges Mal umzusehen, in die Heide hinaus.

Es klopfte an Donias Zimmertür. „Schlafmaus, aufstehen, es ist schon halb sieben“, sagte Kerstin.

Donia brauchte einen Moment, ehe sie begriff, dass sie die Isitary nur geträumt hatte. Sie rieb sich die Augen, reckte sich und schwang die Füße aus dem Bett.

Kerstin kam ins Zimmer. „Na, aufgeregt?“

„Und wie!“ Donia klapperte zur Bekräftigung mit den Zähnen.

Gleich nach dem Frühstück fuhren sie zum Gut Aue. Die Pferde hatte Iris bereits am Vorabend mit einem geliehenen großen Hänger dorthin gebracht. Jetzt standen sie in einer provisorisch abgesteckten Einzäunung rings um den offenen Hänger, der ihnen als Unterstand diente. Iris halfterte Jörvi auf.

„Pünktlich wie immer“, begrüßte sie Donia und Kerstin.

Donia kroch vorsichtig unter dem Elektrozaunband hindurch und tätschelte Jörvi den Hals. „Warum machst du ihn denn jetzt schon fertig?“, fragte sie. „Es geht doch noch lange nicht los.“

„Nur putzen.“ Iris deutete in die Runde. „Schau dir doch an, wie sie aussehen, die alten Ferkel.“

Der Falbe und leider auch Gyrðir hatten sich anscheinend mitten in die Pferdeäpfel gelegt. Überall klebte angetrockneter Mist an ihrem bereits recht dicht gewordenen, künftigen Winterfell.

Iris führte Jörvi aus dem Paddock und band ihn an der Rückseite des Hängers an. Sie zog die Nase kraus. „Die stinken wie eine Jauchegrube“, stellte sie fest. „Wenn das die Richter riechen, kippen sie von ihren Klappstühlen. Also, was tun wir dagegen?“ Sie sah Donia an. „Richtig. Schrubben!“ Sie füllte einen Eimer aus dem Wassertrog, tauchte eine Wurzelbürste hinein und machte sich über Jörvis Fell her.

Gyrðir hatte sich zwar nicht ganz so gründlich besudelt wie der Falbe, aber da sein Fell schon länger und dichter war als Jörvis, hatte auch Donia alle Hände voll zu tun, ehe man die Zeichnung des Schecken wieder klar erkennen konnte.

„Gut, dass wir einen sonnigen Tag erwischt haben.“ Iris blickte zum Himmel hinauf. „Da sind die Pferde wenigstens bis zur ersten Prüfung wieder trocken.“

Kerstin war fortgegangen und kam nun mit Startnummern und Programmheften zurück. „Ihr braucht euch nicht abzuhetzen“, sagte sie. „Iris hat erst die Startnummer 21, Donia die 22, Robert die 23 und Alex die 24. Außerdem hat die erste Prüfung noch nicht einmal begonnen.“

Die erste Prüfung war die Gehorsamsprüfung.

Donia befestigte das kleine Plastikschild mit ihrer Startnummer an Gyrðirs Zaumzeug. Dann suchte sie sich ein ruhiges Plätzchen neben dem Paddock und studierte das Programmheft.

Es hatten sich über fünfzig Reiterinnen und Reiter angemeldet. Donia kannte so gut wie keinen der Namen. Erst bei der Startnummer 18 stutzte sie. ‚Lettir unter Olaf Bockmann‘, stand dort.

Ob das wohl einer der Bockmanns war, die ihr geschrieben hatten? Donia unterstrich die Zeile dick mit ihrem Kugelschreiber. Diesen Reiter durfte sie auf gar keinen Fall verpassen.

Sie vertiefte sich noch einmal in die Aufgabenfolge der Gehorsamsprüfung. Die hatte sie zwar in den letzten Tagen immer wieder sowohl mit Gyrðir als auch mit Ísafold trainiert, aber sicher war sicher.

Hvatur und Ísafold, die dicht am Zaun des Paddocks standen, hoben neugierig die Köpfe, als jetzt eine Frau einen kleinen, munteren Braunen an ihnen vorbei zum Abreiteplatz führte. Der Braune trug die Startnummer 6. Also hatten sie Gehorsamsprüfungen inzwischen begonnen.

Jetzt trafen auch Robert und Alex ein. Gemeinsam bereiteten sie ihre Pferde vor, bürsteten ihnen noch einmal Mähne und Schweif, säuberten und fetteten die Hufe. Bald sahen alle vier aus wie aus dem Ei gepellt. Auch das Sattelzeug war frisch geputzt und roch angenehm nach Sattelseife. Sie banden ihre Pferde im Schatten des Hängers an und gingen hinunter zur Reitbahn, um sich die Gehorsamsprüfungen anzusehen.

In der Bahn befand sich im Moment die Startnummer 13, ein hübscher, kompakter Apfelschimmel, der von einem jungen Mädchen geritten wurde. Er ging recht ordentlich, setzte aber hin und wieder seinen eigenen Kopf gegen die Hilfen seiner Reiterin durch. Entsprechend fielen die Benotungen der Richter aus. Auch die folgenden vier Reiter hatten bei dieser oder jener Aufgabe so ihre Probleme, aber Donia sah niemanden, der sein Pferd deswegen strafte oder schalt. Das gefiel ihr.

Dann ritt der Reiter mit der Startnummer 18 ein, ein etwas untersetzter junger Mann, dessen Locken fast ebenso feuerrot waren wie die Mähne seines Pferdes. Das also war Olaf Bockmann. Donia schätzte ihn auf etwa achtzehn Jahre. Sein Pferd, ein eleganter Fuchs mit Strichblesse, führte willig und sauber alle Übungen aus und machte dabei einen äußerst zufriedenen Eindruck.

Donia fuhr herum, als ihr Kerstin auf die Schulter tippte. „Denk daran, dass du auch gleich an die Reihe kommst“, erinnerte sie.

„Danke!“ Donia drückte ihr einen Kuss auf die Wange und lief los, um Gyrðir zu satteln.

Iris war mit Jörvi schon unterwegs zum Abreiteplatz. „Beeil dich!“, rief sie im Vorbeigehen zu Donia.

Donia hatte das Gefühl, eben erst mit dem Abreiten begonnen zu haben, da hörte sie bereits, wie ihre Startnummer aufgerufen wurde: „Nummer zweiundzwanzig, Gyrðir unter Donia Kern.“

„Jetzt geht es um die Wurst“, flüsterte Donia dem Schecken ins Ohr. „Und tu mir einen Gefallen: galoppiere richtig an.“

Gyrðir drehte die Ohren nach hinten und kaute auf dem Gebiss.

Donia ritt im Schritt in die Bahn ein, ging auf die Mittellinie, parierte zum Halt durch und grüßte die Richter durch kurzes Kopfnicken. Dann begann sie mit der Prüfung.

An genaue Einzelheiten konnte sie sich hinterher kaum noch erinnern. Sie wusste nur ganz sicher, dass Gyrðir sauberen Rechtsgalopp gegangen war, sich aber dafür beim Schenkelweichen ein wenig bockig angestellt hatte.

„Ist doch prima gelaufen.“ Robert wartete mit Ísafold am Bahneingang auf seinen Aufruf und lächelte Donia zu.

Donia lockerte Gyrðirs Sattelgurt, schlug die Bügel hoch und blieb mit dem Schecken am Zügel einige Meter von der Bahn entfernt stehen, um sich Roberts Prüfung anzusehen. Immerhin hatte sie unter der Woche Ísafold für ihn mit trainiert.

Man merkte der Stute die regelmäßige Arbeit an. Sie stand schön am Zügel und ging die Übungen sehr sauber und gelöst.

Auch Robert machte eine gute Figur auf seinem Pferd. Eben setzte er in Höhe des Bahnausgangs zur Vorhandwendung an. Genau in diesem Moment faltete ein Zuschauer direkt vor Ísafolds Nase eine Tageszeitung zusammen. Donia hielt erschrocken die Luft an.

Die Zeitungsseiten raschelten und wehten leicht im Wind. Aber Ísafold rollte weder mit den Augen, noch sprang sie über die Bahnbegrenzung, oder rannte kopflos davon. Ja, sie ging nicht einmal einen einzigen Schritt zurück, sondern beendete ganz ruhig und gelassen ihre Aufgabe. Robert lächelte Donia verschmitzt zu, bevor er im Schritt weiter ritt.

Iris, die in diesem Augenblick vom Paddock zurückkam, hatte nur noch das Lächeln gesehen. „Hat er wieder rumgealbert?“, fragte sie Donia.

„So etwas Ähnliches.“ Donia schmunzelte.

Robert verließ die Bahn mit einer sehr guten Bewertung.

„Du hast mehr Punkte bekommen als ich“, sagte Iris anerkennend. „Jetzt erkläre mir aber mal, warum du eben so verschmitzt gelächelt hast.“

Robert saß ab und drückte Ísafold einen Kuss auf die Schnippe. „Gelassenheitstraining gelungen, Papierkrieg beendet“, sagte er und Donia erzählte Iris, was geschehen war. „Ich finde, dafür hätte sie glatt noch ein paar Extrapunkte verdient.“ Robert zauste Ísafolds Stirnschopf.

Während er und Iris der Prüfung von Alex zusahen, brachte Donia Gyrðir zurück zum Paddock und machte sich dann auf die Suche nach Olaf Bockmann. Sie entdeckte ihn einige Hänger weiter in Gesellschaft seines Fuchses und eines Paares im mittleren Alter. Donia stellte sich vor. Ihr fiel ein Stein vom Herzen, als sich zeigte, dass sie die richtigen Bockmanns angesprochen hatte. „Das ist aber nett, dass wir dich hier treffen“, sagte Frau Bockmann, eine rundliche Frau mit blonden Pudellöckchen. „Hat der Kaufvertrag dir weitergeholfen?“

Donia nickte. „Ich habe herausbekommen, dass der Händler die Stute damals als Jährling von einem Erwin Lürsen gekauft hat."

Herr Bockmann, hager und mindestens zwei Köpfe größer als seine Frau, strich sich nachdenklich durch sein schütteres, hellbraunes Haar. „Der frühere Besitzer von Gut Aue, Lilos Vater, hieß Erwin Lürsen", meinte er zögernd. „Als wir damals ins Ausland gegangen sind, haben wir ihm Quicka sogar zum Kauf angeboten, aber er sagte, er wolle keine Falben auf dem Hof haben. Ich kann mir allerdings nicht vorstellen, dass ausgerechnet so ein eingefleischter Islandponyzüchter wie er einen Jährling ohne Papiere abgegeben haben soll. Und noch dazu an einen Händler."

„Ja, natürlich!" Donia schnippte ganz aufgeregt mit dem Finger. „Dass ihr Vater keine Falben mochte, hat Lilo uns schon erzählt. Und auch, dass er mal eine Falbstute zusammen mit ihrem Jährling und einem Fohlen bei Fuß weggegeben hat. Warum bin ich denn bloß nicht gleich darauf gekommen, dass das dieselben Pferde waren, von denen mir Herr Kramer am Telefon erzählt hat? Ach du meine Güte, dann finde ich Ísafolds Papiere ja vielleicht sogar hier auf dem Gut." Sie wischte sich die vor Aufregung schweißnassen Hände an der Reithose ab.

„Ist die Stute denn auch hier?", fragte Olaf interessiert.

Donia nickte und räusperte sich. „Ja", krächzte sie, „die Stute mit der Startnummer 23. Sie wird von Robert Holzer geritten. Das ist ihr Besitzer. Aber er weiß nichts von meiner Suchaktion und ich fände es ganz toll, wenn er jetzt noch nichts davon erfährt. Ich will es ihm erst sagen, wenn ich wirklich ganz genau Bescheid weiß."

„Klar, dass wir ihm nichts verraten." Olaf sah sie an. „Ich hatte allerdings die ganze Zeit angenommen, die Stute wäre dein Pony. Warum setzt du dich eigentlich so für ein Pony ein, das dir nicht einmal gehört?"

Donias Augen blitzten angriffslustig. „Wo ist denn da der Unterschied? Ich habe Isa nun mal gern und ich will einfach nicht, dass sie wieder verkauft wird, nur weil niemand genau sagen kann, woher sie stammt."

„Ich frag ja bloß." Olaf lächelte amüsiert. „Du musst mir deswegen doch nicht gleich den Kopf abreißen.“

Donia machte ein zerknirschtes Gesicht. „Entschuldigung, war nicht so gemeint.“ Sie sah Frau Bockmann an. „Meine Mutter weiß als Einzige hier von meiner Suchaktion. Aber dass Ísafold früher einmal Quicka hieß, weiß außer mir niemand. Also bitte nicht verraten. Versprechen Sie mir das?“

„Das geht schon in Ordnung“, beteuerte Olaf. Und wieder zeigte er dieses amüsierte, charmante Lächeln. Es machte Donia ganz unsicher.

„Ich muss jetzt wieder los“, stotterte sie. „Ich habe mich als freiwillige Helferin für den Essensstand gemeldet.“

„Wir sehen uns bestimmt noch“, rief Olaf ihr hinterher. Er hob die Fäuste mit gedrückten Daumen. „Toi, toi, toi.“

Donia überlegte, ob sie gleich zu Lilo gehen sollte. Aber ein Blick auf die Armbanduhr sagte ihr, dass dazu jetzt keine Zeit mehr blieb. Sie lief hinüber zum Essensstand, zog sich einen Kittel über die Reitsachen und half bei der Ausgabe der Erbsensuppe. Nebenher löffelte sie ihre eigene Portion.

Kurz nach der Mittagspause begannen auf der Ovalbahn die Mehrgangprüfungen. Als erstes waren die Viergänger an der Reihe, und Robert stand bereits am Paddock und sattelte seine Stute. Dabei unterhielt er sich mit Kerstin, die Ísafolds Hals streichelte.

„Ich denke, du hilfst in der Rechenstelle?“, fragte Donia ihre Mutter verwundert.

„Was sind schon Zahlen gegen nette Leute“, flachste Robert und zog Ísafolds Sattelgurt an. Kerstin sah ihn aus den Augenwinkeln an.

„Lilo hat mich abgelöst“, erklärte sie. „Immer nur rechnen und rechnen, das hält man nicht mal als Lehrerin den ganzen Tag aus.“

„Es gibt übrigens Neuigkeiten.“ Robert schob Ísafold die Trense ins Maul. „Sie werden dir zwar nicht gefallen, aber ich will es dir trotzdem schon jetzt sagen.“

Er druckste etwas herum. „Also, mich hat vorhin beim Essen ein junger Mann angesprochen. Er interessierte sich für Isa und hat sich die Stute gerade eben angesehen. Sie entspricht ziemlich genau seinen Vorstellungen von einem guten Freizeitpferd. Er will sie sich jetzt noch bei den Prüfungen anschauen und sie dann morgen Nachmittag mal probeweise reiten. Wer weiß, wenn er mir einen guten Preis bezahlt und Bernd mir etwas entgegenkommt, dann nehme ich morgen vielleicht statt Isa Fluga mit nach Hause."

Donia starrte ihn an. Kerstin legte ihr den Arm um die Schultern und zog sie an sich. „Donia, du hast doch gewusst, dass Isa verkauft werden soll."

Donia befreite sich aus Kerstins Umarmung und drückte ihr den Kittel in die Hand. „Ich muss mich beeilen. Ich bin gleich mit der Mehrgangprüfung an der Reihe."

Kerstin sah Robert verdutzt an. Robert zuckte die Achseln.

Er nahm Ísafold am Zügel. „Komm, mein Mädchen, arbeiten."

Die Stute folgte ihm willig.

Donia war innerhalb weniger Minuten mit Satteln und Zäumen fertig.

„Donnerwetter", sagte Robert amüsiert, als sie mit Gyrðir auf dem Abreiteplatz erschien. „Da hättest du eigentlich einen Geschwindigkeitssonderpunkt verdient. Wenn du gleich drankommst, vergiss nicht, immer schön ruhig und konzentriert zu bleiben. Das macht einen guten Eindruck. Dann kann eigentlich nichts mehr schiefgehen."

Donia versuchte, weder an Ísafolds Papiere noch an den Käufer zu denken. Sie gab sich alle Mühe, aber es war dennoch leichter gedacht als getan.

Gyrðir startete gegen einen kleinen, knochigen Fuchs unter einem älteren Reiter. Zuerst mussten sie ihre Pferde auf der linken Hand in allen vier Gangarten und unterschiedlichen Geschwindigkeiten vorstellen, dann auf die rechte Hand gehen und den vorherigen Ablauf dort noch einmal wiederholen.

Gyrðir ging sehr aufmerksam und töltete so gleichmäßig wie ein Uhrwerk. Nur beim Galopp auf der rechten Hand sprang er wieder falsch an und Donia bekam ihn erst in der nächsten Kurve ordnungsgemäß in Rechtsgalopp.

„Alter Dickkopf", zischte sie ihm leise zu.

„Danke, ausreiten bitte“, tönte es aus dem Lautsprecher.

Sie brachte Gyrðir zurück zum Paddock, sattelte ihn ab und wusch ihm die Beine mit kaltem Wasser. Jetzt kam auch Robert mit Ísafold zurück. Kerstin begleitete ihn.

Ich habe gerade eben den Durchgang mit Iris gesehen“, sagte sie. „Jörvi ist wirklich spitzenmäßig gegangen. Du warst aber auch nicht schlecht.“ Sie lächelte Donia an.

„Es geht so“, sagte Donia.

Robert versorgte Ísafold. Dann sah er Donia an. „Kommst du gleich mit hoch zu den Fünfgangprüfungen? Sonst gehen deine Mutter und ich alleine.“

„Ja, geht nur“, sagte Donia. „Ich komme dann nach.“

Als Kerstin und Robert gegangen waren, schlug sie den Weg zum Wohnhaus ein. Ohne anzuklopfen betrat sie die Rechenstelle, die sich im Büro des Gestüts befand, wo Lilo eine bedauernswerte Tastatur traktierte. Sie sah Donia ungehalten an. „Kann man denn hier nicht mal fünf Minuten seine Ruhe haben?“

„Tut mir leid, aber es ist ungeheuer wichtig“, stieß Donia hervor und warf Lilo einen flehenden Blick zu. „Weißt du noch, wie die Falbstute hieß, die dein Vater damals verkauft hat? Die mit den beiden mickrigen Fohlen?“

Lilo starrte Donia an, als traute sie ihren Ohren nicht. „Sag mal, kommst du etwa hier hereingeplatzt und hältst mich auf, nur um mich nach dem Namen dieser Stute zu fragen? Also das darf ja wohl nicht wahr sein. Als wenn ich hier nicht schon genug um die Ohren hätte.“

„Bitte“, sagte Donia. „Vielleicht ist sie Ísafolds Mutter.“

Lilo starrte sie mit offenem Mund an. „Wie kommst du denn auf die Idee?“

„Erkläre ich dir nachher.“ Donia hob die Hände. „Wie hieß die Stute?“

Lilo legte zwei Finger an die Schläfe. „Bleikála, glaube ich. Ja, Bleikála. Jetzt bin ich mir ganz sicher.“

Donia sprang vor Freude in die Luft. „Ich habe es gefunden“, rief sie strahlend. „Ísafold ist das erste Fohlen von Bleikála.“

Lilo hatte sich in ihrem Stuhl zurückgelehnt und lachte ungläubig. „Wenn das stimmt, dann ...“ Sie brach ab und fuhr dann fort: „Also, wenn das mein Vater noch erlebt hätte, dass aus diesem mickrigen Jährling mal so eine gute Stute wird. Er sah in Bleikálas Fohlen damals eine Schande für die Islandpferdezucht. Er hat sich, glaube ich, sogar geweigert, sie mit Papieren zu verkaufen.“

Einer der Turnierhelfer kam zur Tür herein. Er gab Lilo einen Zettel mit den aktuellen Punktzahlen. Ehe Lilo sich wieder an die Arbeit machte, wandte sie sich noch einmal kurz Donia zu. „Wenn mein Vater Isa ohne Abstammungsnachweis verkauft hat, müsste der hier irgendwo zwischen den Papieren zu finden sein, die uns mein Vater bei seinem Tod hinterlassen hat. Ich verspreche dir, dass ich heute noch nachschauen werde. Aber dass ich was finde, kann ich dir natürlich nicht versprechen.“

„Auf ihren Papieren müsste ‚Kvika‘ stehen.“ Donia kritzelte den Namen auf einen Zettel. „So heißt sie nämlich eigentlich. Und bitte noch niemandem was von alledem verraten. Ich will Robert damit überraschen.“

Lilo hob schmunzelnd die Hand zum Schwur. „Versprochen. Aber jetzt muss ich wirklich wieder an die Arbeit. Sonst rechne ich hier noch die Punkte aus, wenn alle anderen schon auf dem Reiterball sind."

Donia verließ das Wohnhaus und atmete tief durch. Jetzt konnte sie sich wieder voll und ganz auf das Turniergeschehen konzentrieren. Sie kam gerade noch rechtzeitig, um den Durchgang der Fünfgangprüfung mitzubekommen, an dem Alex teilnahm.

Hvatur trat gegen einen ungeheuer klobigen Rappen an. Die Pferde mussten die gleichen Aufgaben bewältigen, wie die Viergänger, nur dass bei ihnen nach dem Galopp noch der Rennpass auf den beiden langen Seiten der Ovalbahn hinzukam.

Nach der Ansage über den Lautsprecher: „Pass an der langen Seite", schienen der Rappe und Hvatur sich wie auf Knopfdruck gleichermaßen zu ducken und zu strecken, fegten im rasanten Pass mit schnellem Hufschlag die erste lange Seite entlang, fielen in der Kurve wieder in Galopp und sprangen anschließend, auf die Hilfen ihrer Reiter, erneut in Rennpass um.

Robert, der zwischen Donia und Kerstin stand, klatschte begeistert in die Hände. „Ist das nicht ein herrliches Bild?" Donia und Kerstin nickten sprachlos.

Die Richter belohnten die gekonnte Vorstellung mit hohen Punktzahlen und Robert umarmte Alex, kaum dass sie die Bahn verlassen hatte und abgesessen war. „Ganz große Klasse!" Er gab ihr einen Kuss. „Aber warte mal ab. Wenn ich erst einmal die Scheckstute so weit ausgebildet habe, dann treten wir mal gegeneinander an. Du auf deinem Hvatur und ich auf meiner Fluga."

Donia bemerkte den abfälligen Blick, den Alex ihr zuwarf, und fühlte sich plötzlich furchtbar allein. Es war eben doch ein Unterschied, ob man ein eigenes Pferd besaß oder nur eins reiten durfte, das jemand anderem gehörte.

Sie ließ Robert und Alex stehen und schlenderte hinunter zur Weide mit den jungen Mutterstuten. Dort beobachtete sie nachdenklich die Fohlen, die in der späten Nachmittagssonne herumtollten. Ein kräftiges, hellbraunes Fohlen einer Fuchsstute, beäugte sie neugierig durch den Zaun. Es hatte einen kleinen, weißen Fleck auf der Stirn, wie ein Blütenblatt oder eine frisch gefallene Schneeflocke. Dona war ganz bezaubert.

„Irgendwann wird dich jemand hier wegholen“, sagte sie leise. „Jemand, der genug Geld für ein eigenes Pferd hat. Aber warte nur ab. Wenn ich erst mal selber Geld verdiene, werde ich mir eines Tages auch ein Pferd kaufen können. Und das wird mindestens ebenso hübsch sein wie du.“

Das Fohlen nickte und wedelte keck mit dem Schweifchen. Dann spurtete es zurück zu seiner rotgoldenen Mutter.

Unerwartete Wendungen

Am anderen Morgen fühlte Donia sich wie gerädert.

Kerstin lachte, als sie zu ihr an den Frühstückstisch kam.

„Du siehst ganz schön erledigt aus“, meinte sie.

Donia sah sie müde an. „So fühle ich mich auch.“

„Vielleicht hätten wir gestern doch nicht so lange auf dem Reiterball bleiben sollen. Und du hättest vor allen Dingen nicht ausprobieren sollen, wie gut du Bier verträgst.“

„Nicht sehr gut, glaube ich.“ Donia hielt sich den Kopf. „Dabei waren es nur zwei ganz kleine Gläser.“

„Drei ganz und gar nicht kleine Gläser. Das hat jedenfalls Frau Bockmann gesagt.“

Donia war plötzlich hellwach. „Du hast Bockmanns kennengelernt?“

„Kennengelernt ist gut.“ Kerstin kicherte. „Du hast sie mir doch regelrecht aufgedrängt. Du bist auf einmal mit ihnen angekommen und hast gesagt: Kerstin, das sind Bockmanns, die früheren Besitzer von Isa.“

„Oh Gott“, stöhnte Donia. „Haben Iris oder Robert das auch mitbekommen? Oder vielleicht sogar Alex?“

„Keine Bange“, Kerstin schenkte sich noch einen Kaffee ein, „die waren zu der Zeit nicht mal in unserer Nähe. Im Gegensatz zu dem Sohn von Bockmanns, diesem Olaf. Wenn ich mir überlege, wie oft du mit dem getanzt hast ...“ Sie lächelte.

Donia wurde verlegen. Dann sah sie Kerstin mit schelmischem Blick an. „Na ja, du und Robert, ihr habt aber auch kaum einen Tanz ausgelassen.“

„Er ist wirklich ein netter, aufmerksamer, humorvoller Mann." Kerstin stellte das Frühstücksgeschirr zusammen. „Aber wenn wir noch länger über gestern Abend reden, kommen wir heute sicher nicht mehr rechtzeitig zum Turnier."

Auf dem Gut herrschte schon geschäftiges Treiben. Hier schob jemand eine Mistkarre über den Hof, dort putzten die ersten bereits ihre Pferde. Wieder andere ließen sich den frischen Kaffee am Getränkestand schmecken. Unter ihnen auch Bockmanns.

„Hallo Donia", grüßte Olaf.

„Hallo", grüßte Donia zurück.

„Trink doch einen Kaffee mit uns." Olaf machte eine einladende Handbewegung.

Donia winkte ab. „Ich muss mich um Gyrðir kümmern. Wahrscheinlich hat er wieder in den gesammelten Pferdeäpfeln geschlafen."

„Dann haben unsere Pferde ja schon mal was gemeinsam." Olaf lachte. „Ich darf gleich auch erst mal ein paar Pfund davon von Lettir abschrubben."

Donia ging hinunter zum Paddock. Sie hatte Glück, nicht Gyrðir war in der vergangenen Nacht das Ferkel gewesen, sondern Hvatur. Er hatte sich wohl regelrecht im Mist gewälzt, denn auch in Mähne und Schweif hing ihm so einiges, was dort weder hingehörte, noch besonders gut roch. Donia konnte sich ein Grinsen nicht verkneifen. Sie halfterte Gyrðir und führte ihn zum Putzen aus der Umzäunung.

Wenig später kamen Iris, Robert und Alex.

„Oh, Papi, sieh dir dieses Schwein an." Alex schlug entsetzt die Hände vors Gesicht, als sie Hvartur sah. „Den krieg ich mein Lebtag nicht mehr sauber."

Robert klopfte ihr auf die Schulter. „Du bist ja noch jung, das schaffst du schon", sagte er trocken.

„Deine dummen Sprüche kannst du dir sparen", fuhr Alex ihn an und tauchte grimmig ihren Putzeimer in den Wasserbottich.

„Freude mit Islandpferden." Robert grinste. Er klopfte Hvartur den Hals an einer Stelle, die noch sauber war.

„Manchmal bist du wirklich unmöglich." Iris sah ihren Bruder vorwurfsvoll an. Doch dann grinste sie ebenfalls.

Bis Hvartur wieder im alten Glanz erstrahlte, hatten auch die anderen ihre Pferde geputzt und Iris außerdem den Paddock abgemistet, sodass sie ihre sauberen Kameraden unbesorgt wieder hinein lassen konnten.

Kerstin kam über die Wiese gelaufen. „Lilo und Bernd gehen gleich mit allen Reitern die Geländestrecke ab“, meldete sie. „Ihr sollt euch am Getränkestand sammeln.“

„Nicht schon wieder Getränke.“ Robert hielt sich demonstrativ den Kopf.

Kerstin lachte. „Jedem das, was ihm zusteht“, sagte sie. „Ich muss wieder zurück in die Rechenstelle.“ Sie drehte sich um und ging.

Die anderen schlugen den Weg zum Treffpunkt ein.

Die Geländestrecke bewies in ihrem Aufbau Fairness und Ideenreichtum. Keines der zehn festen Hindernisse, die man in einem Waldstück und auf einer Wiese errichtet hatte, war höher als siebzig Zentimeter und der schwierigste Sprung bestand aus einem dicken Baumstamm vor einem flachen Wassergraben. Hier mussten die Pferde hineinspringen.

Donia nahm Iris nach der Begehung beiseite. „Irgendwelche Ratschläge für Gyrðir?“, fragte sie. „Meinst du, er macht den Sprung ins Wasser so ohne weiteres mit?“

„Wenn ihn einer mitmacht, dann Gyrðir.“ Iris legte Donia den Arm um die Schultern. „Er hat die stärksten Nerven von allen meinen Pferden. Ich sorge mich eher um Jörvi. Der hat Tage, da geht er ohne zu mucken durch jeden Bach, egal wie tief das Wasser ist. Und an anderen Tagen spinnt er vor der kleinsten Pfütze herum.“

„Ich drücke dir die Daumen“, versprach Donia.

Am Startplatz entdeckte sie Lilo. Sie lächelte Donia geheimnisvoll an und winkte sie zu sich her.

„Ich habe die Papiere gefunden“, flüsterte sie ihr ins Ohr und hielt Donia gerade eben noch von einem freudigen Luftsprung ab. „Aber sag es Robert noch nicht, wir wollen nach dem Turnier eine richtige Überraschung für ihn daraus machen.“

Donia drückte ihr einen dicken Kuss auf die Wange. „Ich verspreche dir alles, was du willst."
„Jetzt sieh zu, dass du wieder zu den anderen kommst. Die werden sonst noch misstrauisch. Außerdem geht gleich der Geländeritt los."
Die Reiter starteten im Abstand von wenigen Minuten. Donia blieb kaum Zeit zum Zuschauen, denn schon bald musste sie wieder zum Paddock hinunter gehen, Gyrðir satteln und ihn ein wenig abreiten.
Als sie sich am Startplatz in die Gruppe der anderen wartenden Reiter einreihte, galoppierte eben Olaf mit Lettir los.
Nach kaum zehn Minuten überquerte er bereits die Ziellinie.
Er sprang ab, entdeckte Donia und lächelte sie an.
„Alles gutgegangen?", fragte Donia.
Olaf nickte. „Bestens, kein Problem." Er musterte Donia. „Wo hast du denn deinen Reithelm?"
„Oh nein." Donia sank fast neben Gyrðir zusammen. „Der hängt bei mir im Zimmer an der Wand."
„Da ist er natürlich prima aufgehoben." Olaf schmunzelte.
„Ich habe heute Morgen gedacht, die Reitsachen sind sowieso alle im Auto und da habe ich den Helm völlig vergessen." Donia machte ein betretenes Gesicht.
„Tja, für die Geländeprüfung ist sie nun mal vorgeschrieben." Olaf nahm seine Kappe vom Kopf und stülpte sie Donia über die Strubbelhaare. „Passt!", stellte er schmunzelnd fest. „Toi, toi, toi. Ich will jetzt mal das Feld hier räumen, ehe mich noch jemand für ein bewegliches Hindernis hält.
Am Start war jetzt das Paar mit der Nummer 20. Kurz nachdem Reiter und Pferd die Ziellinie erreicht hatten, ging Donia mit Gyrðir auf die Strecke.
Gyrðir galoppierte gleichmäßig, wenn auch nicht sehr schnell und nahm die Hindernisse auf seine gewohnte großzügige Art. Erst auf der abschließenden Trabstrecke legte er unvermittelt an Tempo zu und ließ keinen Zweifel daran aufkommen, dass dies nach wie vor seine Lieblingsgangart war.
„Noch in der Zeit!", rief ihr eine Helferin zu, die neben dem

Mann mit der Stoppuhr an der Ziellinie stand.

Donia hörte es nur im Vorbeireiten. Sie brachte Gyrðir zum Paddock, sattelte ihn ab, kühlte ihm die Beine und setzte ihm eine ordentliche Portion Kraftfutter vor. „Nur noch die Siegerehrung, dann hast du wieder deine Ruhe“, versprach sie ihm. Gyrðir schüttelte sich und senkte den Kopf in die Futterschüssel.

Gut zweieinhalb Stunden später überquerte die letzte Reiterin die Ziellinie. Einige Teilnehmer hatten leichte Blessuren davongetragen, weil ihre Pferde im Waldstück einen Abstecher ins Unterholz gemacht hatten, aber zum Glück war es bei ein paar Schrammen und blauen Flecken geblieben.

Iris war ohne Probleme über die Strecke gekommen und freute sich besonders darüber, dass Jörvi den Sprung ins Wasser nicht verweigert hatte. „Jetzt heißt es auf die Ergebnisse warten“, sagte sie in der Mittagspause. „Und damit kann es noch eine ganze Weile dauern. Aber wir können schon mal das Sattelzeug zusammenpacken und den Paddock noch gründlich sauber machen, wenn uns die Zeit zu lang wird.“

Sie sah Alex an. „Mit dem Saubermachen bist du wohl an der Reihe. Dein Vater und Donia haben gestern gemistet und ich heute morgen.“

„Muss das denn sein?“ Alex verdrehte die Augen. „Ehrlich gesagt reicht es mir für heute eigentlich mit Mist.“

„Es muss!“, beharrte Iris. „Oder glaubst du, Lilo und Bernd haben Lust, sich um die ganzen Äpfel aus den provisorischen Paddocks zu kümmern, wenn die Reiter alle wieder weg sind?“

Alex holte die Schubkarre.

Robert sah seine Schwester bewundernd an. „Du kommst viel besser mit meiner Tochter zu recht als ich.“

„Mit mir ist sie nur nicht jeden Tag zusammen.“ Iris zuckte die Achseln.

Robert schmunzelte. „Dann habe ich ja noch Hoffnung. Alex hat mir nämlich gestern Abend auf dem Reiterball gebeichtet, dass sie in der nächsten Zeit lieber wieder bei ihrer Mutter leben möchte.

Schon wegen der Schule. Du weißt ja, dass ich mir den alten Bauernkotten bei dir in der Nähe pachten und hierher ziehen will. Und wenn Alex bei mir wohnen bliebe, müsste sie die Schule wechseln. Da finde ich ihre Entscheidung ganz einleuchtend. Ihre Mutter ist damit auch einverstanden. Aber ich würde Alex dann eben nur noch an den Wochenenden und in den Ferien sehen, genau wie du."

„Das sind ja völlig unerwartete Neuigkeiten", sagte Iris. „Daran muss ich mich erst mal gewöhnen." Sie nahm ihren Sattel auf und wollte ihn eben zum Auto bringen, da hielt sie plötzlich mitten in der Bewegung inne. „Alle Maschinen stopp! Volle Fahrt zurück!"

Robert ließ seinen Sattel sinken. „Was ist denn los?"

„Wir müssen unseren Verstand auf dem Geländeritt verloren haben", sagte Iris. „Wir können das Sattelzeug doch noch gar nicht wegpacken. Oder sollen wir vielleicht auf ungesattelten Pferden und mit Stallhalftern zur Siegerehrung reiten?"

„Auf das Experiment würde ich lieber verzichten."

Robert setzte grinsend seinen Sattel ab und machte es sich neben dem Hänger im Gras bequem.

Alex bog mit der Mistkarre um die Ecke. „Soll ich die Pferdeäpfel auch wieder zurückschütten?", fragte sie.

Robert sah sie an. „Bitte, wenn du sie zweimal aufsammeln willst."

Alex rumpelte weiter Richtung Misthaufen.

Donia kam von einem Besuch in der Rechenstelle zurück.

„Bernd meint, in ungefähr einer halben Stunde wären sie so weit", sagte sie und fühlte sich im nächsten Augenblick plötzlich sehr leicht um den Kopf. Verwundert tastete sie nach ihren Haaren. Als sie hinter sich jemand lachen hörte, drehte sie sich abrupt um.

Olaf grinste sie an und schwenkte seinen Reithelm. „Ich wollte nur mal sehen, wie es meiner Kopfbedeckung geht."

„Tut mir leid, den hatte ich völlig vergessen", entschuldigte sich Donia.

„So lange ich ihn nicht vergessen habe", feixte Olaf und ging, den Helm über seinen Rotschopf gestülpt wieder davon.

Iris sah auf die Uhr. „Bevor wir hier von einem Fuß auf den anderen treten, lasst uns lieber unsere Rösser satteln und schon mal zur Bahn gehen“, schlug sie vor. „Es kann doch mit der Siegerehrung nicht mehr allzu lange dauern.“

Auf der Ovalbahn warteten bereits einige der anderen Reiter mit ihren Pferden und immer mehr kamen hinzu. Kurz nachdem alle versammelt waren, ertönte aus dem Lautsprecher die Aufforderung, aufzusitzen und in der Mitte der Bahn in der Reihenfolge der Startnummern Aufstellung zu nehmen.

Donia nahm die Zügel kurz und wollte mit Schwung aufsitzen, da kam ihr plötzlich Gyrðirs Sattel entgegengerutscht und der Schecke wich erschrocken zur Seite. In der ganzen Aufregung hatte sie doch diesmal tatsächlich das Nachgurten vergessen.

Sie lachte über ihr Missgeschick und sattelte Gyrðir neu. Dann ordnete sie sich mit ihm in die Reihe der anderen Teilnehmer ein.

Der Sprecher begrüßte noch einmal die Reiter und Zuschauer, dankte den Pferden, dem Wettergott und den Veranstaltern und gab dann die Platzierungen in den einzelnen Prüfungen bekannt.

In der Gehorsamsprüfung war Donia zwölfte, im Mehrgang achtzehnte und in der Geländeprüfung fünfzehnte geworden. Damit kam sie in der Gesamtwertung auf den vierzehnten Platz. Alex hingegen auf den fünften, Robert auf den zehnten und Iris auf den achten. Alex hatte als einzige von ihnen sogar in einer Prüfung, nämlich der Mehrgangprüfung, den dritten Platz belegt und bekam dafür eine weiße Schleife. Stolz sah sie auf Donia herab, die nur eine blaue Teilnehmerschleife an Gyrðirs Zaumzeug befestigen konnte.

„Und außerdem“, erklang es jetzt aus dem Lautsprecher, „haben wir noch einen Sonderpreis für das älteste Pferd unter den ersten fünfzehn in der Gesamtwertung. Dieser Preis wird vergeben an den zwanzigjährigen Fuchsschecken Gyrðir und seine Reiterin Donia Kern. Gyrðir wurde fünfjährig aus Island importiert und befindet sich seither im Besitz von Frau Iris Holzer.“

Donia umklammerte so aufgeregt Gyrðirs Zügel, dass der Schecke unwillig mit dem Kopf zu schlagen begann.

Iris legte ihr lächelnd die Hand auf den Arm. „Immer mit der Ruhe. Tief durchatmen und ganz einfach freuen."

Der Sonderpreis bestand aus einem Sachgewinn, und so kam Donia ganz überraschend zu einem nagelneuen Zaumzeug mit Olivenkopfgebiss. Strahlend nahm sie es von Bernd in Empfang.

„Du weißt ja wohl, dass du das nachher an Iris abgeben musst", zischte Alex, als Donia sich wieder eingereiht hatte. „Gyrðir ist schließlich ihr Pferd und nicht deins."

„Blödsinn", sagte Iris barsch. „Ohne Donia wäre Gyrðir gar nicht auf der Isitary gestartet. Da ist es doch klar, dass sie das Zaumzeug behalten darf. Ich finde, sie hat sich den Preis redlich verdient." Sie lächelte Donia ermutigend zu.

Die Reiter ritten noch eine Ehrenrunde und verließen dann unter dem Applaus der Zuschauer die Bahn.

Am Ausgang fing Lilo Robert ab. „Du hast gestern erzählt, du hättest einen Käufer für deine Stute. Tu mir den Gefallen und halte ihn noch etwas hin."

„Aber warum denn?" Robert saß ab.

Lilo sah ihn eindringlich an. „Das kann ich dir jetzt nicht sagen. Aber du kannst mir schon glauben, dass ich dich nicht ohne einen triftigen Grund darum bitte. Ihr dürft auch auf keinen Fall schon wegfahren, bevor wir euch nicht etwas Wichtiges mitgeteilt haben."

Robert streichelte Ísafolds Hals. „Das klingt aber ganz schön geheimnisvoll."

„Ist es auch." Lilo schmunzelte. „Es kann aber noch etwas dauern. Wir müssen erst die ganzen anderen Teilnehmer verabschieden. Ihr könnt eure Pferde aber so lange auf die Gastweide bringen. Die mögen sicher nicht mehr in dem kleinen Paddock stehen."

„Gib mir doch wenigstens einen Tipp, um was es überhaupt geht."

Doch Lilo hielt nur ihren Zeigefinger vor die Lippen.

Kopfschüttelnd brachte Robert Ísafold hinunter zum Paddock und erzählte den anderen von Lilos Geheimniskrämerei.

Er wandte sich an Iris: „Hast du vielleicht eine Ahnung, worum es geht?"

„Keinen Schimmer, ich schwöre es dir." Iris sah ihn geradeheraus an. „Ich bin genauso neugierig wie du, was dahintersteckt."

„Sicher wollen sie uns wieder als freiwillige Helfer für ihre Gestütsschau anheuern", mutmaßte Alex.

Robert schüttelte den Kopf. „Das hätte sie mir sicher direkt gesagt. Darum haben sie doch im letzten Jahr auch nicht so ein Getue gemacht."

„Am besten wird es wohl sein, wenn du dich einfach überraschen lässt", schlug Kerstin vor und fügte hinzu: „Ich habe nur gesehen, dass Lilo ein flaches Päckchen mit einer Schleife zugebunden hat. Aber frag mich bitte nicht, was da drin war."

Während Robert sich auf die Suche nach seinem Kaufinteressenten machte, führten die anderen die Pferde auf die Gastweide und bauten den Paddock ab.

Einige der anderen Teilnehmer fuhren bereits mit ihren Hängern vom Hof. Auch Bockmanns waren reisefertig und kamen nur noch einmal kurz zu Iris' Wagen, um sich zu verabschieden.

Olaf sah Donia an. „Wir bleiben in Verbindung, ja?"

„Gerne!" Donia lächelte. „Ich schreibe dir dann die neuesten Neuigkeiten."

„Ich kann es kaum erwarten", sagte Olaf. Und ehe er sich versah, hatte Donia ihm einen Kuss auf die Wange gegeben. Er zog sie für einen kurzen Moment an sich.

„Da hast du aber eine nette Eroberung gemacht", sagte Robert, als Olaf gegangen war. „Er war es übrigens, der sich für Isa interessierte. Ich wusste erst nicht, ob ich dir das sagen sollte. Ihr habt euch gestern Abend doch so gut verstanden, da wollte ich euch keine unnötigen Probleme bereiten."

Donia machte den Mund auf und zu. Hatte Olaf ihr Wissen über Ísafolds Herkunft etwa ausnutzen wollen?

„Er war noch nicht einmal besonders ungehalten darüber, dass ich ihn vertröstet habe", fuhr Robert fort, „wirklich ein netter junger Mann."

Donia atmete auf. Nun konnte sie beruhigt sein, dass Olaf ihr nur hatte helfen wollen.

„Was soll schon an jemandem nett sein, der unsere Islandpferde als ‚Ponys' bezeichnet?" Alex verzog den Mund.

Donia richtete sich auf. „Er sagt, ob er seinen Lettir nun Pferd oder Pony nennt, das ist nicht wichtig für ihn. Viel wichtiger ist, dass er weiß, was er an ihm hat und dass er ihn als Persönlichkeit respektiert."

„Pah", fügte Alex abfällig hinzu.

Robert hakte sich bei Alex und Donia unter. „Hört auf, euch zu streiten und kommt mit zum Getränkestand. Wenn sie noch nicht eingepackt haben, spendiere ich euch was Heißes zu trinken."

Kerstin und Iris gingen mit ihnen.

Einige Zeit später kam Bernd auf sie zu. „Ach hier seid ihr", sagte er. „Na, dann kommt mal mit rüber ins Haus."

Sie gingen die Treppe hinauf und weiter in den gemütlich eingerichteten Wohnraum, wo Gläser mit Sekt und Orangensaft auf dem Tisch standen.

„Nun sagt uns endlich, was hier gefeiert wird." Robert betrachtete die Gläser. „Verheiratet seid ihr doch schon. Bekommt ihr etwa ein Kind? Aber was habe ich denn damit zu tun? Und deswegen hätte ich doch Olaf Bockmann nicht vertrösten müssen."

Lilo lachte. „Wahrscheinlich wirst du ihm sogar absagen. Und ein Kind bekommen wir auch nicht. Wenn hier einer etwas bekommt, dann du. Und zwar das hier." Sie reichte ihm ein flaches Päckchen mit einer großen, roten Schleife.

Robert sah ratlos von einem zum anderen, dann öffnete es mit verwundertem Blick. Er zog ein Kuvert hervor und aus dem Kuvert ein leicht vergilbtes Blatt Papier.

„Ein elf Jahre alter Fohlenschein für ein Stutfohlen namens ‚Kvika'. Was bedeutet das? Ich kenne keine Kvika."

„Besser als du glaubst." Lilo machte ein schelmisches Gesicht. „Immerhin hast du auf unserer Isitary mit ihr den zehnten Platz in der Gesamtwertung belegt."

Robert starrte den Fohlenschein an. „Du meinst ... nein, das gibt es doch nicht. Ísafold? Ist das Isas Fohlenschein? Wie kommt ihr denn an den?"

„Nicht wir.“ Lilo winkte Donia zu sich her und legte ihr die Hände auf die Schultern. „Bei ihr musst du dich bedanken. Aber warum setzen wir uns eigentlich nicht, und wir erzählen euch die ganze Geschichte der Reihe nach?“

„Setzen ist eine gute Idee.“ Robert ließ sich auf die Polstergarnitur fallen.

Die anderen machten es sich ebenfalls gemütlich, und Donia erzählte von ihrer Suchaktion. Alex starrte sie mit offenem Mund an.

„Und nachdem Donia gestern zu mir gekommen war“, setzte Lilo den Bericht fort, „habe ich versprochen, gleich am selben Tag noch in Vaters alten Unterlagen nachzusehen. Wie du siehst, mit Erfolg. Mein Vater war zwar in großen Dingen manchmal etwas schlampig, aber im kleineren Rahmen dafür wieder sehr genau. Und er hätte nie vergessen, für ein Fohlen einen Fohlenschein auszustellen, egal ob es nun seinem Zuchtziel entsprach oder nicht. Auch wenn er sich dann später geweigert hat, dem Fohlen die Papiere mitzugeben, die bewiesen hätten, dass es ein reinrassiges Islandpferd ist.“ Sie atmete tief durch. „Tja, nun hast du es schwarz auf weiß. Wie du siehst, wurde Ísafold, oder Kvika, noch im Mutterleib importiert. Wenn du willst, kannst du also mit deiner Stute züchten und brauchst sie nicht mehr zu verkaufen.“

„Es sei denn“, Bernd schob Robert einen zweiten Umschlag über den Tisch, „du tauscht deinen Fohlenschein gegen das hier ein.“

Robert wischte sich verstohlen eine Träne aus dem Augenwinkel. „Noch etwas? Das ist ja alles kaum zu verkraften.“ Er öffnete vorsichtig das zweite Kuvert. „Die Papiere von Fluga?“

Bernd nickte. „Du warst doch letztens so an ihr interessiert. Ich würde sie dir für deine Stute geben, ohne dass du etwas dazu zahlen müsstest.“

„Nein.“ Robert schob Flugas Papiere wieder in den Umschlag und gab ihn Bernd zurück. „Ich weiß, dass es ein sehr großzügiges Angebot ist, aber ich werde meine Isa behalten.“

Lilo schenkte Sekt ein und verteilte die Gläser. „Auf Ísafold, die einmal Kvika hieß.“ Sie hielt inne. „Aber irgendwie möchte ich das wieder gutmachen, was mein Vater mit seiner Sturköpfigkeit angerichtet hat. Ich biete dir an, dass du deine Stute entweder im nächsten Sommer kostenlos von Hrimnir decken lassen kannst. Oder du könntest dir stattdessen eines unserer diesjährigen Fohlen aussuchen."

Robert sah Donia an. „Was ist dir lieber?"

„Wieso mir?" Donias Hand zitterte so sehr, dass sie ihr Glas Orangensaft wieder abstellen musste.

„Weil ich finde, dass du das Fohlen bekommen sollst", sagte Robert. „Das vom Gut oder das zukünftige von Isa. Was du für meine Stute getan hast, das kann ich dir gar nicht hoch genug anrechnen."

Donia bekam keinen Ton heraus. „Das kann ich doch gar nicht annehmen", sagte sie und wusste selbst nicht so genau, ob sie lachen oder weinen sollte.

„Ich finde, Papi hat recht und Donia soll das Fohlen bekommen", schaltete Alex sich plötzlich ein. „Ich weiß nicht, ob ich so etwas fertig gebracht hätte. Für ein Pferd, das mir nicht einmal gehört." Es fiel ihr sichtlich schwer, das zu sagen.

Iris sah Donia an. „Vor allem finde ich es eine erstaunliche Leistung, die ganze Geschichte wochenlang vor uns geheim zu halten. Deine Gründe dafür kann ich mir schon denken, aber andererseits war es auch ganz schön leichtsinnig, denn du hast schon eher als wir gewusst, welche Angst Isa vor Papier hat und hast trotzdem nichts davon gesagt. Wir können wirklich von Glück reden, dass die Reitunfälle von Robert und mir so glimpflich abgegangen sind."

„Den Grund für ihr Durchgehen kenne ich erst seit dem Tag, an dem Isa auf der Straße mit dir ausgerutscht ist", verteidigte sich Donia. „Und danach habe ich euch gleich darauf hin gewiesen, dass sie Panik vor wehendem Papier haben könnte. Deshalb hast du dann ja das Gelassenheitstraining mit ihr gemacht. Aber ich hätte es an dem Tag wohl besser gleich sagen sollen, dann wäre dein Unfall mit ihr wahrscheinlich gar nicht erst passiert."

Iris nahm einen Schluck Sekt und lächelte. „Es ist ja alles noch mal gut gegangen."

„Da bin ich ja Gott sei Dank nicht die einzige hier, die nicht nachdenkt.“ Alex holte tief Luft und wandte sich Donia zu. „Ich glaube, ich war manchmal ganz schön ekelhaft zu dir. Aber du bist auf den Hof gekommen und ruck-zuck durftest du Gyrðir und Isa reiten und dann auch noch auf der Isitary starten, als wenn das alles was ganz Selbstverständliches wäre. Selbst deine Mutter interessiert sich für Pferde. Dir hat nie jemand irgendwelche Schwierigkeiten gemacht.

Meine Mutter findet Pferde grässlich, und ich habe jahrelang betteln müssen, bis ich ein eigenes bekam. Und deswegen habe ich dann sogar noch einen Riesenkrach mit Papi gehabt. Und solche Probleme hattest du nie und ich dachte immer, du bist eine ganz verwöhnte Ziege. Aber ich glaube, jetzt finde ich dich doch ganz in Ordnung.“ Sie streckte Donia mit einem verlegenen Lächeln die Hand entgegen. Donia nahm sie an.

„Dann wäre ja auch das endlich vom Tisch“, seufzte Iris.

„Aber du hast noch immer nicht gesagt, welches Fohlen du möchtest.“ Kerstin sah ihre Tochter fragend an.

„Oh, wenn ich das wirklich annehmen darf, dann ...“

„Du darfst“, bestätigte Kerstin.

„Dann möchte ich das hellbraune Fohlen mit der kleinen Flocke haben. Das von der Fuchsstute mit der schiefen Blesse.“

Sie warf Robert einen verlegenen Blick zu. „Nicht, dass du denkst, ich möchte kein Fohlen von Isa. Aber das Hellbraune könnte ich schon in vier Jahren reiten und bis Isas Fohlen alt genug wäre, müsste ich noch zwei Jahre länger warten.“

„Schon in Ordnung.“ Robert stupste ihr auf die Nasenspitze. „Ich habe dir gesagt, dass es deine Entscheidung ist und genauso habe ich es auch gemeint. Du brauchst dich also nicht dafür zu entschuldigen.“

Donia strahlte. „Aber bedanken. Tausend, tausend Dank.“ Sie umarmte Robert und sah dann erschrocken Alex an.

Alex winkte lächelnd ab. „Einmal ist genehmigt“, sagte sie.

Bernd schenkte Sekt und Orangensaft nach. „Da hast du dir ein gutes Fohlen ausgesucht“, sagte er zu Donia. „Lilja ist jetzt schon recht vielversprechend.“

„Lilja, was für ein hübscher Name.“ Donia fiel Kerstin um den

Hals. „Oh Kerstin, ich habe ein eigenes Pferd. Und ich werde mir ganz viel Mühe mit ihm geben.“

Iris lächelte. „Und wir werden deine Lilja und meine Vindstjarna zusammen ausbilden können.“

„Ich habe es mir so gewünscht und jetzt ist es wahr“, sage Donia leise. Und dann sprang sie auf und lief hinunter zur Stutenweide, um ihrem Fohlen die große Neuigkeit zu erzählen.

Antje Diewerge

Donia auf dem Islandhof

TIERBUCHVERLAG
Irene Hohe

Inhaltsverzeichnis

Es geht um die Zukunft

Gyrðir stolperte und fiel.

Es gelang Donia nur mit Mühe, im Sattel des Fuchsschecken zu bleiben und dabei gleichzeitig noch den Führstrick des walnussschalenfarbenen Handpferds festzuhalten, das einen erschreckten Satz zur Seite gemacht hatte. Misstrauisch drehte es die rotgeränderten Ohren nach hinten.

„Brav, Lilja, ganz ruhig“, redete Donia auf die kräftige kleine Stute ein. Lilja drehte versuchsweise ein Ohr nach vorn.

Donia saß ab und befühlte Gyrðirs Beine. Zum Glück hatte er den Sturz unverletzt überstanden. Ihre Augen suchten den Heideweg nach einer Ursache für das plötzliche Stolpern des sonst so trittsicheren Schecken ab und entdeckten einen faustdicken Stein, der aus dem vom Tauwetter feuchten Boden ragte. Donia puhlte ihn mit der Stiefelspitze heraus und kickte ihn unter einen Busch. Dann saß sie wieder auf, sortierte Zügel und Führstrick und ließ Gyrðir antölten. Lilja fiel daneben in einen schwingenden Trab.

Donia behielt das Tempo über eine längere Strecke bei. An diesen späten Wintertagen Anfang März blieb es noch nicht so lange hell, und die Pferde sollten zu Hause sein, ehe es dämmrig wurde. Außerdem konnte Donia es kaum erwarten, das neue Berittpferd kennenzulernen, das heute auf dem Pappelhof, dem Isländerhof ihrer Freundin Iris, ankommen sollte.

Es war das erste nach der zweimonatigen Winterpause, die Iris ihrer kleinen Herde alljährlich gönnte. Während des übrigen Jahres hatte sie fast ständig noch ein Berittpferd zur Ausbildung oder Korrektur auf dem Hof stehen. Zusätzlich zu ihren eigenen Pferden und neben ihrer Arbeit als freiberufliche Fotografin.

Iris’ eigene Pferde, das waren der alte, aber immer noch sehr gehfreudige Gyrðir, die eigenwillige Schimmelstute Hyndla, deren windfarbene Tochter Vindstjarna sowie der energische Falbe Jörvi. Donias Fuchsfalbstute Lilja stand als Pensionspferd mit in der Herde.

Vor der Hauptstraße parierte Donia ihre beiden Pferde zum Schritt, ließ Lilja am Straßenrand am langen Zügel hinter Gyrðir hergehen und nahm sie erst wieder auf gleiche Höhe, als sie in die schmale Pappelallee zu Iris' Hof einbogen.

Aus dem Fachwerkhaus drang Licht. Donia saß ab, öffnete das Eingangstor und führte die Pferde auf die Diele. Eine feuchte Hundeschnauze schob sich in ihre Hand. Sie gehörte Graupel, Iris' jungem Mischlingsrüden. Den Angaben des Tierheims zufolge war seine Mutter eine Dalmatinerhündin gewesen. Ihr hatte er wohl auch die schwarzweiße Sprenkelung seines fusseligen Fells zu verdanken. Donia streichelte ihn.

„Du kommst spät." Iris sah kurz auf und verteilte dann eine weitere Portion Silage in der Futterkrippe des Laufstalls, dessen halbhohe Trennwand eine Längsseite des gepflasterten Dielenbereichs begrenzte.

„Das Wetter war so schön, dass ich den langen Weg um den Ententeich herum geritten bin."

Donia nahm Gyrðir Sattel und Zaumzeug ab und legte ihm sein blaues Gurthalfter an. Sie brachte das Lederzeug in die Sattelkammer, wusch Gyrðirs Trense ab und füllte zwei Schüsseln mit Kraftfutter. Das für den Schecken feuchtete sie ein wenig an. So fraß er es besser. An trockenem Futter mümmelte er manchmal stundenlang herum, sofern er es überhaupt anrührte.

Aus dem Laufstall waren die zufriedenen Kaugeräusche der anderen Pferde zu hören. Sie wurden nicht mehr mit Heu gefüttert, seit Hyndla erste Anzeichen einer Heustauballergie gezeigt hatte. Um zu verhindern, dass das Heu staubte, hatten sie einen ganzen Winter lang jeden einzelnen Ballen vor dem Verfüttern erst durch eine Wanne voll Wasser ziehen müssen. Ein mühseliges Geschäft bei der täglichen Ration für fünf Pferde. Dann hatte Iris von den guten Erfahrungen gehört, die andere Besitzer von Heustauballergikern mit der Umstellung von Heu auf Silage gemacht hatten und war ebenfalls auf dieses Futter umgestiegen.

Ihren Pferden schmeckte es ausgezeichnet.

Donia hatte Lilja und Gyrðir den hochgespritzten Matsch von Bauch und Beinen gebürstet und die leicht verschwitzte Sattellage des Schecken mit einem grob gezahnten Gummistriegel massiert. Sie legte den Striegel beiseite, sammelte die leergefressenen Futterschüsseln ein und entließ ihre Stute und Gyrðir zu den anderen Pferden in den Laufstall.

„Ist das neue Berittpferd gekommen?“, fragte sie, während sie die Schüsseln auswusch.

Iris schloss die Schiebetür des Laufstalls hinter sich und wischte sich die Hände an ihren alten Arbeitshosen ab. „Das kannst du zweimal sagen.“ Sie wandte sich zum Dielentor.

„Du sprichst in Rätseln.“ Donia schüttelte verwirrt den Kopf und folgte Iris hinaus und um die Hausecke zur Außenbox.

Anfangs hatte Iris die Berittpferde noch in der Herde des Hofes mitlaufen lassen. Aber so ein Neuling brachte jedes Mal wieder Unruhe in die Gruppe, und schließlich hatte ein erst vollkommen gesund erscheinendes Berittpferd sogar einen hartnäckigen Husten eingeschleppt, der vor allem Hyndla schwer zu schaffen gemacht hatte. Weil Iris so etwas kein zweites Mal erleben wollte, hatte sie kurz darauf die größere der beiden Boxen zu einer Außenbox mit eigenem Paddock umgebaut. Von dort aus konnten die Berittpferde nachts direkt auf die kleine Weide neben der Reitbahn gelassen werden und kamen mit der Herde des Hofes kaum noch in Kontakt.

Donia spähte neugierig in die Box hinein und fand sich unversehens Auge in Auge mit einem massigen Fuchs, dessen Stirnschopf diese Bezeichnung kaum verdiente, da er lediglich aus ein paar armseligen, graugelben Fransen bestand.

„Sollte aus Lüneburg nicht eine Rappstute kommen?“, fragte Donia. „Das hier ist doch wohl eindeutig ein Fuchs.“

Iris schob die Hände in die Hosentaschen. „Sieh noch mal genau hin.“

Donia runzelte die Stirn. Auch noch so genaues Hinsehen würde sicherlich keinen Fuchs in einen Rappen verwandeln. Sie seufzte und warf dann großzügig einen zweiten Blick in die geräumige Box. Jetzt lösten sich aus dem Dunkel des Hintergrundes die Umrisse eines weiteren Pferdes. Und das war so schwarz, wie Rappen nur sein können. Kohlrabenmitternachtsschwarz. Vom Schweif bis zu den dichten, buschigen Stirnhaaren, die ihm weit über die Augen fielen. Nur die weiche Haut um Nüstern und Lippen bildete eine Ausnahme. Sie war rosarot mit kleinen dunklen Flecken. Ein Krötenmaul.

Donia drehte sich zu Iris um. „Du hast doch sonst nie zwei Berittpferde gleichzeitig angenommen."

Iris zog ihr Kopftuch herunter und schüttelte die dunkelbraunen Locken, in die sich hier und da bereits kleine graue Strähnen einschlichen. „Zum Beritt ist nur die Rappstute hier. Allerdings in Begleitung ihrer Mutter, die es leider ohne ihre Tochter nicht aushält. Das kommt dabei heraus, wenn man ein Fohlen aus falsch verstandenem Mitgefühl bei der Stute lässt, bis es erwachsen ist." Sie zwirbelte das Tuch ungehalten zwischen den Fingern. „Normalerweise hätte ich einen derartigen Problemfall abgelehnt, aber die beiden Stuten gehören einem alten Studienfreund von mir, und für den bin ich ausnahmsweise von meinen Prinzipien abgewichen."

Donia fuhr der Fuchsstute mit dem Zeigefinger über die teilweise unterbrochene Blesse. „Das muss ja ein ganz besonderer Freund sein."

„Stimmt. Sein Name ist übrigens Gerald Jahn, falls dir das was sagt." Iris schlang sich das Kopftuch um den Nacken.

„Gerald Jahn, der Grafiker, der die schönen Bilder für das Pferdemagazin zeichnet?"

Iris lachte. „Die Kandidatin hat hundert Punkte." Sie verschränkte fröstelnd die Arme. „Gehen wir zurück ins Haus. Gegen unsere norddeutsche Märzkälte kommt selbst der beste Islandpullover nicht an."

In der Küche stand eine große Kanne Tee auf dem Stövchen. Donia nahm sich eine Tasse, lehnte sich an die alte, gusseiserne Heizung und genoss in kleinen Schlucken das heiße Getränk.

„Bleibst du zum Abendessen?" Iris kam mit einer Schüssel Kartoffeln aus der Speisekammer. „Dann schäle ich ein paar Kartoffeln mehr." Sie holte ein Messer aus der Schublade und setzte sich auf die Eckbank.

Donia schüttelte den Kopf. „Ich bin schon bei Kerstin zum Abendessen eingeladen.“ Sie drehte die Tasse in den Händen. „Sag mal, um Pferde so treffend zeichnen zu können, wie Gerald Jahn muss er doch sehr vertraut mit ihnen sein.“ Sie stellte ihre leere Tasse zwischen die Kräuterschalen auf dem Fensterbrett. „Weshalb hat er dann nur den großen Fehler gemacht und die Rappstute die ganze Zeit bei der Mutter gelassen?“

„Er hat Padda und Gigja erst vor ein paar Monaten gekauft. Da war das Kind schon lange in den Brunnen gefallen.“ Iris ließ die erste geschälte Kartoffel demonstrativ in eine Schale voll Wasser plumpsen.

„Wenn er wusste, welche Probleme ihm das bereiten würde, hätte er doch ebenso gut auf eine der beiden Stuten verzichten und ein zweites Pferd woanders dazukaufen können.“

„Sie waren nur gemeinsam abzugeben. Die Fuchsstute hat starkes Sommerekzem, daher auch ihre abgescheuerte Mähne. Kaum jemand kauft dir heutzutage noch ein Pferd ab, das im Sommer jeden Tag aufgestallt und mit Lotion eingerieben werden muss. Vielen ist diese zusätzliche Arbeit zu lästig oder auch gar nicht durchführbar. Schließlich hat nicht jeder das Glück, seine Pferde direkt am Haus halten zu können, so wie mein Bruder Robert oder ich hier.

Um also sicherzugehen, dass auch Gigja mit ihrem Ekzem gut unterkommt, hat der Vorbesitzer die beiden Stuten nur zusammen verkaufen wollen. Zu einem Preis, den allein schon die Rappstute wert sein dürfte. Und Gigja ist sogar noch tragend. Da hat Gerald nicht lange überlegt, denn unter normalen Umständen hätte er sich kaum zwei Pferde auf einmal leisten können.“ Iris legte das Schälmesser beiseite.

Donia tauschte den Platz an der Heizung gegen einen bequemeren Stuhl. „Als Grafiker müsste er doch gut verdienen. Der Chef unserer Werbe-Agentur besitzt ein großes Mietshaus, fährt ein teures Auto und macht Urlaub in Ländern, die andere Leute nur aus dem Fernsehen kennen.“

„Mit Werbung für Waschmittel und Schokolade ist auch mehr Geld zu verdienen als mit Pferdezeichnungen und Anzeigen für

Reiterhöfe.“ Iris hatte eine Pfanne mit Öl auf den Herd gestellt und begann, die Kartoffeln hineinzuschneiden. „Übernimmt dich dein Chef eigentlich nach deiner Gesellenprüfung? Oder sitzt du dann auf der Straße, weil ihm eine ausgelernte Kraft zu teuer ist?“

„Bislang hat er sich noch nicht klar dazu geäußert.“ Donia strich die Wachstuchdecke auf dem Tisch glatt. „Wenn ich frage, sagt er immer nur: „Wir werden sehen.“ Oder: „Bis dahin ist ja noch Zeit.“ Als wüsste er nicht ganz genau, wie viele arbeitslose Grafikerinnen es gibt, und wie sehr ich auf eine Stelle angewiesen bin. Wovon soll ich denn sonst meinen Lebensunterhalt und den für Lilja bezahlen?“

„So weit ich weiß, trägt deine Mutter doch die laufenden Kosten für deine Stute.“

„Ja, aber das macht Kerstin nur noch, bis ich mit der Ausbildung fertig bin. Danach muss ich selbst für Lilja aufkommen.“

Iris setzte sich zu Donia an den Tisch. „Warte erst einmal ab, bis du deinen Gesellenbrief in der Tasche hast. Schließlich gibt es noch andere Agenturen, die eine Grafikerin brauchen können. Eine gut bestandene Prüfung ist in jedem Fall der beste Start, den du dir verschaffen kannst.“

„Damit geht Kerstin mir auch schon seit Wochen auf die Nerven.“ Donia verdrehte die Augen. „Können wir nicht das Thema wechseln? Was willst du zum Beispiel mit der Fuchsstute machen, während du Padda reitest? Sie fesseln und knebeln?“

„Das wird nicht nötig sein.“ Iris fegte mit der Hand ein paar Krümel vom Tisch, die auf dem Fußboden erfreut von Graupel empfangen wurden. „Ich werde Gigja in der Außenbox einsperren. Mit dem Gitter in der oberen Türhälfte ist das der sicherste Ort auf dem Hof. Ein Pferd bräuchte schon eine Brechstange, um dort herauszukommen. Damit ist das Problem an sich zwar nicht aus der Welt, doch es wird nach und nach etwas geringer werden. Wenn Gigja im Sommer ihr neues Fohlen hat und Padda für einige Wochen auf Gut Aue beim Hengst ist, dürfte das die enge Bindung von Mutter und Tochter zusätzlich lockern. Dann könnte Gerald auch endlich einmal allein mit einem Pferd ausreiten, ohne immer das andere als Handpferd mitnehmen zu müssen.“

Donia stand auf, wusch ihre Tasse aus und stellte sie in den Abtropfkorb. Sie schnupperte Richtung Pfanne. „Das nächste Mal lasse ich mir deine Bratkartoffeln bestimmt nicht entgehen.“

Iris hob die Hand. „Bis morgen. Und vergiss nicht, die liebste Freundin meines Bruders von mir zu grüßen.“

„Wie könnte ich das vergessen.“ Donia verschwand hinaus auf den Hof, wo ihr rostgeflecktes Auto auf sie wartete. Wie üblich startete der Motor nur stockend und ließ erst nach dem vierten Versuch ein ergebenes Brummen folgen.

Donia seufzte. Sie hatte sich das alte Vehikel notgedrungen zugelegt, als sie vor gut einem Jahr aus dem Vorort, in dem sie bis dahin mit ihrer Mutter gewohnt hatte, in die Stadt gezogen war. Dort konnte sie ihren Arbeitsplatz nun in einer Viertelstunde zu Fuß erreichen und war nicht mehr auf die schlechte Busverbindung zwischen Stadt und Umland angewiesen. Ganz zu schweigen davon, dass sie jetzt morgens eine ganze Stunde länger schlafen konnte als vorher. Wenn man allerdings ein Pferd besaß, das mehr als zehn Kilometer vom Wohnort entfernt auf einem abgelegenen Hof stand, blieb einem keine andere Wahl, als sich ein Auto anzuschaffen. Von ihrer früheren Wohnung aus war sie in einer knappen halben Stunde mit dem Fahrrad dort gewesen, Kerstin hatte sie schnell mit dem Wagen gebracht oder ihn ihr später für die Fahrt zum Hof geliehen.

Donia schaltete das Autoradio ein und trommelte den Rhythmus der Musik auf dem Lenkrad mit.

Kerstin saß in ihrem Arbeitszimmer und korrigierte Klassenarbeiten. Donia gab ihrer Mutter einen Kuss auf die Wange. „Pünktlicher ging es leider nicht“, erklärte sie.

„Wie du siehst, habe ich die Wartezeit zu nutzen gewusst.“ Kerstin deutete auf den Heftstapel. Ihre Augen blitzten schelmisch unter dem dichten Pony hervor. „Noch diese Arbeit hier, dann habe ich das ganze Wochenende Ruhe vor der Schule. Kartoffeln sind schon aufgesetzt. Sei so lieb und schalte die Gasflamme eine Stufe höher.“

Donia war bereits unterwegs zur Küche. „Was gibt es denn?“

„Heringsfilets in Sahnesoße!“, rief Kerstin ihr nach. „Dein Leibgericht.“

Donia hob den Deckel vom Topf. „Keine Pellkartoffeln?“, fragte sie enttäuscht.

„Die sind mir zu gefährlich. Ständig verbrenne ich mir beim Pellen die Finger.“

„Logisch, weil du sie dabei in die Hand nimmst.“

„Wenn ich sie mit der Gabel aufspieße, fallen sie mir immer auseinander.“ Kerstin kam in die Küche. „Mit Salzkartoffeln habe ich diese Schwierigkeiten nicht.“

Brutus, der rot getigerte Kater, strich maunzend um ihre Beine. Sie füllte seinen Fressnapf mit Trockenfutter. Brutus hockte sich davor und schlang es bis zum letzten Krümel in sich hinein, ohne auch nur ein einziges Mal abzusetzen.

„Du frisst wie ein Staubsauger.“ Kerstin schaute ihn tadelnd an. „Und dann rumorst du wieder die ganze Nacht herum, weil dir schlecht ist.“

Brutus fuhr sich mit der Zunge über die rosarote Nase und gähnte.

Dann sprang er mit einem eleganten Satz aufs Fensterbrett, wo er sich ausgiebig zu putzen begann.

Donia deckte den Tisch und holte die Schüssel mit den Heringsfilets aus der Speisekammer. „Weshalb bist du heute eigentlich nicht bei Robert auf dem Kotten? Ihr verbringt doch sonst jedes Wochenende zusammen. Habt ihr euch etwa gestritten?“

„Ganz im Gegenteil.“ Kerstin lächelte. „Wir haben uns gestern sogar entschlossen, zu heiraten.“

Jetzt musste auch Donia sich setzen. „Warum denn gleich heiraten?“ Sie war ganz blass geworden.

„Also von gleich kann nach immerhin schon vier Jahren ja wohl kaum die Rede sein.“ Kerstin stand auf und lehnte sich an die Spüle.

„Dann ist es doch überflüssig, jetzt noch zu heiraten.“ Donia hob ein Gummiband vom Fußboden auf und zog es so weit in die Länge, bis es mit einem kurzen Knacken riss.

„Wir möchten es aber gerne. Vielleicht wollen wir sogar noch ein Baby zusammen haben. Einfach eine richtige Familie sein.“

„Du willst mit Anfang vierzig noch einmal Mutter werden?“ Donia starrte sie fassungslos an.

„Da wäre ich nicht die Erste und nicht die Einzige“, antwortete Kerstin ruhig.

„Wenn dir Familie so wichtig ist, hättest du doch ebenso gut vor zwanzig Jahren meinen Vater heiraten können.“ Donia warf das kaputte Gummiband in Richtung Abfalleimer. Es landete im Katzenfressnapf.

Sofort kam Brutus von seinem Aussichtsplatz herunter und schnupperte, wandte sich aber gleich darauf angewidert wieder ab. Er stolzierte mit hocherhobenem Schwanz hinüber ins Wohnzimmer.

„Du hast deinen Vater doch vorletztes Jahr kennengelernt. Glaubst du wirklich, dass wir mit ihm zufrieden hätten leben können?“

Donia schüttelte den Kopf.

Das Treffen mit ihrem Vater war die größte Enttäuschung ihres bisherigen Lebens gewesen. Immer wieder hatte sie sich ausgemalt, was für ein wunderbarer Mann er sei, und wie sehr er sich freuen würde, nach all den Jahren, die er nun schon in Frankreich lebte, endlich seine Tochter wiederzusehen. Dann hatte sie kurz nach ihrem achtzehnten Geburtstag zufällig erfahren, dass er geschäftlich für einige Tage in Hamburg war, über sein Hotel mit ihm Kontakt aufnehmen und ihn zu einem Treffen überreden können.

Es fand in einem feinen, französischen, von ihrem Vater ausgesuchten Restaurant statt, in dem Donia sich selbst in ihren besten Jeans, Shirt und Blazer total fehl am Platz vorgekommen war. Hinzu kam, dass ihr Vater sich überhaupt nicht dafür zu interessieren schien, wie es ihr bisher ergangen war und was sie heute machte, ihr dafür aber sehr ausführlich seine geschäftlichen Erfolgen schilderte. Sobald sie etwas von sich erzählt hatte und dann auf eine Reaktion von ihm wartete, hatte er seine zuvor begonnenen Schilderungen einfach nahtlos fortgesetzt. Wie eine laufende

CD, bei der man mittendrin auf ‚Pause‘ geschaltet hat und dann wieder auf ‚Play‘ drückte.

Alles zusammengenommen war ihr von diesem Abend nur der Eindruck geblieben, dass ihr Vater sich vor allem für sich selbst interessierte und das Treffen mit ihr für ihn nur eine lästige Pflicht bedeutet hatte.

Sie war nach dieser Begegnung vollkommen durcheinander gewesen, hatte sich wochenlang gleich nach der Arbeit sofort in ihr Zimmer verkrochen und seitenweise ihre Enttäuschung ins Tagebuch geschrieben.

Kerstin blickte ernst. „Mit deinem Vater und mir, das wäre auf Dauer nicht gut gegangen. Dazu waren wir viel zu verschieden. Ich wollte ein ruhiges Leben führen und er brauchte ständig ein gewisses Maß an Aufregung, um sich wohlzufühlen. Trotzdem bin ich froh, ihm begegnet zu sein“, sie lächelte, „sonst hätte dich ja nie kennengelernt.“

„Im Moment scheine ich dir doch völlig gleichgültig zu sein.“ Donias Stimme bekam wieder einen ärgerlichen Unterton. „Du willst heiraten und sicher hier ausziehen, ganz ohne mich zu fragen. Dabei habe ich doch auch einmal hier gelebt, das war doch ebenso meine Wohnung wie deine.“

Kerstin blieb ruhig. „Du bist mir absolut nicht gleichgültig. Doch du bist fast zwanzig, wohnst schon seit über einem Jahr in der Stadt und lebst so, wie es dir gefällt. Und nicht mehr als dieses Recht auf ein eigenes Leben beanspruche ich auch für mich.“ Sie nahm die Kartoffeln vom Herd, goss sie ab und verteilte sie zusammen mit den Heringsfilets auf Donias und ihren Teller.

„Für mich hängen an dieser Wohnung auch sehr viele Erinnerungen, aber dennoch werde ich, wie du ganz richtig vermutest, bereits Ende April zu Robert auf den Kotten ziehen. Heiraten wollen wir allerdings erst im September. Du hast also noch etwas Zeit, dich an diesen Gedanken zu gewöhnen.“

„Wie rücksichtsvoll“, sagte Donia patzig.

„Donia, ich kann nicht ständig darauf Rücksicht nehmen, ob das, was ich tun und lassen möchte, auch allen anderen Leuten gefällt. Und du kannst mir glauben, dass die Umstellung für mich

ebenfalls nicht ganz unproblematisch ist. Nach so langer Zeit wieder mit einem Mann zusammenzuleben, und das mitten in der Heide, weit vom nächsten Ort entfernt, das macht mir bei aller Vorfreude ein wenig Angst."

„Es kommt nur so überraschend." Donia lächelte zögernd. „Hoffentlich erwartet Robert nicht von mir, dass ich ihn nach eurer Hochzeit Papi nenne, so wie Alex."

Kerstin gab ihr einen Kuss. „Bestimmt nicht. Du wirst zu Alexandra nicht Schwester sagen müssen und zu Iris nicht Tante." Sie zerdrückte eine Kartoffel in der Sahnesoße. „Wie war es denn heute bei ihr auf dem Hof? Erzähl mal, hast du Lilja geritten?"

Donia musste erst ein Stück Hering bewältigen, ehe sie antworten konnte. „Ich habe sie nur neben Gyrðir als Handpferd mitgenommen. So jung, wie sie ist, soll sie sich nach der Winterpause erst wieder an längere Strecken gewöhnen. Wenn ich demnächst meinen Resturlaub des letzten Ausbildungsjahres nehme und jeden Tag Zeit für sie habe, werde ich sie wieder reiten. Dann wird sich zeigen, was sie vom Anreiten im Herbst noch behalten hat."

„Bestimmt recht viel, so besonnen und gelehrig, wie sie ist.“ Kerstin nahm etwas von dem Kartoffel-Sahnesoßen-Gemisch auf die Gabel. „Gut, dass Lilja noch ein Fohlen war, als du sie bekommen hast. So hat sie nicht darunter leiden müssen, dass dein Interesse an Pferden plötzlich rapide nachließ. Vor allem zugunsten gewisser junger Männer.“ Sie schmunzelte. „Zu der Zeit war Lilja in der Jungstutenherde von Gut Aue wirklich am besten aufgehoben. Du hast ja deine ganze Kraft dazu gebraucht, andere Leute zur Verzweiflung zu bringen. Für ein erwachsenes Pferd, um das du dich regelmäßig hättest kümmern müssen, wäre in deinem Leben überhaupt kein Platz gewesen.“

Donia stützte das Kinn in die linke Hand. „Zum Glück habe ich mich ja dann wieder gefangen. Auch in Bezug auf Lilja.“

„Nur für dein Abitur hat es leider nicht mehr gereicht“, bemerkte Kerstin.

„Welches Schicksal hat mir nur eine Lehrerin zur Mutter gegeben?“ Donia seufzte. Und ehe ihre Lehrerinnenmutter etwas dagegen unternehmen konnte, schnappte sie ihr mit verschmitztem Gesichtsausdruck den letzten Heringshappen vor der Nase weg.

Ablösungen

„Kerstin und Robert wollen heiraten.“ Donia schloss die Schnallen von Gyrðirs Sattelgurt und kontrollierte, ob er nicht zu stramm saß, denn bei einem zu fest angezogenen Gurt wurde selbst der geruhsame Schecke ungehalten.

„Wundert dich das?“, fragte Iris ohne aufzusehen, während sie weiter mit dem Gummistriegel über Vindstjarnas dunkelgraues Fell mit dem für windfarbene Pferde typischen rötlichen Schimmer strich. „Für mich war es nur noch eine Frage der Zeit, wann die beiden sich dazu entschließen würden. Im Gegensatz zu mir ist mein Bruder immer schon ein ausgesprochener Familienmensch gewesen. Daran hat auch seine Scheidung von Alexandras Mutter nichts geändert.“ Sie legte Vindstjarna einen einfachen Zaum mit Gummigebiss an.

Die Stute schüttelte unwillig den Kopf, als Iris ihren silbrigweißen Haarschopf unter dem Stirnriemen hervorzog. Dieses Herumhantieren in der Nähe ihrer Augen konnte sie überhaupt nicht leiden. Darin glich sie ihrer Mutter Hyndla. Es gab Tage, an denen die Schimmelstute sich nicht einmal ein Stallhalfter anlegen lassen wollte und Iris ganz tief in ihre Trickkiste greifen musste, um die widerspenstige Pferdedame zu überlisten.

„Ich halte Heiraten für überflüssig.“ Donia widmete sich nun Lilja, die neben Gyrðir angebunden stand. Gehorsam ließ sich die Stute einen Huf nach dem anderen reinigen. „Man kann doch auch ohne Trauschein zusammenleben und Kinder bekommen. Dass Kerstin mit Anfang vierzig noch einmal ein Baby bekommen möchte halte ich sowieso für eine Schnapsidee. In dem Alter werden andere Frauen schon Großmutter.“ Sie fuhr kräftiger, als es notwendig gewesen wäre, mit der Wurzelbürste über Liljas rotbraune Mähne.

Iris hatte inzwischen Vindstjarna gesattelt. „Heiraten oder nicht, das muss jeder für sich selbst entscheiden. Und in unserem Alter noch ein Kind zu bekommen, das ist heute nicht mehr so ungewöhnlich. Lass die beiden doch tun, was sie für richtig halten.“

„Es wird mir kaum etwas anderes übrig bleiben“, sagte Donia. „Ich kann dem Kind nur wünschen, dass Kerstin ihm nicht auch so einen eigenartigen Namen gibt wie mir.“

Iris legte ihr den Arm um die Schulter. „Adonia ist doch ein sehr schöner Name.“

Donia blickte sie skeptisch an. „Komm bitte nicht auf die Idee, mich von nun an Adonia zu rufen, so wie du zu Alex seit neuestem Alexandra sagst.“

„Ich werde mich hüten. Und Alexandra hat es selbst so gewünscht, weil ihr die Abkürzung Alex inzwischen nicht mehr gefällt.“ Sie strich Donia freundschaftlich über den Rücken. „Lass‘ uns losreiten. Es wird sonst zu spät, um nachher noch Padda auszuprobieren.“

Donia bestieg Gyrðir, während Iris sich langsam und weich in Vindstjarnas Sattel gleiten ließ. Sie ritten hintereinander vom Hof. Vorneweg Donia mit Lilja als Handpferd. Gyrðir und die Fuchsfalbstute wirkten auf diese Art als natürliche Bremse für Vindstjarna, die sehr temperamentvoll war und bestimmt gerne schneller gelaufen wäre, als Iris es während ihrer Ausbildung für angemessen hielt. Die zierliche Stute ging mit hocherhobenem Kopf und wachem Blick, bereit, auf alles, was um sie her geschah, sofort zu reagieren.

„Vindstjarna ist eine richtige Schönheit geworden“, sagte Donia über die Schulter hinweg. „Wenn du sie reitest, könnte ich euch stundenlang zusehen.“

Iris lächelte. „Ich bin auch ganz begeistert von ihr. Ihr Bruder Vindingur entwickelt sich in der Hengstaufzucht von Gut Aue ebenfalls recht vielversprechend. Lilo und Bernd meinen, er hätte beste Chancen, angekört zu werden.“ Sie nahm Vindstjarna leicht zurück. Die Stute spielte aufmerksam mit den Ohren.

Von der Hauptstraße bis zum Rand eines weiter entfernten Wäldchens ritten sie etwas schneller. Dann verlangsamten sie wieder zum Schritt. Vindstjarna hatte nun fürs erste genug Energie abgelassen, um auf gleicher Höhe mit den anderen beiden Pferden gehen zu können, und Iris lenkte sie links neben Gyrðir.

„Schade, dass Vindingur erst zweijährig ist“, sagte Donia. „Sonst würde ich Lilja im Sommer von ihm decken lassen. Die beiden passen bestimmt gut zusammen.“

„Vom Typ her sicherlich“, sagte Iris. „Doch mit zwei derart ausgeprägten Trabtöltern als Elternpaar würdest du das Risiko eingehen, dass das Fohlen ein reiner Dreigänger wird. Zu Lilja gehört eigentlich ein Fünfganghengst, so wie Hrimnir oder Djarfur von Lilo und Bernd.“ Iris parierte Vindstjarna zum Stand durch und saß ab.

Donia tat es ihr gleich. Die Pferde senkten sofort die Köpfe und suchten den Boden nach etwas Fressbarem ab. Doch zu dieser Jahreszeit gab es noch nicht viel, das sich zu kauen lohnte. Gyrðir sah das als erster ein. Er entspannte sich mit hängender Unterlippe und halb geschlossenen Augen und überließ es den beiden jungen Stuten, sich gegenseitig die spärlichen Altgrashalme streitig zu machen.

„Djarfur wäre farblich eine bessere Wahl, falls du als Fohlen einen Falben haben möchtest, denn er vererbt diese Farbe mit großer Sicherheit weiter“, fuhr Iris fort. „Bei Hrimnir ließe sich das Ergebnis dagegen nur schwer abschätzen, und seine Fohlen könnten unabhängig von ihrer Geburtsfarbe später noch ausschimmeln und dann irgendwann so weiß werden wie er.“

Donia streichelte Lilja. „Die Farbe wäre mir nicht so wichtig, wenn nur Charakter Körperbau stimmen. Das sehe ich ähnlich wie die alten isländischen Pferdezüchter.“

„Vergiss die Gangveranlagung nicht“, bemerkte Iris, „du möchtest bestimmt kein Islandpferd züchten, das du später nur in Schritt, Trab und Galopp reiten kannst.“

„Aber wenn ich Lilja zu Hrimnir geben würde, wäre das ja Inzucht. Schließlich stammen er und Liljas Mutter von denselben Großeltern ab.“

Iris knuffte Donia scherzhaft. „Wenn du dich schon auf die Einstellung der alten Isländer berufst, dann sieh mal im Zuchtbuch nach, wie viele gute Pferde auf Inzuchtpaare zurückgehen. Djarfur ist dafür ein gutes Beispiel. Seine Eltern sind sogar Vollgeschwister, und er ist sowohl vom Isländischen als auch vom hiesigen Zuchtverband sehr hoch bewertet worden.“

„Das Deckgeld will Kerstin mir übrigens schenken“, sagte Donia. „Vorausgesetzt, ich bestehe meine Gesellenprüfung mit einer guten Note. Es macht sich schon bemerkbar, dass sie in der Schule nun doch wieder mehr Stunden unterrichtet als vorher und entsprechend mehr verdient.“

„Ein großzügiges Geschenk. Die Decktaxe speziell für Hrimnir ist nicht gerade billig.“ Iris beendete Vindstjarnas Imbiss sehr zum Verdruss der Stute und saß auf. „Die siamesischen Zwillinge warten auf mich.“

Sie ließen die beiden Stuten in ruhigem Tempo hintereinander traben. Gyrðir hingegen töltete so gleichmäßig wie ein Uhrwerk. Während er früher stets den Trab bevorzugt hatte, war der Tölt mit zunehmendem Alter eindeutig zu seiner Lieblingsgangart geworden. Vor allem, wenn Donia ihn, wie sie es in letzter Zeit häufiger tat, auf Isländische Kandare gezäumt ritt. Dann ließ er sich sogar mit zwei Fingern tölten und benötigte selbst auf unebenen Wegstrecken kaum korrigierende Paraden.

Lilo und Bernd hatten Donia zu dieser Zäumung geraten, die ihrer Ansicht nach für Trabtölter wie Gyrðir besser geeignet war, als ein normales Trensengebiss. Vorausgesetzt natürlich, der Reiter wusste so sensibel damit umzugehen, wie es für die Isländische Kandare notwendig war.

Man konnte fast meinen, dass auch Gyrðir diese Zäumung bevorzugte, denn kaum spürte das Gebissstück der Kandare im Maul, begann er sofort begeistert zu kauen, nahm den Kopf höher und selbst sein Blick wurde lebhafter. Ganz so, wie sich jeder Islandpferdebesitzer sein Pferd erträumte.

„Hast du nicht neulich erzählt, dass du gern wieder aus deiner Wohnung in der Stadt ausziehen würdest?“, fragte Iris plötzlich.

„Lieber heute als morgen.“ Donia verzog das Gesicht. „Dieses sogenannte Appartement ist eine Zumutung. Aus meiner offenen Küchenecke zieht jeder Essensgeruch sofort bis ins Bettzeug. Und das Badezimmer ist so eng, dass ich mir ständig am Waschbecken blaue Flecken hole, wenn ich aus der Dusche steige. Aber an eine größere Wohnung ist in meiner augenblicklichen Situation wohl nicht zu denken. Wovon sollte ich sie finanzieren, falls ich nach meiner Ausbildung keine Stelle bekomme?“

Sie nahmen ihre Pferde in den Schritt zurück und Vindstjarna und Gyrðir streckten sich am langen Zügel. Iris strich ihrer Stute über den hellen Mähnenkamm. Sie sah Donia an. „Könntest du dir vorstellen, eine Zeitlang auf meinem Hof zu wohnen?“

„Mit dir zusammen?“ Verwirrt parierte Donia Gyrðir durch. „Du schwärmst doch ständig von den Vorzügen des Alleinlebens.“ Sie ritt wieder an.

„Ich meinte auch nicht, mit mir zusammen, sondern ganz allein den Sommer über. Mein Verleger hat mich gestern Abend überraschend angerufen, als ich es mir eben satt und faul vor den Fernseher gemütlich machen wollte. Du kennst seine Überfälle ja. Erst brütet er wochenlang im stillen Kämmerlein an einer Idee herum, und wenn er sie dann endlich ausgebrütet hat, muss alles ganz schnell gehen.“

Donia schmunzelte. „Das ist mir hinlänglich bekannt. Doch was hat dein brütender Verleger mit meinem Wohnungsproblem zu tun?“

„Möglicherweise eine ganze Menge. Er plant als neues Projekt einen Bildband über Islandpferde in ihrer Heimat und möchte, dass ich den Fotoauftrag für die Sommerbilder übernehme. Wie du weißt, träume ich schon sehr lange davon, wieder einmal nach Island zu kommen. Aber ich kann den Auftrag nur annehmen, wenn ich jemanden habe, der von Mitte Mai bis Ende August meine Pferde versorgt und am besten auf dem Hof wohnt. Du kennst die Tagesabläufe bei den Pferden ja inzwischen in- und auswendig und die Pferde sowieso. Hättest du nicht Lust, einmal für mehrere Monate ganz auf dem Pappelhof zu leben?“

„Sofort“, sagte Donia, ohne auch nur einen Moment zu zögern.

Sie malte sich aus, wie schön dieser Sommer sein würde. Die vertrauten Pferde direkt am Haus zu haben, das hatte sie sich schon oft gewünscht. Sie könnte Lilja gründlich und in aller Ruhe ausbilden; die lebhafte Vindstjarna reiten, lange Ausritte auf Gyrðir machen, mit den beiden Jungstuten als Handpferde; Hyndlas kraftvollen Rennpass genießen und Jörvis ausdauernden Naturtölt ...

„Jörvi würde ich für die Zeit zu Robert an den Kotten geben“, unterbrach Iris Donias Gedankengänge, „im Tausch gegen seine Ísafold, die nach zwei Fohlen nacheinander in diesem Jahr nicht gedeckt werden soll. Jörvi und Gyrðir veranstalten mir hier neuerdings zu viele Machtkämpfe. Nur weil Stuten in der Nähe sind, benehmen die beiden sich inzwischen manchmal wie Hengste. Und ihre Auseinandersetzungen werden immer aggressiver. Das macht vor allem meinem alten Schecken schwer zu schaffen. Wenn ich Jörvi aus der Herde herausnehme, kann Gyrðir sich endlich als alleiniger Herrscher des Harems fühlen. Deine Mutter dürfte sich über den Tausch ebenfalls freuen. Sie hat ja von Anfang an stets lieber meinen umgänglichen Jörvi geritten, als Roberts temperamentvolle Stute.“

Sie waren am Hoftor angelangt und saßen ab. „Du kannst dir mein Angebot bis Ende der Woche durch den Kopf gehen lassen“, sagte Iris. „Dann muss ich allerdings wissen, wie du dich entschieden hast, weil ich dann meinem Verleger Bescheid sagen muss, ob er mit mir rechnen kann. Wie gesagt, du hättest hier auf dem Hof vollkommen freie Hand, und mein Wagen stünde dir selbstverständlich auch zur Verfügung.“

Donia sah sie an. „Ich wüsste nicht, was es da noch zu überlegen gibt.“ Sie lächelte verschmitzt. „Schließlich kann ich es unmöglich verantworten, deiner langersehnten Islandreise im Weg zu stehen.“

„Du nimmst mir damit ein großes Problem vom Herzen.“ Iris drückte Donia an sich.

Sie versorgten ihre Pferde und brachten sie in den Auslauf. Anschließend gingen sie gemeinsam zu Padda und Gigja hinüber. Iris hielt ein Gurthalfter in der Hand, Donia eine kleine Plastikschüssel voll Kraftfutter. Damit lenkte sie die Fuchsstute ab, während Iris deren Tochter aufhalfterte und hinausführte. Mit einer schnellen Handbewegung schloss sie die untere Halbtür hinter sich.

„Lass Gigja ruhig die ganze Schüssel leerfressen“, riet sie Donia. „Je länger sie mit dem Futter beschäftigt ist, umso besser. Und vergiss nicht, die Gittertür zu schließen, wenn du die Box verlässt.“

„Ich würde gerne hierbleiben, um Gigja zu beruhigen.“

„Meinetwegen. Aber sei vorsichtig, ich weiß nicht, wie sie auf die Trennung reagieren wird. Rede mit ihr, das hilft in den meisten Fällen. Und wenn es zu arg wird, kommst du ja von innen an den Hebel, um die Gittertür zu öffnen. Ich bin mit Padda in etwa einer halben Stunde wieder zurück.“ Iris drückte das Gitter von außen zu und zog die Rappstute mit sich fort.

Gigja steckte mit ihrer Nase noch im Kraftfutter. Als sie jedoch die sich entfernenden Hufschritte vernahm, sprang sie mit einem so heftigen Satz zur Boxentür, dass sie Donia dabei die Futterschüssel aus der Hand schlug. Sie presste die Nüstern gegen die Gitterstäbe und wieherte schrill. Dann warf sie sich herum und begann aufgeregt in schnellem, hektischen Schritt in der großen Box hin und her zu wandern. Immer um Haaresbreite an Donias

Füßen vorbei.

Donia sah ihre einzige Zuflucht oben auf dem Rand der gemauerten Futterkrippe. Sie zog die Knie an, lehnte sich gegen die Wand und stimmte einen dunklen Singsang an, der erfahrungsgemäß fast jedes Pferd beruhigte.

Gigja beruhigte er nicht. Sie stampfte, schnaubte und schrie, und Donia musste hilflos mit ansehen, wie sich die Futterschüssel unter den Hufen der Stute allmählich in ihre Einzelteile auflöste.

Der sicherste Platz in der Box war und blieb der auf der Futterkrippe. Um es sich dort etwas bequemer zu machen, stopfte Donia sich einen Armvoll Heu zwischen Wand und Rücken. Sie war froh, dass die beiden Stuten noch auf dieses Futter eingestellt waren, denn mit der gleichen Menge feuchter Silage im Kreuz wäre es bestimmt nicht so angenehm gewesen. Sie verschränkte die Arme und sang eine Melodie nach der anderen, während Gigja weiterhin unbeeindruckt Runde um Runde drehte.

Keine halbe Stunde später lugte Iris durch die Gitterstäbe.

„Donia, lebst du noch?“ Sie ließ die vor Aufregung nassgeschwitzte Fuchsstute zu Padda in den Auslauf hinaus. Gigja begrüßte ihre Tochter so überschwänglich, als sei sie drei Jahre fort gewesen und nicht nur dreißig Minuten.

„Ich glaube schon.“ Donia schälte sich aus ihrem Heupolster. „Aber das nächste Mal singe ich doch lieber von draußen. Das ist mir sicherer.“ Sie rutschte von der Krippe und klaubte die traurigen Reste der Futterschüssel aus der Einstreu.

„Ich habe ihr Wiehern bis hinten auf dem Weg hören können. Danach zu urteilen muss sich stärker aufgeregt haben, als ich erwartet hatte.“

Donia drückte ihr die Plastikstückchen in die Hand. „Hier. Ein Tritt sagt mehr als tausend Worte. Hat ihre Tochter sich auch so verrückt aufgeführt?“

Iris schüttelte den Kopf. „ Ganz im Gegenteil. Sie ist vom Stall weg gegangen, ohne sich auch nur einmal umzusehen.“

„Wahrscheinlich war sie heilfroh, ihre aufdringliche Mutter endlich einmal los zu sein.“

Iris schmunzelte. „Wenn du das nächste Mal hier bist, während ich Padda reite, und Lust dazu hast, könntest du in der Zeit mit Gigja in die Bahn gehen. Das wird sie bestimmt erfolgreicher von ihrem Trennungsschmerz ablenken als der schönste Singsang in der Box."

Donia wurde rot. „Soll ich deswegen morgen etwas eher kommen?", fragte sie daher schnell. „Aber bitte nicht allzu früh. Sonntag bleibt Sonntag, und für mich als normale Berufstätige ..."

„... ist Ausschlafen nur am Wochenende möglich", ergänzte Iris. „Im Gegensatz zu Freiberuflerinnen wie mir. Ich kenne dieses Vorurteil. Komm dann doch zum Mittagessen."

Iris holte aus dem angrenzenden Raum einen Ballen Heu und verteilte ihn in der Krippe. „Es gibt Tortellini. Allerdings aus der Tüte. Zu mehr als Bratkartoffeln reichen meine Kochkünste leider nicht."

„Ich komme gern." Donia wickelte die raue Schnur des Heuballens auf, verließ den Auslauf und beobachtete vom Gatter aus die beiden Stuten, die in ausgiebiges Mähnekraulen vertieft waren. „Muss ich im Sommer Hyndla und Vindstjarna zum Hengst nach Gut Aue hinüberfahren?" Sie verknotete die Heuballenschnur und steckte sie in die Jackentasche.

Iris schloss das Gatter hinter sich. „Nein, sie werden von Lilo oder Bernd mit dem Transporter abgeholt, das heißt, sie könnten Lilja dann ebenfalls gleich mitnehmen."

„Das wäre natürlich sehr praktisch." Donia versuchte, Padda ans Gatter zu locken, doch Gigja schob sich sofort eifersüchtig dazwischen. „Ich habe mir vorhin in der Box überlegt, dass ich in der Zeit, in der die Stuten beim Hengst sind, mit Gyrðir und Ísafold einen Viertagesritt zu Familie Bockmann unternehmen könnte. Mit Zwischenstation auf Gut Aue. Glaubst du, dass Gyrðir das mit seinen vierundzwanzig Jahren noch verkraftet?"

„Wenn du ihn entsprechend vorbereitest und dir auf dem Ritt Zeit lässt, sehe ich darin kein Problem. Ich halte das sogar für eine ausgezeichnete Idee. Schön, dass der Kontakt zu Familie Bockmann deine Trennung von Olaf überdauert hat. Wie lange warst du damals mit ihm zusammen?"

„Fast ein halbes Jahr. Aber das ist schon so lange her. Und wir waren ja kein richtiges Paar, wie ich es heute verstehen würde, selbst wenn ich das damals so genannt habe. Es ist schließlich nie über eine verliebte Knutschbeziehung hinausgegangen. Und aus heutiger Sicht bin ich sehr froh darüber, dass Olafs Eltern und Kerstin in diesem Punkt so ‚altmodisch' waren. Ich war mit fünfzehn fast noch ein Kind und hätte eine richtige Beziehung wahrscheinlich noch gar nicht verkraften können."

Iris betrachtete Donia schmunzelnd von der Seite und hakte sich bei ihr unter. „Es war schon alles gut so, wie es gewesen ist. Wollen wir noch einen Tee miteinander trinken, ehe wir die Pferdeäpfel von der Weide absammeln?"

Donia lächelte. „Einverstanden. Die Äpfel werden sicher auch in einer Stunde noch dort liegen."

„Leider", merkte Iris an.

In der Küche erwartete sie Iris' Nichte Alexandra. Sie hatte bereits frischen Tee gekocht und von dem mitgebrachten Schokoladenkuchen schon das erste Stück aufgegessen. Graupel hockte vor ihrem Stuhl und schaute sie bettelnd aber vergeblich an.

„Wo kommst du denn so plötzlich her?", fragte Iris. „Ich habe gar kein Auto bemerkt."

„Papi hat mich vorne an der Straße abgesetzt. Er kommt nachher wieder vorbei und nimmt mich mit zum Kotten. Ich werde bis über Ostern dort bleiben und endlich mal wieder ausgiebig meinen Hvatur reiten. Wir haben nämlich seit gestern vorlesungsfreie Zeit. Weißt du schon das Allerneueste?"

Iris schob sich auf die Eckbank und nahm sich ein Stück Kuchen. „Falls du die Hochzeitspläne meinst, von denen hat Donia mir bereits erzählt."

Alexandra warf Donia einen missbilligenden Blick zu. Donia lächelte betont freundlich und schenkte sich eine Tasse Tee ein.

„Ich halte diese Hochzeit für vollkommen überflüssig." Alexandra setzte sich rittlings auf ihren Stuhl. „Die ganze Angelegenheit sieht mir sehr nach altersbedingter Torschlusspanik aus."

„Dein Psychologiestudium treibt erste wilde Blüten", spöttelte Iris „Aber zumindest haben Kerstin und Robert mit ihrer Entscheidung bereits etwas Positives bewirkt."

Die beiden Mädchen sahen sie erstaunt an. „Und was bitte soll das sein?“, fragte Alexandra.
„Dass ihr zwei endlich einmal der gleichen Meinung seid.“ Iris schmunzelte. „Für zukünftige Schwestern ist das doch kein schlechter Anfang.“

Eiertagsrallye

Donia hatte Kerstins Wagen schon von weitem auf der Gegenfahrbahn der Hauptstraße erkannt und ließ ihrer Mutter großzügig den Vortritt beim Abbiegen in die Pappelallee. Kerstin bedankte sich mit einem würdevollen Kopfnicken.
„Ist es schon so spät?“ Iris fischte in der automatischen Tränke der Berittpferde-Weide nach Grashalmen, die sich in der Mechanik verklemmt hatten. Sie warf das Ergebnis ihrer Aktion über den Zaun und kam hinaus.
„Nein, wir sind ein wenig zu früh“, erklärte Kerstin. Sie deutete auf Iris’ Arbeitskleidung. „Willst du etwa in diesem Aufzug an unserem Osterritt teilnehmen?“
Iris zog die Brauen hoch. „Nur einen Moment Geduld, und ihr erlebt die wundersame Verwandlung der Fotografin und Pferdezüchterin Iris Holzer.“ Damit schlüpfte sie aus den verkrusteten Gummistiefeln, zog den Arbeitskittel und die viel zu weiten Cordhosen aus und stand in sauberer Reithose, Islandpullover und Windjacke vor Mutter und Tochter.
Kerstin applaudierte. „Wie aus dem Ei gepellt.“
„Es ist ja schließlich Ostern.“ Iris verschwand auf ihren dicken Wollsocken im Dunkel der Diele; Donia und Kerstin holten die Gurthalfter von Gyrðir und Jörvi aus der Sattelkammer.
„Sollen wir dir Hyndla mitbringen?“, fragte Donia.
Iris zwängte sich gerade in den zweiten Reitstiefel. „Das überlasst heute lieber mir. Die Dame benimmt sich beim Aufhalftern zurzeit mal wieder etwas zickig.“
Sie gingen hinüber zum Auslauf. Dort dösten Lilja und Vindstjarna Kopf an Kopf in der Morgensonne. Hyndla stand abwartend am Gatter zur Weide, und Jörvi hatte es wie stets darauf ab-

gesehen, Gyrðir zu ärgern, indem er ihm in die Flanken zwickte. Erst tat Gyrðir, als beträfe ihn das nicht im Geringsten. Dann jedoch warf er urplötzlich sein Hinterteil herum und schlug dem Falben sehr gezielt mit beiden Hufen vor die Brust. Jörvi wich ungehalten quiekend zur Seite aus.

Kerstin streifte ihm rasch sein Halfter über, und zog ihn aus der Reichweite des Schecken. „Ihr alten Raufbolde." Sie begutachtete Jörvis Brust. „Nicht mal eine Schramme, da hast du aber Glück gehabt. Mit Stollen unter Gyrðirs Eisen hättest du jetzt wahrscheinlich ein paar Löcher in der Haut." Sie führte Jörvi zum Sattelplatz vor der Diele.

Donia band Gyrðir sicherheitshalber auf der anderen Seite vom Eingangstor an, und Iris stellte Hyndla direkt daneben. „Das bestätigt ihn als ranghöchsten Wallach, wenn er die Dame des Hauses bei sich haben darf", sagte sie.

Die Pferde befanden sich jetzt, im April, mitten im Fellwechsel und wirkten ein wenig gerupft, denn während das lange Winterhaar an einigen Stellen noch ganz fest saß, hatte es an anderen bereits dem kürzeren Übergangsfell Platz gemacht.

Kerstin bearbeitete Jörvis Bauch. Sie klopfte den Striegel aus und sah zu Donia und Iris hinüber. „Ich hatte geglaubt, dass ihr Lilja und Vindstjarna auf unseren Osterritt mitnehmen würdet."

„So schnell könntest du gar nicht gucken, wie sie in der Gruppe mit uns auf und davon gingen." Iris setzte Hyndlas gesäuberten Vorderhuf ab und nahm ein Hinterbein aufs Knie. „Gyrðirs Gesellschaft auf Ausritten sind sie gewohnt, und mit ihm zusammen wäre es unproblematisch. Aber wenn solche Energiebündel wie Ísafold oder Alexandras Hvatur mit von der Partie sind, könnte von einem gemeinsamen Ausritt wohl schon nach fünf Minuten keine Rede mehr sein."

Donia legte das Putzzeug beiseite. „Ich würde es auch nicht so gerne auf einen Versuch ankommen lassen. Lilja geht erst seit einer Woche wieder unter dem Sattel, und ich bin schon glücklich, dass ich mit ihr allein keine Schwierigkeiten habe."

Kerstin begleitete ihre Tochter in die Sattelkammer. Sie hängte sich Jörvis Zaumzeug über den Arm, nahm seinen Sattel vom Halter und wandte sich zur Tür.

„Vielen Dank, sehr aufmerksam." Iris nahm ihr den Sattel wieder ab.

Verdutzt hielt Kerstin das Zaumzeug in die Höhe und ließ es vor Iris' Nase baumeln. „Soll ich Jörvi etwa ungesattelt reiten?"

Iris wies mit dem Kopf in die Ecke. „Ich besitze leider nur zwei Sättel. Du kannst aber das Sattelkissen nehmen. Jörvi mit seinen weichen Gängen dürfte sich von unseren drei Pferden am angenehmsten damit reiten lassen."

Sie sattelten ihre Pferde und sperrten Graupel in den quadratischen Flur des Wohnbereichs, von dem die Türen zu den anderen Räumen abgingen und in dem eine Holztreppe zum Dachboden hinauf führte.

Sie begannen den Ausritt, wie immer, mit einer längeren Schrittstrecke, ehe sie antölteten.

„Das Sattelkissen gefällt mir“, sagte Kerstin zu Iris, als sie anschließend wieder Schritt ritten. „Man hat fast das Gefühl, ungesattelt zu reiten, aber mit dem Luxus von Steigbügeln, und ohne dass einem der Pferdeschweiß in die Hose kriecht. Wenn Jörvi mein Pferd wäre, ritte ich ihn nur noch auf diese Art.“

Iris entwirrte eine Strähne von Hyndlas Mähne, die sich um den Zügel gewickelt hatte. „So ein Sattelkissen sollte für einen erwachsenen Islandpferdereiter immer nur eine Notlösung sein. Auf Dauer wäre es nicht gut für die Wirbelsäule des Pferdes, weil du sie beim Reiten ständig nur an einem Punkt belasten würdest. Das kann dir mit einem guten Islandpferdesattel nicht passieren. Der ist so konstruiert, dass er dein Gewicht, wie ein Paar Skier, gleichmäßig über seine gesamte Auflagefläche verteilt.“

„Ja, Frau Lehrerin“, pflichtete Kerstin gewissenhaft bei.

Iris sah sie verlegen an. „Bin ich schon wieder zu schulmeisterlich geworden?“

„Sagen wir mal, aus dir hätte gut eine Kollegin von mir werden können.“ Kerstin strich Iris lächelnd über die Schulter. Dann wendete sie Jörvi und wartete auf Donia.

Iris wandte sich im Sattel um. „Wollt ihr mich hier vorne ganz allein lassen?“

„Wer vorne reitet, bestimmt das Tempo“, antwortete Donia.

Iris ließ Hyndla antölten.

Sie erreichten Roberts Kotten wenig später von der Rückseite her über einen dort vorbeiführenden Feldweg. Aus dieser Perspektive schien er ruhig und einsam zwischen einigen alten Bäumen zu liegen. Sie versperrten aber lediglich die Sicht auf die asphaltierte Wirtschaftsstraße, die direkt am Vorgarten des Hauses vorbeiführte.

Robert hatte für seine Stute und den Wallach seiner Tochter einen dreiseitig geschlossenen Unterstand mit Paddock hinters Haus gebaut und nach vielerlei Verhandlungen mit benachbarten Bauern zwei nahegelegene Weiden dazu pachten können. Alles zusammen war groß genug, um in Zukunft noch weiteren Pferden Platz zu bieten. Wie zum Beispiel im kommenden Sommer Ísafolds jetzt zweijähriger Tochter Nös, die zurzeit in der Jungstutenherde von Gut Aue stand.

Ísafold und Hvatur warteten gesattelt und aufgetrenst an einem Anbindebalken, der jedem Westernfilm Ehre gemacht hätte. Robert und Alexandra hockten oben auf dem Balken wie die Hühner auf der Stange. Am Gatter des Auslaufs lehnte Bernd. Er hielt seine großrahmige Rappscheckstute Fluga am Zügel und unterhielt sich mit Robert und Alexandra.

Die drei Ankömmlinge sprangen aus dem Sattel.

„Ich kann es kaum glauben!“, rief Iris. „Vater und Tochter sind pünktlich startbereit.“

„Nicht ganz ohne mein Zutun“, erklärte Bernd verschmitzt.

Robert ergriff Ísafolds Zügel und zog die übergeschlagenen Steigbügel vom Sattel herunter. „Worauf warten wir dann noch?“, fragte er. „So viel Pünktlichkeit muss doch einen Sinn haben.“

Kerstin legte die Steigbügel wieder über den Sattel. „Nicht so eilig“, sagte sie. „Unsere Pferde brauchen erst einmal eine kleine Verschnaufpause, auch wenn eure drei den Abritt kaum noch erwarten können. Aber du kannst natürlich gerne schon voraus reiten und die Ostereier für uns verstecken.“

Robert schaute Kerstin an. „Sehe ich vielleicht aus wie der Osterhase?“

„Wenn du dir weiterhin so die Ohren langziehen lässt, wirst du ihm bestimmt bald ähnlich sehen“, bemerkte Alexandra.

„Du hörst, was meine Tochter sagt.“ Robert gab Kerstin einen Kuss.

Kerstin zog zärtlich an seinen Ohren. „Sehr viel länger sind sie noch nicht geworden“, stellte sie fest. „Alexandra hat wieder einmal maßlos übertrieben.“ Sie wandte sich Bernd zu. „Wartet Lilo am Picknickplatz auf uns?“

„Ja, sie hat Fluga und mich mit dem Hänger hierher gebracht und fährt jetzt noch unsere Tochter zum Babysitter. Von dort aus kommt sie direkt zur alten Weide. Sie hat außer dem Picknick noch etwas anderes für uns vorbereitet. Aber worum es sich handelt, das wollte sie nicht einmal mir verraten.“

„Hoffentlich zahlt sie uns meine Überraschung vom vergangenen Jahr nicht heim“, sagte Robert.

Donia lachte. „Du meinst die Ostergrasnester mit den frischen Pferdeäpfeln?“

„Was könnte er sonst meinen?“ Alexandra schüttelte sich. „Ich fand das gar nicht lustig.“

Robert grinste. „Kein Wunder, du hast ja als einzige von allen mitten hinein gefasst. Gierig, wie du bist.“

„Danke für die Unterstützung“, sagte Alexandra spitz.

„Keine Ursache“, konterte Robert.

Sie bestiegen ihre Pferde.

Bis zur alten Weide, dem Picknickplatz, war es ein Ritt von nur knapp einer Stunde. Und da sich mit Hyndla, Hvatur und Fluga drei Fünfgänger in der Gruppe befanden, bot es sich förmlich an, ein kleines Passrennen unter den Pferden auszutragen. Ihre Reiter warteten, bis sie eine geeignete Strecke gefunden hatten, einen schnurgeraden, festgefahrenen Sandweg.

Donia und Gyrðir postierten sich am Wegrand in Höhe der Startlinie. Kerstin stellte sich mit Jörvi etwa fünfzig Meter davon entfernt auf, und Robert bezog mit Ísafold am Ende des Weges die Zielposition. Diese Verteilung war am sinnvollsten, denn weder Jörvi noch Roberts Stute hätten dem Sog der davonpreschenden Pferde widerstehen können. Einzig Gyrðir besaß dazu die erforderlichen Nerven.

Als alle drei Fünfgänger auf gleicher Linie standen, gab Donia das Startkommando und die Pferde galoppierten los, wie vom Katapult geschossen. Fluga übernahm sofort die Führung. Doch nachdem die Pferde fünfzig Meter weiter allesamt die Gangart gewechselt hatten und ihren Weg im fliegenden Rennpass fortsetzten, schob Hvatur sich unaufhaltsam an die Spitze und passierte als Erster das Ziel. Zweite wurde Fluga, dritte Hyndla, die das Rennen allerdings nicht ordnungsgemäß im Pass sondern im Galopp beendete.

„Beim nächsten Mal stelle ich mich an der Fünfzigmetermarke auf“, kündigte Robert an. „Einem Passrennen muss man von der Seite aus zuschauen. Von vorn betrachtet könnte man denken, die Pferde hätten nur zwei Beine.“

Alexandra lächelte. „Es sei denn, sie fallen wieder in Galopp, so wie Hyndla.“

„Sie braucht nur entsprechendes Training“, verteidigte Iris ihre Stute. „Dann könnte sie Hvatur sogar eines Tages schlagen.“

Alexandra klopfte ihrem Fuchs den feuchten Hals. „Lass dich bloß nicht beeinflussen“, sagte sie zu ihm. „So schnell holt dich im Rennpass kein anderes Pferd ein.“

„Es sei denn, Isas älteste Tochter zeigt auch später unter dem Sattel noch den Pass, den sie jetzt bereits auf der Weide vorführt“, sagte Robert.

Kerstin beugte sich im Sattel vor. „Ich sehe ein Familienrennen auf uns zukommen“, flüsterte sie Jörvi ins Ohr.

Robert lächelte ihr zu. „Du nimmst mir das Wort aus dem Mund“, sagte er.

Sie setzten ihren Weg im ruhigen Schritt fort, sodass auch die drei Rennpferde erholt am Picknickplatz, einer brachliegenden Rinderweide, ankamen. Dort parkte das Hängergespann von Gut Aue mit geöffneter Fahrertür, aus der Lilos Hosenboden ragte. Bernds Frau stellte eine Kiste mit Lebensmitteln neben das Auto und begrüßte die Reiter.

Robert deutete auf das Brot und die Salate. „Da kommen wir ja genau richtig, mir knurrt nämlich schon der Magen.“

Lilo schaute ihn entrüstet an. „Du willst doch nicht etwa mein schönes Essen im Sattel durcheinander schütteln! Nein, erst die Arbeit, dann die Verpflegung.“

„Arbeit? Sattel?“, fragte Robert. „Ich verstehe nicht recht. Wir sind doch eben erst angekommen. Und arbeiten wollte ich Ostern eigentlich nicht.“

Ísafold schlug unter dem Bauch nach einer Fliege, und Robert warf rasch die Steigbügel über den Sattel und somit aus der Reichweite von Ísafolds Hufen, damit sie sich nicht darin verfangen konnten.

„Du wirst es gleich verstehen“, erklärte Lilo. „Ich habe mir nämlich eine Überraschung für euch ausgedacht.“ Sie holte ein Päckchen Kuverts aus dem Handschuhfach.

Alex stöhnte ahnungsvoll.

Lilo lachte. „Ich weiß, was du vermutest, aber ich kann dich beruhigen. Diesmal sind es keine anrüchigen Osternester. Es handelt sich vielmehr um eine Rallye.“ Sie verteilte die Kuverts an die Reiter.

„Eine Eiertagsrallye sozusagen“, folgerte Robert. Er begutachtete den Inhalt seines Kuverts. „Die Fotokopie einer Wanderkarte mit markiertem Rundweg und ein Bleistift.“

„Sehr scharfsinnig erkannt“, stellte Alexandra fest.

Lilo lehnte sich gegen das Auto. „Jeder von euch hat die gleiche Kopie bekommen“, merkte sie an.“ Sie zeigt das angrenzende Waldgebiet und den Weg, den ihr reiten müsst. Ihr benötigt für die Strecke bei richtig gewähltem Tempo ziemlich genau eine halbe Stunde. Und wer von euch dieser Zeit am nächsten kommt, hat die erste Aufgabe gelöst.“

„Wie willst du denn kontrollieren, ob ich wirklich die angegebene Strecke nehme?“, fragte Alexandra. „Ich könnte doch ebenso gut querfeldein reiten und dann kurz vor dem Ziel warten, bis die halbe Stunde fast herum ist.“

Donia warf ihr einen vielsagenden Blick zu. „Auf eine solche Idee kannst auch nur du kommen.“

„Köpfchen muss man haben“, antwortete Alexandra.

„Stimmt“, sagte Lilo. „Und weil ich das ebenfalls habe, wird aus deinen Abkürzungen natürlich nichts. Es gibt unterwegs einige Stellen, an denen ich Buchstaben versteckt habe. Die müsst ihr euch notieren und am Ziel zu einem Lösungswort zusammensetzen. Und nur, wer sich genau an die Strecke hält, bekommt die Buchstaben komplett zusammen.“

Alexandra pfiff durch die Zähne. „Raffiniert.“

Unter Hinweis auf seinen knurrenden Magen wollte Robert unbedingt als erster starten. Die anderen folgten in jeweils fünfminütigem Abstand.

Donia kam als letzte an die Reihe. Sie nahm Lilos Hinweis auf das richtige Tempo sehr genau und orientierte sich dabei an den unterschiedlichen Streckenverhältnissen. So ritt sie Schritt auf tiefem oder steinigen Boden, töltete auf festem, sandigen Untergrund und ließ Gyrðir nur galoppieren, als sich eine kurze Strecke mit weichem Grasboden dazu anbot.

Die großen, aus Pappe ausgeschnittenen Buchstaben für das Lösungswort entdeckte sie an Baumstämmen und Zaunpfählen, im Gebüsch oder einfach ins Laub gesteckt. T,M,L,N,A,D,O,S notierte sie mit Bleistift auf die Rückseite ihrer Karte und hätte vor lauter Grübeln über die Bedeutung dieser Buchstaben gegen Ende der Strecke beinahe noch eine falsche Abzweigung genommen.

„Fünfunddreißig Minuten“, las Lilo von ihrer Stoppuhr ab. „Nicht schlecht.“

Donia entließ Gyrðir abgesattelt zu seinen Kollegen auf die Weide und gesellte sich zu den anderen Reitern, die bereits mit dem Picknick begonnen hatten.

„Wer hat den ersten Punkt geholt?“, fragte sie.

Robert saß im Schneidersitz auf dem Boden und kaute mit vollen Backen auf einem Stück Fladenbrot.

„Alepfandra natülipf“, sagte er.

„Alexandra natürlich“, dolmetschte Kerstin.

„Bampe“, sagte Robert.

„Bitte“, lachte Kerstin.

Alexandra reckte den Kopf in die Höhe. „Einunddreißig Minuten“, verkündete sie stolz.

„Und ich war mal wieder das Schlusslicht“, gab Robert, jetzt wieder verständlich sprechend, zu. „Nur dieses eigenartige Wort bekomme ich nicht zusammen. Ich habe das Gefühl, als fehlten mir mindestens noch zwei Buchstaben.“

„DAS MOLTN“, schlug Kerstin vor. „Auch wenn das in meinen Augen keinen Sinn ergibt.“

„Wie wäre es mit DANS TOLM“, versuchte sich Bernd. „Das könnte zum Beispiel ein dänischer Tanz sein.“

Alexandra zog die Stirn kraus. „Ich bin auf DONS MALT gekommen. Nur wer ist Dons?“

„Das frage ich mich auch.“ Robert nickte. „Bei mir heißt es nämlich DONS TALM. Wobei mir meine zukünftige Ehefrau nur noch erklären müsste, ob es etwas gibt, das Talm heißt.“

Kerstin zuckte die Schultern.

Lilo schmunzelte amüsiert. „Ein kleiner Tipp: es handelt sich um ein isländisches Wort.“

„Dann muss ich von vornherein passen.“ Robert ließ sich rücklings ins Gras fallen. „Die einzigen isländischen Wörter, die ich kenne, sind ein paar Pferdenamen.“

„TOMS LAND?“, fragte Donia. „Das klingt aber nicht sehr isländisch, und außerdem sind es zwei Worte.“

Iris sprang auf. „Ich habe es!“, rief sie. „LANDSMOT, der Name des großen isländischen Pferdetreffens, das dort alle vier Jahre stattfindet.“

„Gratuliere!“ Lilo nahm ihre Liste zur Hand. „Ein Punkt für Iris. Und jetzt dürft ihr erst einmal in aller Ruhe essen und euch für die nächsten Aufgaben stärken.“

Lilo hatte sich mit dem Picknick viel Mühe gegeben. Es gab verschiedene Salate, Käse, Oliven und frisches Obst, dazu aufgebackenes Fladenbrot und eine große Thermoskanne voll Kaffee. Nur kein einziges Ei, wie Donia feststellte. Und das, obwohl es sich um ein Osterpicknick handelte.

Nach dem Essen holte Lilo eine große, schwere Tasche aus dem Auto. Mit den Worten: „Dann kann es ja weitergehen“ schüttete sie den Inhalt mitten auf die Wiese. Es waren mehrere komplette Reithalfter, in ihre sämtlichen Einzelteile zerlegt. „Wer zuerst ein Zaumzeug zusammengesetzt hat, erhält auch hier wieder einen Punkt.“

Die Reiter machten sich ans Werk. Es war gar nicht so leicht, die Aufgabe zu erfüllen, denn Lilo hatte die Lederstücke sehr großzügig eingefettet, sodass sie immer wieder durch die Finger flutschten.

Erneut ging der Punkt an Iris.

„Kein Wunder, bei den ganzen verschiedenen Zäumungen, mit denen du es ständig zu tun hast“, bemerkte Robert und blickte nachdenklich auf das halbfertige Kopfstück in seiner Hand.

„Du solltest öfter mal das Sattelzeug putzen“, schlug Iris vor. „Dann bleibst du im Training.“

Als nächstes teilte Lilo kleine Fläschchen mit Mineralwasser aus. „Wer seine Flasche am schnellsten austrinkt, ist Sieger“, sagte sie. „Also: an die Lippen, fertig, los.“

Alexandra reichte ihr prustend die leere Flasche. „Der Punkt gehört mir.“
Robert stellte seine Flasche beiseite. „Das ist nicht fair“, beschwerte er sich bei Lilo. „Erst lässt du uns essen, bis wir kaum noch Luft bekommen, und dann sollen wir noch Platz für Mineralwasser haben.“
Alexandra lächelte ihn an. „Und mir wirfst du vor, ich sei gierig.“
„Scheint wohl in der Familie zu liegen“, bemerkte Donia.
Anstelle einer Antwort fragte Robert Lilo: „Befindet sich in deiner Überraschungskiste eigentlich keine Prüfung, bei der auch ich einmal einen Punkt gewinnen kann?“
„Das liegt ganz bei dir“, antwortete Lilo. „Du brauchst nur als erster auf dein ungesatteltes und ungezäumtes Pferd zu kommen. Das ist nämlich die nächste Aufgabe.“
Sie sammelten ihre Pferde ein und stellten sie, wie beim Reitunterricht, mit etwas Abstand nebeneinander in eine Reihe. Dann nahmen sie Anlauf zum Aufsitzen.
Da niemand die Pferde festhielt, gab es ein ziemliches Durcheinander. Hyndla und Fluga hielten vom Aufsitzen ohne Sattel rein gar nichts und kehrten, reiterlos, in taktklarem Tölt an ihre Weideplätze zurück. Ísafold war für die Aufgabe ebenfalls nicht zu begeistern. Zielstrebig wich sie in Hvaturs Richtung aus und hinderte damit Alexandra am Sprung auf ihr Pferd. Gyrðir wiederum verteidigte lieber seinen Platz gegen den heran drängenden Fuchs, als still abzuwarten, bis Donia ihn erklommen hatte.
Nur Jörvi ließ sich nicht aus der Ruhe bringen. Der Punkt ging an Kerstin.
„Für die nächste und letzte Aufgabe müsst ihr eure Pferde wieder satteln“, sagte Lilo.
Iris und Bernd fingen ihre Stuten abermals ein.
„Worum geht es diesmal?“, fragte Kerstin.
„Wer zuerst wieder zu Hause ist?“, vermutete Bernd.
Lilo schüttelte den Kopf. „Dann stünde der Gewinner schon fest, denn du hast mit Sicherheit den kürzesten Weg. Du brauchst Fluga nur hier auf den Hänger zu führen und auf dem Gut wieder

herunter. Nein, darum geht es nicht. Ist denn keinem von euch aufgefallen, dass uns zu Ostern noch das Wichtigste fehlt?“

„Die Eier“, bemerkte Donia.

„Richtig.“ Lilo hob einen Henkelkorb voll buntgefärbter Eier vom Rücksitz und verteilte sie hier und dort im Gras der Wiese, während die Reiter ihre Pferde sattelten.

„Und jetzt sollen wir sie wiederfinden?“, fragte Iris. „Meinst du nicht, dass das eine Spur zu einfach ist für so intelligente Menschen wie uns?“

„Ich dachte mehr an den sportlichen Teil in euch“, erklärte Lilo. „Dem dürfte es sicher nicht schwerfallen, so viele Eier wie möglich wieder einzusammeln.“ Sie machte eine kurze Pause und fügte dann hinzu: „Vom Pferd aus, versteht sich.“

Iris schüttelte zweifelnd den Kopf. „Ich befürchte einen großen Eiersalat“, sagte sie. Und sollte damit zum Teil Recht behalten.

Hyndla jedenfalls ließ sich nicht dazu herab, so dicht an einem Ei stehenzubleiben, dass Iris es vom Sattel aus hätte erreichen können. Fluga scheute bereits, sobald auch nur eines der leuchtend bunten Dinger im Gras auftauchte. Hvatur wiederum meinte es zu gut und trat übereifrig gleich mehrere Eier nacheinander platt. Auch Jörvi, der sich sonst millimetergenau dirigieren ließ, machte heute eine Ausnahme. Kerstin konnte nur zwei Eier vor seinen schwarzen Hufen retten.

Donia brachte es mit Gyrðirs Hilfe sogar auf eine Ausbeute von vier Eiern. Den Sieg aber trug Robert davon, dessen Ísafold sich als talentierte Eiersucherin erwies. Es schien ihr regelrecht Spaß zu machen, so dicht an sie heranzutreten, dass Robert sich, eine Hand in der Mähne, nur noch hinunterbeugen musste, um sie einzusammeln. Das Ergebnis waren sechs Eier. Und endlich ein Punkt für ihn.

„Gibt es denn Preise für die Gewinner?“, fragte Alexandra begierig.

„Natürlich“, antwortete Lilo. „Wer die meisten Punkte hat, darf sich etwas Besonderes für den Osterritt im kommenden Jahr ausdenken.“

Alexandra verzog das Gesicht.

Iris winkte sie zu sich heran. „Vergiss nicht, dass ich ebenfalls gewonnen habe“, sagte sie leise. „Zusammen wird uns schon etwas einfallen.“

„Gemeinsam sind wir unausstehlich.“ Alexandras Augen funkelten erwartungsvoll.

„Unwiderstehlich gefiele mir besser“, sagte Iris. Sie zog ein kleines Fläschchen Kräuterlikör aus der Tasche ihrer Windjacke und ließ es herumgehen. „Auf Lilo und ihre gelungene Eiertagsrallye.“

„Auf Lilo“, echote es mehrstimmig.

Wenig später luden Lilo und Bernd Fluga auf den Hänger und fuhren los. Die übrige Gruppe machte sich gleichfalls auf den Heimweg.

Am Kotten verabschiedeten sich Robert und Alexandra. Iris, Kerstin und Donia hatten noch eine knappe Wegstunde vor sich.

Plötzlich geriet Gyrðir ins Stolpern, diesmal ohne erkennbare Ursache. Donia hielt erschrocken an. „Meinst du, dass der Ritt heute zu viel für ihn war?“ Sie warf Iris einen ängstlichen Blick zu.

Iris betrachtete den gelassen dastehenden Schecken eine Weile. „Ich glaube nicht. Er atmet ganz normal und macht auch sonst keinen überanstrengten Eindruck“, stellte sie fest. „Wahrscheinlich war es reine Unachtsamkeit. Die besten Pferde können einmal stolpern, wenn man sie so gedankenverloren dahinlaufen lässt, wie wir jetzt. Stell Gyrðir etwas mehr an die Hilfen und mache ihn ein wenig aufmerksamer, dann wird er dir nicht mehr ins Stolpern geraten."

Die Methode hatte Erfolg.

Zwei gute Freunde und ein Paar

Ein nicht mehr ganz junger, aber jungenhaft wirkender Mann kam zur Reitbahn hinunter, als Donia eben die Gehorsamsübungen mit Gigja beendete.

„Du reitest meine Stute sehr gut", stellte er fest.

„Danke." Donia lächelte. „Ich lenke sie manchmal mit ein paar Bahnlektionen ab, während Iris mit Padda im Gelände ist. Das bekommt ihr besser, als wenn sie allein in der Box eingesperrt bleiben muss. Ich bin übrigens Donia. Und du musst Gerald sein." Sie schob die Rundbalken des Bahnausgangs aus der Halterung.

„Iris hat mir bereits von dir erzählt." Gerald trat zur Seite, um Donia vorbei zu lassen. Seine Stute begrüßte ihn mit freudigem Schnauben. Er streichelte ihr Kopf und Hals. „Ich konnte es kaum noch erwarten, meine beiden Frauenzimmer wiederzusehen", sagte er. „Erst hat man sie täglich um sich, und dann sind sie plötzlich beide zugleich für mehrere Wochen fort. Da muss man ja Sehnsucht bekommen."

Er begleitete Donia zum Paddock der Berittpferde und half ihr beim Absatteln und Abtrensen der Stute. „Wie geht es Padda?", fragte er. „Macht ihre Ausbildung Fortschritte?"

„Und wie." Donia hängte sich Gigjas Zaumzeug über den Arm. „Sie töltet inzwischen fast so sicher wie eine Naturtölterin. Iris vermutet sogar, dass sie Passveranlagung hat."

Gerald raufte sich in gespielter Verzweiflung die an der Stirn bereits etwas lichten Haare. „Und ich dachte, für meine Zwecke würde es schon ausreichen, dass ich die Grundlagen des Töltreitens einigermaßen beherrsche. Nur gut, dass Islandpferde höchstens fünf Gänge haben können und nicht etwa zehn, wie mein Fahrrad. Und das ist noch dazu mit einer idiotensicheren Gangschaltung ausgestattet, im Gegensatz zu den Pferden."

Donia lachte. „Nimm doch an einem der Lehrgänge auf Gut Aue teil“, schlug sie vor. „Bei Lilo hat bislang noch jeder das Rennpassreiten gelernt.“

Sie brachten Gigja zurück in die Box und Donia tat ihr eine Hand voll Kraftfutter in die Krippe. Gerald betrachtete die kümmerliche Ration stirnrunzelnd. „Verwöhnt wird sie bei euch aber nicht gerade“, merkte er kritisch an.

„Für eine halbe Stunde Schwangerschaftsgymnastik reicht das.“ Donia schloss die Box. „Abends bekommt sie ja noch ihre tägliche Ration für werdende Mütter.“

Gerald hob beschwichtigend die Hände. „Ich lerne gerne dazu. Als Pferdehalter bin ich schließlich noch nicht so erfahren.“

„Als Pferdezeichner dagegen schon“, sagte Donia bewundernd.

Gerald lächelte. Es war ein angenehmes Lächeln, kein überhebliches. „Ich freue mich, dass dir meine Arbeiten gefallen. Du arbeitest auch im grafischen Bereich, hat Iris mir berichtet?“

„Ich bin im dritten Ausbildungsjahr in einer Werbeagentur in der Stadt. Aber bei der Arbeit dort geht es leider hauptsächlich um die Gestaltung von Werbeflächen und nicht so sehr ums Zeichnen. Das mache ich dann als Hobby in meiner Freizeit.“

Sie setzten sich vor dem Dielentor in die späte Aprilsonne.

„Kannst du nach deiner Ausbildung in dieser Agentur bleiben?“, fragte Gerald interessiert.

„Bleiben nicht, aber wieder anfangen“, sagte Donia. „Eine der anderen Grafikerinnen hat sich kurzfristig entschieden, zum Wintersemester ein Studium an der Kunsthochschule in Hamburg zu beginnen, und dann bekomme ich ihre frei werdende Stelle. Bis dahin bin ich ein paar Monate arbeitslos. Wenn ich mein Abitur nicht verpatzt hätte, könnte ich ebenfalls studieren. Manchmal ärgere ich mich heute noch darüber, dass ich damals in der Schule so faul gewesen bin.“ Der Wind frischte leicht auf und Donia kuschelte sich in ihre Jacke ein.

„Du kannst dein Abitur doch immer noch nachholen“, sagte Gerald. „Das habe ich auch so gemacht. Ich war nämlich ein ausgesprochen lustloser Schüler.“

Iris kam im Schritt durch das hintere Hoftor geritten. Sie ließ

Padda am langen Zügel bis zum Dieleneingang gehen, sprang dort mit Schwung aus dem Sattel, nahm ihren Reithelm ab und begrüßte Gerald mit einem Kuss auf die Wange.

„Befürchtest du, dass dir der Himmel auf den Kopf fällt?" Gerald deutete auf Iris' Helm.

„Sicher ist sicher", sagte Iris. „Im Gelände kann immer etwas Unvorhergesehenes passieren, deshalb habe ich mir angewöhnt, nur noch mit Helm auszureiten. Hat Donia dir schon erzählt, dass in Padda möglicherweise eine Fünfgängerin steckt?"

Gerald richtete sich kerzengerade auf. „Siehst du nicht meine stolzgeschwellte Brust?"

„Mister Universum persönlich." Iris strich ihm lächelnd über den Pullover.

Dann sattelte sie Padda ab. Die Stute wieherte, und Gigja antwortete ihr trompetend aus der Box, woraufhin Padda sich beruhigt der Schüssel Kraftfutter zuwandte, die Iris vor ihr auf den Boden gestellt hatte.

Sie zauste der Stute den üppigen Stirnschopf. „Am Wochenende kannst du deine Lieblinge wieder abholen", sagte sie zu Gerald. „Wenn du dir eine stabile Tür vor deinen Offenstall baust, kannst du jetzt auch mal eine der beiden Stuten allein zu Hause lassen. Sie haben sich inzwischen ganz gut an kurzfristige Trennungen gewöhnt."

„Dann hat sich ihr Aufenthalt bei dir ja in mehrfacher Hinsicht gelohnt." Gerald strich liebevoll über Paddas Mähne, wobei seine Finger beiläufig die von Iris berührten. „Hast du schon ein neues Berittpferd in Aussicht?"

Iris lächelte ihn an. „Nein, Padda wird bis zum Spätsommer das einzige sein. In drei Wochen sitze ich ja bereits im Flugzeug nach Island. Dann überlasse ich Donia die Führung meines Hofes." Sie legte Donia den Arm um die Schulter. „Bei ihr wird er in guten Händen sein."

Donia wurde rot. Derartige Lobreden waren ihr peinlich. Sie löste sich aus Iris' Umarmung, nahm Paddas leere Futterschüssel vom Boden auf und ging ins Haus, um sie auszuwaschen. Sie öffnete die Tür zum Vorraum des Wohnbereiches. Graupel hetzte in großen Sprüngen zu Iris hinaus, forderte seine Portion Streicheleinheiten und begann dann seine übliche Kontrollrunde um den Hof.

„Soll ich ihn gleich mitnehmen?“, fragte Donia, als der Hund wieder vor dem Dielentor angelangt war. „Ich will noch ein halbes Stündchen mit Lilja ins Gelände.“

„Ja, nimm ihn nur mit.“ Iris grub in den Tiefen ihrer Jackentasche nach Graupels Hundepfeife und reichte sie Donia. Dann verschwand sie mit Padda am Halfter und in Geralds Begleitung Richtung Außenbox.

Donia holte Lilja aus dem Auslauf, putzte sie und legte ihr Gyrðirs alten Sattel auf. Eine Leihgabe von Iris, so lange sie sich noch keinen eigenen leisten konnte. Zärtlich strich sie über das abgewetzte Leder und musste an die zahlreichen Ritte denken, die sie schon in diesem Sattel erlebt hatte. Lilja kaute ungeduldig auf dem doppelt gebrochenen Ausbildungsgebiss mit dem kupfernen Mittelstück. Donia schloss den Kinnriemen ihres Reithelms, saß auf und ritt zum hinteren Hoftor hinaus.

Sie lächelte still in sich hinein, während sie den ruhigen, schwingenden Bewegungen des Pferderückens nachspürte. Wie alle Pferde auf dem Hof, die vor dem Einreiten als Handpferd neben Gyrðir gegangen waren, hatte auch die stämmige kleine Lilja sich den zügigen, raumgreifenden Schritt des Schecken angewöhnt.

Diese Methode war sogar bei Hyndla erfolgreich gewesen, obwohl gerade sie aufgrund ihres kurzen Rückens zu Anfang bereits bei der geringsten Beschleunigung in einen Zuckeltrab oder Passgang umgesprungen war. Gyrðir hatte ihr beigebracht, selbst dann im Schritt zu bleiben, wenn es etwas schneller voran ging.

„Ein guter Schritt ist die Grundlage jeder Ausbildung“, pflegte Iris zu sagen. „Gleichgültig, ob es sich bei dem Pferd um einen Drei-, Vier- oder Fünfgänger handelt.“

Donia gurtete nach und ließ Lilja antraben. Graupel fiel neben ihr in seinen typischen flachen Galopp, den er, ohne zu ermüden, über lange Strecken durchhalten konnte. Lilja drehte aufmerksam die Ohren nach hinten, ganz auf ihre Reiterin konzentriert. Donia klopfte der Stute anerkennend den Hals unter der leuchtend rotbraunen Mähne, die sie, ebenso wie die roten Ränder an den Ohren, wohl von ihrer fuchsfarbenen Mutter geerbt hatte. Ihr walnussschalenfarbiges Fell und ihr Aalstrich hingegen stammten eindeutig von ihrem Vater, einem lehmbraunen Falbhengst. Lilja war im Mutterleib aus Island importiert worden, wo ihr Vater noch heute stand. Donia hatte sich fest vorgenommen, diesen Hengst auf Island zu besuchen, sobald sie genug Geld für eine Reise dorthin haben würde.

Sie nahm Lilja sanft wieder in Schritt zurück und warf einen Blick auf ihre Armbanduhr, denn sie wollte nicht länger als eine halbe Stunde unterwegs sein. Wenn sie die bisherige Strecke im Schritt zurückreiten würde, war es Zeit, umzukehren.

Iris und Gerald saßen auf der windgeschützten Veranda in der Sonne und waren so in ihr Gespräch vertieft, dass sie Donia erst bemerkten, als sie bereits hinter ihren Korbsesseln stand. Iris zuckte zusammen wie auf frischer Tat ertappt.

„Schleich dich bitte nicht so an“, bat sie. „Ich erschrecke mich ja zu Tode, wenn du plötzlich dastehst wie aus dem Boden gewachsen.“ Dabei sah sie Donia mit einem eigenartigen Gesichtsausdruck an, und Donia wusste einen Moment lang nicht, ob sie bleiben oder wieder gehen sollte. Doch Gerald half ihrer Entscheidung nach, indem er ihr einen weiteren Sessel heranzog.

„Bleib ruhig hier“, sagte er. „Wir unterhalten uns gerade darüber, wie teuer gute Islandpferdesättel inzwischen geworden sind“, erklärte er. „Selbst an einen guten gebrauchten Sattel kommt man oft nur schwer heran. Neulich habe ich einen in einer Anzeige entdeckt, doch als ich anrief, war er schon verkauft. Das Sattelkissen, das ich besitze, ist leider nur eine Notlösung.“ Er stockte einen Moment, als er Iris’ amüsierten Zug um die Mundwinkel bemerkte und fügte schnell hinzu: „Behauptet jedenfalls unsere gemeinsame Freundin.“

„Zum Glück leiht Iris mir für Lilja ihren alten Vielseitigkeitssattel, bis ich genug Geld zusammengespart habe, um mir einen eigenen zu kaufen“, sagte Donia. „Mein Traum wäre ein Töltsattel wie der von Jörvi. Mit Rippsitz und Steigbügelriemen, die unter dem Sattelblatt liegen.“

Sie zog einen Fuß auf den Rand des Korbsessels und umschlang das Knie mit den Armen. „Ich habe auch schon damit begonnen, mir nach und nach das nötige Zubehör zu kaufen oder schenken zu lassen. Sattelgurt, Bügelriemen, und so weiter.“

Gerald nickte. „So mache ich es ebenfalls. Mir fehlt inzwischen nur noch eine Satteldecke.“

„Und mir die Steigbügel. Wenn ich sie mir schon neu kaufe, dann möchte ich solche geschwungenen Sicherheitsbügel haben, deren Riemenösen so ausgerichtet sind, dass man die Bügel beim Aufsitzen nicht mehr auszudrehen braucht.“ Donia setzte ihren Fuß wieder ab und schlug die Beine übereinander. „Aber das nötige Geld dafür habe ich erst, wenn ich im Oktober wieder anfange zu arbeiten. Bis dahin hilft meine Mutter mir finanziell etwas über die Runden. Ich bin sehr froh darüber, dass ich die nächsten Monate kostenlos hier wohnen darf und Iris mir sogar für die Zeit das Pensionsgeld für Lilja erlässt.“

„Das ist ja wohl selbstverständlich“, sagte Iris. „Schließlich versorgst du ja dann die Pferde. Und ohne deine Hilfe hätte ich den Fotoauftrag überhaupt nicht annehmen können.“ Sie zupfte an einem Wollfaden, der unten aus Donias Pullover heraushing. „Es geht eben nichts über eine Freundin wie dich.“

„Meine Freundin interessiert sich leider überhaupt nicht für Pferde und könnte sie auch während meiner Abwesenheit nicht versorgen“, warf Gerald ein. „Gott sei Dank bin ich ein ziemlicher Reisemuffel. Sonst könnte ich mir als privater Pferdehalter nur die Haare raufen.“

„So lange du noch welche hast“, spielte Iris auf seine beginnenden Geheimratsecken an, und Gerald strich sich rasch ein paar Locken in die Stirn, um die Lücken zu verdecken.

Donia erhob sich und stellte ihren Sessel beiseite. „Wir erledigen heute den zweiten Teil von Kerstins Umzug auf den Kotten. Davor kann ich mich schlecht drücken, weil sie mir immerhin erlaubt, den Sommer über meine Möbel dort auf dem Dachboden unterzustellen. Gestern haben wir schon die größeren Teile rübergebracht und heute kommt der Kleinkram an die Reihe. Du glaubst gar nicht, wie viel sich davon angesammelt hat."

„Um mir das vorzustellen, brauche ich nur einen Blick in mein Arbeitszimmer zu werfen", sagte Iris. „Sehen wir uns in der kommenden Woche?"

„Wahrscheinlich nicht. Ich habe am Freitag meine schriftliche Prüfung und muss bis dahin noch gewaltig büffeln. Der praktische Teil war viel einfacher."

„Viel Glück." Gerald lächelte sie an.

„Danke, das kann ich gebrauchen." Donia verabschiedete sich von den beiden und gab Graupel, der neben Iris' Sessel lag, einen zärtlichen Klaps.

Während der Fahrt begann es zu nieseln, dann tröpfelte es immer heftiger, und bis zu Kerstins Wohnung war daraus ein unangenehmer, kalter Dauerregen geworden.

Donia schüttelte sich im Korridor die Wassertropfen aus dem Haar. „Kein ideales Wetter für einen Umzug", bemerkte sie, doch anstelle einer Antwort hörte sie nur die voll aufgedrehte sonntagabendliche Musiksendung im Radio.

„Wie gut, dass ich noch meinen alten Wohnungsschlüssel besitze", rief Donia. „Bei dieser Lautstärke hättest du nicht einmal die grässliche Klingel gehört!"

Kerstins Kopf tauchte aus den Tiefen eines großen Umzugskartons auf. „Da bist du ja." Sie begrüßte Donia und stellte mit bedauerndem Gesichtsausdruck das Radio leiser. „Du kommst gerade rechtzeitig. Im Schlafzimmer liegen noch jede Menge Handtücher. Bring mir doch bitte einen Stapel."

Donia ging in den Schlafraum hinüber, der früher einmal ihr Zimmer gewesen war. Sie lud sich einen großen Wäschepacken auf den Arm und balancierte ihn hinüber zu Kerstin. „Beim Anblick der vielen Kartons wird mir ganz schlecht", sagte sie, während ihre Mutter ihr die Handtücher portionsweise abnahm und in einem der Papp-Ungetüme versenkte. „Sie erinnern mich daran, dass mir bald auch noch mein eigener Umzug bevorsteht."

Kerstin lachte. „Und mich erinnern sie daran, dass ich sie im

Kotten alle wieder auspacken und die Sachen dort irgendwie unterbringen muss." Sie verschloss den Karton, beschriftete ihn auf einem Stück Klebeband, und Donia half ihr, ihn hinaus in den Korridor zu schieben. „Allmählich könnte Robert mit dem Lieferwagen kommen und die erste Fuhre abholen", sagte Kerstin. „Er wollte schon vor einer Dreiviertelstunde hier sein."

Im gleichen Moment klingelte es. Donia betätigte den Summer und wenig später stand Robert in der Wohnungstür. Im graugrünen Overall, mit von Lehm verschmierten Gummistiefeln an den Füßen und einem knallgelben Schutzhelm auf dem dunklen Haar. Er blickte auf seine Stiefel hinab. „Es wird wohl sinnvoller sein, nicht hereinzukommen. Bringt mir die vollen Kartons lieber hierher zur Tür."

„Du siehst ja zum Anbeißen aus." Kerstin wischte sich mit dem Handrücken über die Stirn. „Haben sie dich etwa zu einer Baustelle gerufen? Heute, am Sonntag?"

Robert nickte und nahm seinen Schutzhelm mit einer eleganten Handbewegung ab. „Ist der Bauherr nicht sehr helle, der Architekt ist stets zu Stelle", dichtete er.

„Nur bei der zukünftigen Frau nimmt er das nicht so ganz genau", konterte Kerstin und warf die Rolle Klebeband in seine Richtung.

Robert verschwand lachend mit einer Bücherkiste die Treppe hinunter.

Zwei Stunden und drei Fuhren später verteilten sich die letzten Sachen aus der Wohnung im Lieferwagen und in Kerstins Auto. Kerstin ging noch einmal durch die leeren Räume und atmete dann tief durch. „Dann also auf ein Neues. Kommst du, Donia?" Sie wandte sich zum Gehen.

„Fahrt ruhig schon los, ich bleibe noch ein wenig hier."

Donia wartete, bis sie die Autos davonfahren hörte. Dann setzte sie sich auf den Fußboden ihres ehemaligen Zimmers und schaute sich nachdenklich um. Hier hatte sie über vier Jahre lang gewohnt, und jetzt, wo sie so dasaß, kam es ihr vor, als sei das alles erst gestern gewesen. Dabei war sie doch schon vor über einem Jahr aus der gemeinsamen Wohnung ausgezogen.

Ihr Blick fiel auf ein winziges, von einem Pfeil durchbohrtes Herz mit Olafs Namen, direkt über der Fußleiste. Sie hatte es zu Beginn ihrer Freundschaft auf die Tapete gezeichnet, wo es Kerstin später beim Renovieren entgangen sein musste.

Zum Zeitpunkt seiner Entstehung war sie erst 15 gewesen und bis über beide Ohren in Olaf verliebt. Sie hatte seine Eltern durch ihre Nachforschungen nach Ísafolds Herkunft kennen gelernt und war so auf ihrem ersten Islandpferdeturnier Olaf begegnet, der sich ebenso schnell in sie verguckt hatte wie sie sich in ihn. Da Familie Bockmann nur gut 50 Kilometer von Donias Wohnort entfernt wohnte, konnten sie sich jedes Wochenende sehen. Dann fuhr Donia entweder mit Bahn und Bus zu ihm und seinen Eltern, wo sie das Gästezimmer für sich hatte, oder er kam zu Donia und ihrer Mutter, wo er auf dem Sofa im Wohnraum schlief.

Diese gegenseitigen Besuche bedeuteten zugleich, dass einer von ihnen jeweils ein Wochenende lang auf das Reiten der eigenen Pferde verzichten musste. Wobei „eigenes Pferd“ für Donia zu der Zeit noch Gyrðir bedeutete.

Doch auch das hatten sie eigentlich ganz gut geregelt bekommen, weil sowohl auf dem Pappelhof sowie bei Olaf Zuhause immer ein zweites Pferd für gemeinsame Ausritte zur Verfügung stand. Schwierig wurde es erst, als Olafs Abitur näher rückte und er häufig an den Wochenenden für die Prüfungen büffeln musste. Sich dann zwei oder sogar drei Wochen lang gar nicht sehen und nur miteinander telefonieren zu können, das hatte Donia irgendwann nicht mehr ausgehalten und die Beziehung nur gut ein halbes Jahr nach ihrem hoffnungsvollen Beginn unter Tränen beendet.

Sie und Olaf hielten noch heute Kontakt und telefonierten hin und wieder miteinander, doch es war nicht mehr so wie früher zwischen ihnen. Keine Verliebtheit mehr, nur noch Freundschaft.

„Immerhin“, hatte Kerstin gesagt. „So etwas gelingt oft nicht einmal erwachsenen Paaren.“

Vorsichtig zupfte Donia den Tapetenschnipsel von der Wand und verstaute ihn in ihrem Portemonnaie. Dann verließ auch sie die Wohnung.

Pferdewechsel am Nachmittag

Donia schloss die Heckklappe von Iris' Kombi. Sie deutete feixend auf die drei prallen Gepäckstücke und den Fotokoffer hinter der Scheibe. „Bist du sicher, dass du alles hast, was du brauchst?"

„Ich hoffe es." Iris blickte sich um. „Wo ist Graupel?"

„Schon sicher eingesperrt auf seinem Platz im Flur, wo sonst." Donia stieg ein.

Iris schob sich zögernd auf den Beifahrersitz. „Ist das Gatter vom Auslauf richtig geschlossen? Ich werde lieber noch einmal nachsehen."

Donia hielt sie an der Jacke fest und startete den Motor. „Natürlich ist es geschlossen. Ebenso wie die Schiebetür zum Laufstall, das Dielentor und die Tür zur Veranda. Die Kühlschranktür nicht zu vergessen." Sie seufzte. „Meine Güte, werde ich froh sein, wenn wir in Hamburg sind und du endlich in deinem Flugzeug nach Island sitzt."

„Ich auch." Iris schnallte sich an. „Von dem Moment an denke ich sicher nur noch an das, was mich dort erwartet." Sie klopfte auf ihre Jackentasche. „Lilo und Bernd haben mir einige Adressen isländischer Pferdezüchter aufgeschrieben, bei denen ich sogar wohnen kann. Das wird mir meine Arbeit sehr erleichtern."

„Deine beiden Foto-Ausrüstungen sicher auch." Donia bog von der Allee in die Hauptstraße ein und schaltete in den dritten Gang.

„Ich weiß, worauf du hinaus willst", feixte Iris. „Aber nichts und niemand kann mich davon abhalten, neben der neuen Digitalkamera auch meine alte analoge Kamera mit allen Objektiven mitzunehmen und ausreichend schwarzweiß-Filme, wie ich hoffe. Ich liebe es einfach, Landschaften in alter Manier in schwarzweiß zu fotografieren und die Abzüge dann zu Hause selbst in der Dunkelkammer zu belichten. Auch wenn Gerald sich darüber ebenso amüsiert wie du und immer behauptet, ich sei ‚old school', also nicht auf dem aktuellen Stand. Was ich aber ja mit meiner modernen Kamera sehr wohl bin."

„Kommt Gerald ebenfalls zum Flughafen, um dich zu verabschieden?", fragte Donia.

Iris lächelte, wie sie es neuerdings immer tat, sobald Geralds Name fiel. „Nein, das haben wir schon gestern gemacht. Ich kann Abschiedsszenen auf Flughäfen und Bahnhöfen nicht leiden.“

„Bist du eigentlich in ihn verliebt?“

„Du stellst sehr direkte Fragen.“ Iris wurde rot.

Donia bemerkte es nicht, weil sie sich auf den Verkehr konzentrierte. „Bist du es nun oder nicht?“

„Ja, ich habe mich in ihn verliebt. Und er sich auch in mich.“

Jetzt schaute Donia Iris doch für einen kurzen Moment an. „Aber er hat doch eine feste Freundin.“

Iris zuckte mit den Achseln. „Es war mir klar, dass du das ansprechen würdest. Dummerweise fragen Gefühle nun mal nicht nach dem passenden Zeitpunkt. Plötzlich sind sie da, und du musst sehen, wie du mit der Situation zurechtkommst.“

„Und wie kommt ihr damit zurecht?“, fragte Donia interessiert.

Iris knibbelte ein Stückchen Klebstreifen unbekannter Herkunft von der Türverkleidung. „Indem wir es bisher nur bei einer Freundschaft belassen haben, in der wir uns neu und immer besser kennen lernen“, erklärte sie. „Wie du schon sagst, hat Gerald eine feste Freundin und muss diese Beziehung erst einmal klären, denn ohne das bräuchten wir gar nicht über weiteres nachzudenken. Für mich käme eine Beziehung mit jemandem, der in einer anderen Partnerschaft ist, jedenfalls nicht in Frage. Darunter würden alle Beteiligten leiden.

Wahrscheinlich ist es gar nicht so schlecht, dass wir uns jetzt ein paar Monate nicht sehen. Das gibt uns beiden die Gelegenheit, uns unabhängig voneinander über die Ernsthaftigkeit unserer Gefühle klar zu werden. Wenn sie diese Zeit nicht überdauern, können sie nicht allzu tief gewesen sein. Und falls doch, wäre über weiteres zu reden.“ Sie drehte den Klebstreifen zu einer winzigen Kugel zusammen und warf sie in den Aschenbecher.

Donia schüttelte den Kopf. „Ich würde das nicht aushalten. Ein Vierteljahr wegzufahren ohne zu wissen, ob der andere mich, wenn ich zurückkomme, immer noch liebt.“

„So etwas kannst du niemals im Voraus wissen.“ Iris lehnte sich gegen das Seitenfenster. „Aber jetzt lass uns bitte das Thema wechseln, sonst werde ich doch noch traurig. Wie fährt sich denn mein Wagen?“

Donia klopfte auf das Armaturenbrett. „Hervorragend. Gar kein Vergleich zu meinem widerspenstigen Auto. Das hat ab sofort Sommerurlaub.“

Sie fuhren eine Weile schweigend und erreichten den Hamburger Flughafen lange vor dem Einchecken. Donia half Iris noch, das Gepäck auf einen Kofferkuli umzuladen. Dann drückte sie sie einen Augenblick an sich. „Machen wir es kurz. Ich hasse lange Abschiede nämlich ebenso sehr wie du.“

„Ich wünsche dir eine wunderschöne Zeit auf dem Hof“, sagte Iris. „Kraule die Pferde von mir. Und Graupel natürlich auch.“

Donia nickte. „Und du grüß Island und sage ihm, dass ich bestimmt auch eines Tages dorthin kommen werde.“

„Versprochen.“ Iris stellte ihren Fotokoffer oben auf das Gepäck. „Dann also bis zum Spätsommer.“ Sie zog entschlossen mit der Karre los und war bald im Gedränge der Abfertigungshalle verschwunden.

Donia rekelte sich wohlig auf dem Fahrersitz, als Hamburg wieder hinter ihr lag. Ein Sommer als Herrin des Pappelhofes erwartete sie. Dreieinhalb Monate, fünf Pferde und ganz viel Abgeschiedenheit und Ruhe. Die konnte sie jetzt wirklich gut brauchen. Erst Kerstins Umzug, dann die Gesellenprüfung und vor wenigen Tagen noch der Auszug aus ihrer eigenen Wohnung; das alles war etwas reichlich gewesen für die kurze Zeit.

Graupel freute sich wie immer, als Donia ins Haus kam. Sie nahm ihn mit in die Küche und füllte seinen Fressnapf mit einer Portion Hundeflocken. „Auf ein gutes Zusammenleben“, sagte sie, während sie den Napf auf den Fliesenboden setzte. Der Rüde kaute schmatzend.

Donia stieg die Holztreppe zum ehemals hinteren Teil des Heubodens hinauf. Iris hatte ihn im vergangenen Jahr vom übrigen Dachboden abgetrennt und zu einem schönen großen Zimmer ausgebaut, das die gesamte Fläche über dem Wohnbereich einnahm. Hierher zog sie sich zurück, wenn sie völlig ungestört sein wollte, denn hier hinauf folgte ihr nicht einmal Graupel, der eine

Scheu vor Treppen mit offenen Stufen hatte.

Durch ein langes Fenster in der Dachschräge fiel das Licht auf einen Tisch mit zwei Stühlen. In der Ecke standen ein breites Bett und eine kleine Kommode. Das war alles.

In den Kartons und dem Koffer neben dem Bett warteten Donias Habseligkeiten darauf, ausgepackt zu werden. Donia entschied, dass sie dazu noch genug Zeit haben würde. Sie zog ihre Reitsachen an, sperrte Graupel unten im Vorraum des Wohnbereichs ein und betrat mit zwei Halftern in der Hand den Laufstall.

Hier konnte sie nur Jörvi und Vindstjarna entdecken. Der große Falbe hatte ein Hinterbein entlastet und die Augen halb geschlossen. Die grazile Stute hingegen spitzte die Ohren und lugte aufmerksam unter ihrem silbrigweißen Stirnschopf hervor. Donia streichelte beide Pferde im Vorübergehen.

Gyrðir, Hyndla und Lilja standen in je einer Ecke des Sandauslaufs. Donia zupfte die Schimmelstute liebevoll an ihren langen Kinnhaaren, wuschelte Lilja durch die rote Mähne und kraulte Gyrðir ausgiebig, bevor sie ihm das Gurthalfter anlegte. Im Laufstall halfterte sie Jörvi auf und führte beide Wallache zum Sattelplatz hinaus.

Sie räumte Jörvi sorgfältig die Hufe aus, putzte ihm mit dem Gummistriegel jedoch nur den gröbsten Schmutz aus dem gelbbraunen Fell, da sie ihn nicht satteln sondern nur als Handpferd mitnehmen wollte. Sie schnallte den Führstrick in sein Halfter ein.

Gyrðir wurde gründlicher gestriegelt und genoss diese Massage sichtlich. Während die anderen Pferde Mitte Mai bereits im kurzen Sommerhaar standen, trug er an einigen Stellen immer noch sein langes Übergangsfell. Sein Stoffwechsel hielt mit den Jahreszeiten nicht mehr Schritt und tat sich schwer damit, das Winterhaar zum Sommer hin wieder abzustoßen.

Gyrðir erhielt zur Unterstützung bereits spezielles Ergänzungsfutter für ältere Pferde, das auch sichtbar half. Dennoch wirkte er inmitten seiner kurzhaarigen Stallkollegen so zottig, wie manche Leute sich immer noch ein typisches Islandpferd vorstellten.

Donia sattelte ihn und schob ihm die Isländische Kandare ins

Maul. Das Einohr-Kopfstück war mit einem einzigen Handgriff angelegt. Sie nahm Zügel und Führstrick und saß auf.

Sie bedauerte es ein wenig, dass sie nicht den Falben reiten und Gyrðir als Handpferd nehmen konnte, aber Gyrðir ließ sich um keinen Preis der Welt von einem rangniedrigeren Wallach aus führen. Ausnahmen machte er nur bei Stuten. Wie zum Beispiel bei Ísafold, die Donia jetzt vom Kotten abholen wollte, damit Jörvi dort nicht ihretwegen mit Hvatur aneinander geriet. Sie hätte natürlich ebenso gut auf Jörvi hin und auf Ísafold zurückreiten können. Doch zum einen verschaffte das Handpferdereiten auch Gyrðir ein wenig Bewegung, und zum anderen ersparte es Donia die treibenden Hilfen, weil sich die nebeneinander laufenden Pferde bereits gegenseitig anspornten.

Hinter der Hauptstraße gurtete sie nach und töltete in ruhigem Tempo an. Auch Jörvi fiel in diese von ihm bevorzugte Gangart. Donia ließ die Pferde erst wieder Schritt gehen, als sie an die nächste Straße kamen.

Nicht weit entfernt im Wald, lag das Gasthaus, wo sie jeden Sommer an Donias Geburtstag zum Kaffeetrinken hin ritten. Dort hatten sich Kerstin und Robert kennengelernt. Heute ließ Donia das Wäldchen rechts liegen und erreichte bald darauf den Feldweg, der über eine wenig befahrene Wirtschaftsstraße hinweg direkt hinter dem Kotten entlang führte. Donia parierte die Pferde vor der Straße durch und warf einen prüfenden Blick auf Gyrðirs Flanken. Der Schecke atmete heftig, sodass sie ihm zuliebe auf eine weitere Töltstrecke verzichten wollte.

Sie überquerte die Straße, doch anstatt geradeaus weiter reiten zu können, fand sie sich unerwartet vor einem halbhohen, dunkelgrünen Maschendrahtzaun wieder, in den sie bei flotterem Tempo vermutlich hineingeritten wäre.

Erschrocken hielt sie an und untersuchte die Absperrung genauer. Sie schien noch neu zu sein und reichte rechts und links ein Stück in die angrenzenden Felder hinein, wo sie an runden Holzpfosten befestigt war. Um sie zu umgehen, hätte man zwangsläufig einen Teil des Getreides niedertreten müssen.

Donia saß wieder auf. Immer am Straßenrand entlang, erreichte sie schließlich über einen Trampelpfad den Kotten. Aus dem Paddock am Unterstand wieherten Ísafold und Hvatur den Besuchern entgegen.

Kaum hatte Donia wieder festen Boden unter den Füßen, da war Kerstin schon aus der Hintertür gekommen und umarmte sie. „Schön, dass du Jörvi heute schon bringst." Sie kraulte den Falben unter dem Kinn, seiner Lieblingsstelle. „Bring die beiden auf die Hausweide. Du bleibst doch hoffentlich auf eine Tasse Kaffee."

„Gern, aber die muss erst noch warten", sagte Donia. Und während sie Gyrðir absattelte und gemeinsam mit Jörvi zum Grasen entließ, berichtete sie Kerstin von der Wegsperre.

Kerstin schloss die Augen und atmete tief durch. „Ich habe nicht geglaubt, dass er wirklich ernst machen würde."

„Du weißt, wer dafür verantwortlich ist?", fragte Donia mit großen Augen.

Kerstin nickte. „Ich nehme an, unser Nachbar. Der Weg liegt auf seinem Grund, und er hat bereits mit derartigen Maßnahmen gedroht."

„Aber weshalb denn? Wir durften diesen Weg doch bisher immer benutzen."

Kerstin fuhr mit der Hand über das glatte Holz des Anbindebalkens. „Seit einiger Zeit sind hier in der Umgebung Reiter unterwegs, die ihre Pferde rücksichtslos quer durch Schonungen und über Ackerland galoppieren lassen. Unser Nachbar ist einer der betroffenen Landwirte und hatte bereits angekündigt, den Übeltätern eine Lektion erteilen zu wollen. Niemand weiß, wer diese Reiter sind. Sie scheinen jedenfalls nicht von hier zu sein, denn die Pferdeleute aus der Gegend kennen sich ja untereinander."

„Da hat sich euer Nachbar aber eine brutale Lektion einfallen lassen." Donia verschränkte wütend die Arme. „Stell dir nur mal vor, dass jemand in der Dämmerung dort entlang reitet oder auch tagsüber die Nebenstraße im Trab überquert. Nicht auszudenken, was dann mit ihm und seinem Pferd passiert. Das grüne Drahtgeflecht ist ja nicht so gut zu sehen und reicht den Isländern gerade mal bis zur Brust."

Kerstin drehte sich auf dem Absatz herum. „Komm, wir müssen

etwas unternehmen.“ Sie verschwand im Schuppen neben dem Pferdestall und kam wenig später mit einigen leeren, weißen Futtersäcken und einem Knäuel Heuballenschnur zurück, die sie in den Kofferraum ihres Autos warf.

„Was hast du vor?“ fragte Donia.

„Das Schlimmste zu verhindern“, sagte Kerstin. „Steig ein.“

Sie fuhren bis direkt an die Absperrung, an der Donia vorbeigekommen war. Kerstin gab Donia ein Taschenmesser „Schneide einen der Säcke in mehrere lange Streifen.“

Donia arbeitete sich durch das feste Papier der Futtersäcke. Kerstin bohrte Löcher in die fertigen Streifen und knüpfte sie mit Bindfaden an den oberen Draht des Zauns. Sie begutachtete ihr Werk. „Das dürfte reichen. Diese hellen Markierungen sind auch in der Dunkelheit gut zu sehen.“

„Weshalb bauen wir den Draht und die Pfosten denn nicht einfach ab?“ fragte Donia.

„Weil das Beschädigung fremden Eigentums wäre“, erklärte Kerstin, „und wir müssen die Angelegenheit ja nicht noch schlimmer machen als sie sowieso schon ist.

Sie kehrten um, fuhren am Kotten vorbei und diesmal von der anderen Seite an den breiten Feldweg heran, um zu überprüfen, ob es dort ebenfalls eine Absperrung gab. Und tatsächlich entdeckten sie hier eine weitere halbhohe Sperre aus Maschendraht, die sie ebenfalls mit langen, weißen Papierstreifen kenntlich machten.

„Ich werde noch heute mit unserem Nachbarn reden“, sagte Kerstin, als sie wieder am Kotten angekommen waren. „Von mir aus soll er ein Dutzend Reitverbotsschilder aufstellen. Das ist sein gutes Recht. Aber er darf nicht Mensch und Tier in Gefahr bringen.“

„Ich bin froh, dass wir etwas dagegen unternommen haben“, sagte Donia und entledigte sich, ebenso wie Kerstin, vor dem Hintereingang des Hauses ihrer Stiefel. Von dort aus gelangten sie direkt in die Küche, wo Donia sich auf den nächstbesten Stuhl fallen ließ. Er kam ihr bekannt vor. Der Tisch ebenfalls.

„Das sind ja unsere alten Möbel“, sagte sie. „Wo habt ihr denn Roberts Tisch und Stühle gelassen?“

Kerstin stellte die Kaffeemaschine an und setzte sich zu Donia. „Auf dem Speicher, neben deinen Möbeln“, antwortete sie. „Wenn ich schon zu Robert ins Haus ziehe, will ich wenigstens bei der Einrichtung ein Wörtchen mitreden. Und meine Essecke ist nun mal schöner als seine.“

„Sieht Robert das genauso?“, fragte Donia.

„Er und ich lernen gerade, uns in den gemeinsam genutzten Räumen auf die Lösung zu einigen, mit der wir beide am besten leben können. Es ist ja jetzt unser gemeinsames Zuhause und nicht mehr länger allein seins. Nur in seinem Schlafzimmer und seinem Arbeitsraum verbittet er sich jegliche Einmischung. Genau wie ich.“ Sie stand auf und holte zwei Tassen und eine Tüte Kekse aus dem Schrank.

Donia stützte das Kinn auf die Hand. „Die zwei Arbeitsräume verstehe ich ja, aber wozu habt ihr getrennte Schlafzimmer?“

„Bis vor kurzem hat unsere Beziehung sogar getrennte Wohnungen überdauert“, sagte Kerstin. „Und es gibt durchaus Nächte, in denen ich lieber allein schlafen möchte. Weil der andere ständig hustet oder gerade seine Schnarchphase hat, oder weil mir ganz einfach danach zumute ist.“ Sie schenkte Kaffee ein.

Donia biss einer Waffelrolle den Schoko-Kopf ab. „Ihr seid das erste Ehepaar, das ich kenne, das getrennte Schlafzimmer hat.“

Kerstin zuckte mit den Schultern. „Sicher kennst du außer Iris auch keine andere Frau, die ganz allein auf einem Islandpferdehof lebt, oder?“

Donia schüttelte den Kopf und wechselte dann das Thema. „Wie weit ist Robert denn mit dem Umbau der Stalldiele? Ich war ja seit deinem Umzug nicht mehr hier. In den drei Wochen hat sich doch bestimmt so einiges getan.“

„Das kannst du laut sagen.“ Kerstin seufzte und stand auf. „Komm mal mit, dann verstehst du, was ich meine.“

Donia strebte bereits an Kerstin vorbei und öffnete die Küchentür zum Hausflur, die sie allerdings mit einem entsetzten Aufschrei gleich wieder schloss. „Um Himmelswillen, Kerstin, was hast du denn da drin?“ Sie lehnte kreidebleich an der Wand. „Ein Schwein?“

Kerstins Augen blitzten belustigt. Furchtlos öffnete sie die Tür und ließ einen Hund in die Küche, der es größenmäßig tatsächlich mit einem Schwein hätte aufnehmen können. Doch damit erschöpfte sich die Ähnlichkeit auch schon, denn im Aussehen glich er mehr einem sehr groß geratenen Boxer mit dem Kopf eines Bernhardiners. Sein kurzes, glattes Fell war von graubrauner Farbe.

„Sitz“, befahl Kerstin, und das Ungetüm folgte ihr aufs Wort. Es schaute Donia aus freundlichen Augen an. „Das ist Rosalinde“, erklärte Kerstin. „Eine Molosserhündin.“

„Ein Koloss?“, fragte Donia verständnislos.

Kerstin lachte. „Ein Molosser. Wir haben sie uns geholt, weil der Kotten doch ein gutes Stück vom nächsten Nachbarn entfernt liegt und ich mich mit ihr im Haus sicherer fühle. Sie würde ungebetene Gäste allein schon durch ihre Größe in die Flucht schlagen.“

„Das kann ich gut nachempfinden“, sagte Donia.

„Dabei ist Rosa vollkommen harmlos.“

Donia blieb skeptisch. „Das behaupten Hundebesitzer immer.“

Rosalinde erhob sich und beschnupperte eingehend Donias Hand. Donia sah mit gequältem Lächeln auf die massige Hündin herab, die ihr fast bis zur Hüfte reichte.

„Komm, Rosa, Leckerli.“ Kerstin gab Rosalinde einen zerbrochenen Keks, der sich rasch im großen Maul der Hündin verlor. Dennoch wollten ihre verzückten Kaubewegungen kein Ende nehmen. „Sonst gebe ich ihr natürlich keine Süßigkeiten“, sagte Kerstin entschuldigend. „Aber ich musste dir unbedingt vorführen, welche Grimassen dieser Riesenhund wegen so eines winzigen Krümels schneiden kann.“

Donia streichelte zaghaft über Rosalindes dicken Kopf. Die Hündin ließ ein behagliches Grunzen hören.

„Was sagt Brutus denn zu eurer Rosa?“, fragte Donia.

„Er hält noch Abstand“, berichtete Kerstin. „Obwohl Rosa ihm kein einziges Härchen krümmen würde. Sie ist mit Katzen aufgewachsen. Oder hast du geglaubt, wir schaffen uns einen Hund an, der als erstes den Kater die Wände hinauf jagt?“

„Kannst du sie trotzdem in der Küche lassen, während wir in der Diele sind?“, bat Donia.

„Natürlich.“ Kerstin schloss die Küchentür vor Rosalindes Nase und öffnete im Hausflur die Tür zur Diele.

„Ach du liebes bisschen“, entfuhr es Donia beim Blick in den großen Raum, in dem sich neben der von Decken verhüllten Einrichtung Zementsäcke und Mauersteine stapelten. An einer der Längsseiten hatte Robert bereits damit begonnen, die von den Vorpächtern herausgerissene Zwischenwand wieder hoch zu mauern. Über allem lag eine dünne, graue Staubschicht.

Kerstin lehnte sich an der gegenüberliegenden Wand an den ebenfalls verhüllten Kamin. „Ich bin so froh, wenn das alles hier fertig ist“, sagte sie. „Aber so, wie es vorher war, sollte es keinesfalls bleiben. Das hat mir ebenso wenig gefallen wie Robert.“ Sie machte eine ausladende Armbewegung. „Ganz früher hat das alles hier so ähnlich ausgesehen wie die Diele von Iris‘ Hof, nur in kleinerer Ausführung. Das hieß, dass sich an einer Längsseite der Kuhstall und an der anderen eine Innenbox und Kammern für Futter, Pferdegeschirre und Milchkannen befunden haben. Dann wurde der Kotten an Leute verpachtet, die es schick fanden, die Zwischenwände zu den Kammern und Ställen einzureißen und aus der Diele einen großen Wohnraum mit offenem Kamin zu machen. Und anstelle des alten Dielentors hatten sie diese grässliche Tür mit den braunen Glasscheiben eingebaut, an die du dich bestimmt noch erinnern kannst.“

Donia konnte und schauderte beim Gedanken daran. „Das hat Robert mit als erstes geändert, als er den Kotten gepachtet hat.“ Sie wies auf das innen weiß gestrichene Dielentor, in dessen oberen Rundbogen klare Glasscheiben eingelassen waren. Robert hatte es auf einem anderen Hof entdeckt, der wegen Baufälligkeit abgerissen werden musste. „Aber was hat er jetzt mit der neuen Zwischenwand vor?“

„Dahinter entsteht ein Offenstall mit Paddock, so ähnlich wie bei Iris“, erklärte Kerstin. „Nur wird hier die Innenwand komplett geschlossen, und in ihr oberes Drittel kommt eine Reihe Fenster.“

„Damit ihr den Stallgeruch dann endlich auch im Wohnzimmer habt“, feixte Donia. „Aber wozu braucht ihr zwei Ställe?“

„Vielleicht kommen ja im Laufe der Zeit außer Nös noch weitere Pferde dazu. Dann ist es gut, sie bei Bedarf auch mal trennen zu können.“

„Alexandra will Hvatur doch zum Wintersemester an ihren Studienort holen“, wandte Donia ein.

„So etwas weiß man bei Alexandra immer erst, wenn sie es wirklich getan hat.“ Kerstin schmunzelte. „Aber falls Hvatur hierbleiben sollte und Iris mir Jörvi doch noch verkauft, könnte es sinnvoll sein, die beiden Herren von Isa und Nös getrennt zu halten, damit wir hier nicht das gleiche Theater haben wie Iris mit Jörvi und Gyrðir.“

Donia starrte ihre Mutter an. „Du hast Iris tatsächlich gefragt, ob sie dir Jörvi verkauft, obwohl du weißt, wie sehr sie an ihm hängt?“

„Ich dachte mir, fragen kostet ja nichts. Nur Überwindung.“ Kerstin schmunzelte. „Doch Iris sagte schon Nein, noch ehe das Fragezeichen verklungen war.“ Sie zuckte bedauernd die Achseln. „Da lässt sich wohl nichts machen. Obwohl er mit seinem weichen Naturtölt und in seiner ganzen Art das ideale Pferd für mich ist.“ Sie stieß sich von der Kaminwand ab.

„Jetzt hast du ihn ja mehr als drei Monate ganz für dich.“ Donia lächelte.

„Ich kann es auch kaum noch erwarten, ihn wieder zu reiten. Sobald Robert von seiner derzeitigen Lieblingsbaustelle zurück ist, werde ich ihn zu einem abendlichen Ausritt überreden.“

„Ich dachte, das hier sei seine Lieblingsbaustelle“, bemerkte Donia und wies auf die halbfertige Zwischenwand.

„Wenn es um bezahlte Aufträge geht, muss das private Bauprojekt warten“, bedauerte Kerstin.

„Dann drücke ich euch die Daumen, dass es noch vor eurer Hochzeit fertig wird.“ Donia schaute auf ihre Armbanduhr. „Ich muss jetzt wieder los, auf dem Hof wartet noch Arbeit auf mich.“

Sie gingen durch die Küche hinaus, in der Donia, weiterhin skeptisch, lieber noch Abstand zu Rosalinde hielt. Kerstin lachte.

„Sie tut wirklich nichts. Ihr werdet euch schon noch aneinander gewöhnen.“

So sicher wie ihre Mutter war Donia sich da nicht.

Im Paddock halfterte sie Ísafold auf und holte Gyrðir von der Weide. Dann erst ließ Kerstin Hvatur zu Jörvi hinaus.

Die beiden steckten die Köpfe zusammen und nahmen prüfend den Geruch des anderen auf. Ihr Schnauben zeigte, dass sie sich wieder erkannten, und wenig später drängten sie sich bereits gemeinsam am Zaun, wo Kerstin sie mit Möhren verwöhnte.

Donia sattelte Ísafold. Sie war zierlicher als Gyrðir, sodass Donia den Bauchgurt an beiden Enden kürzer verschnallen musste. Gyrðirs Kandarenzaum war für ihren schmalen Kopf ebenfalls ein Stück zu lang. Doch da es sich um ein Einohr-Kopfstück handelte, brauchte Donia nur eine einzige Schnalle zu verstellen, um es anzupassen.

„Komm gut nach Hause“, sagte Kerstin.

„An mir soll es nicht liegen.“ Donia saß auf.

Nachdem sie das erste Wegstück im Schritt hinter sich gebracht hatte, legte sie an Tempo zu.

Ísafold besaß einen Vorwärtsdrang, als seien ihre fünfzehn Lebensjahre spurlos an ihr vorübergegangen. Ihre schwarzweiße Mähne wippte rhythmisch im Viertakt des Hufschlags. Sie kaute aufgeregt auf dem ungewohnten Gebiss. Ohne die Last von Sattelzeug und Reiterin hielt auch der zehn Jahre ältere Gyrðir problemlos mit dem flotten Tölt der Stute Schritt. Er trabte mit fliegenden Hufen, fast wie in alten Zeiten.

Auf halbem Weg kontrollierte Donia die Atmung ihrer Pferde. Trotz der langen Töltstrecke war Ísafold keineswegs außer Atem, und sogar Gyrðir pumpte nicht so stark wie vorhin. Deshalb ließ Donia Ísafold nach einiger Zeit erneut antölten.

Wenig später strauchelte Gyrðir ebenso heftig und unerwartet wie schon zwei Monate zuvor, fing sich diesmal aber sofort wieder und lief unbeirrt weiter. Nur Donias rechter Arm war durch den plötzlichen Ruck am Führstrick gezerrt worden und schmerzte leicht. Ein Grund mehr für sie, im Schritt nach Hause zu reiten.

Nachdem sie dort festgestellt hatte, dass Gyrðir unverletzt geblieben war, versorgte sie ihn und Ísafold mit Kraftfutter, brachte das Sattelzeug ins Haus und ließ die anderen Pferde vom Auslauf hinaus auf die Nachtweide, die ihnen ausreichend Spielraum bot, um Ísafold zu jagen, nachdem Donia auch sie und den Schecken auf die Weide gebracht hatte.

Es war stets das Gleiche. Jeder Neuling in einer Gruppe wurde von den anderen erst einmal ausgiebig herum gescheucht, ehe wieder Ruhe einkehrte. Dabei spielte es keine Rolle, ob die Pferde sich bereits kannten. Nach einer längeren Trennung wurde selbst der Freund zum Fremden und musste sich seinen Platz innerhalb der Rangordnung neu erkämpfen.

Ísafold stand also für heute an letzter Stelle. Doch wie Donia die ehrgeizige Stute einschätzte, würde sie sich spätestens nach einer Woche bis an Gyrðirs Seite hochgearbeitet haben. Höher ging es nicht. Der Platz ganz oben war einzig und allein dem alten Schecken vorbehalten. Hier herrschte der Boss.

Und der beteiligte sich ebenfalls lebhaft an der Verfolgungsjagd.

Drei Damen werden verladen

Die Rampe des Pferdetransporters schlug polternd auf dem Hofpflaster auf, und Lilo schüttelte mit schmerzhaft zusammengepressten Lippen ihre linke Hand. Sie pustete auf ihren Zeigefinger, dem jetzt ein Stück Nagel fehlte. „Diese dumme Rampe. Jedes Mal, wenn ich sie herunterlasse, passiert irgendetwas. Entweder ich quetsche mir die Hand, stoße mir die Schulter oder reiße mir die Jacke auf. Ich glaube, der Transporter mag mich nicht.“ Sie lächelte gequält. „Also, wo sind die Damen, für die du das Sammeltaxi bestellt hast?“

„Sie warten drinnen auf der Diele“, sagte Donia.

Lilo krempelte die Ärmel ihres Shirts hoch. „Sind alle Hufeisen ab?“

„Natürlich“, antwortete Donia entrüstet. „Denkst du etwa, wir schicken die Stuten beschlagen zum Hengst? Welche von ihnen soll ich zuerst holen?“

„Die Schwerste. Es sei denn, dass ausgerechnet sie am schwierigsten in den Transporter zu bekommen ist.“

„Verladen lassen sie sich alle gleich gut.“ Donia löste Hyndlas Anbindestrick und führte die Schimmelstute geradewegs die Rampe hinauf und in den Transporter, wo sie sie quer zur Fahrtrichtung anband. Eine Eisenstange, in die Streben der Innenwand eingehängt, hielt sie an ihrem Platz und gab ihr seitlichen Halt.

Donia holte Vindstjarna. Sie war als einzige schon einmal beim Verladen widerspenstig stehengeblieben, hatte sich dann aber mit einer Schüssel Kraftfutter zum Weitergehen überreden lassen. Heute schallte ihr aus dem Transporter bereits das vertraute Wiehern ihrer Mutter entgegen, und ehe sie sich versah, stand sie auch schon Kopf an Schweif mit der Schimmelstute.

Lilja, als letzte, war so begierig darauf, ihren Stallgenossinnen zu folgen, dass Donia sie nur mit Mühe daran hindern konnte, im Galopp die Rampe hinaufzustürmen.

„Das ging ja wie geschmiert.“ Lilo schloss die Rampe. Sie wischte sich den Schweiß von der Stirn. „Die Luft ist sehr drückend geworden. Das gibt heute bestimmt noch ein Gewitter.

Fährst du hinter mir her?"
„Ich komme gleich nach." Donia pfiff Graupel, der die Zeit genutzt hatte, um mitten in der Reitbahn ein tiefes Loch in den Sand zu buddeln, das Donia nun wieder zuharken musste. Sie sperrte ihn ins Haus. Dann bestieg sie Iris' Auto und hatte den Transporter schon bald eingeholt.

Auf dem Reitplatz von Gut Aue longierte Bernd einen kräftigen, zottigen Braunen, auf dessen Rücken strahlend ein kleines Mädchen saß; Lilos und Bernds zweijährige Tochter Kristina, kurz Krissa genannt. Als er seine Frau und Donia kommen sah, ließ er den Braunen halten, nahm ihn beim Kappzaum und führte ihn aus der Bahn.

Lilo hob Krissa vom Sattelkissen. „Bist du wieder auf dem guten alten Fálki geritten?" Sie wandte sich Donia zu. „Dass ein Pferd drei Reitergenerationen miterlebt, kommt bestimmt nicht oft vor. Der Fálki war in jungen Jahren das Leibross meines Vaters. Später, als ich reiten konnte, hat er ihn mir geschenkt. Und jetzt gehört er Krissa."

„Dann muss er ja noch älter sein als Gyrðir", sagte Donia und warf einen Blick auf Fálkis ergraute Haare um Maul und Augen.

„Er wird im Sommer fünfunddreißig." Lilo sagte das nicht ohne einen Anflug von Stolz. „Große Sprünge kann er in diesem Alter nicht mehr machen, aber er hat immer noch Spaß an der Longenarbeit. Die hält ihn in Schwung und unseren hoffnungsvollen Reiternachwuchs bei Laune." Sie gab Krissa einen Kuss auf die Nase und setzte sie ab. „Hilf Papa schön, den Fálki zu versorgen", sagte sie.

Bernd nahm Krissa an der Hand und ging mit Pferd und Tochter zu den Stallungen hinüber.

Aus dem Transporter drang dumpfes Poltern. Donia und Lilo ließen die Rampe herab und führten die Stuten hinaus.

Donia hielt Hyndla am Halfter. „Wo soll ich sie hinbringen?"

„Auf die große Weide am Bach, unterhalb des Offenstalls."

„Und Lilja und Vindstjarna?"

„Auf eine Weide, die weit genug davon entfernt liegt, damit unsere beiden Paschas nicht aneinandergeraten.“ Lilo band die windfarbene Stute an. „Bernd wird sich gleich um sie kümmern.“

Unten am Bach grasten bereits vier andere Stuten, die die beiden Neuen interessiert berochen und dann gleich die übliche Verfolgungsjagd aufnahmen.

„Hrimnir ist ja noch gar nicht bei ihnen“, stellte Donia fest.

Lilo reichte ihr die Halfter. „Wir warten noch auf ein Pferd aus Bremen, das für Ende Mai angekündigt ist“, sagte sie. „Die Stuten sollen erst eine eigene Herde bilden, ehe wir den Hengst zu ihnen lassen. Anfangs wussten wir das nicht und haben Hrimnir dazugegeben, ehe die Stutenherde komplett war. Daraufhin hat er zwei Stuten, die erst später kamen, nicht mehr in die Herde aufgenommen. Was wir uns damals von ihren Besitzern anhören mussten, kannst du dir sicher ausmalen.“

Donia konnte.

Bei ihrer Rückkehr fanden sie an Liljas und Vindstjarnas Anbindeplatz nur noch zwei Haufen dampfender Pferdeäpfel vor. Die Aufregung der beiden jungen Stuten hatte ihre Spuren hinterlassen.

„Hast du unseren Juniorchef schon im Sommerfell gesehen?“, fragte Lilo.

„Nein, nur im März, als er aus Island angekommen ist und aussah wie Kerstins alter, grauer Kaninchenmantel.“

Lilo knuffte sie. „Keine Beleidigungen, bitte.“

„Aua.“ Donia wich mit gespieltem Schmerz einen Schritt zurück. Dann lachte sie.

Lilo nahm sie beim Arm und zog sie mit zu einem Stallgebäude im Zentrum von vier hoch eingezäunten Ausläufen. Im ersten stand der schlohweiß gewordene Schimmelhengst Hrimnir, der alte Herr des Gestüts. Der zweite Auslauf war leer. Aus dem dritten sah ihnen mit gespitzten Ohren ein imposanter Mausfalbe entgegen, dessen Kopf und Beine ebenso rabenschwarz waren wie sein üppiges Langhaar.

Der Hengst verfolgte jede ihrer Bewegungen mit gespannter Aufmerksamkeit. Lilo ging zu ihm in den Auslauf und streichelte seinen Kopf. „Hat Djarfur sich nicht fein herausgemacht?“, fragte sie mit leuchtenden Augen und winkte Donia heran. „Komm ruhig her. Er ist im Umgang absolut problemlos. Neulich hat sich sogar Krissa unter dem Zaun hindurch zu ihm reingeschlichen. Als ich das bemerkte, bin ich sehr erschrocken, denn so ein kleines Kind tatscht ja noch völlig unbefangen auf allem herum, und ich wusste nicht, wie Djarfur darauf reagieren würde.“

„Und was hat er gemacht?“, fragte Donia.

Lilo lachte. „Er hat seinen Kopf zu Boden gesenkt und sich ganz still von den Nüstern bis zu den Ohren begrabbeln lassen. Krissa fand das wunderbar. Erst als er sie anschnaubte, war ihr das nicht mehr geheuer, und sie hat heulend die Flucht ergriffen.“

Donia war neben Lilo getreten. Djarfur beroch eingehend ihre Jacke und Lilos Shirt, reckte den Kopf in die Höhe, zog die Oberlippe hoch und flehmte.

„Wir riechen nach den Stuten“, erklärte Lilo.

Donia sah sich im Innern des Stallgebäudes um. „Ihr habt umgebaut, seit die Traber fort sind“, stellte sie fest. „Bedauert ihr nicht manchmal, dass ihr sie an den Gangpferdehof verkauft habt?“

„Leicht war diese Entscheidung nicht“, sagte Lilo. „Aber nach Krissas Geburt mussten wir den Pferdebestand reduzieren, sonst hätten Bernd und ich das Gut nicht länger allein bewirtschaften können. Ein Kind nimmt sehr viel Zeit in Anspruch. Die mussten wir an anderer Stelle einsparen. Zum einen durch den Verkauf unserer Deutschen Tölter, und zum anderen durch die Beschränkung auf einen reinen Gestütsbetrieb mit speziellen Lehrgängen, aber ohne regelmäßige Reitstunden auf unseren eigenen Pferden.“

„Ich kann mich noch genau an meinen ersten Ritt auf eurem alten Traberhengst erinnern“, sagte Donia. „Als Iris mir dann irgendwann erzählte, dass Jupiter nicht mehr lebte, mochte ich es gar nicht glauben. Er war doch immer kerngesund gewesen.“

„Gerade solche Pferde bauen oft schlagartig ab. Jupiters Tod kam für uns auch völlig unerwartet. Am Tag zuvor hatte ich ihn noch geritten und am nächsten Morgen fanden wir ihn auf der Weide liegend. Für ihn war es so bestimmt besser, als wenn er sich mit einer Krankheit wochen- oder monatelang hätte quälen müssen. In so einem Fall sollte man ein Pferd lieber töten lassen.“

Donia war entsetzt. „Du sagst das so, als sei es gar nichts, ein Pferd einfach umzubringen.“

„Von einfach kann auch nicht die Rede sein.“ Lilo kraulte ausgiebig Djarfurs schwarze Nase. „Meiner Meinung nach macht es aber schon einen Unterschied, ob man ein unheilbar krankes Pferd von seinen Qualen erlöst und ihm ein schnelles und schmerzloses Ende gönnt, oder ob man es dahinsiechen lässt, nur weil man sich nicht von ihm verabschieden kann.“

Donia verließ den Auslauf und lehnte sich mit verschränkten Armen an den Holzzaun. „Ich will nicht mehr darüber reden.“

„Meinetwegen.“ Lilo kam ebenfalls hinaus. „Aber irgendwann wirst auch du vor dieser Entscheidung stehen, und dann solltest du dir schon darüber klar sein, was zu tun ist.“

„Lilja ist noch nicht einmal fünf“, sagte Donia trotzig.

Lilo legte ihr die Hand auf die Schulter. „Auch ein junges Pferd wird einmal alt. Und nicht immer bleibt es dabei so gesund wie unser Fálki.“

„Ja, ja.“ Donia drückte mit ihrem Stiefelabsatz ein Loch in den Sandweg und schob es gleich darauf wieder zu. „Wie geht es euren Trabern denn auf dem Gangpferdehof?“ lenkte sie ab. „Habt ihr sie schon einmal besucht?“

Lilo lächelte. „Ich war erst vor drei Wochen dort. Es geht ihnen ausgezeichnet. Sie stehen auf dem Hof zusammen mit Peruanischen Pasos, Mangalarga Marchadores, Amerikanischen Sattlern und einigen anderen großen Töltern. Eine bunte Mischung, und ausschließlich Reitpferde, keine Zuchttiere.“

„Es ist eben ein reiner Reitbetrieb“, bemerkte Donia. „Ich persönlich finde es schöner, ein Pferd nicht nur zu reiten, sondern auch mit ihm zu züchten.“

„Jeder, wie er mag“, sagte Lilo. „Apropos züchten, wollen wir Ísafolds Töchter besuchen?“

Donia nickte.

Sie gingen hinunter zu dem großen Offenstallkomplex zwischen den Weiden. Hier waren die einzelnen Gruppen der Zucht- und Jungpferde untergebracht.

Ísafolds Töchter standen zur Aufzucht auf Gut Aue mit seinen großen Koppeln. Nös, die Zweijährige, in der Jungstutenherde, ihre erst knapp ein Jahr alte Vollschwester Dögg derzeit noch in der Absetzerherde. Sie hatten beide den Schimmel Hrimnir zum Vater, glichen allerdings ihrer Mutter fast aufs Haar. Nös hatte sogar Ísafolds kleine Schnippe mitten auf der Oberlippe geerbt.

Dögg war von Robert an das Gut verkauft worden. Gern hätten Lilo und Bernd ihm auch Nös abgekauft, doch von seinem ersten selbst gezogenen Fohlen hatte Robert sich nicht trennen wollen.

„Zusammen mit Djarfur wird Dögg einen schönen Grundstock für eine Farbzucht abgeben“, meinte Lilo. „Djarfurs Vorfahren sind bereits seit mehreren Generationen Braun- und Mausfalben. Und alle haben diese dunklen Köpfe, die ich so ausdrucksvoll finde. Ein isländischer Freund erzählte uns, dass gerade diese Farbvariante auf Island nicht sehr beliebt ist. Ich bin darüber ganz anderer Meinung. Wir haben mit Robert bereits vereinbart, dass wir im kommenden Jahr ein Fohlen von Ísafold und Djarfur ziehen dürfen.“

Donia ging zu einem silbergrauen Zweijährigen mit fast weißem Langhaar, der zwei Ausläufe weiter an den Zaun gekommen war. „Kennst du mich noch, Vindingur?“

Sie ließ den Junghengst an ihrer Hand riechen.

„Es ist gut möglich, dass Hyndlas Sohn sich noch an dich erinnert“, sagte Lilo. Sie schaute hinauf zu den Baumwipfeln, durch die plötzlich heftige Windböen fegten. „Ich glaube, da kommt unser Gewitter.“

„Dann muss ich zurück“, sagte Donia. „Iris’ Haus ist zwar nicht reetgedeckt, und der Blitzableiter soll angeblich das neueste Modell sein, aber ich möchte den Hof trotzdem nicht unbeaufsichtigt lassen.“

Lilo brachte sie zum Auto. “Wir sehen uns dann ja kommende Woche während deines Rittes zu Bockmanns“, sagte sie. „Komm gut nach Hause.“

„Danke.“ Donia stieg ein und hatte bereits den Motor angelassen, als Lilo an die Scheibe klopfte. Donia kurbelte das Fenster herunter.

„Pass auf, wenn du hierher reitest“, sagte Lilo. „Wir haben neuerdings ähnliche Probleme mit den Bauern wie Kerstin und Robert. Sie sperren uns plötzlich Wege, die wir vorher entlang reiten durften seit ich denken kann. Zum Glück haben sie auf Drahtverhaue verzichtet und nur Hinweisschilder angebracht. Aber es bleibt natürlich eine Einschränkung. Und auch hier weiß niemand, wer die Flurschäden verursacht hat.“

„Ich gäbe etwas darum, das herauszufinden.“ Donia ballte verärgert die Faust. „Die anderen reiten quer durchs Gelände, und wir dürfen die Folgen tragen. Nur gut, dass wir mit dermaßen verantwortungslosen Reitern nichts zu tun haben.“ Sie kurbelte das Fenster wieder hoch und legte den ersten Gang ein.

Kurz ehe sie den Pappelhof erreichte, brach das Gewitter los. Fast genau an derselben Stelle, an der ein ähnliches Unwetter Donia vor Jahren schon einmal eingeholt hatte. Damals war sie mit dem Fahrrad unterwegs gewesen und bis auf die Haut nass geworden. Heute bot ihr das Auto Schutz vor den Fluten, die so dicht vom Himmel rauschten, dass die Scheibenwischer kaum noch etwas dagegen ausrichten konnten. Im Kriechtempo erreichte Donia das Dielentor und war mit drei großen Sätzen im Haus. Draußen krachte der Donner.

Donia befreite Graupel aus seiner Einsamkeit im Flur und nahm ihn mit in den Laufstall, wo Gyrðir und Ísafold gleichmütig in einer Ecke standen und sich die Kruppen beknabberten. Durch den Eingang sah man den Wolkenbruch über der Landschaft niedergehen. Donia zerrte einen Strohballen vom Zwischenboden, setzte sich darauf, nahm den ängstlich winselnden Hund in den Arm und schaute hinaus in den Regenvorhang.

Blitze zuckten in kurzer Abfolge über den bleigrauen Himmel. Dann vergrößerte sich ihr Abstand zueinander allmählich, und bald nach Abzug des Gewitters versiegte auch der Regen. So schlagartig, als hätte jemand über den Wolken einen Hahn zugedreht.

Gyrðir verließ den Stall als erster. Er scheuerte sein Fell ausgiebig an einem Stützbalken des Vordaches und patschte in den überfluteten Sand hinaus. Inmitten der größten Pfütze blieb er stehen.

Donia tippte sich an die Stirn. „Je älter du wirst, umso mehr Marotten bekommst du“, sagte sie. Gyrðir bedachte sie mit einem Blick aus halb geschlossenen Lidern.

Jetzt drängte sich auch Ísafold an Donia vorbei ins Freie. Sie wanderte unschlüssig im Auslauf umher, verharrte schließlich, scharrte kurz mit den Hufen und warf sich mit behaglichem Grunzen in den Schlamm.

„Der Wetterumschwung scheint euch allen beiden nicht gut zu bekommen“, sagte Donia kopfschüttelnd. Sie erhob sich, durchtrennte die Schnüre des Strohballens und verteilte das Stroh im Stall.

Alleinritt mit Begleitung

An diesem Junimorgen putzte Donia Gyrðir und Ísafold besonders gründlich. Sie würde vier Tage mit ihnen unterwegs sein, da war eine absolut saubere Sattellage ebenso wichtig wie penibel ausgeräumte Hufe. Um lockere Eisen brauchte sie sich nicht zu sorgen, denn sie war mit beiden Pferden erst vor einer Woche beim Schmied gewesen.

Sie schnallte Gyrðir das Halfter mit Führstrick um. Er sollte die erste Wegstrecke als Handpferd gehen. So konnte er sich warmlaufen, und Ísafold mochte etwas von ihrem überschäumenden Temperament ablassen.

In den Satteltaschen der Stute waren Kleidung zum Wechseln, Waschzeug, der Tagesproviant, Hundefutter und noch einige andere Dinge verstaut. Obenauf packte Donia das Putzzeug und Ísafolds Halfter. Den Regenponcho mit darin eingewickelter Hundedecke schnallte sie als lange Rolle quer über die Taschen. Die Wanderkarte in ihrer Plastikhülle hing griffbereit vorne am Sattel.

Donia zäumte Ísafold auf Isländische Kandare, denn auch die Stute hatte dieses Gebiss gut angenommen ließ sich damit ausgezeichnet reiten.

Graupel fiepte erwartungsvoll. „Du darfst ja mitkommen“, sagte Donia, „aber hör bitte mit diesem Gefiepe auf, das macht mich ganz nervös.“

Der Rüde stellte seine Lautäußerungen ein und begleitete Donia schwanzwedelnd auf einem letzten Kontrollgang durch Haus und Stall.

Bereits mit einem Fuß im Steigbügel hörte Donia vom Hoftor her die Fahrradklingel des Postboten. Sie konnte ihm eben noch einen Gruß nachrufen, während sie bereits drei Kuverts aus dem Innern des großen Briefkastens zog. Das eine enthielt Iris' monatliche Fotozeitschrift. Auch das zweite war an Iris adressiert. Das Dritte jedoch trug Donias Namen und einen isländischen Poststempel. Donia klemmte sich die anderen Kuverts zwischen die Knie und öffnete den Brief aus Island.

Um Iris' Handschrift entziffern zu können, hätte sie eigentlich einen Experten für Hieroglyphen benötigt. Sie nahm es zum Beispiel mit der Anzahl der Bögen beim m und n nicht sehr genau, und auch der Punkt, der für das i gedacht war, befand sich oft erst einige Buchstaben weiter. Lauter Eigenheiten, die Donia das Lesen des Briefes nicht eben erleichterten. Sie bemühte sich redlich.

Liebe Donia, las sie.

Ich weiß, ich hätte mich schon viel früher bei dir melden sollen, doch dieses Land hier hat mich vom ersten Augenblick an wieder so gefangen genommen, dass ich kurz davor war, alles andere einfach zu vergessen. Fast erscheint es mir, als würde mein Hof auf einem anderen Planeten liegen und nicht in ‚nur' zweitausend Kilometern Entfernung. Nimm das aber bitte nicht persönlich. Wenn du Island kennen würdest, könntest du mich sicher verstehen.

In den ersten Tagen bin ich mit dem Bus und per Anhalter (was ich nur hier auf Island wage) an einige Orte gefahren, die ich schon während meines ersten Aufenthalts besucht hatte. Unter anderem zu meinem Lieblingswasserfall, dem Gullfoss. Dort wie einst oben auf den Klippen zu stehen und in die Gischt hinunterzublicken, das war ein Gefühl, als sei ich nach langer Zeit wieder nach Hause gekommen.

Ursprünglich wollte ich anschließend ins Hochland hinauf fahren, aber selbst Ende Mai waren die Wege dorthin noch verschneit und unpassierbar, und so hat es trotz eines geliehenen Geländewagens mit Allradantrieb mit der Tour leider nicht geklappt. Vielleicht kann ich sie vor meiner Rückreise nachholen.

Ich habe schon sehr viel fotografiert. Natürlich vor allem Pferde, aber auch Landschaften und bin froh, dass ich so viele Filme mitgenommen habe. Ob hier auf Island überhaupt noch Schwarzweißfilme zu bekommen sind, weiß ich gar nicht. Wenn ja, dann wären sie bestimmt dreimal so teuer wie bei uns. So wie auch viele Lebensmittel.

Nach meiner kleinen Erinnerungstour war ich für zwei Wochen auf einem Gestüt nördlich von Reykjavik, direkt an der Küste. Bei klarem Wetter konnte man von dort aus bis hinüber zum Vulkangletscher Snaefellsjökull sehen. Ein Bild, wie aus einem Märchenbuch.

Jetzt bin ich schon seit einigen Tagen im Norden der Insel, am Skagafjord, eines der Zentren der isländischen Pferdezucht. Viele der Schecken hier erinnern mich an Gyrðir, dessen Mutter ja ebenfalls aus diesem Gebiet stammt.

Wie geht es dir ganz allein auf meinem Hof? Ich hoffe, dass Graupel und die Pferde dir während meiner Abwesenheit keine Probleme bereiten. Gib ihnen allen einen Leckerbissen von mir. Ganz besonders natürlich dem gescheckten Boss. Und grüße Robert und Kerstin und wen du sonst noch triffst.
Lass dich drücken.
Liebe Grüße von ‚meiner' Insel,
Iris.

Donia steckte den zusammengefalteten Brief in die Brusttasche ihrer Jacke und brachte die restliche Post noch rasch in den Wohnbereich, ehe sie zum zweiten Mal an diesem Morgen das Eingangstor verschloss.

Gyrðir und Ísafold standen immer noch brav an ihren Plätzen. Iris hatte all ihren Pferden nach isländischer Art beigebracht, immer dort stehenzubleiben, wo man ihren Zügel oder Halfterstrick auf den Boden hängen ließ. Sie nannte diese Methode ‚isländisch parken' und sie funktionierte im Prinzip sehr gut. Wenn es allerdings ums Futter ging, war es mit der Disziplin meist schnell vorbei.

Donia gurtete nach, saß auf und steuerte als erstes Etappenziel den Kotten an, um sich dort mit ihrer Mutter zu treffen. Kerstin musste donnerstags nicht unterrichten und wollte Donia auf Jörvi bis zur zweiten Pause begleiten.

Der Falbe stand bereits gesattelt am Anbindebalken. Kerstin war gerade dabei, ihn aufzutrensen, als auch Hvatur auf der Bildfläche erschien. Ob er Robert führte oder Robert ihn, ließ sich nur schwer bestimmen. Der stattliche Fuchs strebte eilends auf Ísafold zu und begrüßte seine Stallgefährtin mit freudigem Wiehern. Gyrðir, der zwischen ihm und der Stute stand, legte die Ohren an, verdrehte die Augen und hob drohend ein Hinterbein.

„Ich werde ihn lieber woanders satteln, sonst bekommt er noch Streit mit Gyrðir, weil seine Herzensdame wieder anwesend ist." Robert band Hvatur an einen Eckpfosten des Gartenzauns und kam dann zurück.

„Hallo Zweittochter", begrüßte er Donia. „Hvatur und ich würden sich eurem Treck gerne anschließen, vorausgesetzt, dass du damit einverstanden bist. Seit ich weiß, dass Kerstin dich ein Stück des Wegs begleiten will, hat auch mir die Sitzfläche gejuckt, und ich habe mir gedacht, dass ich den Bauplan, an dem ich gerade arbeite, ebenso gut morgen fertig zeichnen kann."

Donia umarmte ihn. "Und ob ich einverstanden bin. Das ist dann ja wie früher, als Ísafold und Hvatur noch bei Iris standen und wir oft am Wochenende zusammen ausgeritten sind." Sie wischte die Kandare ab, verstellte das Kopfstück auf Gyrðirs Größe und zäumte und sattelte den Schecken. Ísafold schnallte sie dafür das kleiner gestellte Halfter um. Die Stute schnappte spielerisch nach dem Führstrick.

„Wo habt ihr Rosalinde gelassen?", fragte Donia.

„In der Küche." Robert zog Hvaturs Sattelgurt fest. „Deine Pferde wären sich nicht sehr begeistert gewesen, wenn unser Riesentier plötzlich auf sie zu getobt wäre." Er führte Hvatur vom Zaun fort und saß auf.

Kerstin bestieg Jörvi. „In ihrem jugendlichen Eifer will Rosa noch mit allem spielen, das vier Beine hat", erklärte sie. „Wir sind gerade dabei, ihr das abzugewöhnen, obwohl unsere Pferde sich von ihr inzwischen schon nicht mehr aus der Ruhe bringen lassen. Aber stell dir nur vor, sie springt auf ein nervöses Boxenpferd zu, das dann voll Panik auf die Hauptstraße galoppiert. Das wäre unverantwortlich."

Sie nahmen die Zügel auf und ritten los.

„Ich kann inzwischen gut verstehen, warum ihr euch einen Hund angeschafft habt", sagte Donia.

Kerstin, die vorneweg ritt, sah sich beunruhigt nach ihr um. „Hat dich auf Iris' Hof jemand belästigt?"

„Nein, das nicht", sagte Donia, „aber wochenlang allein dort zu leben, kann schon recht unheimlich sein. Wenn ich sonst bei Iris war, sind mir die ganzen Geräusche, die das Haus macht, gar nicht so aufgefallen. Ständig knackt und raschelt es irgendwo. Wenn Graupel nicht wäre, würde ich mich sicher oft fürchten. Aber zum Glück bellt er, sobald er etwas Ungewohntes hört, und so lange er ruhig ist, weiß ich, dass ich keine Angst zu haben brauche."

Kerstin nickte. „Du sprichst mir aus der Seele.“

„Dass die Töchter erwachsen werden, merkt man daran, dass sie plötzlich die gleichen Probleme haben wie ihre Eltern“, bemerkte Robert verschmitzt.

„Du mit deinen Sprüchen.“ Donia streckte Robert die Zunge heraus.

Robert schloss lachend zu Kerstin auf.

Sie hätten gern ein flotteres Tempo angeschlagen, doch da Verbotstafeln sie immer wieder zu Umwegen nötigten, ritten sie fast ausschließlich Schritt.

„Bei unserer zwangsläufig schonenden Reitweise könnten wir dich auch noch eine weitere Etappe begleiten“, sagte Robert beim nächsten Pausenstopp und sah zu Donia hinüber, die erneut umsattelte. „Es sei denn, du möchtest deinen Ritt lieber allein fortsetzen.“

Donia winkte entschieden ab. „Allein reiten kann ich jeden Tag. Ich würde mich über eure Gesellschaft freuen.“

Kerstin bückte sich nach dem Kuvert, das Donia aus der Jackentasche gefallen war. Sie warf einen Blick auf den Absender. „Oh, Post von Iris. Heute gekommen?“

„Ja, kurz bevor ich losgeritten bin.“ Donia saß auf. „Behalte ihn nur, dann kannst du ihn nachher selbst lesen.“

„Hat mein Schwesterherz schon geschrieben, wann sie auswandert?“ Robert angelte nach Hvaturs Steigbügel. „Island war schon immer ihr Traum, und nach ihrer ersten Reise dorthin ist es nur noch schlimmer geworden. Ich konnte das nie verstehen. Mir wäre es da oben im hohen Norden viel zu kalt und regnerisch. Mich würde es mehr nach Lanzarote oder auf eine andere südliche Insel ziehen.“

„Vorerst bleiben wir doch hoffentlich auf dem Kotten wohnen.“

Kerstin saß bereits im Sattel. „Ich habe keine Lust, schon wieder umzuziehen. Nicht einmal nach Lanzarote.“

Robert dirigierte Hvatur neben Jörvi und gab Kerstin einen Kuss. „Keine Bange. In einem Land, in dem man weder Deutsch noch Englisch spricht, wäre ich mit meinem schlechten Gespür für Fremdsprachen sowieso verloren.“

Nach der nächsten Pause verabschiedeten Kerstin und Robert sich von Donia und kehrten in Richtung Kotten um. Donia setzte ihren Weg alleine fort und sah nach einer Weile Gut Aue in der Ferne auftauchen.

Sie ließ Gyrðir am langen Zügel darauf zu traben und blickte verträumt auf Ísafold, die neben dem Schecken förmlich dahinzufliegen schien. Dieser Moment der Unaufmerksamkeit wurde ihr zum Verhängnis, denn als Gyrðir plötzlich mit einem Vorderbein einknickte, war sie nicht darauf gefasst und wurde nicht nur über seinen Hals hinweg ins Gras katapultiert, sondern von Ísafold auch noch ein Stück mitgeschleift. Dabei zog sie sich eine breite Schramme am Unterarm zu. Vor Kopfverletzungen hatte sie glücklicherweise der Reithelm bewahrt.

Gyrðir stand zwar wieder auf allen vier Beinen, zitterte aber am ganzen Körper, sodass Donia ihn und Ísafold vorsichtshalber das letzte Wegstück bis zum Gut führte.

Lilo öffnete der kleinen Karawane das Hoftor und nahm Donia Ísafold ab. „Ich habe dich von den Stallungen aus kommen sehen. Aber weshalb führst du die Pferde? Ist etwas passiert?“ Sie bemerkte die Schramme an Donias Arm. „Du bist ja verletzt. Darum werde ich mich sofort kümmern.“

„Der Kratzer ist nicht so schlimm, aber ich glaube, mit Gyrðir stimmt etwas nicht.“ Donia machte ein besorgtes Gesicht. „Er stolpert in letzter Zeit manchmal und ist eben sogar gestürzt. Iris vermutet, dass er am langen Zügel oder als Handpferd nur nicht genügend Anlehnung hätte und deshalb unaufmerksam würde.“

Sie hatten die Gastpferdeweide erreicht, sattelten Gyrðir ab und versorgten die Pferde, die mit etwas Abstand zueinander angebunden standen, mit Kraftfutter. Gyrðir fraß gewohnt langsam, doch mit gutem Appetit. Lilo betastete seine Beine und untersuchte sie eingehend auf Verletzungen. „Er scheint mit dem Schrecken davon gekommen zu sein“, bemerkte sie. Sie fuhr dem Schecken mit der flachen Hand durch sein dichtes Fell und gab ihm einen abschließenden Klaps auf das weiß umrandete Hinterteil.

„Er könnte etwas mehr auf den Rippen haben, macht aber insgesamt einen gesunden Eindruck. Wahrscheinlich hat Iris mit ihrer

Vermutung ganz Recht."
Donia schüttelte zweifelnd den Kopf. „Der Sturz vorhin war irgendwie anders. So, als ob ihm auf einmal schwindlig geworden wäre."
Mag sein, dass die Strecke doch etwas lang für ihn war, obwohl ich mir das eigentlich nicht vorstellen kann. Wenn er jetzt die ganze Nacht seine Ruhe hat, ist er morgen früh sicher wieder fit."
„Wer ist frühmorgens schon fit? Mich könnt ihr damit wohl nicht gemeint haben. Hallo Donia, schön, dich zu sehen." Gerald betrat die Gastpferdeweide und streckte Donia die Hand entgegen.
Donia schüttelte sie verwirrt. „Was machst du denn hier?"
Ich besuche Padda. Und da ich zurzeit weder sie noch Gigja reiten kann, habe ich mich von Lilo und Bernd gleich zu einem Ausritt auf einem ihrer Pferde einladen lassen."
„Hat Gigja schon ihr Fohlen?" Donia nahm Ísafold und Gyrðir die Halfter ab, entließ ihre beiden Pferde zum Grasen und schulterte den Sattel. Sie gingen zum Wohnhaus.
Gerald trug das Zaumzeug, die Halfter und die Satteltaschen. „Ich rechne täglich damit. Sie ist dick wie ein Fass, aber nichts passiert. Manchmal bekomme ich schon Alpträume, dass sie sich nur einen Grasbauch angefressen hat und mir nichts als einen Heuballen beschert."
„Kein Grund zur Panik." Lilo schmunzelte. „Von unseren Stuten haben auch erst zwei gefohlt."
Donia lehnte den Sattel hochkant gegen die Hauswand, und Gerald stellte die Packtaschen dazu. Dann betraten sie das Haus.
In der geräumigen Wohnküche saß Bernd mit Krissa am Tisch und versuchte hingebungsvoll, seiner Tochter das Mittagessen schmackhaft zu machen. Er lächelte Donia zu. „Wie du siehst, war ich bereits verabredet, sonst hätte ich dich natürlich schon draußen begrüßt. Aber diese Woche habe ich Dienst am Kinde. Ab Sonntag darf sich dann wieder Lilo mit unserer Nachzucht vergnügen. Hattest du einen schönen Ritt?"
Während sie sich von Lilo die Schramme an ihrem Arm verarzten ließ, erzählte Donia auch Bernd von Gyrðirs Stolpern. „Vielleicht habe ich ihm mit diesem Überlandritt ja doch zu viel zuge-

mutet“, sagte sie. „Außerdem bin ich durch die vielen Umwege fast eine Stunde länger unterwegs gewesen als sonst.“

„Wie hast du Gyrðir denn auf den Ritt vorbereitet?“ Bernd wischte Krissa einen Klecks Kartoffelpürree von der Wange.

„Ich habe ihn jeden Tag etwa eine Stunde geritten oder neben Ísafold als Handpferd mitgenommen. Und nie schneller als im ruhigen Tempo Tölt oder Trab.“

„Dann hast du ihn heute bestimmt nicht überfordert. Aber wenn es dir zu riskant erscheint, morgen mit ihm weiterzureiten, dann lass ihn einfach die zwei Tage bei uns. Oder glaubst du, Ísafold schafft die Strecke nicht alleine?“

Donia schmunzelte. „Wenn es nach ihr ginge, sogar in der halben Zeit. Sie will immer schneller laufen als sie soll.“

„Na siehst du. Du lässt Gyrðir hier, besuchst Bockmanns und nimmst den Schecken auf dem Heimweg wieder mit.“ Bernd sah Donia an und lächelte verschmitzt. „Als Gegenleistung darfst du nachher Kindermädchen für Krissa spielen. Dann kommen Lilo und ich endlich mal wieder zu einem gemeinsamen Ausritt.“

„In Begleitung eines einzelnen Herrn“, fügte Gerald hinzu.

So verbrachte Donia die Zeit nach dem Mittagessen lesend im Kinderzimmer, wo Krissa so freundlich war, bis zur Rückkehr ihrer Eltern tief und fest zu schlafen.

Gerald blieb noch zum Abendbrot. Dann verabschiedete er sich. „Mein Zeichenblock wartet auf mich“, erklärte er und schaute plötzlich Donia an. „Du bist doch momentan arbeitslos. Möchtest du nicht einen Auftrag für mich übernehmen? Es handelt sich dabei um die Layouts für einige Reiterhofbroschüren. Du weißt schon, Textblöcke festlegen, Schriftart und -größe bestimmen, die vorhandenen Abbildungen auf die passende Größe bringen und einfügen. Diese ganzen Dinge eben. Ich habe mit den Zeichnungen für einen anderen Auftrag noch genug zu tun und könnte jemanden gebrauchen, der mir die Arbeit an den Layouts abnimmt. Du kannst doch bestimmt mit einem Gestaltungsprogramm am Computer umgehen.“

„Sicher.“ Donia nickte eifrig. „Mein ehemaliger Chef hat mir sogar für wenig Geld seinen alten Computer mitsamt Gestaltungs- und Bildbearbeitungsprogramm, Drucker und Scanner überlassen. Und Layouts habe ich während meiner Ausbildung oft genug machen müssen.“

„Du musst auch nicht strikt nach meinen Entwürfen arbeiten. Wenn dir dazu andere Ideen einfallen, können wir gern darüber reden“, bot Gerald an.

„Das ist noch viel besser.“ Donia strahlte. „Wann soll ich damit beginnen?“

„Das kann ich jetzt noch nicht genau abschätzen, aber ich melde mich bei dir. Und wenn du mit der Arbeit zurechtkommst, hätte ich anschließend noch mehr für dich zu tun. Gegen ein angemessenes Honorar, versteht sich. Das ist ein sehr umfangreicher Auftrag, der auch mir finanziell wieder auf die Beine hilft. Von dem Geld werde ich mir als erstes einen richtigen Töltsattel leisten.“

Donia schaute versonnen aus dem Fenster. Genau auf denselben Gedanken war sie auch eben gekommen.

Weggefährten

Mitten in der Nacht weckte Graupel Donia mit unaufhörlichem Gejaule.

„Kannst du nicht Ruhe geben?“ Donia schaltete die Lampe neben dem Bett ein. „Du solltest besser schlafen, anstatt mich davon abzuhalten. Wir haben morgen noch fast dreißig Kilometer vor uns.“

Graupel lief jetzt zwischen Tür und Bett hin und her. Wenn er so aufgeregt war, musste das einen triftigen Grund haben. Donia zog Reithose und Pulli über ihr Schlafshirt, schlüpfte in ihre Stiefel, verließ leise Zimmer und Haus und ging einem Gefühl folgend hinüber zur Gastpferdeweide.

Dort schien alles in Ordnung zu sein. Ísafold schaute kurz vom Grasen auf, und Gyrðir wandte Donia sein Hinterteil zu und streckte, wie dösend, den Kopf nach vorn. Doch anstatt sich, wie sonst, nach Donia umzuschauen, verharrte er in dieser Haltung.

Sein Atem ging schnell und sein Fell war verschwitzt. Dann wandte er den Kopf plötzlich immer wieder in Richtung scines Leibes.

In Sekundenbruchteilen schoss Donia all das durch den Kopf, was sie bisher über erste Maßnahmen bei Koliken gehört oder gelesen hatte: Warmhalten; mit längeren Pausen im Schritt herumführen; am Hinlegen und Wälzen hindern; nichts zu fressen, aber in kleinen Schlucken zu trinken geben; den Bauch massieren. Und natürlich den Tierarzt holen. Aber was zuerst? Und wie sollte sie bei Gyrðir bleiben, ihn in Bewegung halten und gleichzeitig Lilo und Bernd alarmieren?

Kurzentschlossen griff sie den Schecken am Kinn, führte ihn bis zur äußersten Ecke der Weide und rief von dort aus so laut sie konnte nach Lilo und Bernd.

Die beiden öffneten ihr Schlafzimmerfenster. „Was ist denn los, mitten in der Nacht?“

„Ich glaube, Gyrðir hat eine Kolik.“

„Ach du meine Güte“, sagte Lilo. „Führe ihn weiter herum. Ich komme sofort mit Decke und Halfter.“

„Und ich rufe unseren Tierarzt an“, sagte Bernd.

Lilo kam im Jogginganzug zur Weide gelaufen, duckte sich unter dem Zaun hindurch und drückte Donia das nächstbeste Halfter in die Hand, das sie in der Sattelkammer hatte greifen können. Dann warf sie Gyrðir die mitgebrachte, gefütterte Pferdedecke über. „In einem solchen Fall ist Wärme lebenswichtig." Sie verschnallte den Deckengurt unter Gyrðirs rumorendem Bauch. Gyrðir ließ alles mit sich geschehen.

Donia legte ihm das Halfter um. Es war für den breiten Kopf des Schecken viel zu eng geschnallt, aber sie schaffte es, es auf die passende Größe einzustellen, während sie Gyrðir weiter im Kreis über die Weide führte.

Der Tierarzt kam überraschend schnell. Er hatte ganz in der Nähe einen anderen Notfall versorgen müssen und war dort benachrichtigt worden. Er untersuchte Gyrðir auf der erleuchteten Diele, überprüfte Kreislauf, Atmung und Puls und hörte mit dem Stethoskop den Darm ab.

„Es scheint nur eine leichte Kolik zu sein." Der Tierarzt nahm die Enden des Stethoskops aus seinen Ohren und hängte es sich um den Hals. „Ich spritze deinem Pferd jetzt ein krampflösendes und ein schmerzstillendes Medikament und ein weiteres zur Stabilisierung seines Kreislaufs", erklärte er Donia. „Du hast den Kolikanfall deines Pferdes gerade noch rechtzeitig bemerkt."

„Das hat er vor allem dem Hund zu verdanken." Donia rieb Gyrðirs Stirn. „Er ist gar nicht mein eigenes Pferd, ich reite ihn aber schon seit Jahren."

Der Tierarzt packte seine Instrumente wieder ein. „In den nächsten Tagen darfst du ihn auf gar keinen Fall reiten", sagte er. „Er braucht jetzt absolute Ruhe."

„Welche Ursache kann diese Kolik denn haben?", fragte Donia.

„Das ist bei älteren Pferden immer schlecht zu sagen." Der Tierarzt nahm seine Tasche auf. „Ihr Darm wird träge und arbeitet nicht mehr gleichmäßig, dadurch kann es zu Verstopfungen oder auch zu Koliken kommen." Er betrachtete Gyrðir. „Aber ich denke, bei ihm haben wir das für heute in Ordnung gebracht."

„Für heute?" Donia sah ihn besorgt an.

Der Tierarzt nickte. „So etwas kann sich jederzeit wiederholen.

Kann, muss aber nicht. Vielleicht hat der Schecke vorerst keine Probleme mehr damit. Wohin soll ich die Rechnung schicken?“

„An uns“, sagte Lilo, ehe Donia antworten konnte.

Der Tierarzt verabschiedete sich, und Gyrðir wurde für den Rest der Nacht in einer großen Einzelbox untergebracht.

„Ísafold wird es ein paar Stunden ohne ihn aushalten“, sagte Bernd. „Für Gyrðir ist es jetzt wichtiger, dass er erst einmal nichts zu fressen bekommt, bis sich sein Darm wieder beruhigt hat. Morgen früh gebe ich ihm einen Eimer Mash, das wird seiner Verdauung gut tun. Wir sollten ihn jetzt in Ruhe lassen und wieder ins Bett gehen.“

Am Morgen war Gyrðirs Leib schon nicht mehr so prall, und er fraß mit gutem Appetit das warme Mischfutter, das Bernd bereits in aller Frühe für ihn angesetzt hatte.

Nach dem Frühstück sattelte Donia Ísafold. Sie wollte mit der Stute allein etwas schneller reiten und nahm daher dankend Lilos und Bernds Angebot an, auch Graupel bei ihnen auf dem Gut zu lassen. Er hätte keine vierzig Kilometer mit Ísafolds Gehwillen Schritt halten können. Und die Stute legte wirklich ein zügiges Tempo vor. Mit der ihr eigenen Leichtfüßigkeit töltete und trabte sie dahin wie ein übermütiger Jährling, und auch die Schrittstrecken am langen Zügel legte sie mit erhobenem Kopf zurück.

Sie mussten ein Waldgebiet durchqueren. Dort gab es eine grasbewachsene Lichtung, auf der Donia die erste Pause machen wollte. Doch der Platz war bereits von anderen Pferden besetzt. Von einem starkknochigen Rappen in Islandpferdeformat, wenn auch mit ungewöhnlich starkem Fesselbehang, und von einem größeren, sehr edlen und sehnigen Falben, dessen Fell wie Messing schimmerte. Der Falbe trug einen leichten, flachen Sattel, der Rappe nur eine bunte Decke, die von einem Bauchgurt gehalten wurde. Beide waren auf einfache Wassertrensen mit Englischem Reithalfter gezäumt.

Aus dem Gras zu ihren Hufen erhoben sich ein Junge und ein Mädchen. Sie mochten in Donias Alter sein und sahen sich mit ihren blauen Augen und den kurzen, dunklen Haaren verblüffend ähnlich.

Donia saß ab. Ísafold reckte interessiert den Kopf und sog mit geblähten Nüstern den Geruch der fremden Pferde ein.
„Du hast ein hübsches Pony“, sagte der Junge zu Donia. „Ein Fjordpferd?“
Donia tätschelte Ísafold. „Nein, eine reinrassige Isländerstute. Und eure Pferde?“
„Irrwisch ist eine reinrassige Kreuzung.“ Der Junge lächelte verlegen. „Seine Mutter war eine Friesenstute und der Vater ein Ponyhengst.“
„Kara ist eine Achal-Tekkiner Stute“, meldete sich das Mädchen zu Wort. „Und ich bin Sandra und das da ist mein Zwillingsbruder Simon.“
„Ich bin Donia, und mein Pferd heißt Ísafold.“
„Wohnst du hier in der Nähe?“, fragte Simon.
Donia schüttelte den Kopf und wies in die Richtung, aus der sie gekommen war. „Ich bin auf einem Viertagesritt und schon seit gestern unterwegs. Mit einem Zwischenstopp auf Gut Aue, dem Islandpferdegestüt. Heute will ich Freunde besuchen, die ebenfalls Pferde besitzen. Morgen und übermorgen geht es dann wieder zurück.“
„Toll“, sagte Simon.
Sandra zeigte mit ihrer kurzen Reitgerte zwischen den Bäumen hindurch. „Unsere Pferde stehen auf einer Koppel, etwa acht bis zehn Kilometer von hier. Sie gehören unserem Vetter, bei dem wir seit einigen Monaten zu Besuch sind.“
„Müsst ihr denn nicht arbeiten?“
„Schön wäre es“, sagte Simon mit ernstem Blick. „Ich habe bis zum Frühjahr in einem privaten Trabrennstall eine Lehre als Pferdewirt gemacht, aber dann hat der Besitzer den Betrieb aufgeben müssen, und ich stand mit einer abgebrochenen Ausbildung auf der Straße. Sandra ist besser dran. Sie hat ihr Abitur gemacht und wartet jetzt auf einen Studienplatz für Tiermedizin.“
„Ich kann selber für mich reden“, wies Sandra ihren Bruder zurecht, ehe sie sich wieder Donia zuwandte. „Du bist die erste Reiterin, der wir hier begegnen. Dürfen wir dich ein Stück begleiten?“

„Gern“, sagte Donia.

Die Mädchen bestiegen ihre Stuten und Simon schwang sich mit sportlicher Leichtigkeit auf Irrwisch. Der Rappe und Ísafold hatten in etwa die gleiche Schrittlänge und daher kaum Probleme, auf einer Höhe zu bleiben. Sandra jedoch musste Kara immer wieder zurücknehmen, da der Schritt der hochbeinigen Stute für die beiden kleineren Pferde eindeutig zu raumgreifend war.

„Besitzt euer Vetter noch mehr Pferde?“, fragte Donia.

„Insgesamt drei“, sagte Simon. „Zwei Achal-Tekkiner Stuten und Irrwisch.“

„Eine ungewöhnliche Zusammenstellung“, bemerkte Donia.

Simon klopfte dem Rappen den Hals. „Sie stammen alle drei aus dem Notverkauf einer Reitertruppe vom Zirkus. Ursprünglich wollte unser Vetter nur die Stuten haben, aber weil niemand sich für Irrwisch interessierte, hat er ihn noch mit dazu genommen und ihn dadurch wahrscheinlich vor dem Schlachthof bewahrt. Er ist auch ein ganz lieber Kerl.“

„Euer Vetter?“, fragte Donia belustigt.

„Der auch.“ Simon lachte. „Wollen wir etwas schneller reiten? Ich würde zu gerne einmal ein Islandpferd im Tölt sehen.“

„Dann schau gut hin.“ Donia ließ ihre Stute antölten und steigerte die Geschwindigkeit allmählich bis zum Renntempo. Aus den Augenwinkeln sah sie, wie Irrwisch in Galopp fiel, um noch mithalten zu können. Kara indes trabte federleicht neben Ísafold her. Am Ende des Weges nahmen sie ihre Pferde in Schritt zurück.

„Donnerwetter, ist die schnell“, sagte Simon anerkennend. „Dieser Tölt erinnert mich ein wenig an die unsauberen Gänge einiger Traber aus dem Rennstall, denen wir nur mit etlichen Bahnrunden im Trainingsgeschirr ordentliches Traben beibringen konnten.“

„Es kann gut sein, dass sie ebenfalls Töltveranlagung besaßen“, sagte Donia. „Das ist ja kein Vorrecht der Islandpferde. Wenn ihr euch dafür interessiert, besucht doch einmal den Gangpferdehof, nicht weit von hier. Dort stehen verschiedenste töltende Großpferderassen. Unter anderem auch Töltende Traber.“

„Hast du die Anschrift des Hofes?“, fragte Simon.

Donia nannte sie ihm. „Ich habe irgendwo einmal gelesen, dass auch Achal-Tekkiner Tölt gehen können", sagte sie mit einem Blick auf Kara.

„Das wäre mir neu." Sandra bemerkte Simons erwartungsvollen Gesichtsausduck. „Glaube nur nicht, dass ich das jetzt hier ausprobiere", sagte sie zu ihm. „Kara ist schon unter normalen Umständen schwierig zu halten, und das Risiko, dass sie durchgeht, wäre mir zu groß."

Simon zuckte bedauernd die Schultern.

An einer Weggabelung verabschiedeten sich die Zwillinge von Donia. „Auf ein baldiges Wiedersehen." Simon legte die Hand grüßend an die Stirn, ehe er Irrwischs Zügel aufnahm und anritt.

„Es war nett, euch getroffen zu haben", sagte Donia. Sie gönnte Ísafold eine längere Pause, ehe auch sie ihren Weg fortsetzte.

Keine vier Stunden nach ihrem Abritt von Gut Aue erreichte sie das Siedlungshaus der Familie Bockmann. Ein rotblonder, leicht untersetzter junger Mann öffnete die Haustür und begrüßte Donia. „Bist du nur mit Isa gekommen?", fragte Olaf. „Du wolltest doch eigentlich auch Gyrðir mitbringen."

„Er hatte vergangene Nacht einen Kolikanfall", erklärte Donia. „Deshalb musste ich ihn auf Gut Aue lassen und hoffe nur, dass er sich mit Ruhe und Schonkost schnell wieder erholt." Sie sattelte Ísafold ab, nahm einen Gummistriegel aus der Satteltasche und strich damit das verschwitzte Fell auf dem Rücken glatt. „Ich habe große Angst um Gyrðir gehabt, als mir klar wurde, dass er eine Kolik hat."

„Das kann ich gut verstehen", sagte Olaf. „Wir haben das mit der Stute meiner Mutter auch schon einmal durchgemacht." Er deutete zur Hausecke. „Dort ist ein Gartenschlauch, falls du Isa die Beine abduschen willst. Ich bringe in der Zwischenzeit deinen Sattel und die Taschen ins Haus."

Nachdem Donia ihrer Stute die Beine gekühlt hatte, führte sie sie hinüber in einen kleinen Auslauf mit hölzernem Unterstand. Bockmanns hatten ihn anstelle einer Garage an die Gartenseite gesetzt, um ihre Pferde notfalls auch einmal ans Haus holen zu können. Der Auslauf war sauber gefegt, der mit isolierenden Gummimatten ausgelegte Unterstand frisch eingestreut.

Donia versorgte Ísafold mit Kraftfutter. „Wo sind Lettir und die anderen?“, fragte sie.

„Außerhalb des Ortes auf unserer neuen Koppel. Dort ist das Gras nicht so fett wie auf der vorherigen Weide, und so lange es mit den Fliegen nicht überhand nimmt, lassen wir sie manchmal auch tagsüber draußen. Sonst holen wir sie morgens in den Stall und bringen sie erst abends wieder hinaus.“

Auf dem Terrassentisch standen eine Thermoskanne mit Kaffee und eine Schale Kekse. Donia aß hungrig. „In all der Aufregung um Gyrðir habe ich heute morgen kaum einen Bissen hinunterbekommen“, erklärte sie entschuldigend. „Das macht sich jetzt bemerkbar.“

„Du kannst auch ein Käse- oder Wurstbrot bekommen, oder beides“, bot Olaf ihr schmunzelnd an.

Donia schüttelte den Kopf. „Danke, aber Tee und Kekse reichen fürs erste.“

„Hast du Lust, unsere Ponys zu besuchen?“, fragte Olaf, als auch vom letzten Keks nur noch ein paar Krümel in der Schale lagen.

„Gern, ich will mich nur rasch umziehen.“ Donia verschwand mit den Satteltaschen im Gästezimmer und kam kurz darauf in Jeans und einem frischen Shirt zurück. Sie gingen zur Koppel.

Lettir, Olafs Fuchswallach, teilte sich das Gras mit dem zweiten Isländer Odin, einem schwarzbraunen Wallach, und der schneeweißen Connemarastute Morgana. Alle drei waren gut gepflegt, hatten weder Grasbäuche noch hervorstehende Rippen und machten einen sehr zufriedenen Eindruck.

„Vor die Bäume am Ende der Koppel würden wir gerne einen Unterstand bauen, damit wir die Ponys abends nicht immer in den Stall an der alten Weide hinüberbringen müssen“, sagte Olaf. „Es gibt aber noch Schwierigkeiten mit der Baugenehmigung. Möglicherweise erlaubt man uns nur eine einfache Schutzhütte ohne festes Fundament.“

„Damit habt ihr noch Glück“, sagte Donia. „Bei uns liegen viele Weiden im Landschaftsschutzgebiet, und deswegen darf man dort nicht einmal eine simple Schutzhütte errichten.“

Die drei Pferde hatten sich am Gatter eingefunden und reckten hoffnungsvoll die Köpfe über den Zaun. Donia zeigte ihnen ihre leeren Hände. „Ich habe leider nichts zu fressen bei mir, seht ihr."

„Sie bekommen nachher noch genug", sagte Olaf. „Früher hat meine Mutter mal ihre Kollegen gebeten, ihr das trockene Brot, das bei ihnen zu Hause übrig bleibt, für unsere Ponys mitzubringen anstatt es wegzuwerfen, und das tun einige heute noch. Die vermuten sicher, dass sie in Wahrheit ihre Familie damit durchfüttert."

Donia leckte sich die Lippen. „Kerstin hat früher manchmal Brotsuppe gekocht, mit Milch und Rosinen. Als kleines Mädchen war das sogar mal mein Leibgericht. Inzwischen mag ich aber lieber überbackenen Gemüseauflauf."

„Ich dachte, Königsberger Klopse."

„Das war zu unserer Zeit." Donia schmunzelte. Olaf hatte sich kaum verändert, für ihn blieb stets alles so, wie es einmal war.

„Ich werde es notieren und an die Küchenpinnwand hängen", versprach Olaf. „Heute Abend musst du allerdings noch einmal mit Klopsen vorlieb nehmen. Und wenn du bis zu deinem nächsten Besuch wieder ein neues Leibgericht haben solltest, teile es uns bitte rechtzeitig mit."

Donia stupste ihn liebevoll. „Mach ich."

Nach dem Abendessen saßen sie noch mit Olafs Eltern beisammen, wälzten Fotoalben und unterhielten sich über Pferde.

„Unser Tierschutzverein hat im vergangenen Herbst zwei Ponys beschlagnahmt, die von ihren Besitzern unter unzumutbaren Bedingungen gehalten wurden", berichtete Frau Bockmann. „Sie standen Tag und Nacht auf einer viel zu kleinen und nassen Weide, und an den Wochenenden wurden sie von den Kindern der Besitzer stundenlang im Galopp durch die Gegend gejagt. Um ihre Hufe hat sich auch niemand gekümmert. Die waren schon weit nach vorne herausgewachsen und überall ausgebrochen."

Herr Bockmann nickte bestätigend. „Wir hatten die Besitzer schon einige Male auf den Zustand ihrer Ponys angesprochen, aber sie meinten, wir sollten uns besser um unsere eigenen Angelegenheiten kümmern. Sie würden sich ja auch nicht einmischen, wenn wir als Erwachsene auf für uns viel zu kleinen Pferden ritten."

„Ich dachte, dieses alte Vorurteil gegen Islandpferdereiter würde inzwischen lange aus der Welt sein", seufzte Donia. „Was ist denn aus den beiden Ponys geworden, die der Tierschutzverein beschlagnahmt hat?"

Olaf hob bedauernd die Hände. „Das eine musste getötet werden. Bei ihm hatten die überlangen Hufe schon zu bleibenden Gelenkschäden geführt. Das andere ist zu privaten Pferdeleuten gekommen, die es wieder aufgepäppelt haben. Dort soll es ihm, wie man hört, sehr gut gehen."

Donia ballte die Faust. „Es müsste einen Führerschein für Pferdehalter geben", sagte sie.

„Der Meinung bin ich auch", sagte Olaf. „Bevor jemand ein Pferd kaufen darf, müsste er erst einmal beweisen, dass er es artgerecht halten und verantwortungsvoll mit ihm umgehen kann. Stattdessen kräht kein Hahn danach, wenn Pferdebesitzer ihren Tieren aus Unwissenheit die absurdesten Zäumungen anlegen, sie schon mit zwei Jahren einreiten, Schritt für überflüssig und Einzelhaft in dunklen Boxen für normal halten."

„Was sollen sie denn tun, wenn ihnen niemand zeigt, wie man es besser macht?", fragte Donia. „Schau dir doch an, wie die Pferde in den meisten Reitbetrieben immer noch untergebracht sind. Keine Spur von Laufstall und Herdenverband. Von Offenstallhaltung ganz zu schweigen. In dem Betrieb, in dem ich geritten bin, ehe Kerstin und ich in die Heide gezogen sind, da gehörten zu jedem Zaumzeug von vornherein Sperrhalfter und Martingal, und die Boxen hatten so hohe Wände, dass die Pferde sich nicht einmal gegenseitig sehen konnten. Sobald sie nur den Hauch eines Winterfells bekamen, wurden sie sofort geschoren, damit sie nur nicht zottig aussahen, denn das galt als hässlich und ungepflegt. Außerdem brauchten die Reiter so keine Rücksicht auf die Winterwolle zu nehmen, weil das kurze Fell nach dem Schwitzen ebenso schnell wieder trocken wurde wie im Sommer. Dafür hat man die Pferde dann zum Schutz gegen die Kälte in Decken gepackt."

„Irgendwann müssen die Leute doch begreifen, dass sie ihren

Pferden damit keinen Gefallen tun“, sagte Olaf.

„Wenn ich Iris nicht kennengelernt hätte, wüsste ich es heute auch noch nicht besser“, gab Donia zu. „Um andere zu überzeugen, kann man anscheinend nur mit gutem Beispiel vorangehen. So wie Iris, oder Lilo und Bernd, die als erste hier in der Umgebung auch Großpferde robust gehalten haben.“ Sie hielt inne. „Ich muss unbedingt auf dem Gut anrufen und fragen, wie es Gyrðir geht.“ Sie ging hinüber zum Telefon.

„Lilo sagt, es sei alles in Ordnung“, verkündete sie nach dem Anruf erleichtert. „Ich kann den Ritt morgen also unbesorgt genießen.“

„Auf der schnellen Stute sicher ganz besonders“, fügte Olaf hinzu.

Wiedersehen und Abschied nehmen

Der Wetterbericht hatte Sonnenschein und steigende Temperaturen vorhergesagt, und da Donia vermeiden wollte, mit Ísafold in die größte Tageshitze zu kommen, verabschiedete sie sich schon in aller Frühe von Olaf und seinen Eltern.

An der Weggabelung, an der die Zwillinge am Vortag abgebogen waren, stand Simon mit einem schlanken Dunkelfuchs neben sich.

„Auf wen wartest du denn?“, fragte Donia überrascht.

Simon lächelte sein verlegenes Lächeln. „Auf dich natürlich“, sagte er. „Du erzähltest doch, dass du heute schon sehr früh wieder hier entlang reiten würdest. Deshalb bin ich zeitig aufgebrochen und habe mir gedacht, irgendwann wirst du schon vorbeikommen.“

Donia war verwirrt, ließ es sich aber nicht anmerken. „Ist deine Schwester zu Hause geblieben?“, fragte sie.

„Sandra wollte lieber ausschlafen.“ Simon nestelte am Zaumzeug seines Fuchses. „Ich habe extra deinetwegen Chiwa mitgebracht.“

„Wieso meinetwegen?“

„Weil sie von den Stuten unseres Vetters den unsaubersten Trab geht. Vielleicht kann sie ja tölten, so wie dein Pferd."

Donia saß ab. „Darf ich sie einmal ausprobieren?" Sie reichte Simon Ísafolds Zügel und er gab ihr etwas zögernd die seiner Stute.

Donia überprüfte Chiwas Sattelgurt und schnallte dann die Bügelriemen länger.

„Was machst du da?" Simon beobachtete Donias Aktion skeptisch. „Die Bügelriemen müssten für dich doch sogar noch kürzer sein als für mich." Er stellte sich neben sie. „Ich habe schließlich längere Beine als du."

Donia streichelte Chiwas ausdrucksvollen Kopf. „Du hast die Länge wie zum Reiten eines Rennpferds eingestellt, Gangpferde reitet man aber mit tiefem Sitz, so wie beim Dressurreiten." Sie nahm Chiwas Zügel und saß behutsam auf.

Die Stute machte einige nervöse Schritte seitwärts. „Hoooh, ganz ruhig", sagte Donia, während sie sie sanft parierte.

Sie warf einen Blick zu Simon hinüber, der still schmunzelnd neben Ísafold stand. „Sie ist etwas unruhig, aber ich denke, wir werden uns vertragen“, sagte sie. „Und was ist mit dir? Willst du Ísafold nicht auch einmal reiten?“

Sie hatte den Satz noch nicht beendet, als Simon bereits im Sattel saß. Wie die Achal-Tekkiner Stute zeigte sich auch Ísafold durch den fremden Reiter irritiert. Sie schlug mit dem Kopf und kaute knirschend auf der Kandare.

„Gib mit der Hand etwas nach“, riet Donia.

Sofort wurde Ísafold ruhiger.

Sie ritten ein kurzes Stück im Schritt, um mit den unbekannten Pferden vertraut zu werden. Dann bat Donia Simon, Ísafold durchzuparieren, denn sie wollte mit Chiwa ungestört einen ersten Töltversuch wagen. Simon stellte Ísafold so, dass sie der Achal-Tekkiner Stute nicht nachschauen konnte, die jetzt plötzlich den Kopf ein wenig höher nahm und leicht verspannt eine Art Passgang anschlug.

Nach etwa hundert Metern kehrte Donia um. Diesmal ging Chiwa, wenn auch widerwillig, bereits einen deutlich erkennbaren Viertakt. Donia parierte sie kurz vor Ísafold durch und lobte sie ausgiebig. Chiwa kaute ihr die Zügel aus der Hand.„Sie reagiert unglaublich sensibel auf die Hilfen“, sagte Donia. „Und Töltveranlagung besitzt sie auf jeden Fall. Sie müsste nur intensiver trainiert werden.“

„Ich konnte von hier aus gar nicht erkennen, welche Hilfen du ihr zum Tölt gegeben hast“, sagte Simon. „Erklärst du sie mir?“

Donia holte tief Luft. „Ich kann sie dir leider nur sehr grob beschreiben. Das hat dann mit den tatsächlichen Hilfen ungefähr so viel zu tun, als wollte ich dir leichtes Anlegen der Schenkel erklären und würde sagen, dass du deinem Pferd die Beine in die Seiten hauen sollst.“

Simon lachte. „Versuche es bitte trotzdem.“

„Nun gut.“ Donia nickte. „Man kann den Tölt auch als Rennschritt bezeichnen. Er hat dieselbe Fußfolge wie der Schritt, ist aber so schnell, dass jeweils nur ein Huf den Boden berührt. Das Pferd richtet sich dabei vorne auf und pendelt mit dem Kopf leicht hin und her. Um das alles zu unterstützen, musst du die Zügel etwas verkürzen, das Pferd mit Gewicht und Schenkeln aus dem

Schritt heraus vorwärtstreiben und ganz leichte rechts-links Paraden geben." Donia lächelte. „Einfacher kann ich es dir wirklich nicht erklären. Jetzt versuche dein Glück."

Sie begleitete Ísafold im Schritt.

Simon hielt sich genau an Donias Anweisungen und strahlte, als die Falbstute zu tölten begann. „Das ist ein Gefühl, als säße ich auf einem Förderband. War alles richtig so, wie ich es gemacht habe?"

„Bestens." Donia gab nun auch Chiwa die entsprechenden Hilfen.

Die Stute zeigte sich erstaunlich gelehrig, denn sie schlug gleich einen weichen, etwas gleitenden aber schon sehr klaren Viertakt an. Doch als Donia versuchte, das Tempo durch leichten Schenkeldruck noch zu steigern, wechselte Chiwa unversehens die Gangart und schoss im Galopp davon, ohne im Geringsten auf Donias Versuch zu reagieren, sie in eine langsamere Gangart zurückzubringen.

Der Waldweg war zum Glück sehr lang. Deshalb gab Donia mit der Hand nach, richtete sich leicht im Sattel auf und ließ die Stute ein ganzes Stück galoppieren, ehe sie sie mit einigen weichen Paraden wieder einfing und schließlich zum Stehen brachte.

Einen Augenblick später hatte Simon sie eingeholt. „Als Chiwa mit dir davonschoss habe ich deine Ísafold auch nicht mehr halten können", sagte er ganz außer Atem.

Wortlos tauschten sie die Pferde.

„Macht Chiwa das häufiger?", erkundigte sich Donia.

Simon wiegte den Kopf hin und her. „Ja und nein", antwortete er. „Mal ist sie lammfromm und dann wieder das reinste Pulverfass. Kara ist genauso. Sandra und ich sind nach unserem ersten gemeinsamen Ausritt mit schlackernden Knien nach Hause gekommen. Wir hatten keine Ahnung davon gehabt, dass die Stuten derart heiße Renner sind."

„Hatte euer Vetter euch denn nicht vorgewarnt?", fragte Donia erstaunt.

Simon strich über Chiwas kupferrote Schulter. „Er ist immer nur einzeln mit ihnen im Gelände gewesen, und allein benehmen sie sich recht manierlich. Außerdem hatte er die Pferde vor unserem Besuch einige Monate lang nicht reiten können, weil er sich den Fuß gebrochen hatte. Sandra und ich waren die ersten, die sie wieder unter den Sattel genommen haben. Hinter uns liegen wilde Wochen, kann ich dir sagen. Die Stuten sind uns bestimmt pro Ausritt ein paar Mal durchgegangen. Aus purem Spaß am Rennen. Und quer über jedes Gelände."

Donia kam ein schlimmer Verdacht. Sie starrte Simon an. „Auch über Äcker und Felder, oder durch Schonungen?"

„Wo du es dir nur denken kannst", bestätigte Simon. „Um vielbefahrene Straßen haben wir allerdings nach unserem ersten Erlebnis immer einen großen Bogen gemacht."

Donia stand da mit hochrotem Kopf. „Dann seid ihr also für die Flurschäden verantwortlich, derentwegen die Bauern uns die Reitwege gesperrt haben? Wenn ich das gewusst hätte, hättet ihr mich gestern keine zwei Meter weit begleiten und du hättest Ísafold heute nicht einmal anfassen dürfen."

„Warum regst du dich denn so auf?" Simon sah Donia verstört an. „Ich habe dir doch eben erklärt, dass wir nichts dafür konnten. Aus deinem Mund hört es sich an, als seien wir absichtlich über bestelltes Land geritten."

„Ob absichtlich oder nicht, das ist für die Bauern hier völlig unbedeutend." Donia konnte sich nur noch mühsam beherrschen.

„Es kommt ja kaum noch vor", wandte Simon beschwichtigend ein. „Außerdem reiten wir dort, wo wir anfangs geritten sind, gar nicht mehr aus."

Donias Augen funkelten. „Prima Lösung, herzlichen Glückwunsch. Ihr macht euch aus dem Staub und überlasst uns den Ärger. Ist euch nie in den Sinn gekommen, euch wegen der Schäden bei den Bauern zu melden und euch dafür zu entschuldigen?"

„Wir haben ja niemanden verletzt. Es war doch nur Land."

„Aber das Land bedeutet den Bauern etwas, es ist ihr Grund und Boden. Verstehst du das nicht? Wir Reiter aus der Umgebung haben immer Rücksicht darauf genommen und nie Ärger mit den Bauern gehabt. Und dann kommt ihr und macht uns das alles kaputt." Donia war den Tränen nahe.

Simon scharrte betreten mit dem Stiefel ein Häufchen Kiefernnadeln zusammen. „Was sollen wir deiner Meinung nach jetzt tun?“, fragte er.

Donia saß auf. „Das müsst ihr euch schon selbst überlegen.“

„Wirst du uns verraten?“ Simon schaute sie ängstlich an.

„Wenn ihr nicht dafür sorgt, dass die Reitverbote wieder aufgehoben werden, kann ich für nichts garantieren.“ Donia wendete Ísafold und preschte ohne ein weiteres Wort im Galopp davon. Sobald sie aus Simons Blickfeld verschwunden war, ritt sie jedoch sofort wieder Schritt. Es dauerte lange, bis ihre Wut abgeklungen war.

Noch vor der Mittagshitze erreichte sie Gut Aue.

Keine Spur von Gyrðir auf der Gastpferdeweide. Donia wurde flau im Magen. In aller Eile versorgte sie Ísafold und lief hinüber zum Wohnhaus, wo Lilo und Bernd in der Küche an ihrer Monatsabrechnung saßen. Krissa spielte unter dem riesigen Küchentisch auf einer bunten Wolldecke mit Stofftieren.

Graupel, der neben Krissas Decke unter dem Tisch gelegen hatte, machte vor lauter Wiedersehensfreude ein Höllenspektakel und wedelte überschwänglich mit seinem gesamten Hinterteil. Donia konnte die Küchenstühle gar nicht so schnell wieder aufrichten, wie der Rüde sie in seinem Freudentaumel zu Boden warf.

„Wo ist Gyrðir?“, fragte sie. „Es geht ihm doch hoffentlich gut?“

Leider nicht“, sagte Lilo. „Er hatte heute früh einen weiteren Kolikanfall und steht wieder in der Einzelbox. Diesmal hat unser Tierarzt ihn mit der Nasen-Schlund-Sonde behandelt, um die Gase abzulassen, und das scheint ihm fürs erste geholfen zu haben. Nur kannst du ihn in diesem Zustand unmöglich mitnehmen. Sobald es sich draußen wieder abgekühlt hat, werden wir dich und die Pferde deshalb mit dem Transporter nach Hause bringen.“

„Ihr macht euch solche Umstände“, sagte Donia.

Bernd runzelte die Stirn. „Das will ich überhört haben. Iris und du, ihr seid schließlich unsere Freundinnen.“

Donia wurde rot. „Danke“, sagte sie.

„Doch nicht dafür.“ Bernd stand auf. „Ich muss die Hengste füttern. Während der Decksaison bekommen sie jeden Tag noch eine Sonderration, damit sie bei Kräften bleiben."

Donia begleitete ihn hinaus und besuchte Gyrðir. Sie erschrak bei seinem Anblick. In den letzten zwei Tagen hatte er so stark abgenommen, dass man die Rippen selbst durch seinen Ganzjahrespelz zählen konnte.

„Alter Junge, was machst du nur für Sachen." Donia kraulte seine Stirn. „Aber das bekommen wir schon wieder hin. So ein starkes Pferd wie du gibt bestimmt nicht so schnell auf."

Gyrðir drehte ihr eins seiner gezackten Ohren zu. Donia strich sanft über die Kerbe in der Ohrmuschel. Sie hatte diese alte, isländische Art, die Besitzverhältnisse durch individuelle Einschnitte in den Ohrkanten kenntlich zu machen, stets als grausam empfunden. Gyrðir senkte den Kopf und beroch die Einstreu. Dann trank er in kurzen Zügen aus der automatischen Tränke.

Donia klopfte ihm den Hals. „Trink nur. Trinken ist gut", sagte sie.

Gyrðir schaute sie an. Das Wasser troff ihm vom Maul.

„Gyrðir ist nicht das einzige eurer Pferde, das uns Probleme bereitet", sagte Lilo, als Donia wieder ins Haus kam.

Donia machte ein erschrockenes Gesicht. „Ist etwa auch eine der Stuten krank? Doch hoffentlich nicht Lilja."

„Weder sie noch eine andere", beruhigte Lilo sie. „Aber es gibt Schwierigkeiten mit Hyndla."

Bernd hatte den letzten Satz noch mitbekommen. „Um genau zu sein hat Hrimnir Schwierigkeiten mit ihr", ergänzte er. „Sobald er einen Annäherungsversuch wagt, legt sie sofort die Ohren an und keilt nach ihm aus, dass einem angst und bange werden kann. Sie lässt keinen Zweifel daran, dass sie unseren alten Herrn nicht leiden mag. Und so, wie sie sich aufführt, kommt Iris nie zu ihrem Fohlen."

Lilo kratzte sich am Kopf. „Wir könnten sie noch in Djarfurs Stutenherde lassen. Allerdings würde es dann höchste Zeit, weil die Herde bereits komplett ist und Djarfur Anfang der Woche zu ihr gelassen werden soll. Unserer Ansicht nach wäre er sowieso der bessere Partner für Hyndla, aber Iris wollte sie ja unbedingt mit Hrimnir zusammenbringen."

„Habt ihr versucht, Iris in Island zu erreichen?"

„Ja, aber auf dem Hof, auf dem sie diese Woche sein wollte, ist sie noch nicht angekommen, und die Leute dort wussten nicht, wo sie sich im Moment aufhält. Vielleicht macht sie gerade einen Abstecher ins Hochland. Da du zurzeit die Verantwortung für ihre Pferde trägst, müsstest du also die Entscheidung treffen."

Donia überlegte eine Weile. Dann atmete sie tief durch. „Da bleibt mir wohl nichts anderes übrig, als eurem fachkundigen Urteil zu vertrauen. Versucht es mit Djarfur. Aber wenn Iris mir deshalb den Kopf abreißen will, schicke ich sie zu euch."

„Meinetwegen", sagte Bernd großmütig. „Und falls sie das Fohlen der beiden partout nicht haben möchte, nehmen wir es mit Kusshand. Bei den Eltern wird es mit Sicherheit sehr gut werden."

Spätnachmittags verluden sie Gyrðir und Ísafold.

Bereits am nächsten Abend musste Donia erneut den Tierarzt rufen. Diesmal den alten Herrn Marquardt, der Iris' Pferde seit Jahren betreute und die Krankengeschichte jedes einzelnen auswendig kannte.

Auch er wusste keine andere Hilfe, als Gyrðirs drittem Kolikanfall mit stabilisierenden Spritzen und einer weiteren Sondenbehandlung zu begegnen. „Frisst er normal?", fragte er.

„So weit ich weiß schon", sagte Donia.

Herr Marquardt leuchtete mit einer Stablampe in Gyrðirs Maul und steckte die Lampe dann wieder in die Kitteltasche. „Seine Zähne sind in einem gepflegten und seinen Lebensjahren gemäß gutem Zustand. Aber vielen Pferden über zwanzig macht eine altersbedingte Darmträgheit zu schaffen. Wenn du einer weiteren Kolik vorbeugen willst, dann gönne ihm Ruhe, halte ihn warm und bereite ihm zweimal wöchentlich eine Portion Mash zu. Wann war der erste Anfall?"

„Vor drei Tagen."

„Und schau dir an, wie mager er in der Zeit bereits geworden ist. Ein Pferd in seinem Alter hat nicht mehr so viel zuzusetzen und verliert bei einer Erkrankung wie dieser sehr viel schneller an Gewicht als jüngere Pferde. Ich habe aber auch schon junge Pferde an chronischen Koliken eingehen sehen. Sie verhungern regelrecht. Das bisschen, was sie zwischen den einzelnen Anfällen fressen, das holt man ihnen dann mit der Sonde wieder heraus. Ich halte es für eine schlimme Quälerei, ein Pferd auf diese Art langsam verenden zu lassen. Anders kann man es nicht nennen. Falls sich trotz aller Vorsorge die Kolikanfälle des Schecken wiederholen, solltest du ihm dieses Schicksal ersparen und ihn nicht unnötig leiden lassen." Er sah Donia nachdenklich an. „Du kannst mich jederzeit anrufen, wenn du möchtest, dass ich ihn erlöse."

„Gyrðir umbringen?" Donias Stimme war nur noch ein Flüstern. Sie schüttelte energisch den Kopf. „Nein, das könnte ich nicht zulassen."

„Vielleicht hilft es dir, zu wissen, dass Iris Holzer mit mir schon vor Jahren eine schriftliche Vereinbarung getroffen hat. Für den Fall, dass während ihrer Abwesenheit eines ihrer Pferde lebensbedrohlich erkrankt oder sich schwer verletzen sollte", sagte der Tierarzt. „Darin habe ich mich verpflichtet, nach bestem Wissen und Gewissen die notwendigen Maßnahmen zu treffen. Im Sinne des Pferdes. Diesen Satz hat sie sogar dick unterstrichen."

Herr Marquardt fuhr Gyrðir noch einmal prüfend über das stumpf gewordene Fell, ehe er den Stall verließ. „Falls die Kolikanfälle nicht aufhören, lass ihn sich nicht länger quälen. Ich würde auch mitten in der Nacht kommen und alles tun, damit das Ende des Schecken kurz und schmerzlos wird." Er schloss seine Tasche. „Und du solltest bei ihm bleiben, bis es vorbei ist."

Donia weinte. „Das könnte ich nie. Er ist doch mein Freund."

„Gerade weil er dein Freund ist. Er vertraut dir. Und er wird bis zuletzt nicht merken, was mit ihm geschieht." Der Tierarzt sah Donia eindringlich an. „Wenn du dem Schecken also einen großen Dienst erweisen willst, dann lass ihn in seiner letzten Stunde nicht allein."

Donia begleitete Herrn Marquardt schweigend hinaus zu seinem Auto. „Gyrðir ist in den vergangenen Monaten einige Male plötzlich gestolpert", sagte sie. „Könnte das auch schon ein Hinweis auf seinen Zustand gewesen sein?"

„So etwas ist im Nachhinein immer schwer zu sagen. Da kann

man nur noch Vermutungen anstellen.“ Herr Marquardt stellte seine Tasche in den Kofferraum und schloss den Deckel. „Möglicherweise hat der Schecke schon einige Zeit Probleme mit der Futterverwertung. Dadurch bekommt der Körper dann nicht mehr alle Nährstoffe, und das wirkt sich natürlich auf den Allgemeinzustand aus. Manchen Pferden sieht man das sehr schnell an. Andere scheinen körperlich fit zu sein und bauen dann plötzlich von heute auf morgen ab. Das ist individuell ganz unterschiedlich.

Doch ob der die Male, die du beschrieben hast, tatsächlich aus Schwäche gestolpert ist oder nur aus Unachtsamkeit, diese Frage kann ich dir beim besten Willen nicht eindeutig beantworten.“

Donia wischte sich die Tränen mit dem Ärmel vom Gesicht und suchte in ihrer Jackentasche nach einem Papiertaschentuch. „Ich will nicht, dass er sich quält“, sagte sie leise.

„Dann warte nicht mehr allzu lange. Der Schecke wird es dir danken.“

„Das glaube ich nicht.“ Donia fing wieder an zu weinen.

Graupel zupfte ihr das Taschentuch aus der Hand und zerriss es in kleine Fetzen. Es sah aus, als hätte es geschneit. Mitten im Juni.

Unvergessen

Kerstin hatte Mühe, ihr Auto neben den schräg eingeparkten Wagen von Iris zu manövrieren. Vor der Tür des Kottens saß Donia und weinte.

„Oh, Kerstin!“ Sie fiel ihrer Mutter laut aufschluchzend um den Hals.

Kerstin umarmte sie. „Es tut mir so Leid für dich.“ Sie strich Donia eine feuchte Haarsträhne aus dem Gesicht. „Komm erst mal herein. Ich koche uns einen Kaffee.“

Donia folgte ihrer Mutter mit hängendem Kopf in die Küche, und nur Kerstins schneller Griff bewahrte sie davor, sich zu allem Unglück auch noch geistesabwesend neben den Stuhl zu setzen.

„Möchtest du vielleicht eine Kleinigkeit essen?“ Kerstin schaltete die Kaffeemaschine ein, stellte zwei dicke Henkeltassen auf den Tisch und setzte sich Donia gegenüber.

Donia schüttelte den Kopf. „Ich glaube, ich werde nie wieder etwas essen können.“ Sie sah zu Boden. „Ich war mir so sicher, dass Gyrðir wieder ganz gesund wird, wenn ich mich nur genügend um ihn kümmere. Aber es hat alles nichts geholfen. Dabei hatte er die Außenbox ganz für sich, ich habe ihm alle paar Stunden den Bauch massiert und sein Mash genau nach Anweisung zubereitet. Mehr konnte ich doch nicht für ihn tun.“ Sie schaute ihre Mutter eindringlich an.

„Mehr hätte niemand für ihn tun können“, bestätigte Kerstin.

„Erst schien es ihm ja auch wieder besser zu gehen“, fuhr Donia fort. „Er wirkte sehr zufrieden und hat mir und Ísafold sogar von seinem Paddock aus bei der Bahnarbeit zugeschaut.“ Sie machte eine Pause. „Aber dann kam gestern die vierte Kolik. Und danach wollte er nicht einmal mehr sein Mash anrühren. Er hat kaum noch reagiert, wenn ich mit ihm redete. Da wusste ich, dass ich nichts anderes mehr für ihn tun konnte, außer ...“ Donia legte die Hände vors Gesicht und schluchzte laut los.

Kerstin nahm sie in den Arm. Donia lehnte sich an ihre Schulter. „Er ist heute früh so arglos mit mir auf die hintere Koppel gegangen, als würde ich ihn nur zum Grasen hinausbringen. Dabei hat dort Dr. Marquardt mit der Spritze auf ihn gewartet“ Sie wischte sich die Tränen ab. „Gyrðir hat mir vollkommen vertraut. Und ich habe ihn umbringen lassen.“ Nach einer kurzen Pause fügte sie leise hinzu: „Wie soll ich das jemals Iris erklären?“

Kerstin ergriff Donias Hand. „Sie weiß es bereits. Etwa eine Stunde, nachdem wir beide gestern Abend miteinander telefoniert hatten, hat sie ganz überraschend aus Island angerufen, um Bescheid zu sagen, dass sie bereits Mitte und nicht erst Ende August zurückkommt. Sie hatte vorher diverse Male versucht, dich zu erreichen, aber bei dir hat sich noch nicht einmal der Anrufbeantworter gemeldet.“

„Ich hatte das Telefon auf stumm- und den Anrufbeantworter ausgeschaltet, weil ich nach dem Gespräch mit dir und dem Anruf bei Dr. Marquardt mit niemandem mehr reden wollte“, erklärte Donia.

„So etwas dachte ich mir schon.“ Kerstin schenkte Kaffee ein.

„Iris war etwas beunruhigt und wollte wissen ob auf dem Hof alles in Ordnung ist, und da habe ich ihr natürlich von Gyrðir berichtet. Sie hat gleich angefangen, zu weinen und mir dann unter Tränen erzählt, wie sie Gyrðir kennengelernt und gekauft und was sie in all den Jahren schon mit ihm erlebt hat. Ich habe ihr einfach nur zugehört und sie erzählen lassen, weil ich merkte, wie gut ihr das tat. Als sie sich wieder etwas gefasst hatte, sagte sie, sie hätte Gyrðir ebenfalls nicht länger leiden lassen, und sie fände es sehr mutig von dir und sei dir sehr dankbar dafür, dass du bis zuletzt bei ihm bleiben würdest."

„Dankbar." Donia schniefte und starrte eine ganze Weile schweigend vor sich hin, während Kerstin sich in der Speisekammer zu schaffen machte. Dann putzte sie sich die Nase, atmete tief durch und nahm einen Schluck des erkaltenden Kaffees. „Ich hatte große Angst vor dem, was passieren würde, weil ich schon von Fällen gehört hatte, in denen die Pferde nach der letzten Spritze nicht sofort gestorben sind. Aber Dr. Marquardt sagte, das käme auf das Mittel und die Dosierung an und auch darauf, ob das Pferd noch bei Kräften oder bereits geschwächt ist. Und bei Gyrðir ist alles ganz schnell gegangen. Er hat sich schon nach der Beruhigungsspritze schlafen gelegt und nach der letzten Spritze einfach aufgehört zu atmen. Als er dann so dalag, hat er sogar viel entspannter ausgesehen, als die Tage davor. Als sei eine Last von ihm abgefallen." Ihre Stimme klang schon etwas weniger zittrig.

Kerstin stellte einen Teller Nudelsalat auf den Küchentisch und legte einen Rest Baguette daneben. „Es war die richtige Entscheidung. Und Dr. Marquardt ist ein erfahrener Tierarzt, der genau weiß, wann eine weitere Behandlung aussichtslos ist und der kein Tier unnötig leiden lassen würde." Sie kostete von dem Salat. „Möchtest du wirklich nichts essen?"

Donia schüttelte den Kopf.

„Dann bleib doch wenigstens zum Abendbrot. Wir könnten nachher zusammen ausreiten. Du auf Hvartur und ich auf Jörvi. Das wird dich auf andere Gedanken bringen." Sie brach das Stück Baguette auseinander. „Seit ich Jörvi jeden Tag um mich habe, ist er mir noch viel mehr ans Herz gewachsen als vorher. Am liebsten würde ich ihn Iris gar nicht mehr zurückgeben. Aber nach Gyrðirs Tod ist er das Pferd, das sie am längsten besitzt, und sie wird ihn mir jetzt wohl erst recht nicht verkaufen wollen."

„Sicher nicht." Donia war wieder traurig geworden.

„Was hältst du denn nun von meinem Vorschlag, gemeinsam auszureiten?", fragte Kerstin deshalb rasch.

„Es ist lieb gemeint, aber heute geht es wirklich nicht, weil Gerald nachher noch vorbei kommt, um die nächsten Grafikaufträge mit mir zu besprechen. Ich wollte nur nicht auf dem Hof sein, wenn der tote Gyrðir abgeholt wird. Das hätte ich nicht mitansehen können."

Donia pickte sich mit den Fingern etwas Nudelsalat von Kerstins Teller. Kerstin nahm eine zweite Gabel aus der Tischschublade und schob Donia den Teller hinüber. Doch schon nach wenigen Bissen legte Donia ihre Gabel wieder beiseite und gab Kerstin den Teller zurück, die ihn aber ebenfalls beiseite schob.

„Wenn du auch nichts mehr essen magst, kannst du den Salta ja eurem Schoßhündchen geben", sagte Donia. „Das freut sich bestimmt."

„Also erstens hat Rosalinde Robert heute zu einer Baustelle begleitet, um seinen Auftraggeber zu erschrecken." Kerstin lächelte verschmitzt. „Und zweitens hätte sie den Nudelsalat trotzdem nicht bekommen. Ich esse ihr ja auch nicht ihr Hundefutter weg."

„Dieser Spruch hätte ebenso gut von Robert sein können. Kein Wunder, dass ihr euch so gut versteht." Donia bemühte sich ebenfalls um ein Lächeln, was ihr aber nicht wirklich gelang. Sie stand auf und umarmte ihre Mutter. „Danke, dass ich mich bei dir ausheulen konnte. Jetzt traue ich mich wieder auf den Hof zurück."

Kerstin wuschelte ihr liebevoll durchs Haar. Donia hatte das nie leiden können. Aber heute ließ sie es sich gefallen. Heute war alles anders.

Auf dem Pappelhof stand das Gatter zur hinteren Koppel offen und Gyrðirs blaues Halfter hing über dem Torpfosten. Rasch und mit Tränen in den Augen ging Donia ins Haus, lief hinauf ins Dachzimmer, legte sich aufs Bett und starrte die Dachbalken an.

Am Nachmittag kam Gerald wie angekündigt. Er hatte eine Mappe unter dem Arm und eine CD in der Hand. „Ich bringe dir etwas Beschäftigung, damit es dir allein mit den Pferden nicht so langweilig wird."

„Bis die Stuten von Gut Aue zurückkommen, ist es nur noch ein Pferd", sagte Donia und berichtete Gerald, was geschehen war.

Gerald machte ein bestürztes Gesicht. „Weiß Iris es schon? Das wird sie bestimmt hart treffen, auch wenn sie sich das nach außen hin wohl nicht anmerken lässt."

„Ja, sie weiß es schon", erzählte Donia. „und sie ist genau so traurig wie ich."

„Das tut mir wirklich sehr leid für euch beide, und natürlich auch für Gyrðir. Da komme ich mit den neuen Aufträgen wohl im unpassendsten Moment."

„Wenn ich etwas zu tun habe, bleibt mir wenigstens nicht so viel Zeit zum Grübeln." Donia nahm Gerald die Mappe und die CD ab. „Lass uns in die Küche gehen und die Arbeiten besprechen."

„Euer häusliches Leben scheint sich hauptsächlich in der Küche abzuspielen", feixte Gerald. „Bei mir zu Hause sitze ich mit meinen Freunden immer im Arbeitszimmer. Für mehr als zwei Personen wäre in meiner winzigen Küche allerdings kein Platz."

Donia legte die Mappe auf den Tisch und öffnete sie.

Gerald deutete auf die Zeichnungen und einige Fotos in Klarsichthüllen. „Diese Bilder für die Broschüren musst du noch einscannen. Die übrigen sowie die Texte findest du auf der CD. Zum Teil musst du die Fotos noch nachbearbeiten, aber das kannst du ja sehr gut. Wenn dir trotzdem irgendetwas unklar sein sollte, kannst du mich jederzeit anrufen."

„Bis wann brauchst du die Layouts?" Donia betrachtete einige der Fotos, die ganz offensichtlich aus vergangenen Zeiten stammten.

„Erst in zwei Wochen. Du brauchst dich also nicht zu hetzen."

„Das passt mir gut, weil Lilo in zwei Wochen die Stuten vom Gut zurückbringt und ich mich dann wieder intensiver um den Stall hier kümmern muss."

Gerald stützte sich auf die Tischkante. „Padda kommt auch in vierzehn Tagen nach Hause“, sagte er. „Gigja brütet nach wie vor auf ihrem Heuballen herum. Ich bin wirklich gespannt, was dabei noch herauskommen wird. Auf jeden Fall bleibt sie erst mal auf dem Gut. Die kennen sich dort mit Fohlen und Mutterstuten sehr viel besser aus als ich und wissen, was wann zu tun ist.“ Er wandte sich zum Gehen. „Ruf mich an, sobald du die Layouts fertig hast.“

„Noch ehe das letzte Bild an seinem Platz ist“, versprach Donia.

Sie brachte die Mappe ins Dachzimmer und legte sie neben ihren Computer auf den Tisch. Hier oben hatte sie alle Ruhe, die sie zum Arbeiten benötigte. Sie öffnete das Fenster und sah hinunter in den Auslauf. Dort stand Ísafold und beobachtete Graupel, der außerhalb der Umzäunung wieder einmal mit Feuereifer versuchte, sich bis nach Australien durch zu graben.

Alles war wie immer. Aber es würde nie wieder so sein wie früher.

Zurück aus Island

Donia umarmte Iris, kaum dass diese dem Abfertigungsschalter des Hamburger Flughafens entkommen war. Es schien ihr, als hätte sie die Freundin erst gestern hier verabschiedet, dabei waren inzwischen fast drei Monate vergangen. Drei Monate, in denen einiges geschehen war.

Iris strahlte. "Genauso habe ich mir meinen Empfang gewünscht. Obwohl es mir ganz unwirklich erscheint, tatsächlich wieder hier zu sein. Als sei mein Herz noch gar nicht angekommen." Sie drückte Donia an sich. „Es ist schön, dich wiederzusehen."

Sie warteten an einem der Förderbänder auf das Gepäck. Iris schaute sich beiläufig um und hob plötzlich erfreut die Hand. Eine andere Hand winkte zurück. Sie hielt eine dunkelrote Rose. Einen Augenblick später hatte Gerald sich durch die wartende Menge zu ihnen vorgearbeitet. Er nahm Iris in den Arm und gab ihr erst die Rose und dann einen langen Kuss. Donia beobachtete es mit Interesse.

Gerald zeigte auf einen riesigen schwarzen Koffer mit abgestoßenen blauen Kanten, der jeden Augenblick vom Förderband zu kippen drohte. „Der sieht aus, als könnte er dir gehören."

Iris rettete den Koffer im letzten Moment vor dem Absturz. „Wer sonst reist heute noch mit einem solchen Fossil in der Weltgeschichte herum", sagte sie. „Alle anderen scheinen inzwischen einen dieser hieb-, stoß-, feuer- und wasserfesten Schalenkoffer zu besitzen.

Nur ich nicht." Gerald half Iris, das schwere Gepäckstück beiseite zu schieben. „Was hast du da drin?", fragte er. „Einen isländischen Gletscher?"

„Aber nur einen ganz kleinen." Iris wuchtete bereits den nächsten Koffer vom Förderband. Dann spuckte die Luke endlich auch die Reisetasche aus.

Iris organisierte eine Karre für das Gepäck, das sie draußen mit vereinten Kräften in ihr Auto umluden. Die Fototasche, die sie als Handgepäck mit durch die Abfertigung gebracht hatte, nahm sie beim Einsteigen auf den Schoß und hielt sie fest wie ein besonderes Schnäppchen im Ausverkauf.

„Warum stellst du sie nicht auf den Rücksitz?“, fragte Donia. „Das ist doch viel bequemer für dich.“

Iris schüttelte den Kopf. „Diese Tasche gebe ich nicht aus der Hand. Darin befindet sich das gesamte Ergebnis meiner Fotosafari. Wenn dem auch nur das Geringste passiert, brauche ich mich bei meinem Verleger gar nicht erst blicken zu lassen.“ Sie schaute sich um und lächelte. „Wir können losfahren, Gerald ist mit seinem Wagen hinter uns. Er kommt mit zum Hof.“

Donia zwinkerte Iris verschwörerisch zu. „Sieht ganz so aus, als sei dein Herz doch schon angekommen.“

Iris sagte nichts sondern schaute nur lächelnd aus dem Fenster.

Auf dem Hof war Graupel vor Freude kaum zu bändigen. Er umtanzte Iris aufgeregt und jaulte dabei in den eigenartigsten Tönen. Iris kraulte ihn ausgiebig. „Ich habe dich vermisst, du Wildfang“, sagte sie. „Komm mit, ich habe dir vom Essen im Flugzeug etwas Feines mitgebracht.“

Der Rüde folgte ihr erwartungsvoll ins Arbeitszimmer, wo sie die Fototasche sorgsam in den Schrank stellte und dann einige in Papier eingewickelte Scheiben Bratenfleisch aus der Jackentasche zog. Graupel verschlang sie mit einem einzigen Happs und wartete mit großen Augen auf Nachschub.

„Mehr ist von meinem Essen leider nicht übriggeblieben“, sagte Iris.

Sie zog Jacke und Schuhe aus und schlüpfte in der Sattelkammer in ihre Gummistiefel. Auf der Diele kamen ihr Donia und Gerald mit dem restlichen Gepäck entgegen.

„Danke, das ist lieb von euch“, sagte Iris. „Lasst es einfach hier stehen. Ich kümmere mich gleich darum. Jetzt muss ich erst einmal zu den Pferden.“ Sie verschwand mit einer Tüte trockenem Brot im Laufstall.

Donia ging ihr nach, während Gerald auf der Veranda den Kaffeetisch deckte.

Als die vier Stuten Iris’ Stimme hörten, hoben sie sofort die Köpfe und kamen auf sie zu. Iris verteilte das Brot und fuhr nachdenklich einem Pferd nach dem anderen durch die Mähne, kraulte hier ein Ohr und dort ein Kinn. Dann bemerkte sie Donia.

„Es ist so ungewohnt, dass Gyrðir nicht mehr bei ihnen ist“, sagte sie. „Er gehörte für mich schon so selbstverständlich zu diesem Stall wie die Bohlen auf der Diele und die Futterkrippe.“ Sie klopfte Hyndlas weißen Hals. „Ich habe nie darüber nachgedacht, dass er eines Tages nicht mehr hier sein könnte.“ In ihren Augenwinkeln glitzerten Tränen, die sie rasch abwischte.

Donia streichelte Lilja. „Ich kann so gut verstehen, wie traurig du bist. Ich erwarte auch oft noch, dass Gyrðir gleich um die Ecke kommt und sich im Matsch wälzt.“

Iris schmunzelte in Erinnerung an diese Eigenart des alten Schecken. Sie entließ Hyndla mit einem Klaps aufs Hinterteil in den Auslauf. „Die Tragweite der Entscheidung ist mir erst am Morgen nach dem Telefonat mit Kerstin so richtig bewusst geworden. Ich bin dann fast den ganzen Tag allein durch die Gegend gewandert und habe geheult wie ein Schlosshund. Und ich habe mir vorgestellt, Gyrðir würde auf Island in einem anderen Pferd neu geboren werden. In einem Pferd, das sein ganzes Leben in dieser unglaublichen Weite verbringen darf und niemals von dort fort muss.“

Donias Blick schweifte zur Weide hinaus. „Das ist eine wunderschöne Vorstellung. Sie hat so etwas Tröstliches.“

Sie gingen auf die Veranda, wo es verführerisch nach frischem Kaffee duftete. Donia holte einen großen Teller mit Hefegebäck aus der Küche und stellte ihn auf den Tisch.

„Gab es auf Gut Aue irgendwelche Probleme mit den Stuten?“, fragte Iris.

Donia setzte sich in den Korbstuhl neben sie. „Du könntest eins daraus machen.“

Iris zog verwundert die Augenbrauen hoch. „Würdest du mir diese Andeutung bitte etwas genauer erklären?“

Donia atmete tief durch. „Ich will damit sagen, dass es mit Hyndla und Hrimnir nicht geklappt hat. Hyndla hat den Hengst keine drei Meter an sich herankommen lassen, dann ist sie auch schon auf ihn losgegangen.“

„Und?“ Iris wartete gespannt.

„Bernd und Lilo meinten, es hätte keinen Zweck mit den beiden, und ob sie Hyndla nicht lieber von Djarfur decken lassen sollten.“ Donia sah Iris geradeheraus an. „Du warst nicht zu erreichen, also habe ich zugestimmt.“

„Ach du heiliges Hufeisen.“ Iris trank ihre Tasse in einem Zug leer.

„War das sehr falsch?“, fragte Donia vorsichtig.

„Ich hatte mir nun einmal ein Schimmelfohlen in den Kopf gesetzt“, sagte Iris. „Und außerdem finde ich, dass Djarfur nicht der passende Hengst für Hyndla ist.“

„Darüber scheinen Lilo und Bernd anderer Ansicht zu sein.“ Gerald schmunzelte. „Und deine Stute ebenfalls.“

Iris schenkte sich Kaffee nach. „Die isländischen Götter mögen euch beistehen, dass eure Entscheidung richtig war. Rückgängig lässt sie sich ja jetzt nicht mehr machen.“

„Bernd sagte, Djarfur und Hyndla hätten sich auf Anhieb ineinander verliebt“, erzählte Donia.

Gerald warf Iris einen funkelnden Blick zu. „Bei Menschen dauert so etwas manchmal länger“, bemerkte er.

Iris nahm sich lächelnd ein Kuchenstück, besann sich dann aber anders und stand auf. „Der Kuchen kann warten. Ich muss euch erst einmal zeigen, was ich aus Island mitgebracht habe.“

Gerald fuchtelte mit seinem Kaffeelöffel in der Luft herum. „Vorher bin ich aber an der Reihe mit Neuigkeiten.“ Er warf einen fragenden Blick auf den Löffel und legte ihn zurück auf die Untertasse. „Gigja hat nämlich am 2. Juli tatsächlich ein Fohlen bekommen. Einen kleinen Hengst, kräftig für zwei und mit seinen inzwischen sechs Wochen schon der King auf der Fohlenweide. Donia war bereits auf dem Gut und hat ihn gesehen. Er ist glühendrot wie seine Mutter, aber um die Augen weiß. Es sieht aus, als würde er eine Brille tragen.“

„Ein Fuchsschecke?“, fragte Iris.

„Das haben wir auch erst gedacht“, sagte Donia. „Aber es scheint ein Schimmel zu werden, der offensichtlich schon im Mutterleib damit begonnen hat, sich auszufärben.“ „Zeit genug hat ihm seine Mutter ja gelassen“, sagte Gerald. „Einen Namen hat er auch schon: Baggi.“

„Was heißt das auf Deutsch?“ Iris schaute Gerald neugierig an.

„Heuballen natürlich.“ Gerald lachte.

Auch Iris musste lachen. „Ich liebe deinen Humor.“

„Außer Gigjas Mutterschaft gibt es übrigens noch eine weitere gute Nachricht“, sagte Gerald. „Ich bin in der Zwischenzeit nämlich an mehrere neue Kunden für Einzel- und regelmäßige Aufträge herangekommen und habe mir gleich als erstes einen richtig guten Töltsattel gekauft.“

„Und ich in diesem Zusammenhang ebenfalls“, fügte Donia hinzu.

„Bitte der Reihe nach“, bat Iris.

Donia und Gerald schilderten die Entwicklung der Auftragslage und ihrer beruflichen Zusammenarbeit abwechselnd und so ausführlich, dass Iris schließlich abwinkte. „Ich glaube, ich habe es jetzt verstanden“, sagte sie. „Auch wenn ihr mir das nicht eben leicht macht.“

Sie ging hinaus und schleifte wenig später den großen Koffer auf die Veranda. Er war so prall gepackt, dass ihr beim Öffnen der Deckel entgegen schnellte und nur knapp ihr Kinn verfehlte. Iris wühlte im Innenleben des Koffers. Eine blau karierte Wolldecke flog beiseite, gefolgt von einem dicken Pullover, und noch einem, und einem dritten und vierten.

„Hast du ein Wollgeschäft überfallen?“, erkundigte sich Donia.

Iris gab keine Antwort. Sie grub zielsicher weiter, bis sie nach dem sechsten Pullover drei Plastiktüten zutage förderte.

„Da sind sie ja.“ Sie richtete sich auf und reichte Donia die kleinste Tüte über den Tisch. Gerald erhielt die nächstgrößere. „Das ist für euch.“

„Ich ahne schon, was das sein könnte.“ Donia langte in ihre Tüte, die schwer wog und in der es metallisch klirrte. „Eine Isländische Kandare. Und sogar eine in der alten, schweren Ausführung mit den traditionellen Verzierungen an den Seiten. Die ist wunderschön. Vielen, vielen, vielen Dank.“ Sie warf Iris eine Kusshand zu.

Gerald hatte aus seiner Tüte ein Isländisches Zaumzeug hervorgeholt, ein einfaches, landestypisch gearbeitetes Kopfstück mit geflochtenen Zügeln.

Von ihm erhielt Iris einen richtigen Kuss.

Iris legte die dritte Tüte beiseite. „Die ist für mich. Ich schleppe Kandaren und Zaumzeug ja nicht nur für andere Leute aus Island hierher."

Danach hob sie fünf der Pullover vom Boden auf. „Sucht euch jeweils einen aus, der euch am besten gefällt. Sie sind nachträglich zu euren Geburtstagen, an denen ich ja bekanntlich verreist war. Die restlichen haben Robert, Kerstin und Alexandra bei mir bestellt. Und einen habe ich mir selbst geschenkt. So, das war es dann aber auch." Sie legte die übrig gebliebenen Sachen zurück in den Koffer und brachte ihn in den Wohnraum neben ihrem Arbeitszimmer hinüber.

„Hast du diesen Raum gar nicht benutzt, während ich fort war?", fragte sie Donia. „Er wirkt so unbelebt."

„Die meiste Zeit war ich oben im Dachzimmer", sagte Donia. „Nach unten bin ich anfangs noch zum Fernsehen gegangen, aber später nicht mehr so oft. Das Sommerprogramm besteht fast nur aus Wiederholungen. Als wenn die Leute, die nicht in die Ferien fahren, dafür noch bestraft werden sollen."

„Ich besitze gar keinen Fernseher. Ich treffe mich lieber mit

Freunden“, warf Gerald ein.

„Ich mich normalerweise auch“, sagte Donia. „Wenn man hier draußen wohnt, ist es allerdings recht mühsam, wegen jeder Verabredung zehn Kilometer in die Stadt und zurück zu fahren. Ab Herbst wird das für mich wieder bequemer.“ Sie sah Iris an. „Ich habe dort zum November eine neue Wohnung. In einem Haus, das einem Kollegen von Robert gehört. Anderthalb Zimmer, Küche, Bad. Und sogar mit Balkon.“

„Gratuliere. Dann hat sich das Problem ja auch gelöst. Wo wirst du denn bis zu deinem Umzug wohnen?“

„Kerstin wäre bereit, mir so lange ihr Arbeitszimmer zu überlassen. Ich könnte dort auf dem Sofa schlafen.“ Sie zuckte die Achseln. „Das ist immer noch besser, als gar kein Dach über dem Kopf zu haben.“

Iris nickte ernsthaft. Dann bekam ihr Gesicht einen schelmischen Ausdruck. „Willst du nicht lieber bis November hier auf dem Hof wohnen bleiben?“

„Wenn es dir recht ist.“ Donia strahlte.

„Natürlich ist es mir recht. Die paar Wochen werden wir es schon miteinander aushalten.“

„Sofern wir Kerstins und Roberts Hochzeit überleben“, wandte Donia ein.

„Ach du liebe Zeit, daran hatte ich schon gar nicht mehr gedacht.“ Iris verdrehte die Augen. „Dann muss ich mir ja noch überlegen, was ich den beiden zur Hochzeit schenke.“ Sie seufzte. „Warum bin ich nicht in Island geblieben? Dort hätte ich diese Sorgen nicht gehabt.“

Gerald nahm sie in den Arm. „Aber manches andere ebenfalls nicht“, sagte er.

Treffpunkt Hochzeit

Kerstin drehte sich vor dem großen Spiegel ihres Schlafraums hin und her. „Mal ganz ehrlich, Donia, findest du meine Aufmachung nicht etwas zu jugendlich?“

„Unsinn.“ Donia tippte sich an die Stirn. „Dieses enganliegende

Kostüm steht dir fantastisch."

Kerstin zupfte am Kragen der taillenkurzen Jacke. „Ich bin mir immer noch nicht sicher, ob ich die richtige Entscheidung getroffen habe."

„Mit dem Kostüm oder mit Robert?", feixte Donia.

Wie aufs Stichwort öffnete sich die Tür, und Robert stürmte in den Raum, eine Hand vor die Augen gepresst und das Gesicht demonstrativ abgewandt.

„Was ist denn mit dir los?", fragte Donia. „Wenn Heiraten derartige Auswirkungen hat, dann bleibe ich lieber ledig."

Robert winkte mit der freien Hand ab. „Ich habe gehört, dass es Unglück bringen soll, wenn der Bräutigam die Braut bereits während des Ankleidens im Hochzeitsgewand sieht."

„Und weshalb kommst du dann denn so einfach herein?", fragte Kerstin.

„Weil ich unsere Trauringe nicht finden kann. Hast du sie vielleicht?"

Kerstin wies auf ihre Kommode. „In der obersten Schublade."

Robert steckte die Schachtel mit den Ringen in seine Anzugtasche und es gelang ihm eben noch, dem Bettpfosten auszuweichen, ehe er wieder in den Flur enteilte.

„Spinner!", rief Kerstin ihm liebevoll nach. Sie wandte sich vom Spiegel ab und begutachtete Donia. „Kleider stehen dir ausgezeichnet", sagte sie. „Weshalb trägst du nicht häufiger welche?"

„Weil sie zum Reiten zu unbequem sind."

Kerstin lachte. Dann schaute sie ein weiteres Mal in den Spiegel. „Du meinst also wirklich, ich könnte in diesem Kostüm aufs Standesamt gehen?"

„Wenn es nach mir ginge, müsste es nicht unbedingt das Standesamt sein", sagte Donia. „Aber es scheint ja nun darauf hinauszulaufen."

Kerstin gab ihrer Tochter einen Kuss auf die Wange. „Ja, das wird es wohl. Und darüber bin ich sehr glücklich."

„Dann will ich deinem Glück nicht im Wege stehen. Wenigstens hast du dir einen wirklich netten Mann ausgesucht."

„Ich bin mit meiner Wahl ebenfalls sehr einverstanden." Kerstin lächelte Iris zu, die inzwischen den Schlafraum betreten hatte. „Donnerwetter, du siehst toll aus in deinem Seidenoverall und der bestickten Bolero-Weste."

„Für euch war mir das Beste gerade gut genug." Iris drehte sich einmal auf dem Absatz herum.

„Ist Gerald nicht mitgekommen?", fragte Kerstin.

„Ich habe ihn noch nicht gesehen." Iris war Donia einen verschwörerischen Blick zu, als Kerstin für einen Moment wegschaute.

Donia ging darauf ein. „Ich glaube, er wollte direkt zum Standesamt fahren und sich dort mit uns treffen", sagte sie.

Alexandra und die Trauzeugen schmückten vor dem Haus Roberts Wagen mit einem riesigen Blumenbukett. Alexandras Freund, ein junger Schauspieler, hatte sich Livree und Mütze eines Chauffeurs besorgt, um das Brautpaar stilgerecht zum Standesamt in der Stadt zu bringen.

Der Brautwagen fuhr vorneweg, gefolgt von Iris, Alexandra und Donia in deren Auto.

„Weißt du, weshalb Iris nicht ihren eigenen Wagen genommen hat?", fragte Kerstin während der Fahrt. „Donias rostiges Gefährt ist doch für diesen Anlass nun wirklich kein Schmuckstück."

„Vielleicht ist Iris' Auto in der Werkstatt", schwindelte Robert.

Am Standesamt warteten bereits Freunde und Kollegen des Brautpaares, die alle mit hineinkamen, sodass im Trauzimmer kaum noch ein Stuhl frei blieb.

Nach der Zeremonie empfing sie vor dem Portal ein Spalier aus Reitern, angeführt von Lilo und Bernd. Und am Ende des Spaliers stand Gerald mit Jörvi am Zügel.

Der Falbe war herausgeputzt wie ein Zirkuspferd, seine schwarze Mähne in dutzende von Zöpfchen geflochten und mit tomatenroten Seidenbändchen eingebunden, und hinten am Sattel prangte eine riesige rote Schleife, wie bei einem Geschenkekarton. Der Schweif fiel sorgsam gebürstet hinab, und die dunklen Hufe glänzten wie frisch lackiert.

Robert hatte Kerstins Arm losgelassen. Er nahm Gerald Jörvis Zügel aus der Hand und hielt sie seiner Frau lächelnd entgegen. „Dein Hochzeitsgeschenk“, sagte er. „Wir haben Iris doch noch überreden können, ihn dir zu verkaufen. Allerdings nur die hintere Hälfte.“ Er machte eine kurze Pause und ein spitzbübisches Gesicht. „Die vordere gehört dir nämlich schon. Eine kleine Aufmerksamkeit von Iris, Donia und mir.“

Jörvi schnoberte interessiert an Kerstins Hochzeitsstrauß. Kerstin drückte die Blumen gedankenverloren Iris in die Hand und strich Jörvi zärtlich über die Nase. „Das ist doch nicht euer Ernst.“

Sie erhielt ein dreifaches nachdrückliches Nicken zur Antwort. Und ein ungehaltenes Wiehern vom Parkplatz hinter dem Standesamt. Diesmal war auch Robert überrascht.

Hufe polterten über eine Rampe und im nächsten Moment erschien Gerald mit der gesattelten und gezäumten Ísafold. „Wir haben uns gedacht, dass ihr vielleicht lieber zu eurer Hochzeitsfeier reiten wollt, anstatt mit dem Wagen zu fahren“, sagte er. „Bis zum Ortsausgang transportieren wir die Pferde natürlich. Und dort warten bei Freunden von Donia eure Reitsachen.“

„Wir können unmöglich von hier bis nach Hamburg reiten“, sagte Robert. „Das ist doch viel zu weit.“

Kerstin hakte sich bei ihm ein. „Das, mein Gemahl, ist das Hochzeitsgeschenk von Alexandra und mir an dich. Die Hochzeitsfeier findet nicht in Hamburg statt, sondern im Waldgasthaus. Was glaubst du wohl, weshalb ich die Feier unbedingt ohne dein Zutun organisieren wollte?“

„Aber im Waldgasthaus kann man doch gar keine großen Feiern mehr abhalten, seit sie ihren alten Festsaal geschlossen haben, weil die Nachfrage aus dem Umland zurückgegangen war“, wandte Robert ein. „Und besonders preiswert ist es dort auch nicht.“

„Für uns haben sie ihren Festsaal ausnahmsweise wieder geöffnet.“ Kerstin deutete mit der Zügelhand auf Jörvi. „Und das Thema Geld wollen wir doch lieber ausklammern. Wenn ich mir ausrechne, was allein die vielen roten Bändchen gekostet haben müssen.“ Sie schmunzelte.

„Der Sattel ist meine hauseigene Leihgabe, bis du einen eigenen hast“, bemerkte Iris.

Alexandra blickte seufzend auf die beiden Pferde. „Zu schade, dass ich Hvatur schon an meinen Studienort geholt habe. Sonst hätte ich jetzt mitreiten können.“

„Alexandra.“ Iris stieß ihre Nichte an. „Das soll ein Hochzeitsritt werden, und kein Familienausflug.“

Alexandra ließ sich anmerken, dass ihr Iris’ Zurechtweisung nicht gefallen hatte. Sie schaute in die Runde. „Was stehen wir hier überhaupt noch herum? Wenn Papi und Kerstin zum Waldgasthaus reiten wollen, dann müssen wir sie schleunigst zum Ortsausgang bringen. Sonst wird es so spät, dass wir vom Mittagessen gleich zum Kaffeetrinken übergehen können.“

Iris stöhnte. „Nur das nicht.“

„In deinem Overall ist doch genug Platz.“ Gerald zupfte an dem weiten, schimmernden Stoff. Er schaute Iris direkt ins Gesicht. „Ist dir eigentlich bewusst, was du da schon die ganze Zeit in der Hand hältst?“, fragte er.

Iris blickte auf den Blumenstrauß. „Einen Strauß Blumen, den Jörvi sonst angebissen hätte“, antwortete sie ahnungslos.

„Das ist nicht nur irgendein beliebiger Strauß Blumen“, erklärte Gerald. „Das ist Kerstins Hochzeitsstrauß. Und du weißt sicher, was das bedeutet.“

„Um Himmelswillen.“ Iris wurde blass. „Das bedeutet doch nicht etwa, dass ich als nächste heiraten werde? Nein, das kommt überhaupt nicht in Frage. Treibt eure Scherze mit wem ihr wollt, aber lasst mich dabei aus dem Spiel.“ Sie gab Kerstin die Blumen so hastig wieder zurück, als seien es Brennnesseln.

„So weit mir bekannt ist, gilt das nur für einen Hochzeitsstrauß, der in die Luft geworfen wird und den dann ein unverheiratetes weibliches Wesen auffängt“, sagte Kerstin. Und damit warf sie den Strauß schwungvoll über die Hochzeitsgesellschaft.

Kurz darauf brach unter den Gästen schallendes Gelächter aus, und Bernd hielt feixend Krissa in die Höhe, die mit beiden Händen die Blumen umklammerte.

Iris gab Gerald einen raschen Kuss. „Man muss ja nicht unbedingt heiraten.“

Sie fuhren Brautpaar und Pferde zum Ortsausgang, und während Kerstin und Robert sich umzogen, nahm Iris die doch etwas alberne Riesenschleife wieder von Jörvis Sattel ab. Die Bändchen in der Mähne ließ sie unangetastet.

„Vergesst nicht, dass wir und die anderen Gäste hungrig wie die Bären im Waldgasthaus auf euch warten!“, rief Gerald dem zügig davonreitenden Paar nach.

„Die beiden passen wirklich gut zusammen.“ Iris legte die Hochzeitskleidung sorgfältig auf den Rücksitz. Sie öffnete Gerald die Beifahrertür. „Steig ein, sonst sind sie noch eher am Ziel als wir.“

Doch das Brautpaar traf erst eine halbe Stunde nach ihnen am Waldgasthaus ein.

Kerstin sprang aus dem Sattel und wuschelte Jörvi durch die Mähne, deren rote Bändchen dem schnellen Ritt nicht standgehalten und dessen Zöpfchen sich bereits wieder aufgelöst hatten. Sie strahlte Iris an. „Das eigene Pferd zu reiten, das ist schon etwas ganz Besonderes. Ich hatte wirklich nicht mehr damit gerechnet, dass du Jörvi doch noch hergeben würdest.“

„Ich auch nicht“, gab Iris zu. „Aber nachdem erst du und dann auch noch Robert und Donia mich baten, ihn dir zu verkaufen, habe ich noch einmal in aller Ruhe nachgedacht. Zusammen mit Vindingur besaß ich bereits vier Pferde. Wenn die beiden Stuten im nächsten Sommer fohlen, wären es sogar sechs gewesen. Sie alle satt zu bekommen, könnte mit meinem ungeregelten Einkommen manchmal schwierig werden. Und als mir das deutlich wurde, erschien mir der Gedanke, dir Jörvi zu geben, gar nicht mehr so abwegig. Ich habe mich nach wie vor schweren Herzens von ihm getrennt, aber du bist die Einzige, der ich ihn wirklich gönne. Weil ich weiß, dass Jörvi dich ebenso sehr mag wie du ihn.“

Kerstin umarmte Iris. „Ich danke dir.“ Dann nahm sie Donia in den Arm. „Und dir auch. Woher hattest du denn nur das Geld für dieses teure Geschenk?“

„Mein Anteil war nicht ganz so hoch.“ Donia lächelte verlegen. „Von mir ist nur das neue Zaumzeug.“ Plötzlich spielte ein verschmitzter Zug um ihre Mundwinkel. „Und dann habe ich auch noch die vielen roten Seidenbändchen bezahlt.“

Kerstin lachte.

Iris gab dem Brautpaar seine Kleidung. „Damit ihr wieder wie richtige Hochzeiter ausseht“, sagte sie. „Gerald und ich bringen rasch noch die Pferde zum Kotten. Bis zum Essen sind wir aber wieder zurück.“

Donia schaute dem Hänger nach und entdeckte neben der Terrasse Simon und Sandra mit ihren beiden Stuten. Ehe sie sich abwenden konnte, kam Simon bereits auf sie zu.

„Was wollt ihr denn hier?“, fragte Donia ohne Begeisterung. „Seht ihr nicht, dass hier eine Hochzeit gefeiert wird?“

„Das konnten wir nicht ahnen“, erklärte Simon. „Unser Vetter hat uns das Waldgasthaus als Etappenziel für einen Tagesritt empfohlen. Deshalb sind wir hergekommen.“

Sandra war ihrem Bruder mit Chiwa und Kara gefolgt. „Als wir die Hochzeitsgesellschaft sahen, wollten wir eigentlich gleich wieder umkehren“, fügte Sandra rasch hinzu, „doch dann bemerkten wir dich und dachten ...“

„Ihr könnt denken? Den Eindruck hatte ich nicht unbedingt“, unterbrach Donia sie schnippisch.

Simon schüttelte unwillig den Kopf. „Lass Sandra doch wenigstens ausreden.“

„Ich höre.“ Donia verschränkte die Arme vor der Brust und sah Sandra abwartend an.

„Wir dachten ...“, begann Sandra erneut, „das sei eine gute Gelegenheit, um dir endlich mitzuteilen, dass wir die Sache mit den Bauern wieder in Ordnung gebracht haben.“

„Was gar nicht so einfach war“, ergänzte Simon.

Donia entknotete ihre Arme wieder und atmete tief durch. „Das habt ihr wirklich getan?“

Simon nickte. „Man hat uns fest versprochen, die Sperrungen der Wege wieder rückgängig zu machen. Ist das etwa noch nicht geschehen?“

„Dazu müsste ich Lilo und Bernd fragen“, sagte Donia. „In deren Reitgebiet war es am schlimmsten. Hier in der näheren Umgebung waren wir zum Glück nicht betroffen. Die gesperrten Wege begannen erst kurz vor dem Kotten, wo meine Mutter wohnt, und sie hat mir nichts von einer Veränderung erzählt. Vielleicht ist sie aber durch die ganzen Hochzeitsvorbereitungen darüber hinweggekommen."

„Wir hätten dich längst informiert", meinte Sandra, „aber wir wussten nicht, wie wir dich erreichen konnten." Sie sah Donia fragend an. „Bist du jetzt immer noch wütend auf uns?"

„Ich glaube nicht", stellte Donia nach einigem Nachdenken fest.

Den Zwillingen fiel sichtlich ein Stein vom Herzen.

Bernd war auf die fremden Pferde aufmerksam geworden und kam zu der Gruppe hinüber. „Das sind ja herrliche Tiere", sagte er bewundernd. „Vollblüter?"

„Achal-Tekkiner", klärte Simon ihn auf.

„Ich kannte Achal-Tekkiner bisher nur von Fotos." Bernd strich den Stuten versonnen über das seidige Fell. „Dieser metallische Glanz ist wirklich faszinierend. Und obwohl sie so feingliedrig sind, sollen sie, wie man sagt, starke und ausdauernde Rennpferde sein."

„Tölten können sie auch", entfuhr es Donia.

„Ihr drei scheint euch bereits zu kennen", stellte Bernd fest. „Woher denn? Ich sehe diese Pferde heute zum ersten Mal."

Die Zwillinge warfen Donia ängstliche Blicke zu.

Donia machte eine weitläufige Handbewegung. „Wir sind uns zufällig auf einem Ausritt begegnet", sagte sie.

„Übrigens waren wir inzwischen bereits mehrmals auf dem Gangpferdehof", lenkte Simon das Gespräch rasch in eine andere Richtung. „Und weißt du, was das Beste dort war?"

„Ich schätze, die vielen töltenden Pferderassen."

Simon lächelte geheimnisvoll. „Die natürlich auch", sagte er. „Ich meine allerdings etwas anderes."

„Nun sag schon, was es ist." Donia seufzte.

„Ich kann dort meine Ausbildung als Pferdewirt beenden, nur mit einem anderen Schwerpunkt, denn es ist ja kein Rennstall. Ist das nicht großartig? Und wenn ich nach einer Weile das Gangpferdereiten gelernt habe, werde ich Kara und Chiwa richtig eintölten."

„Das ist wirklich eine gute Nachricht. Ich gratuliere dir." Donia nahm die Zwillinge auffordernd am Arm. „Wollt ihr nicht ein Stündchen hierbleiben und mit uns feiern? Zum Mittagessen werde ich euch so kurzfristig wohl nicht mehr einladen können, aber ich lasse euch Kaffee und Kuchen auf die Terrasse bringen."

„Halsriemen, um die Pferde anzubinden, hätten wir dabei", sagte Sandra. „Aber so, wie wir angezogen sind, passen wir doch gar nicht zu dieser feinen Gesellschaft." Sie blickte auf ihre verschmutzten Reitstiefel hinab. „Und was werden die Brautleute dazu sagen, dass du wildfremde Leute zu ihrer Hochzeitsfeier einlädst?"

„Überlasst die beiden nur mir", sagte Donia. „Zufällig kenne ich die Braut schon sehr lange. Und euer Aufzug wird bestimmt keinen der Gäste stören. Einige von ihnen haben vorhin ein Reiterspalier gebildet und tragen Reitkleidung, genau wie ihr."

„Dann müssen wir uns wohl geschlagen geben", sagte Simon.

Die Stuten wurden angebunden und abgesattelt und Bernd brachte ihnen einen Eimer Wasser. Die Zwillinge setzten sich an einen Tisch auf der Terrasse, und Donia lief hinauf ins Gasthaus, um ihnen Kaffee und Kuchen zu bestellen.

Dort fing Kerstin ihre Tochter ab. „Wo bleibst du denn? Iris und Gerald sind zurück und wir wollen gleich mit dem Essen beginnen."

„Entschuldigt die Verspätung." Bernd kam mit zwei Sätzen die Treppe hinauf gesprungen. „Wir mussten uns draußen noch um zwei Damen kümmern."

„Bittet sie doch zu uns in den Saal", schlug Kerstin vor. „Einige Gäste können kurzfristig leider erst nachmittags kommen, und es wäre wirklich schade um den guten Rinderbraten."

Bernd winkte bedauernd ab. „Die Damen leben streng vegetarisch", sagte er.

„Wie das bei Pferden üblich ist." Donia wies hinaus auf die Terrasse. „Aber ihre Reiter würden dein Angebot gewiss nicht abschlagen."

„Wer sind die beiden?“

„Freunde“, sagte Donia.

„Dann hol sie herein.“ Kerstin legte ihrer Tochter liebevoll den Arm um die Schulter. „Du weißt doch, wer nach Pferd riecht, ist uns immer willkommen.“

Antje Diewerge

Donia und die Islandpferde

TIERBUCHVERLAG
Irene Hohe

Inhaltsverzeichnis

Das fängt ja gut an

Lilja versank bei jedem Schritt bis weit über die Fesseln im frischen Neujahrsschnee und aus ihren Nüstern stiegen kleine Atemwölkchen in die kalte Luft. Die Isländerstute war es gewohnt, diese Wegstrecke zwischen dem Bauernkotten von Donias Mutter und dem heimatlichen Pappelhof in einem flotteren Tempo zu gehen und wartete mit aufmerksam zurückgewandten Ohren auf ein entsprechendes Signal ihrer Reiterin. Doch heute hielt Donia Schritt für die sicherste Gangart. Wer konnte schon wissen, was der plötzliche Schneefall der vergangenen Nacht so alles zugedeckt hatte.

Immer noch trieb der Wind die dicken Flocken vor sich her, die Liljas leuchtend rotbrauner Mähne kleine weiße Tupfen aufsetzten und sie wie einen Fliegenpilz aussehen ließ. Die gesprenkelte Mähne bildete einen fröhlichen Kontrast zu ihrem Fell, das jetzt als Winterhaar hell wie ein Sandstrand war, im Sommer jedoch walnussschalenbraun mit rötlichem Schimmer wurde. So wie es sich für einen hellen Fuchsfalben gehört. Donia fragte sich oft, ob Liljas Fohlen wohl diese Färbung geerbt hätte. Vielleicht wäre es auch ein Mausfalbe geworden, wie sein Vater Djarfur, einer der beiden Zuchthengste des Islandpferdegestüts Gut Aue. Doch das würde sie nie erfahren, denn Lilja hatte ihr Fohlen im Herbst vor einem Jahr, lange vor der Geburt, durch eine Infektionskrankheit verloren, und der Tierarzt bezweifelte sogar, dass sie noch einmal tragend werden könnte.

Für Donia war damals fast eine Welt zusammengebrochen. Sie hätte so gerne ein Fohlen von ihrer Stute gehabt, und nun sah alles danach aus, als sollte sie überhaupt nie mit Lilja züchten können. Das schien ihr immer noch unbegreiflich. Am schlimmsten war es im vergangenen Sommer gewesen, als sowohl Liljas gleichaltrige Herdenkollegin Vindstjarna und deren Mutter Hyndla, die Stuten von Donias Freundin Iris, als auch Padda, eine Stute von Iris' Freund Gerald, Nachwuchs bekamen. Es hatte sie jedes Mal traurig gemacht, die drei Fohlen auf der Weide miteinander spielen zu sehen und zu wissen, dass eigentlich noch ein viertes dazugehört hätte. Inzwischen standen die Fohlen in der Absetzerherde von Gut Aue, dreißig tröstliche Straßenkilometer von Iris' Pappelhof entfernt.

Lilja hob den Kopf und spitzte die Ohren. Dann wieherte sie so inbrünstig, dass Donia die Erschütterung bis in den Sattel hinein spürte. Jetzt konnte auch sie inmitten des Schneetreibens die beiden dick vermummten Reiter ausmachen, die sich beim Näherkommen als Iris und ihr Freund Gerald entpuppten. Iris ritt ihre windfarbene Vindstjarna, ein rötlichgraues Pferd mit silberweißem Langhaar und auffälligem Stern, und Gerald gab sich alle Mühe, auf deren Schimmelmutter Hyndla eine gute Figur zu machen. Wenn er seine eigenen Pferde unter dem Sattel hatte, war er ein ganz passabler Reiter, mit Iris' eigenwilligen Damen aber tat er sich stets etwas schwer.

„Ein frohes neues Jahr." Die beiden parierten ihre Stuten kurz vor Lilja durch und die drei Stallgefährtinnen begrüßten einander mit freundlichem Schnauben. „Wie war die Silvesterfeier bei den frischgebackenen Eltern?", fragte Iris.

„Etwas unruhig", berichtete Donia. „Der kleine Niklas hält meine Mutter und Robert ganz schön auf Trab. Kaum gibt er einen Ton von sich, holen sie ihn schon aus der Wiege und tragen ihn so lange herum, bis er sich wieder beruhigt hat. Die beiden haben im Moment nur noch Augen und Ohren für ihr neues Baby, etwas anderes scheint sie gar nicht mehr zu interessieren. Manchmal bin ich mir richtig überflüssig vorgekommen."

„Ich kann mich nicht erinnern, dass mein Bruder sich damals auch so intensiv um Alexandra gekümmert hat", sagte Iris nachdenklich. „Vielleicht wäre aus seiner Tochter dann ein etwas umgänglicherer Mensch geworden, als sie es heute ist." Sie blies sich eine graumelierte Locke aus der Stirn und legte ihre Hand liebevoll auf die Schulter ihres Freundes. „Im Gegensatz zu dir sind wir zwei ganz ungestört ins neue Jahr gekommen. Punkt zwölf haben wir eine kleine Flasche Sekt geköpft und dann draußen am Zaun unser Bengalisches Feuerwerk entzündet." Sie kicherte.

Auch Gerald verzog amüsiert den Mund. „Vom Hersteller war es eigentlich als Bengalisches Rad gedacht, weil es sich funkensprühend um den Befestigungsnagel am anderen Ende des Stabes drehen sollte“, erklärte er. „Nur habe ich den leider so gründlich am Torpfosten eingeschlagen, dass sich gar nichts mehr bewegte, und bis ich ihn mit dem Hammer wieder gelockert hatte, war schon alles vorbei. Uns hat es aber trotzdem gefallen, und die Pferde haben ganz interessiert über den Zaun geschaut.“

„Ihr Interesse galt wohl mehr den Äpfeln und Möhren, die wir für sie mitgebracht hatten.“ Iris lachte. „Jetzt wollten wir zum Kotten hinüber, um euch einen Neujahrsbesuch abzustatten und dich zu einem gemeinsamen Heimritt abzuholen. Wir konnten ja nicht ahnen, dass du schon so zeitig auf dem Nachhauseweg sein würdest.“

Donia zuckte bedauernd die Achseln. „Als ich heute Morgen das dichte Schneetreiben sah, wollte ich lieber gleich nach dem Frühstück zurückzureiten, anstatt später womöglich draußen bei der glücklichen Familie festzusitzen.“

„Lilja hätte dich bestimmt auch durch meterhohen Schnee noch sicher nach Hause gebracht.“ Iris schaute zum grauen Himmel hinauf, dessen Flockensegen inzwischen nachgelassen hatte und jetzt ganz versiegte. „Man sollte Entscheidungen eben nie überstürzen.“ Sie klopfte sich schmunzelnd den Schnee vom Parka und nahm Vindstjarnas Zügel auf.

„Wir beide sehen uns morgen in der Agentur“, fügte Gerald mit aufmunterndem Lächeln hinzu, ehe auch er seine Stute weitergehen ließ.

Gerald hatte Donia im Frühsommer als Grafikerin für seine kleine Lüneburger Werbeagentur angeworben. Die gut einstündige Fahrt dorthin musste Donia aber nur alle paar Tage auf sich nehmen, um die Aufträge, die sie bei sich zu Hause ausführte, mit Gerald durchzusprechen. Wann sie daran arbeitete, blieb hingegen ganz allein ihr überlassen, so lange sie sie nur pünktlich ablieferte.

Durch die freie Zeiteinteilung kam sie nun viel häufiger zum Reiten als es bei den festen Arbeitszeiten ihrer vorherigen Anstellung möglich gewesen war. Jetzt bedeuteten sommerliche Abendschwüle und kurze Wintertage keine unüberwindlichen Hindernisse mehr. Im Sommer konnte sie bereits vor der größten Tageshitze ausreiten und im Winter während der Woche die hellen Stunden im Sattel genießen. Lilja profitierte ebenfalls von diesen Veränderungen, denn die Stute musste regelmäßig geritten werden, um im Tölt und Trab gleichermaßen gelöst zu gehen. Anders als Kerstins Naturtölter Jörvi, der diese Gangart seit jeher dem Trab vorzog, und anders als die Fünfgängerin Hyndla, die eher dazu neigte, den Tölt zum Pass hin zu verwischen.

Auf Iris' Hof hatte der Wind das Dielentor kniehoch zugeweht, und Donia benötigte ihre ganze Kraft, um es gegen den Widerstand des Schnees so weit aufzuschieben, dass Lilja mitsamt Sattel hindurch passte. Sie striegelte ihre Stute nach dem Absatteln kurz über und setzte ihr eine Schüssel mit Kraftfutter vor. Anschließend brachte sie sie in den Offenstall, in dem schon Geralds Stuten Padda und Gigja warteten. Der Durchgang zum Auslauf war mit zwei Rundbalken versperrt, so konnte der Schweiß in Liljas dichtem Winterfell hier in dem windgeschützten Raum in Ruhe trocknen. Wenn Iris und Gerald zurückkamen und auch ihre Stuten abgetrocknet waren, würden sie alle Pferde gemeinsam wieder hinauslassen.

Donia holte sich einen Besen, legte den Kofferraumdeckel ihres eingeschneiten Autos frei und packte das Sattelzeug hinein, das nach dem Matschwetter der vergangenen Wochen eine Reinigung bitter nötig hatte. Da sie nun schon einmal den Besen in der Hand hielt, fegte sie gleich noch den Platz vor dem Dielentor. Iris würde es sicher zu schätzen wissen. Nachdem diese Arbeit getan war, sah sie im geräumigen Flur des Wohnbereichs noch rasch nach Graupel, dem schwarzweiß gesprenkelten Hofhund, der dort krank und unter einer alten Steppdecke an seinem angestammten Platz lag.

Der Mischlingsrüde war an einem der ersten kalten Dezembertage in blindem Jagdeifer durch das dünne Eis des Ententeiches gebrochen und hatte sich als Folge davon eine schwere Lungenentzündung zugezogen, an der er fast gestorben wäre. Er war auch jetzt noch etwas schwach auf den Beinen und schlief fast den ganzen Tag, befand sich aber nach Auskunft des Tierarztes auf dem Weg der Besserung und wedelte unter dem Deckenberg schon wieder mit der fransigen Rute, als Donia ihn streichelte.

Sie war so froh, dass Graupel wieder gesund werden würde, denn nach dem Tod ihres alten Islandpferdefreundes, Iris' Schecken Gyrðir, vor anderthalb Jahren und Liljas Fehlgeburt wenige Monate später wollte sie jetzt nicht noch ein weiteres Tier für immer verabschieden müssen.

Trotz des heftigen Schneefalls waren auf dem Land, abseits der Autobahnen nur wenige Räumfahrzeuge unterwegs und Donia musste die zehn Kilometer bis zu ihrer Wohnung in der Stadt im Kriechtempo auf der rutschigen Landstraße zurücklegen. Sie parkte vor ihrem Wohnblock, wuchtete sich das Sattelzeug über die Schulter, betrat das Haus und schaute als erstes im Briefkasten nach, ob am Silvestermorgen noch Post für sie gekommen war. Neben den Neujahrsgrüßen einer Freundin und der Werbung eines Pizza-Lieferdienstes fiel ihr ein hellgraues Kuvert ohne Absender entgegen. Sie legte den Sattel auf das Treppengeländer und riss neugierig den Umschlag auf.

In dem knapp gefassten Schreiben mit dem Briefkopf eines Geldinstitutes war von einem langfristig angelegten Guthaben auf Donias Namen die Rede, das zum Jahresbeginn auszahlungsfähig wurde. Man bat sie, sich baldmöglichst mit der Frankfurter Hauptgeschäftsstelle der Bank in Verbindung zu setzen.

Verwirrt klemmte Donia die Post unter die übergeschlagenen Steigbügelriemen, nahm den Sattel vom Treppengeländer und schleppte ihn in den zweiten Stock hinauf. Was konnte es mit diesem Sparguthaben nur auf sich haben? Kein Mensch hatte ihr gegenüber jemals etwas Derartiges erwähnt. Ob das vielleicht eine verspätete Weihnachtsüberraschung von Kerstin sein mochte? Aber ihre Mutter und Robert hatten ihr doch schon einen Gutschein für die nächsten drei Besuche beim Hufschmied geschenkt, und Kerstin hätte es auch nie fertiggebracht, so ein Geheimnis jahrelang für sich zu behalten. Dennoch rief Donia sie an und las ihr am Telefon den Brief vor.

„Damit habe ich wirklich nichts zu tun“, sagte Kerstin, nachdem

Donia geendet hatte. „Möglicherweise kommt das Geld von deinem Vater. Er hatte mir bei unserer Trennung zugesagt, sich um deine finanzielle Absicherung zu kümmern, doch ich dachte, damit meinte er seine regelmäßigen Unterhaltszahlungen für dich. Von einer Geldanlage war meines Wissens nie die Rede gewesen."

So blieb das Rätsel um das Guthaben vorerst ungelöst. Auch in der Frankfurter Bankzentrale, bei der Donia gleich am nächsten Morgen anrief, konnte man ihr nur bedauernd mitteilen, dass man am Telefon keine Auskünfte darüber geben dürfe. Man würde die Unterlagen aber noch heute an die Filiale in Donias Wohnort weiterleiten, so dass sie dort alles persönlich mit einer Mitarbeiterin bereden könnte. Das hieß noch einen weiteren Tag auf die Klärung der Angelegenheit zu warten.

In Geralds Agentur verging die Zeit durch die Auftragsbesprechungen noch relativ schnell, wieder zu Hause aber zog sie sich in die Länge wie ein altes Kaugummi. Auch mit der Arbeit ging es nicht recht voran. Wer konnte sich in einer solchen Lage schon auf den Entwurf eines Werbeprospektes für Kompostierbehälter konzentrieren? Um sich dennoch irgendwie zu beschäftigen, holte Donia ihr Sattelzeug aus der Abstellkammer und putzte es so gründlich, wie schon lange nicht mehr. Sie polierte sogar die Sicherheitssteigbügel aus Messing blitzblank und schrubbte die Gummieinlagen mit warmem Seifenwasser, bis sie aussahen wie neu. Der linke Bügelriemen war durch die ständige Belastung beim Aufsitzen etwas länger geworden als der rechte, und Donia tauschte die Riemen gegeneinander aus, damit der Unterschied sich wieder ausgleichen konnte.

Am nächsten Vormittag erfuhr sie dann endlich genaueres über das geheimnisvolle Guthaben, das tatsächlich von ihrem Vater stammte. Er hatte vor zwanzig Jahren auf ihren Namen einen größeren Geldbetrag zu einem guten Zinssatz festgelegt. Das daraus gewachsene Guthaben sollte nun an sie ausgezahlt werden. Donia nahm das Schriftstück, das ihr die Bankangestellte über den Tisch schob, entgegen und erstarrte, als sie die Zahl in der untersten Reihe las. Mitsamt allen Zinsen war der angelegte Betrag inzwischen auf fast vierzigtausend Euro angewachsen. Ein kleines Vermögen.

Leicht benommen verließ Donia die Bank und rief als erstes Kerstin an. Keine Stunde später saß sie in der Küche des Kottens bei einer Tasse heißer Schokolade, die ihre Mutter ihr hingestellt hatte. So wie früher, an ihren gemeinsamen Winternachmittagen zu Hause. Es kratzte an der Tür, und Kerstin ließ Rosalinde herein, die riesige Molosserhündin, die sich ohne Rücksicht auf Donias Füße mit zufriedenem Grunzen unter dem stabilen Holztisch niederließ.

„Ich bin ganz durcheinander, was soll ich nur mit so viel Geld machen?“ Donia warf ihrer Mutter einen verzweifelten Blick zu.

Kerstin schenkte sich ebenfalls eine heiße Schokolade ein und setzte sich ihrer Tochter gegenüber. „Lass dir vor allen Dingen Zeit“, sagte sie. „Es zwingt dich niemand, das Geld jetzt sofort auszugeben“

„Das ist mir schon klar“, antwortete Donia mit leicht genervtem Unterton in der Stimme. „Ich habe nur noch nie so viel Geld auf einmal besessen.“

„Ich auch nicht“, bemerkte Kerstin ruhig.

Donia schaute sie an. „Bist du eigentlich gar nicht neidisch, dass mein Vater für mich Geld angelegt hat und du ganz leer ausgehst?“

Kerstin schüttelte so nachdrücklich den Kopf, dass ihr das kinnlange Haar um die Ohren flog. „Du bist seine Tochter und es steht dir zu. Was mich betrifft, so wollte ich von Anfang an nie auf sein Geld angewiesen sein, selbst wenn er ausreichend davon besaß. Es hat mir völlig genügt, dass er achtzehn Jahre lang den Unterhalt für dich bezahlte. Für alles Übrige bin ich selbst aufgekommen und war mit dieser Lösung immer ganz zufrieden.“ Sie streichelte Donias Arm. „Mach dir also bitte kein schlechtes Gewissen. Wer weiß, wofür du das Geld noch brauchen kannst.“

Donia stützte das Kinn in die Hand. „Ich werde davon auf jeden Fall diesen Sommer nach Island reisen, zum Landsmót Hestamanna, dem großen Pferdetreffen. Und danach kaufe ich mir vielleicht eine zweite Stute.“

„Auf Island“, mutmaßte Kerstin.

Diesmal schüttelte Donia den Kopf. „Nein, ganz bestimmt nicht. Mir wäre das Risiko viel zu groß, dass sie hier Sommerekzem bekommt, und das möchte ich keinem Pferd antun. Aber auf Gut Aue steht noch Sina, eine Halbschwester von Lilja, die damals ebenfalls im Mutterleib aus Island importiert worden ist. Die beiden haben denselben Hengst zum Vater, und ich könnte dann wenigstens mit ihr dessen Linie weiterzüchten.“ Donia schaute ihre Mutter an. „Was hältst du davon?“

„Wenn Niklas schon etwas älter wäre, würde ich sofort nach Island mitkommen, doch das klappt wohl erst zum nächsten Landsmót in vier Jahren.“ Kerstin rührte in ihrer Schokolade. „Den Kauf eines zweiten Pferdes solltest du dir aber meiner Meinung nach gründlich überlegen. Wenn du eines Tages doch noch dein Abitur nachholen und studieren willst, könntest du das Geld gut dafür gebrauchen.“

Donia seufzte. Ihre Mutter war immer so schrecklich realistisch. „Ich weiß gar nicht, ob ich überhaupt noch studieren will“, sagte sie und tätschelte Rosas breiten Kopf, der schwer auf ihren Knien ruhte. „Im Moment bin ich mit meinem Beruf jedenfalls sehr zufrieden, und den guten Job bei Gerald werde ich bestimmt so schnell nicht wieder aufgeben.“

Kerstin löffelte den Bodensatz aus ihrem Trinkbecher.

„Das sollst du ja gar nicht“, sagte sie. „Ich fände es nur schade für dich, wenn du dein Geld jetzt mit vollen Händen ausgibst und das dann später bereust. Aber es ist und bleibt natürlich allein deine Entscheidung."

Also auch mein Problem, dachte Donia und musste plötzlich lachen, denn sie hätte sich durchaus ein schlimmeres vorstellen können.

Nachmittag mit Erinnerungen

Aus dem Stubenwagen am Küchenfenster drang leises Wimmern, das sich schnell zu einem unmutigen Geschrei auswuchs. Der alte Kater Brutus schoss wie ein rot getigerter Blitz von seinem Aussichtsplatz auf der Fensterbank durch die Katzenklappe hinaus auf den Flur. Rosalinde schaute ihm mit hochgezogenen Brauen nach, legte dann den faltigen Kopf wieder auf ihre Vorderbeine und seufzte. Donia seufzte ebenfalls. Sie und Kerstin warteten schon seit über einer Stunde darauf, dass Niklas endlich aus seinem Mittagsschlaf erwachte.

Kerstin nahm das brüllende Baby aus dem Wagen. „Sobald ich ihn gestillt und trockengelegt habe, können wir losreiten", sagte sie, schob ihren Pullover hoch und legte sich ihren kleinen Sohn an die Brust. Als Niklas eine Weile später satt und frisch gewickelt wieder im Stubenwagen lag, schob sie diesen hinüber in Roberts Arbeitszimmer. „Unser Junior wird jetzt eine Weile Ruhe geben."

„Falls nicht, werde ich schon damit zurechtkommen", antwortete Robert. „Findest du nicht auch, dass unser Sohn eine schöne kräftige Stimme hat? Vielleicht wird er später ja einmal Sänger.

„Oder Marktschreier." Kerstin gab ihrem Mann einen Kuss. „Wir machen uns jetzt auf den Weg. Bis nachher." Sie hakte sich bei Donia unter.

In der Diele zerrten sie mit vereinten Kräften ihre Stiefel über die dicken Wollstrümpfe, schlüpften in die warmen Steppjacken und gingen hinaus zum Auslauf, in dem die drei Pferde des Kottens untergebracht waren, sich die Wintersonne auf den dicken

Bärenpelz scheinen ließen und gelegentlich ein Maul voll Heu aus einem Futternetz unter dem Vordach des Offenstalls zupften.

Die drei lehmbraunen Falben passten so gut zueinander, wie extra per Katalog ausgesucht. Kerstins Wallach Jörvi, der größte und stämmigste von allen, trug rabenschwarzes Langhaar zu ebensolchen Stiefeln und ging den weichsten Naturtölt, den man sich nur denken konnte. Wie immer dicht neben ihm stand Roberts grazile Stute Ísafold und in einiger Entfernung deren viereinhalbjährige Tochter Nös. Sie glich ihrer Mutter aufs Haar, bis hin zu der kleinen weißen Schnippe auf der Oberlippe, und wurde, ebenso wie Ísafold, wegen ihres schwarzweißen Langhaars von Unkundigen immer wieder mal für ein Fjordpferd gehalten.

Donia wollte Nös als Handpferd neben Ísafold mitnehmen, was Kerstin einen ungläubigen Blick entlockte, denn sie selbst fand es eher hinderlich, beim Reiten noch auf ein Pferd am Führstrick achten zu müssen. Sie putzten und sattelten das falbfarbene Trio, setzten ihre Reithelme auf und ritten los.

Die Landschaft hier am Rande des Naturparks Lüneburger Heide lag noch immer unter einer dicken Schneedecke, die aber auf den meisten Wegen inzwischen so plattgefahren war, dass man dort wieder alle Unebenheiten erkennen und daher nach Herzenslust tölten und traben konnte. Vorausgesetzt, die Pferde trugen einen Hufbeschlag, an dem der Schnee nicht festklumpte, oder gingen sogar barfuß, so wie Jörvi und die Stuten.

Die drei waren angesichts der einladenden Wege kaum zu zügeln. Vor allem Donia hatte reichlich zu tun, um Ísafold zurückzuhalten und Nös in ihre Schranken zu weisen. Dabei konnte sie den Pferden ihren Vorwärtsdrang nicht einmal verübeln, denn sie hatten den ganzen Dezember über Winterpause gehabt und trotz genügend Auslauf einiges an überschüssiger Energie aufgestaut.

Wirklich regelmäßig war speziell Jörvi bereits seit Kerstins Schwangerschaft nicht mehr geritten worden, und danach hatte sie nur Gelegenheit zum Reiten, wenn Robert tagsüber auf Niklas aufpassen konnte. Robert selbst kam ebenfalls fast nur an den Wochenenden dazu, seine Ísafold zu reiten und Nös weiter auszubilden.

Ísafold und Nös waren seit dem vergangenen Sommer von dem Mausfalben Djarfur, einem der beiden Hengste von Gut Aue, tragend. Das Fohlen von Ísafold würde nach dem Absetzen an Lilo und Bernd, die Besitzer des Gutes, gehen. Ihnen gehörten bereits die beiden jüngeren Schwestern von Nös, die dreieinhalbjährige Dögg, eine Tochter des Schimmelhengstes Hrimnir, und die im vergangenen Sommer geborene Djarfur-Tochter Frökk. Mit ihnen und einigen anderen passenden Pferden wollten Lilo und Bernd eine Falblinie aufbauen. Dögg würde in diesem Sommer ebenfalls von Djarfur gedeckt werden.

Man konnte Ísafold und Nös ihre Trächtigkeit jetzt bereits ansehen. Dennoch würde ihnen bis ins Frühjahr hinein ein entspannter Ausritt nicht schaden.

Kerstin ließ Jörvi Schritt gehen. „Sobald Niklas alt genug für einen Babysitter ist, können Robert und ich endlich mal wieder gemeinsam ausreiten oder ins Kino, in ein Konzert oder mit Freunden zum Essen gehen. Ich hätte nie geglaubt, wie sehr mir so etwas fehlen würde."

Donia schaute ihre Mutter an. „Aber ihr wolltet doch unbedingt ein Baby haben."

„Das bedeutet ja nicht, dass wir uns jetzt für die nächsten drei Jahre mit unserem kleinen Schreihals einschließen müssen und uns erst dann wieder für etwas anderes interessieren dürfen, wenn er in den Kindergarten kommt."

„Hast du für mich auch schon einen Babysitter gehabt, als ich noch so klein war?", fragte Donia. Sie parierte Ísafold zum Stand und kontrollierte den Sattelgurt. Für eine tragende Stute saß er fest genug.

Nicht so der von Jörvi. Kerstin gurtete ein Loch nach. „Als du geboren wurdest, wollte ich dich unbedingt ganz allein versorgen und habe mich deshalb gleich für ein Jahr vom Schuldienst beurlauben lassen", beantwortete sie Donias Frage. „Und deinen Vater in deine Versorgung mit einzubeziehen wäre mir nie in den Sinn gekommen. Dazu war meine Angst davor, dass ich ihn mit irgendwelchen Pflichten dir gegenüber vergraulen könnte, viel zu groß. Er sollte von seiner Vaterschaft nur die angenehmen Seiten kennenlernen. Ich hoffte damals noch, dass wir viele Jahre zusammen bleiben und irgendwann eine richtige Familie würden. Vielleicht sogar noch mit einem weiteren Kind.“

Kerstin ritt wieder an. „Dass er dafür ganz einfach nicht der richtige Mann war, ist mir erst im Verlauf unserer Trennung klar geworden. Auch dass unser Zusammenleben nur deshalb so reibungslos funktionieren konnte, weil ich ihm alle Unannehmlichkeiten abgenommen und meine eigenen Bedürfnisse dabei total vernachlässigt habe. Erst als wir uns trennten, habe ich begriffen, dass in einer Beziehung jeder seinen Teil an Verantwortung zu tragen hat und seine Persönlichkeit niemals aufgeben sollte. Für Robert und mich ist es gar keine Frage, dass jeder von uns auch einmal Zeit für sich ganz allein braucht und er sich ebenso intensiv um Niklas kümmert wie ich. Außer dem Stillen natürlich, aber das kann ich wohl kaum von ihm erwarten.“ Kerstin schmunzelte.

Auf dem Rückweg biss ihnen eiskalter Gegenwind ins Gesicht, was die Pferde zusätzlich in ihrem Vorwärtsdrang anstachelte. Kerstin konnte Jörvi noch einigermaßen im Zaum halten, doch Donia musste ihre Stute immer wieder durchparieren oder eine Volte reiten, um Nös abzufangen und Ísafold erneut an den Zügel zu bekommen. Unter diesen Umständen verzichteten sie lieber auf jede schnellere Gangart, aus der womöglich ein unkontrolliertes Davonstürmen werden konnte. Die Pferde sahen das natürlich anders, und als sie schließlich den Kotten erreichten, hätte niemand sagen können, wer auf dem Heimweg mehr ins Schwitzen gekommen war, sie oder ihre Reiterinnen.

Es dämmerte bereits, was bedeutete, dass die drei Pferde ganz ohne Hilfe bis zum anderen Morgen nicht mehr trocken werden konnten. Deshalb legten Donia und Kerstin ihnen leichte Abschwitzdecken über, die die Feuchtigkeit aus dem dichten Fell nach außen ableiteten. Im Laufe der nächsten Stunden würde die Außenseite der Decken sich in der frostigen Luft allmählich mit knisterndem Raureif überziehen, darunter jedoch würde das dichte Fell gründlich abgetrocknet sein. Jetzt standen Jörvi und die Stuten dampfend in ihren bunten Überwürfen im Offenstall, der direkt an die ehemalige, von den Vorpächtern zum Wohnraum umfunktionierte Diele angrenzte.

Donia half Kerstin noch, die Pferde zu versorgen und fuhr dann in ihre Wohnung zurück, um endlich mit der Arbeit an dem Auftrag zu beginnen, für den sie bereits am Vormittag die Unterlagen aus Lüneburg abgeholt hatte.

Im Treppenhaus machte ein leuchtend gelber Aufkleber sie auf dringende Post in ihrem Briefkasten aufmerksam. Normalerweise bedeutete das, dass während ihrer Abwesenheit ein Telegramm oder ein Eilbrief gekommen war. Donia runzelte die Stirn. Sollte der Bank vielleicht eingefallen sein, dass das Geld erst nach weiteren zwanzig Jahren ausgezahlt werden durfte? Oder dass ihr Vater noch eine andere Frau mit dem Namen Adonia Kern kannte und die Bank sich versehentlich an die falsche Adresse gewandt hatte? Donia war auf alles gefasst, als sie entschlossen die Klappe des Briefkastens öffnete.

Was sie dahinter entdeckte war jedoch kein weiteres graues Kuvert sondern nur eine auf ein herausgerissenes Notizblatt gekritzelte Nachricht ihres Ex-Freundes Felix. Er hatte sie besuchen wollen und bat sie, sich doch bei ihm zu melden. Den Postaufkleber musste er wohl irgendwo gefunden haben. Donia ließ den Zettel in ihrer Jackentasche verschwinden und ging die Treppe hinauf.

Felix und sie hatten sich Ende April vergangenen Jahres während eines Tölt-Lehrgangs auf Gut Aue ineinander verliebt, und im Überschwang der Gefühle fand sie es nicht besonders schlimm, dass ihre Wohnorte fast zweihundert Kilometer auseinander lagen. Nach und nach aber wurde gerade dies zu ihrem größten Problem, denn da vor jedem Treffen immer erst eine stundenlange Autofahrt lag, war es zum Beispiel nie möglich, sich einmal ganz spontan zu verabreden. Etwas, auf das sie, wie ihr klar wurde, in einer Beziehung immer mehr Wert legte. Zu einem Umzug, der das Problem hätte lösen können, wären sie aber beide nicht bereit gewesen. Sie wollte weder ihre Wohnung und die Arbeit für Gerald noch Liljas schönen Pensionsplatz aufgeben, und bei Felix lagen die Dinge ähnlich. Er hatte ebenfalls erst vor kurzem eine gute Stelle gefunden, und sein Pferd stand auf einem

Hof, der sogar über eine eigene Ovalbahn verfügte.

Anders als sie hatte Felix die Unmöglichkeit spontaner Treffen nicht gestört. So war es noch eine Weile hin und her gegangen, bis sie sich schließlich eingestehen musste, dass sie mit dieser Situation auf Dauer einfach nicht glücklich sein würde. Im November hatte sie sich von Felix getrennt. Es war kein leichter Schritt gewesen.

Sie war daher ganz froh, dass Felix sie heute nicht angetroffen hatte. So kurz nach der Trennung hätte sie ihm noch nicht wieder begegnen mögen. Bis dahin würde noch einige Zeit vergehen müssen. Genauso wie nach ihrer allerersten Beziehung mit Olaf, dessen Familie ebenfalls zwei Islandpferde besaß. Heute verstanden sie sich immer noch sehr gut und besuchten sich alle paar Monate, um Klatsch und Tratsch aus der Pferdewelt auszutauschen. Auch Simon, ein weiterer Gangpferdereiter, der ihre Verliebtheit damals nur leider nicht erwidert hatte, gehörte inzwischen zu ihren besten Freunden.

Bestimmt würde so etwas auch eines Tages mit Felix möglich sein. Nicht morgen und nicht in zwei Monaten, aber doch irgendwann. Vielleicht sollte sie sich zur Abwechslung als nächsten Freund mal einen netten Grafiker aussuchen und sich nicht, wie bisher, immer nur unter Pferdeleuten nach einem Kandidaten umsehen. Vor allem aber würde sie sich nie wieder in einen Mann verlieben, der mehr als einen Steinwurf weit von ihr entfernt wohnte. Das war sicher.

Iris und Gerald, die am Anfang ihrer Beziehung ebenfalls ein gute Autostunde weit voneinander entfernt gelebt hatten, hatten relativ schnell eine für beide praktikable Lösung gefunden, indem Gerald eine Wohnung in der nahe gelegenen Stadt mietete und Lüneburg nur als Standort für seine Werbeagentur beibehielt. Seine bis dahin in Eigenregie gehaltenen beiden Stuten waren auf den Pappelhof umgezogen, und so war für die Zufriedenheit aller gesorgt.

Donia hatte die Reitsachen gegen Jeans und Sweatshirt getauscht und starrte nachdenklich auf ihren Arbeitstisch. Dort wartete die Seitengestaltung einer kleinen, regionalen Islandpferde-zeitschrift auf ihre Erledigung, ein Terminauftrag, den Gerald regelmäßig an sie weitergab. Eine größere Anzahl an Artikeln und Fotos, sowie mindestens zwei Dutzend unterschiedlich großer Anzeigen, mussten so miteinander kombiniert werden, dass sich die Leser später mühelos zurechtfanden und das Ganze auch noch gut aussah.

Der Computer vereinfachte die Gestaltung zwar immens, war aber nicht mehr auf dem neuesten technischen Stand, ebenso wie der relativ kleine Monitor. Ein neuer Computer und ein richtig großer Bildschirm, am besten noch zusammen mit den neuesten Grafikprogrammen, würden ihre Arbeit um einiges erleichtern, doch für eine solche Investition hatte bisher immer das Geld gefehlt.

Nun brachen andere Zeiten an. Donia kramte einen Schreibblock aus der Schublade. Neuer Computer, großer Monitor, neue Programme schrieb sie in großen Buchstaben oben auf das erste Blatt, und da sie schon mal dabei war, auch gleich: Islandreise. Und an fünfte Stelle, Kerstins gesammelten Einwänden zum Trotz: Sina.

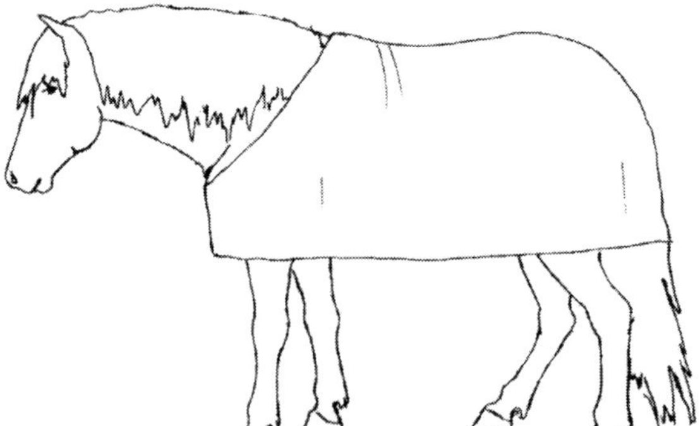

Große Pläne

Der umfangreiche Reiseprospekt, den Donia sich hatte zuschicken lassen, bot die verschiedensten Sonderprogramme rund um das Landsmót an, dessen Austragungsort in diesem Jahr das nordisländische Vindheimamelar am Skágafjord war. Wer wollte, konnte vor oder nach dem großen Pferdetreffen an Ritten durchs Hochland teilnehmen, angeln oder wandern. Es gab Anschlussprogramme für Abenteurer, die Island per Jeep auf eigene Faust erkunden wollten, aber für weniger Wagemutige auch Bustouren mit deutschsprachigen Reisebegleitern. Übernachtet wurde dabei in Zelten oder in Edda-Hotels, Schulgebäuden, die während der viermonatigen Sommerferien als Unterkünfte dienten.

Donia blätterte vor und zurück, knickte Eselsohren in die Seiten mit den interessantesten Angeboten und verglich die Preise. Wenn sie schon einmal nach Island kam, dann wollte sie so viel wie möglich von der Insel sehen. So fiel ihre Wahl schließlich auf das ‚Hochlandprogramm für Unerschrockene', eine Tour mit Reisebus und Zelt, die im Anschluss an das Landsmót eine Woche lang quer durchs Landesinnere bis nach Reykjavik führte. Von dort aus ging es dann zwei Tage später nach Deutschland zurück. Durch die geringe Anzahl der Busplätze wurde den Interessenten empfohlen, sich so bald wie möglich anzumelden. Also füllte Donia sofort das Buchungsformular aus und brachte es mit dem Auto sogar noch zur Hauptpost, ehe sie Richtung Gut Aue weiterfuhr.

Das Gestüt gehörte Lilo, eine langjährige Freundin von Iris, die den Hof und die Islandpferdezucht von ihrem Vater geerbt hatte. Aber wenn man von Gut Aue sprach, nannte man Lilo stets in einem Atemzug mit Bernd, ihrem Ehemann. Lilo und Bernd, das war ein feststehender Begriff unter Islandpferdeleuten. Ihre Tochter Kristina, die sich selbst den Namen Krissa gegeben hatte, war mit ihren dreieinhalb Jahren schon ebenso in Pferde vernarrt wie ihre Eltern und ritt unter Aufsicht bereits ganz alleine im Schritt in der Bahn. Wehe, Lilo oder Bernd griffen dabei versehentlich einmal in die Zügel ihres hochbetagten Wallachs Fálki, dann konnte man ihr Geschrei bis zum anderen Ende des Gutes hören. Nur im freien Gelände kam sie um den absichernden Führstrick nicht herum, mochte sie noch so lautstark dagegen protestieren.

Heute war Krissa ausnahmsweise einmal nicht bei den Pferden, sondern spielte mit den beiden spitzartigen Hunden, die dem neuen Mitbetreiber von Gut Aue, einem Isländer, gehörten. Er hieß Jón Baldvinsson, war mit seinen dreißig Jahren einige Jahre jünger als Lilo und Bernd und auf dem Gut für den Ankauf und die Ausbildung von Importpferden zuständig, die er jeweils im Frühjahr und im Herbst persönlich auf Island aussuchte. Zu diesen Jahreszeiten waren die Temperaturunterschiede zwischen der Insel und dem Kontinent am geringsten, und die Pferde konnten sich leichter an das Klima ihrer neuen Umgebung gewöhnen.

Jón hatte im Winter vor einem Jahr das alte Gästehaus des Gutes bezogen und von den damals mitgebrachten Pferden innerhalb kurzer Zeit schon so viele verkauft, dass manch einer sicher neidisch geworden wäre. Lilo und Bernd jedoch freuten sich über den gelungenen Start ihres neuen Mitbewohners, denn mit dem Pferdetyp, den er importierte, wurde das Angebot von Gut Aue vielfältiger als bisher und holte dadurch wiederum neue Kaufinteressenten auf den Hof. Nicht zuletzt entlastete Jóns Kostenbeitrag für Wohnung und Pferdeunterbringung die manchmal etwas strapazierte Kasse des Gutes. Jón wiederum profitierte von dem guten Ruf, den Gut Aue sich mit den Jahren erworben hatte. So war der Einzug des ruhigen Isländers für alle Beteiligten ein Gewinn.

Donia begrüßte Krissa. „Sind deine Eltern im Haus?“ fragte sie.

„Weiß nicht. Papa ist weggefahren.“ Krissa sah kurz auf, während sie weiterhin die beiden Hunde streichelte, die Donia interessiert beschnüffelten.

Donia ging durch die Hintertür und sah in der großen Wohnküche nach, dem Herzen des Gutshauses. Niemand da. Auch auf ihr Klopfen an die anderen Zimmertüren kam keine Antwort. Sie trat wieder hinaus und schaute zum Offenstallkomplex hinüber. Doch auch dort war außer den Pferden in den einzelnen Paddocks niemand zu sehen. Also schlug sie als dritte Möglichkeit den Weg zu den unteren Weiden ein. Irgendwann würde sie sich so oder so der schmerzlichen Begegnung mit den Fohlen von Iris' und Geralds

Stuten stellen müssen, dann konnte sie es ebenso gut gleich heute hinter sich bringen.

Sie entdeckte Lilo bei den Absetzern, denen sie soeben etwas Kraftfutter in die lange Krippe des Unterstandes gefüllt hatte. Jetzt nahm sie den leeren Eimer beim Henkel und schlug mit der hölzernen Futterkelle kräftig gegen das Blech. Die meisten der Absetzer hatten bereits gelernt, diesen wahrhaft scheußlichen Klang mit einer gefüllten Krippe gleichzusetzen und marschierten eifrig auf den Unterstand zu. Nur einige Nachzügler brauchten noch eine Extraaufforderung von Jón, der sie in leicht gebückter Haltung händeklatschend vor sich her trieb.

Donia beobachtete amüsiert, dass Vindstjarnas rabenschwarze Tochter Hnysa und Hyndlas mausfalbener Sohn Alvitur als erste im Unterstand ankamen. Paddas rundliche Hrimnir-Tochter Budda, so feuerrot wie ihre Großmutter, trödelte hingegen erst mit den letzten der Gruppe heran. Obwohl ihr Name im Isländischen nichts anderes bedeutete als ‚kleines, molliges Mädchen', strahlte sie doch eine innere Ruhe und Gelassenheit aus, wie man sie auch einem Buddha zuschrieb. So hatte Gerald mit seiner Namensgebung gleich in doppelter Hinsicht ins Schwarze getroffen.

Die Absetzer waren jetzt in einem Alter, in dem nichts an ihnen so recht zusammenzupassen schien. Keine Spur mehr von der Leichtigkeit der Saugfohlen auf ihren hohen Beinen. Mit ihren kräftigen Körpern und kurzen Hälsen unter dem dicken Winterfell ähnelten die Fohlen jetzt eher schwerfälligen Pummelchen. Doch schon in wenigen Monaten würden sie sich zu hübschen Jährlingen mit glänzendem kurzen Sommerhaar gemausert haben und kaum wiederzuerkennen sein.

Als sämtliche Fohlen ihren Platz an der Futterkrippe gefunden hatten, verließen Lilo und Jón die Weide und kamen auf Donia zu. Lilo sah blass aus und wirkte etwas nervös, was Donia sonst überhaupt nicht von ihr kannte. Sie setzte den leeren Eimer ab. „Wie du siehst, haben sich eure Fohlen schon gut bei uns eingelebt", sagte sie.

Donia legte den Kopf schief. „Man könnte sogar meinen, Hnysa und Alvitur hätten bereits die Leitung der Herde übernommen."

„Kein Wunder bei den selbstbewussten Müttern, die sie haben." Lilo nahm den Futtereimer wieder auf.

Jón hatte das Gespräch aufmerksam verfolgt. „Was heißt selbstbewusst?", fragte er.

Die beiden Frauen versuchten, ihm die Bedeutung des Wortes auf Englisch zu erklären, was gar nicht so einfach war. Doch schließlich nickte er und murmelte etwas auf Isländisch.

„Wir geben uns zwar schon gegenseitig Sprachunterricht", erklärte Lilo. „Aber bis ich mich einigermaßen auf Isländisch verständlich machen kann, werden wohl noch Jahre vergehen. Jón fällt das Deutsche etwas leichter, weil er es als Kind schon in der Schule gelernt hat."

Jón nahm ihr lächelnd den Futtereimer aus der Hand und ging hinüber zu den Ställen. Lilo und Donia schlenderten langsam hinterher.

„Lernt Bernd auch Isländisch?", fragte Donia.

Lilo schüttelte den Kopf. „Es interessiert ihn nicht. Er sagt, er wolle ja nicht auf Island leben."

„Aber doch bestimmt mal wieder zum Landsmót fliegen, wie vor vier Jahren, als ihr dort den Züchter von Djarfur kennengelernt habt. Da wäre es doch schön, wenn er ein wenig von der Sprache verstünde."

„In diesem Jahr findet das Pferdetreffen leider ohne uns statt", sagte Lilo und schien für einen Moment mit ihren Gedanken ganz woanders zu sein. Dann gab sie sich einen Ruck. „Aber wie Iris uns erzählte, wirst du wohl dorthin reisen."

Donia nickte mit strahlenden Augen. „Ja, ich habe heute meine Anmeldung zu einer Bustour durchs Hochland abgeschickt."

„Wie lange wird deine Reise dauern?", erkundigte sich Lilo.

„Mitsamt Landsmót leider nur zehn Tage. Dabei würde ich so gerne noch länger auf Island bleiben." Donia betrachtete stirnrunzelnd ihre Fingernägel, die aussahen, als hätte sie damit einen Acker umgepflügt. Sie schob die Hände in die Taschen und schaute wieder Lilo an. „Iris hat doch damals während ihrer Foto-Tour eine Weile Station auf der Pferdefarm von Jóns Familie gemacht. Meinst du, dass sie dort in diesem Jahr noch Platz für einen Sommergast haben? Ich würde natürlich auch gerne auf dem Hof mithelfen."

„Ich werde Jón fragen."

„Jetzt sofort?"

„Nein, jetzt geht es nicht, weil er gleich einem Kunden ein Pferd vorführen will. Ich passe lieber einen günstigeren Moment ab. Du wirst schon etwas Geduld haben müssen."

Donia seufzte. Geduld war noch nie ihre Stärke gewesen.

Sie hatten die Offenställe erreicht und schauten Jón beim Einfangen und Auftrensen eines seiner Verkaufspferde zu. Der Fuchs war ebenso langbeinig und schlaksig wie der Isländer und fast genauso bärtig. Jón führte ihn durchs Gatter und weiter zum Sattelplatz hinter dem Gebäude.

Kurz darauf begann im Auslauf der jungen Hengste eine heftige Prügelei. Ein kräftiger Silbergrauer ging mit gebleckten Zähnen auf einen kleineren Braunen los, der dieser Attacke allerdings geschickt auswich, so dass sie ein völlig unbeteiligtes Pferd traf. Das fuhr herum, legte die Ohren an, quiekte böse und schlug nach dem Angreifer aus. Der Graue machte einen Schritt rückwärts, um eine bessere Ausgangsposition für einen neuen Angriff zu haben, wurde aber von Lilos lautem Zwischenruf bei diesem Vorhaben gestört. Erschreckt starrte der Unruhestifter die kleine Frau an. Dann schnaubte er und trollte sich.

„Vindingur ist der größte Raufbold, den wir je hatten", erklärte Lilo mit Blick auf den Silbergrauen. „Es vergeht kaum ein Tag, an dem er nicht mit den anderen aneinandergerät. Gut, dass Iris ihn in diesem Jahr zu sich holt, um mit seiner Ausbildung zu beginnen. Da hat er weit und breit keine männliche Konkurrenz zu fürchten."

„Jedenfalls so lange, bis Alvitur alt genug ist, um von Iris angeritten zu werden", bemerkte Donia. „Ich glaube, dass sie ihn ebenfalls nicht kastrieren lassen will. Dann hätte sie neben einem Viergänger noch einen Fünfganghengst aus eigener Zucht."

„Ausgerechnet Alvitur, das Fohlen, das sie eigentlich gar nicht haben wollte, weil sie sich als Nachzucht von Hyndla unbedingt einen Schimmel in den Kopf gesetzt hatte." Lilo lächelte. Zum ersten Mal an diesem Tag.

„Glaubst du, dass er diese helle Mausfalbfarbe nach dem Fellwechsel noch behält?“, fragte Donia.

Lilo bewegte abwägend den Kopf. „Schwer zu sagen. Hyndla wurde als Fohlen einer Rappstute schwarz geboren und ist erst später allmählich ausgeschimmelt. Es kann also gut sein, dass sie die schwarze Farbe an Alvitur weitervererbt hat und unter seinem grauen Winterhaar im Sommer ein dunkler Mausfalbe zum Vorschein kommt. Dass er später ausschimmelt, wie seine Mutter, glaube ich aber eher nicht, weil Djarfur ein reinerbiger Falbe ist, also nahezu alle seine Fohlen Falben in verschiedenen Fellfarben sind. Wenn Hyndla die Schimmelfarbe weitergeben würde, müsste man das auch schon an Vindstjarna oder Vindingur sehen. Die zeigen aber beide keinerlei Anzeichen dafür, dass sie noch ausschimmeln könnten. Iris Wunsch nach einem Schimmelfohlen war ja der Grund, weshalb sie mit Hyndla ein Fohlen von Hrimnir ziehen wollte, denn bei unserem alten Herrn stehen die Chancen auf Schimmelfohlen sehr gut. Doch da hatte er bekanntlich nicht mitgespielt. Wenn ein Hengst in der Herde deckt und eine Stute nicht leiden kann, gibt es eben kein Fohlen.“

„Dass die Chancen auf ein Schimmelfohlen bei Hrimnir sehr gut sind würde ja bedeuten, dass auch seine Tochter Budda später ausschimmeln könnte“, dachte Donia laut nach.

„Möglich wäre es“, bestätigte Lilo. „Buddas endgültige Farbe lässt sich allerdings besonders schwer einschätzen, weil ihre Mutter Padda zwar ein Rappe ist, deren Mutter Gigja aber aus einer Fuchslinie stammt. Und dass Padda die Fuchsfarbe weitergeben kann, sieht man an den roten Spitzen von Schweif und Mähne. Dazu kommt, dass Hrimnir in seiner Vaterlinie ebenfalls viele Füchse aufweist und selbst als Fuchs geboren wurde.“

Donia wischte sich theatralisch mit einer Handbewegung den nicht vorhandenen Schweiß von der Stirn. „Pferdezucht ist viel komplizierter, als ich dachte.“ Sie schaute Lilo an. „Du weißt doch so viel über Farbvererbung und hast mal gesagt, dass Djarfurs Eltern Vollgeschwister waren, weil der Züchter die Falbfarbe durch Reinerbigkeit festigen wollte.“

„Worauf willst du hinaus?“, fragte Lilo.
„Dann könnte Iris Vindstjarna doch von ihrem Bruder Vindingur decken lassen, um die Windfarbe zu festigen.“
„Theoretisch ja“, stimmte Lilo zu. „Bei der Windfarbe sollte man das aber lieber vermeiden, weil Reinerbigkeit in diesem Fall häufig mit Augenproblemen bei den betroffenen Pferden einhergeht.“
„Schade.“ Donia hielt einen Moment nachdenklich inne und wechselte dann das Thema.
„Ich frage mich, wo Iris die ganze Nachzucht von ihren und Geralds Stuten einmal auf dem Pappelhof unterbringen will. Da wird sie wohl anbauen müssen. Allein schon wenn Vindingur auf den Hof kommt, kann sie ihn nur noch in der Berittpferdebox mit Auslauf und eigener Koppel unterbringen. Dann bliebe aber kein Platz mehr für ein Berittpferd. Und der Offenstall reicht nur für maximal sechs Stuten. Wie gut, dass sie die ganzen Fotos von euren Zucht- und Verkaufspferden macht und damit die Kosten für die Unterbringung ihrer Nachzucht bei euch wieder herein bekommt.“
„Lass das doch einfach alles ihre Angelegenheit sein“, unterbrach Lilo Donias Gedankengang. „Es wird sich schon für jedes

Problem eine passende Lösung finden." Und etwas leiser fügte sie hinzu: „Na ja, für fast jedes."

Sie gingen zum nächsten Auslauf weiter, und Donia ließ ihren Blick über die Herde der trächtigen Stuten gleiten. Ihr Versuch, eine kleine Rotfuchsstute ans Gatter zu locken, schlug fehl, denn Sina stellte sich ebenso stur, wie es auch ihrer Halbschwester Lilja manchmal in den Kopf kam. Donia wandte sich zu Lilo um.

„Seit ich das Geld von meinem Vater bekommen habe, bin ich am überlegen, ob ich euch nicht Sina abkaufen sollte. Sie ist Lilja vom Charakter her sehr ähnlich, und mit ihr könnte ich die Linie ihres gemeinsamen Vaters weiterzüchten."

„Ich enttäusche dich wirklich ungern, aber Sina ist leider unverkäuflich." Lilo hob bedauernd die Hände. „Bernd war so angetan von ihrem ersten Hrimnir-Fohlen, dass er sie unbedingt behalten möchte. Und von diesem Entschluss wird er sich bestimmt nicht abbringen lassen."

Donia verzog den Mund. „Auf eine solche Antwort war ich natürlich nicht gefasst. Höchstens darauf, dass eure Preisvorstellung höher sein könnte als meine." Sie wehrte sanft eine Rappstute ab, die über den Zaun hinweg den Geschmack von Donias Jackenärmel prüfen wollte.

„Wir können dir aber einige andere gute Pferde zum Kauf anbieten." Lilo beschrieb mit dem Arm einen Bogen über den Stallkomplex. „Wie wäre es denn gleich mit der schwarzen Dame hier vorne? Sie ist auch nicht von schlechten Eltern."

Donia schüttelte den Kopf. „Vielleicht hat Kerstin Recht, und ich sollte mir das mit einem weiteren Pferd wirklich noch überlegen."

„Ansonsten stehen wir dir natürlich jederzeit mit unserem Angebot zur Verfügung." Lilo wandte sich zum Gehen. „Kommst du noch auf einen Kaffee mit?"

„Nein, ich bin sowieso schon zu spät dran. Eigentlich müsste ich bereits auf dem Weg nach Lüneburg sein, um meinen neuen Computer abzuholen, den Geralds PC-Fachmann mir nach meinen Vorgaben besorgt und schon eingerichtet hat."

Lilo bedachte Donia mit einem skeptischen Blick. „Du hast

doch einen Computer. Wozu brauchst du denn einen neuen?“

„Um mir die Arbeit zu erleichtern.“

„Nicht alles wird mit Hilfe eines neuen Computers leichter“, sagte Lilo mehr zu sich selbst als zu Donia, und deshalb ging es völlig im Hufgeklapper von Jóns Fuchs unter, der auf seinem Weg zur Ovalbahn in flottem Tempo an ihnen vorbei töltete.

April, April

Obwohl es bereits Mitte Mai war, herrschte ein Aprilwetter wie aus dem Bilderbuch. In kurzen Abständen wurde die Sonne immer wieder von dunklen Wolken verdeckt, die abwechselnd Regengüsse und Hagelschauer über der Landschaft abluden. Momentan regnete es.

„Einen schlechteren Tag hätten wir uns für unseren Frühjahrsputz wohl kaum aussuchen können.“ Donia spießte ihre Forke unmutig in eine weitere Portion mistdurchtränkter Einstreu und schob sie aus der Berittpferdebox hinaus in den Paddock.

Von dort beförderte Iris sie weiter auf einen offenen Hänger, der direkt am Gatter stand. „Besser heute als gar nicht“, entgegnete sie. „Wir können von Glück sagen, dass Herr Schulten uns überhaupt noch einmal den ganzen Pferdemist vom Hof holt.“ Sie schüttelte mit einer Kopfbewegung die Kapuze ihres Regenmantels von den graumelierten Locken, denn es hatte zu regnen aufgehört und die Sonne kam wieder zum Vorschein. „Wenn er und seine Frau wirklich Ende des Jahres aufs Altenteil gehen sollten, werde ich mir wohl eine andere Lösung ausdenken müssen. Vielleicht steige ich tatsächlich noch auf die Produktion von Kompost um. Der ließe sich dann sogar zu einem guten Preis verkaufen.“ Sie kletterte auf den Wagen hinauf, um die Mistladung dort zu verteilen.

Donia lud noch die restliche Einstreu auf. „Ausmisten beendet“, verkündete sie und stützte sich zufrieden lächelnd auf die Forke.

„Dann haben wir ja das Gröbste hinter uns.“ Iris zurrte eine Plane über der Ladung fest, damit der böige Wind sie nicht in die Umgebung verteilen konnte. „Wenn wir den Stall gründlich gesäubert und frisch eingestreut haben, steht dem Einzug meines neuen Berittpferdes nichts mehr im Wege. Diesmal wird es eine junge Stute sein, die noch nie etwas von Sattel und Zaumzeug gehört hat. Sie soll angeritten werden, ehe sie das erste Mal zum Hengst kommt." Ein heftiger Hagelschauer ließ Iris vom Wagen springen und gemeinsam mit Donia in die Box flüchten.

Donia fegte mit dem großen Stallbesen ein paar letzte Halme zusammen. „Und wann wirst du Vindingur holen?", fragte sie.

„Nicht vor September, wenn meine Stuten bereits gedeckt sind. Ich will erst einmal sehen, wie er sich unter dem Sattel macht und ihn im nächsten Frühjahr der Zuchtkommission vorstellen, ehe ich ihn für Nachwuchs sorgen lasse."

„Bei Lilja brauche ich mir darüber ja leider keine Gedanken mehr zu machen", sagte Donia in einem neuen Anflug von Traurigkeit. „Benimmt Vindingur sich auf Gut Aue denn immer noch so rüpelhaft wie im Winter?"

Iris schaute in den Hagel hinaus und runzelte die Stirn über das unfreundliche Wetter. „Lilo hat ihn inzwischen zu den älteren Wallachen gestellt", sagte sie. „Die gehen nämlich gar nicht erst auf seine Streitereien ein, sondern lassen ihn damit ganz einfach links liegen."

Ein Trecker knatterte durchs Hoftor. Donia und Iris halfen Herrn Schulten, den mistbeladenen Hänger anzukoppeln und steckten ihm als kleines Dankeschön einen Geldschein in die ausgebeulte Tasche seiner Arbeitsjacke. Zufrieden pfeifend rumpelte er mit seinem Gespann über das Kopfsteinpflaster der Pappelallee davon.

Iris reckte sich und stützte eine Hand ins Kreuz. „Das war die Abteilung Pferdedung", sagte sie. „Was unsere drei inzwischen schon wieder im Laufstall fallengelassen haben, können wir auf den Misthaufen bringen."

„Es gibt keinen Misthaufen mehr", erinnerte Donia sie.

Iris grinste. „Dann beginnen wir eben heute mit einem neuen. Und jetzt auf zur großen Schur."

Natürlich sollten die Stuten nicht wirklich geschoren werden, denn sie waren nur durch ihr schützendes Deckhaar so wind- und wasserdicht, wie robust gehaltene Pferde sein müssen. Aber Iris und Donia wollten sie heute mit Fellkratzern einmal gründlich von all dem lockeren Winterhaar befreien, das ihnen trotz Scheuern und Wälzen immer noch im Pelz hing. Um sich die Arbeit zu erleichtern, hatten sie die Stuten schon morgens in den Laufstall gesperrt, wo ihr Fell nicht durch Regen und Hagel ständig wieder zu nassen Büscheln zusammenkleben konnte. Jetzt war es so plüschig trocken, dass das Ausstriegeln ein Kinderspiel sein würde. Donia und Iris führten die Pferde auf die Diele und begannen ihr Werk.

Eine Stunde später sahen die drei Stuten aus wie nach einer Blitzdiät. Im Winterpelz hatten sie viel stämmiger gewirkt, als sie tatsächlich waren, und die langhaarigen Dickerchen, die vorhin den Laufstall verlassen hatte, kehrten nun im kurzen Übergangsfell schlank und rank dorthin zurück. Iris öffnete ihnen den Durchgang zum Auslauf. Donia fegte die ausgestriegelten Haare zusammen und während sie diese in einen alten Futtersack stopfte, machte ihr Magen sie plötzlich darauf aufmerksam, dass das reichhaltige Frühstück schon einige Stunden zurücklag.

„Wie wäre es, wenn wir uns erst einmal etwas zu essen machen, ehe wir unseren Frühjahrsputz fortsetzen?“, fragte Iris, die entweder Gedanken lesen konnte oder ebenfalls hungrig war.

„Du sprichst mir aus der Seele.“ Donia öffnete das Dielentor und hielt prüfend eine Hand ins Freie. „Die Gelegenheit ist ideal für eine Pause, es fängt nämlich eben wieder zu regnen an.“

Sie ließen ihre verdreckten Gummistiefel vor der Tür zum Wohnflur stehen und schlüpften in ein paar ausgetretene Filzlatschen. Graupel beschnüffelte die Stiefel kurz, doch Pferdemist war für ihn ein gewohnter Duft und somit nicht weiter von Interesse. Er folgte Iris und Donia schwanzwedelnd in die Wohnküche.

Iris Kochkünste beschränkten sich nur auf einige wenige Gerichte wie Spiegeleier mit Bratkartoffeln oder Spaghetti Bolognese aus der Tüte. Dafür konnte ihr aber im Aufwärmen von Tiefkühlkost so leicht niemand etwas vormachen. Sie schob ein paar hartgefrorene Käsebaguettes in den Backofen und setzte sich neben Donia auf die Eckbank. Donia blätterte in der neuesten Ausgabe der regionalen Islandpferde-Zeitschrift.

„Die Gestaltung ist dir wieder sehr gut gelungen“, bemerkte Iris anerkennend nach einem Seitenblick.

„Danke.“ Donia legte das Heft beiseite. „Ich bin so froh, dass ich jetzt für Gerald arbeite. Bei ihm gefällt es mir sehr viel besser als an meinem früheren Arbeitsplatz.“

„Ich finde es auch sehr angenehm, durch ihn Fotoaufträge für seine Prospekte oder das Pferdemagazin zu bekommen“, sagte Iris. „Zum Glück erwartet er nicht, dass ich nur für die Agentur zur Verfügung stehe. Das wäre mir zu viel an beruflichem und privatem Miteinander. Aber so wie jetzt passen seine Aufträge zeitlich ganz gut zwischen meine sonstigen Arbeiten, und ich kann mir vor allem meine fotografische Unabhängigkeit erhalten.“ Sie schaute nach den Baguettes, deren Käsebelag im Backofen langsam zu schmelzen begann.

Donia deckte den Tisch und schaute Iris spitzbübisch an. „Ich kenne außer dir keine andere Frau, die so einzelgängerisch ist.“

„Ich leider auch nicht. Manchmal wäre es ganz schön, sich mit anderen Frauen austauschen zu können, die ebenfalls so viel Wert auf ihre Unabhängigkeit legen wie ich.“ Iris holte die Baguettes aus dem Ofen und verteilte sie auf die Teller. Während sie aß, ging sie mit den Augen eine Liste durch, die neben ihr auf dem Tisch lag. „Ausmisten ist erledigt.“ Sie nahm einen Kugelschreiber und hakte diesen Punkt ab. „Weide ist abgesammelt. Mist ist abgeholt worden. Pferde sind ausgeputzt. Fehlt noch die Wurmkur und die neue Einstreu in der Berittpferdebox. Für das Streichen der Zäune müssen wir sowieso auf trockeneres Wetter warten.“ Sie schob die Liste beiseite. „Ich finde, wir sind wirklich sehr fleißig gewesen. Der Rest dürfte kaum noch der Rede wert sein. Aber ehe wir damit beginnen, trinken wir erst einmal in Ruhe einen Kaffee nach dem Essen.“

Mitten ins vielversprechende Gurgeln der Kaffeemaschine hinein schrillte das Telefon. Nach dem fünften Klingeln nahm Iris ab. Donia spitzte neugierig die Ohren.

„Hallo Schwiegerschwester“, hörte sie Iris sagen. Es folgte ein erschrecktes: „Was? Jetzt schon? Und wie verhält sie sich?“ Ihre Stimme klang aufgeregt. „Ach du meine Güte, das hört sich wirklich nicht gut an. Versuche auf jeden Fall, den Tierarzt zu erreichen. Ja, Donia ist hier. Wir sind spätestens in zehn Minuten bei dir.“

Iris kam in die Küche zurück und schaltete eilig die Kaffeemaschine aus. „Kerstin braucht unsere Hilfe. Ísafold hat gefohlt, aber irgendetwas stimmt nicht mit ihr. Und deine Mutter ist ganz allein da draußen mit dem Monsterhund und dem schreienden Baby. Mein Architektenbruder wurde natürlich ausgerechnet heute zu irgendeiner Baustelle am Ende der Welt gerufen und wird wohl nicht so bald zurück sein.“

Sie sperrten Graupel in die Wohndiele, zogen ihre Stinkestiefel wieder an und verließen das Haus.

Erst als Iris’ ihren Wagen bereits Richtung Kotten lenkte, brachte Donia ein Wort heraus. „Ísafold sollte doch erst Anfang Juni fohlen“, bemerkte sie.

Iris überholte ein Treckergespann. „Sie und Nös sind sechs Wochen lang beim Hengst gewesen, da kann man sich im Abfohltermin schon mal verrechnen. Mit dem Fohlen scheint alles in Ordnung zu sein, aber Ísafold ist kurz nach der Geburt plötzlich zusammengebrochen und hat sich nur noch stöhnend herumgewälzt.“ Sie drückte noch einmal kräftig aufs Gas und hielt wenige Minuten später vor der Tür des Kottens.

Sofort ertönte aus dem Haus Rosalindes dumpfes Bellen. Die Tür öffnete sich, und Kerstin kam ihnen mit Niklas auf dem Arm entgegengelaufen. Ihr Gesicht war tränenfeucht, so dass Iris und Donia jetzt wirklich das Schlimmste befürchteten. Doch dann sahen sie das glückliche Leuchten in Kerstins Augen und ahnten, dass irgendetwas Besonderes geschehen sein musste.

„Isa hat noch ein zweites Fohlen bekommen.“ Kerstin strahlte. „Es wurde geboren, während ich bei euch anrief. Alle drei sind wohlauf. Und die Nachgeburt ist auch schon abgegangen. Ich habe dem Tierarzt aber trotzdem Bescheid gegeben. Sicher ist sicher.“ Sie strich sich die verschwitzten Haare aus der Stirn. „Und ich sah mich in Gedanken schon ein verwaistes Fohlen mit der

Flasche aufziehen."

Sie gingen ums Haus herum zur Weide, wo Ísafold erschöpft, aber dennoch mit aller Gründlichkeit, das Zwillingspärchen zu ihren Füßen leckte, dessen Fell von Regen und Fruchtwasser gleichermaßen nass war.

Zum ersten Mal seit Nös hatte die Stute einem ihrer Kinder wieder ihre charakteristische Schnippe vererbt. Das Erstgeborene, das diesen weiße Klecks auf der Oberlippe trug, versuchte sogar schon, aufzustehen, war aber mit Schwerkraft und Gleichgewicht noch nicht ausreichend vertraut und sank immer wieder ins nasse Gras zurück, um gleich darauf bereits den nächsten Anlauf zu nehmen. Zuerst sortierte es die staksigen Vorderbeine ausgestreckt nebeneinander, dann holte es mit pendelndem Köpfchen Schwung und stemmte ihre vier winzigen Hufe in den Boden. Und irgendwann stand es plötzlich, ohne wieder umzufallen, auf schräg abgegrätschten Beinen quer vor der Brust seiner Mutter. Es schwankte noch ein wenig, doch es stand.

„Das ist aber schnell auf den Beinen", stellte Donia bewundernd fest.

Jörvi und die dickbauchige Nös drängten sich neugierig immer näher an das Fohlen heran, bis Ísafold sie mit angelegten Ohren fortscheuchte, damit sie ihr Kind nicht gleich wieder umwarfen.

„Pass nur gut auf dein Kleines auf", sagte Kerstin lächelnd.

Das braunfalbe Stutfohlen hatte inzwischen das Euter seiner Mutter gefunden und saugte begierig an einer der Zitzen. Eine gute Viertelstunde später kam von der anderen Seite auch sein etwas kleineres, graubraunes Brüderchen dazu. Die lockigen Babyschweife wedelten aufgeregt, während die Zwillinge tranken. Es war alles so, wie es sein sollte.

Das stellte auch Dr. Marquardt fest, nachdem er Ísafold und ihre Kinder untersucht hatte. „Da kann ich nur gratulieren." Er nickte zufrieden. „So ein gut entwickeltes Zwillingspärchen bekomme selbst ich als Tierarzt, bei Pferden nicht oft zu sehen." Er schrieb etwas auf einen Zettel und gab ihn Kerstin. „Besorgen sie das und geben sie es der Stute während der kommenden Tage. Das wird ihr helfen, die Belastung besser zu verkraften. Sie scheint wohl ausreichend Milch für beide Fohlen zu haben. Behalten sie sie aber im Auge, und falls die Kleinen ihrer Meinung nach doch zu wenig zu trinken bekommen, müssen sie ihnen notfalls etwas Aufzuchtmilch zufüttern."

Ein erneuter Hagelschauer trieb die drei Frauen unter das schützende Vordach des Offenstalls und den Tierarzt zurück in sein Auto.

„Ich werde Isa und die Kleinen lieber ins Trockene holen", schlug Kerstin besorgt vor.

Sie führte die Stute langsam, so dass die noch ungelenken Zwillinge ihr gut folgen konnten, in den Stall und schüttete ihr eine große Portion Kraftfutter in die Krippe.

Iris und Donia brachten währenddessen Nös und Jörvi hinüber auf die Weide mit dem Unterstand, wo sie zur Feier des Tages ebenfalls eine kleine Futterration erhielten.

„Jetzt haben Mutter und Kinder erst mal ihre Ruhe vor den beiden", bemerkte Iris, als sie wieder im Stall angekommen waren.

Danach überließen sie die die drei sich selbst und gingen ins Haus, um sich bei einem starken Kaffee aufzuwärmen und sich dazu den Rest des leckeren Sonntagskuchens zu genehmigen.

Als sie später nach Ísafold schauen wollten, war der Offenstall leer. Die Stute war trotz des strömenden Regens wieder auf die

Koppel zurückgekehrt, wachte dort aufmerksam über ihre beiden Fohlen und schien mit sich und der Welt sehr einverstanden zu sein.

Richtung Norden und dann weiter

Die Maschine hatte Schottlands einsame Bergseen schon lange hinter sich gelassen, und überflog eine dichte Wolkendecke, unter der sich tief unten das offene Meer verbarg. Die Triebwerke dröhnten monoton und einschläfernd.

Es war Donia in Hamburg mit etwas Glück gelungen, am Flugschalter noch ein Ticket für einen Fensterplatz zu bekommen, nur schien diese Mühe wohl vergebens gewesen zu sein, denn außer diffuser Helligkeit und dem hinteren Teil der linken Tragfläche war draußen nichts zu erkennen. Enttäuscht lehnte Donia ihren Kopf zurück und schloss die Augen.

Sie öffnete sie erst wieder, als rechts vom Gang plötzlich das Zauberwort Island fiel und einige Passagiere aufgeregt aus dem Fenster deuteten, wo jetzt wolkenfreie Sicht herrschte. Natürlich wollten sich auch die Mitreisenden der anderen Seite den allerersten Blick auf ihr Reiseziel nicht entgehen lassen, sprangen auf und lehnten sich weit über die rechten Sitze. Donia wunderte sich, dass die Maschine bei diesem Ansturm nicht aus dem Gleichgewicht geriet, verließ aber gleichfalls neugierig ihren Platz. Leider versperrte ihr eine Wand aus Köpfen und Körpern jegliche Aussicht, so dass sie schon bald zu ihrem Sitz zurückkehrte und wieder aus ihrem eigenen Fenster schaute. Direkt unter ihr schwamm wie eine blaugrüne Perle eine kleine Vulkaninsel mitten im Ozean und schickte dünne Rauchfahnen gen Himmel.

„Diesen Anblick haben die anderen jetzt verpasst“, hörte Donia eine Männerstimme hinter sich sagen.

Sie drehte sich um. „Ist das Surtsey?“, fragte sie den grauhaarigen Mitreisenden.

„Ja, das ist Surtsey“, bestätigte er. „Aber ich kann mich nicht erinnern, dass die Insel jemals so bunt geschillert hat wie heute.“

„Sind sie denn schon oft nach Island geflogen?“, erkundigte Donia sich interessiert.

„Zum ersten und danach fast zu jedem weiteren Landsmót, das bisher ausgerichtet wurde. Das erste Mal war ich allerdings noch ein Kind und bin mit meinen Eltern dorthin gereist, die damals in

Deutschland bereits Islandpferde gezüchtet haben.“

Donia rechnete nach. Es wäre sicher unhöflich gewesen, den netten Herrn nach seinem Alter zu fragen, aber seinen Angaben zufolge hätte er gut und gerne ihr Großvater sein können. Bestimmt hatte er eine bequemere Reise gebucht als die strapaziöse Hochlandtour mit Bus und Zelt.

Wenig später setzte die Maschine zur Landung auf dem internationalen Flughafen in Keflavik an. Strahlender Sonnenschein empfing die Passagiere. „Island heißt uns mit offenen Armen willkommen“, sagte der alte Herr und stieg zu Donias großer Verblüffung ebenfalls mit in den Bus ein, der die Hochlandreisenden vom Flughafen abholte und zur ersten Übernachtung nach Reykjavik in eine Pension brachte.

Während der Fahrt beschlich Donia immer mehr das Gefühl, am falschen Ort gelandet zu sein. Wohin sie auch sah erstreckte sich bis zum Horizont nichts als eine graue Ebene aus rissiger Lava. Wo war denn nur die herrliche Landschaft, von der Iris ihr so begeistert erzählt und die sie selbst schon auf vielen Fotos gesehen hatte? Das hier war wohl das ödeste Land, das ihr jemals unter die Augen gekommen war. Doch damit nicht genug der Enttäuschungen, denn es hatte einen Engpass bei den Zelten gegeben, so dass Donia und noch eine weitere junge Frau aus der Gruppe, die beide ein Einpersonenzelt gebucht hatten, sich nun ein Doppelzelt teilen sollten.

„Dafür bezahlen sie dann natürlich etwas weniger“, versuchte der Leiter der Gruppe sie zu beschwichtigen.

Donia zuckte mit den Achseln und willigte ein. Was war schon dabei, sich ein paar Tage lang ein Zelt mit einer Fremden in ihrem Alter zu teilen. Schließlich waren sie beide aus demselben Grund hier: um das Landsmót zu besuchen und das Landesinnere kennenzulernen.

Doch ihre Mitbewohnerin erwies sich als absolute Fehlbesetzung. Sie hieß Beate und drängte jedem, den sie zu fassen bekam, bereits am ersten Abend ungefragt ihre gesamte Lebensgeschichte auf. Etwas, das Donia auf den Tod nicht ausstehen konnte. Frustriert ging sie zu Bett und zog sich die Decke über den Kopf. Auf was hatte sie sich hier nur eingelassen?

Nach einer kurzen Nacht und einem ausgiebigen Frühstück wurde die Gruppe anderntags in Richtung Norden chauffiert. Die asphaltierte Straße ging schon kurz hinter der Stadtgrenze Reykjaviks in eine Schotterpiste über und folgte der Küstenlinie bis hinein in die Fjorde. Nur selten kürzten Brücken den Weg ab. Der Blick aufs Meer wechselte mit der Aussicht auf blaue Hügel und einzelne Gehöfte, in deren Nähe Schafe, Rinder und manchmal Pferde weideten. Donia atmete erleichtert auf. Das alles kam dem Island ihrer Träume schon sehr viel näher.

Während kurzer Zwischenstopps konnte die Gruppe sich die Beine vertreten, an Kiosken etwas essen oder andere wichtige Dinge erledigen. Beate kaufte pfundweise Ansichtskarten und fotografierte mit ihrer Digitalkamera, als sei es die letzte Gelegenheit in ihrem Leben.

„Heb dir noch ein paar Bilder für den Rest der Reise auf", witzelte eine junge Frau mit holländischem Akzent, und der Mann hinter ihr fügte trocken hinzu: „Sonst reicht die Speicherkarte nicht."

Donia kicherte in sich hinein. Dieses holländische Paar war ihr auf Anhieb sympathisch.

Die unglaublich klare Luft erlaubte während der gesamten Fahrt eine kilometerweite Sicht übers Land. Ganz anders als auf dem Kontinent unter seiner immerwährenden Dunstglocke aus Auto- und Industrieabgasen. Im Gegensatz zu dort wehte hier allerdings Anfang Juli noch ein eisiges Lüftchen, so dass Donia bei jedem Verlassen des Busses sofort ihren winddichten Regenblouson über den dicken Pullover und ihr Fahrradstirnband schützend über die Ohren zog. Beate trug nur ein dünnes Jäckchen und wartete bibbernd auf den angekündigten Besuch in einer Wollwarenfabrik. Dort erstand sie dann glücklich einen grellbunten Pulli mit eingestricktem Pferdemotiv. Donia behielt ihre Meinung darüber lieber für sich.

Kurz vor Vindheimamelar hielten sie noch an der alten Torfkirche von Viðimýri, die man gegen Eintritt von innen besichtigen konnte. In Nullkommanichts drängte sich fast die gesamte Gruppe in dem nur wohnzimmergroßen Raum mit seinen Betstühlen und der kleinen Kanzel. Donia floh schon nach wenigen Minuten wieder hinaus, doch dort traf sie bereits auf die nächste Reisegesellschaft, so dass es ihr nicht einmal möglich war, ein ungestörtes Foto von der kleinen Kirche zu machen. Das einzige Motiv, bei dem ihr garantiert niemand durchs Bild laufen konnte, blieb der geschnitzte Giebel.

Am Zielort holperte der Bus einen Steilhang hinunter und entließ seine Passagiere an einem kleinen Flüsschen in eine bunte Zeltstadt mit Toilettenhäuschen und Waschtischen unter freiem Himmel. Hier erhielten sie sowohl die vorbestellten Schlafsäcke, Luftmatratzen und Zelte als auch die dazugehörigen Gebrauchsanweisungen, ohne die es Donia und Beate kaum gelungen wäre, ihre blaue Doppeldachbehausung fachgerecht aufzubauen. Beate richtete sich sofort wohnlich ein und begab sich dann an die Zubereitung einer Tütensuppe, während Donia den Abhang hinaufkletterte, um das oberhalb der Zeltstadt liegende Turniergelände zu erkunden.

Zwei Dinge wurden ihr schon nach wenigen Metern klar: Erstens hatte man hier als Fußgänger ständig auf dem Sprung vor staubschleudernden Fahrzeugen verschiedenster Bauart zu sein, und zweitens vor in hohem Tempo dahertöltenden Pferden, die ebenso plötzlich auftauchten wie sie wieder verschwanden. Schritt reiten schien man auf Island nicht zu kennen. Donia ließ sich etwas abseits von Staub und Hufen auf einem kleinen, moosbewachsenen Erdhügel nieder und streckte die Beine aus.

Die Reitbahnen, auf die sie jetzt blickte, waren nur für die Dauer des Pferdetreffens inmitten der freien Landschaft abgesteckt worden. Vor den beiden Ovalbahnen mit anschließender Rennpassstrecke bildete ein grasbewachsener Hang eine natürliche Zuschauertribüne, während man im Hintergrund die Pferdeweiden ausmachen konnte. Schneebedeckte Berge und der Taleinschnitt des Skagafjords rahmten die Szenerie malerisch ein. Donia verließ ihren Rastplatz und ging hinüber zu den großen weißen Versorgungszelten, in denen man von der Reitlehre auf Video und Sattelzeug bis hin zu Zahnbürsten und Lebensmitteln alles Mögliche kaufen konnte. Außerdem gab es noch eine Kantine, eine Poststelle und eine Informationszentrale, die Donia mit einem dicken Turnierprogramm unter dem Arm wieder verließ. Die Prüfungen selbst begannen erst am nächsten Morgen.

Zwei Tage später schwirrte Donia der Kopf von all den Pferden, die inzwischen die Bahnen betreten und wieder verlassen hatten. Wobei betöltet und verpasst sehr viel treffendere Bezeichnungen gewesen wären. Trab wurde nur als Aufgabenteil bestimmter Prüfungen gezeigt, aber außerhalb der Bahnen hatte Donia bisher noch kein einziges Pferd traben sehen. Ob unter dem Sattel oder als Handpferd - was auf dem weitläufigen Turniergelände unterwegs war, das töltete.

Die verschiedenen Prüfungen reihten sich fast nahtlos aneinander. Viergang und Fünfgang, Trab-, Galopp- und Passrennen, Vor-, Haupt- und Endausscheidungen, Prüfungen für Erwachsene, Jugendliche und Kinder, Zuchtgruppen von Hengsten und Stuten, prämiierte Hengste mit Nachkommen, prämiierte Stuten mit Fohlen bei Fuß. Was sich hier in den Bahnen präsentierte, gehörte zum Besten, was Island zu bieten hatte. Im Gegensatz zum Kontinent, wo gute Stuten vorrangig zur Zucht eingesetzt wurden, sah man hier eine Vielzahl hervorragender Fünfgangstuten unter dem Sattel, die den Hengsten und Wallachen in nichts nachstanden.

Donia fiel auf, wie groß manche Pferde hier auf Island schon waren. Einige von ihnen hatten laut Programmbuch sogar ein Stockmaß von über 1,49 m aufzuweisen, gehörten also nach internationalem Maßstab bereits zu den Großpferden. Andere lagen im Stockmaß noch unter 1,30 m und nahmen sich neben ihren hochgewachsenen Kollegen geradezu zwergenhaft aus. Doch ihre Reiter präsentierten sie mit dem gleichem Stolz und Können wie die Riesen, und oft waren sie denen in Ehrgeiz und Rasanz sogar überlegen.

Leider ließ der Stil mancher Reiter ziemlich zu wünschen übrig, und es gab einige unschöne Bilder von brutalen Paraden, zu tief und oft viel zu eng verschnallten Sperrhalftern und bis zum Anschlag durchgezogenen Kandaren in weit aufgerissenen Mäulern.

Die meisten Turnierteilnehmer aber ritten in untadeliger Manier. Zu ihnen gehörten auch die Kinder und Jugendlichen, in deren Prüfungen ein viel größeres Gewicht auf guten Sitz und einfühlsame Hilfengebung gelegt wurde als auf die Gangarten ihrer durchweg sehr guten Pferde. Diese Form der Beurteilung hätte Donia sich auch für manches Turnier auf dem Kontinent gewünscht.

Wenn sie bei aller Begeisterung einmal eine Pause vom Geschehen brauchte, unternahm sie abseits des großen Trubels kurze Spaziergänge in die nähere Umgebung. Dabei entdeckte sie weiter oben im Flusslauf, nahe der Koppeln, einen kleinen Wasserfall, dem gegenüber sie sich ins Gras setzte. Das silbrig über mehrere Felsstufen hinabfallende Wasser strahlte etwas ungemein Beruhigendes aus. Später machte sie davon noch ein Foto. Das würde sie sich zu Hause vergrößern lassen und in ihr Schlafzimmer hängen.

Schon bei einem früheren Spaziergang war sie Jón in die Arme gelaufen, der sich auf dem Landsmót nach Exportpferden umschauen wollte. Da es vor Ort noch weitere Kaufinteressenten aus Deutschland gab, würde man zusammen Mitte August einen Gemeinschaftstransport organisieren. Ganz entgegen Jóns Gewohnheit, neue Pferde möglichst außerhalb der Sommerhitze auf den Kontinent zu bringen. Er hob in einer hilflosen Geste die Hände. „Was soll ich machen? Die Leute sind ungeduldig und wollen nicht noch über zwei Monate auf die Pferde warten, die sie jetzt hier kaufen. Und ein großer Transport ist natürlich viel billiger."

„Werden wir uns in vierzehn Tagen noch auf dem Hof deiner Eltern begegnen?", fragte Donia.

„Nein", sagte Jón. „Ich besuche meine Familie schon in der nächsten Woche. Dann fahre ich zu einigen anderen Pferdezüchtern weiter, und ehe ich auf die Farm zurückkomme, bist du schon wieder abgereist."

„Schade", bedauerte Donia, der es gut gefallen hätte, auf dem fremden Hof wenigstens einen vertrauten Menschen zu wissen.

Außer mit Jón kam sie auf dem Turniergelände mit vielen anderen isländischen Pferdeleuten ins Gespräch, wobei die Unterhaltungen meist in einer etwas anstrengenden Mischung aus beiderseits lückenhaften Englisch und demonstrativen Handbewegungen geführt wurden. Mit Beate hätte sie sich gewiss einfacher verständigen können, doch die redete nach wie vor am liebsten über ihr Privatleben, wenn sie nicht gerade wieder eines ihrer zahlreichen Süppchen löffelte oder Ansichtskarten an die Hälfte der Weltbevölkerung schrieb. Daher folgte Donia gern der Einladung des holländischen Paares und saß jeden Abend mit Klaas, seiner Frau Janneke und deren Freundin Griet – glückliche Bewohnerin eines Einpersonenzeltes - zum gemütlichen Plausch beisammen, bis es Zeit wurde, schlafen zu gehen.

Schlaf in ungestörter Form wurde im Zeltdorf allerdings bald zu einem Fremdwort, denn selbstverständlich ließen es sich die Isländer nicht nehmen, ihr sommerliches Großereignis Landsmót ausgiebig, lautstark und mit viel Alkohol zu feiern. Bis in die frühen Morgenstunden hinein hielten sie sämtliche Camper mit ihren Gesängen wach und trafen beim mitternächtlichen Fußballspiel schon mal durch die Wand eines Zeltes hindurch dessen übermüdete Bewohner.

Dafür entschädigte die Besucher tagsüber ununterbrochener Sonnenschein, der manche von ihnen dazu verführte, sich ihrer dicken Pullover und Wollsocken zu entledigen und dem Sonnenbrand leichtsinnig Angriffsflächen zu bieten. Erst am letzten Tag verdüsterten dunkle Wolken den Himmel. Ein plötzlich aufkommender Sturm bepuderte innerhalb kürzester Zeit das gesamte Turniergelände mit feinstem Sand und verwandelte die große Abschlussparade in eine westernreife Vorführung auf staubumwölkten Bahnen.

Über Nacht nahm der Sturm noch weiter zu und ließ das Wasser draußen an den Waschtischen am Morgen der Abreise waagrecht aus den Hähnen fliegen.

Island im Schnelldurchgang

Für die Dauer der Hochlandtour schloss sich dem Bus ein Koch mit einem Küchenwagen an, aus dem die Gruppe von nun an verköstigt wurde. Beate konnte ihre restlichen Tütensuppen also getrost im Koffer lassen. Der ebenfalls hinzugekommene Reisebegleiter hieß Áki und zeichnete sich nicht nur durch gute Deutschkenntnisse, sondern zusätzlich durch ein lustiges Nackenzöpfchen aus, das kess über den Kragen seiner Jeansjacke baumelte. Donia glaubte, in dem jungen Isländer einen Teilnehmer des Landsmóts wiederzuerkennen, war sich aber angesichts des Zöpfchens nicht ganz sicher. So etwas wäre ihr bestimmt aufgefallen.

In Akureyri, der größten Stadt Nordislands, bekamen alle Reisenden noch einmal die Gelegenheit, letzte wichtige Besorgungen zu erledigen und sich bei Bedarf warme Islandpullover, Handschuhe, Mützen, Schals oder Decken aus bester isländischer Schafswolle zu kaufen, ehe der Bus Kurs auf den See Mývatn nahm. Am Wasserfall Goðafoss gestand man der Gruppe zwar eine halbstündige Pause zu, nur war diese Zeit viel zu knapp bemessen, um bis ganz an den rauschenden Fall herangehen zu können, dessen gewaltige Breite durch einen Felsgrat in zwei Hälften zerteilt wurde. Auch die Basalthöhle weiter unten am Fluss musste leider unbesucht bleiben. Zum Glück hatte sich wenigstens der Sturm etwas gelegt.

Während der Fahrt unterhielt Áki die Reisenden mit vielerlei Informationen über sein Land und dessen Geschichte und wusste natürlich etwas zu den eigentümlichen Kratern zu sagen, die wie kleine, grüne Ringwälle am Ufer des Mývatn aus dem Wasser ragten und auf Trampelpfaden bestiegen werden konnten. Ihre Entstehung verdankten sie einem Vulkanausbruch, bei dem sich glühende Lava so schnell in den See ergossen hatte, dass das darunter eingeschlossene Wasser kochend nach oben heraus explodiert war.

Die Mývatn-Etappe endete an einem terrassenförmig angelegten Zeltplatz in der Nähe des Seeufers. Nicht weit davon entfernt gab es eine von warmen Quellen gespeiste Badeanstalt. Dort konnte die Gruppe sich endlich die letzten Spuren des Sandsturms von der Haut und aus den Haaren duschen und anschließend noch ein wenig schwimmen oder sich in kleinen Bassins von heißem Wasser durchweichen lassen. Nur der über allem hängende Schwefeldunst, dessen Geruch stark an faule Eier erinnerte, war etwas gewöhnungsbedürftig.

Porentief gereinigt und vom warmen Abendessen gestärkt, spazierte Donia später über die Hügel hinter dem Zeltplatz und traf dort auf einige andere Mitreisende, für die Áki einen kurzen Ausritt organisiert hatte. Die Pferde dafür wurden während des Sommers von Bauern der Umgebung zur Verfügung gestellt und von einem jungen Mädchen betreut, das sich mit diesem Ferienjob etwas Geld hinzuverdiente. Die kleine Truppe verschwand im Zuckeltrab um die nächste Biegung.

Donia hatte ohne Bedauern auf eine Teilnahme an diesem Ausritt verzichtet, denn sie würde ja schon bald jeden Tag im Sattel sitzen können. Sie ließ sich im Gras nieder und schaute auf den See hinaus, über dem eine große, rosa schimmernde Abendwolke hing. Wie in Zeitlupe senkte sie sich jetzt auf das Wasser herab, verwandelte sich dort in dichten Nebel und kam langsam auf das Ufer zu gekrochen. Ehe der Dunst auf das Land übergreifen und jede Orientierung unmöglich machen würde, kehrte Donia zum Zeltplatz zurück.

Als sie frühmorgens ein weiteres Mal den Hügel hinaufstieg, war der Nebel verschwunden, und hinter dem ruhigen Wasser des Sees schimmerten in der Ferne die Ausläufer eines Gletschers. Áki hatte diesen ruhigsten Moment des Tages ebenfalls für einen kurzen Alleingang genutzt. Er winkte grüßend vom Nachbarhügel herüber. Donia winkte zurück.

Zwischen Cornflakes, Broten und Kaffee servierte Áki der Gruppe zum Frühstück die Neuigkeit, dass es an ihrem heutigen Tagesziel, dem Tafelvulkan Herðubreið, einen nächtlichen Kälteeinbruch gegeben habe. Sie würden die geplante Reiseroute aber dennoch beibehalten und notfalls im frisch gefallenen Schnee campieren müssen. Trotz des heißen Kaffees ging ein Frösteln durch die Reihen.

„Hätte ich mir in Akureyri doch nur eine von diesen schönen Wolldecken gekauft“, sagte Donia zu dem älteren Herrn, von dem sie inzwischen wusste, dass er in Deutschland schon Islandpferde gezüchtet hatte, als sie noch gar nicht geboren war.

„Keine Angst, die Schlafsäcke halten warm“, beruhigte er sie.

„Niemand wird gefrieren“, versicherte auch Áki in seinem manchmal etwas eigenwilligen Deutsch.

Beate berichtigte ihn: „Das heißt erfrieren.“

„Es wird auch niemand erfrieren“, mischte Klaas sich ein.

Der Bus rumpelte über unebene Pisten aus erstarrter Lava zuerst nach Námaskarð, einem leuchtend gelben Schwefelfeld, gegen dessen Gestank die Badeanstalt die reinste Parfümerie gewesen war. Donia musste unwillkürlich an gekochte faule Eier denken, doch was hier zu ihren Füßen kochte, war die Erde selbst. In kleinen Gruben blubberte bläulicher Schlamm, und aus von Schwefelablagerungen verfärbten Steinhaufen zischten wie aus Überdruckventilen heiße Dämpfe gen Himmel. Eine wahrhaft urzeitlich anmutende Landschaft.

Die Gruppe wurde ermahnt, keinesfalls von den festgelegten Wegen abzuweichen, da auf der an vielen Stellen nur dünnen Erdkruste die Gefahr bestand, in den kochenden Untergrund durchzubrechen. „Es haben sich schon Leute sehr gebrannt“, sagte Áki, und Beate setzte eben zu einer weiteren Berichtigung an, als er auf ein großes, mehrsprachiges Warnschild deutete, dessen deutscher Wortlaut seine falsche Formulierung wörtlich bestätigte.

Ein kräftiger Wind begleitete die Weiterfahrt am Fluss Jökulsá entlang bis zum größten Wasserfall Europas, dem Dettifoss, dessen Wassermassen sich auf engstem Raum in eine tiefe Schlucht ergossen. Donia schob sich bäuchlings bis an den Rand der Klippe heran und schaute hinunter, um den Fall im Flussbett auftreffen zu sehen. Doch sie sah nur hoch aufstiebende Gischt. Kaum zu glauben, dass ein Tourist, der nach Ákis Erzählung vor Jahren in den Dettifoss gefallen war, diesen gewaltigen Sturz überlebt hatte. Langsam zog Donia sich wieder vom Abgrund zurück.

Áki tippte sie an und hielt ihr einen kleinen Musikplayer entgegen. „Willst du das einmal hören?“

Donia nahm den Player, setzte sich die Knöpfe in die Ohren und lauschte einem fremdartigen Gesang, der sie sofort in seinen Bann zog.

„Isländische Chormusik“, erklärte Áki auf ihren fragenden Blick hin. „Gefällt sie dir?“

Donia nickte. „Darf ich sie mir zu Ende anhören?“

„Behalte den Player, so lange du willst“, sagte Áki und ging wieder zurück zum Bus, wo er sich um die Ausgabe der mittäglichen Sandwiches zu kümmern hatte.

Der Dettifoss blieb der letzte Anblick fließenden Wassers vor der Fahrt durch die Lavawüste Ódáðahraun. In alten Zeiten hatten sich Verfolgte und Verbannte in diesen Teil des Landes geflüchtet und trotz der lebensfeindlichen Umstände manchmal über Jahre hinweg hier ausgeharrt. Einige wenige konnten sich sogar so lange versteckt halten, bis die Zeit ihrer Verbannung verstrichen war, und das, obwohl sie von jedem, der sie aufspürte, ungestraft hätten getötet werden dürfen, denn sie galten per Gesetz als vogelfrei. Auf Isländisch hieß es noch zutreffender ‚friedenlos‘.

Inmitten der schwarzen Einöde tauchte plötzlich wie eine Fata Morgana der flache, bläuliche Kegel des Herðubreið auf, der unter seiner weißen Schneehaube an eine riesige Zuckertorte erinnerte und von allen eifrig fotografiert wurde. Zu seinen Füßen lag das einzige Grünland weit und breit, eine kleine Oase mit einem quellgespeisten See und dem Campingplatz. Die vorherigen Besucher mussten diesen Ort wirklich fluchtartig verlassenen haben, denn man konnte sogar noch die Standorte ihrer Zelte erkennen, da sie seltsamerweise mit Reihen dicker Steine markiert waren. Schnee lag zur allgemeinen Erleichterung keiner mehr. Außer oben auf dem Vulkan, wo er aber zum gewohnten Bild gehörte.

Ein Ausbruch des Herðubreið sei nicht zu befürchten, beruhigte Áki die Gruppe. „Er ist schon lange ausgestorben“, erklärte er.

Diesmal verbiss Beate sich einen belehrenden Kommentar.

Die Gruppe versuchte, ihre Behausungen gegen den immer stärker werdenden Wind aufzubauen. Dabei entdeckte sie den Sinn der herumliegenden Steinbrocken, denn nur wenn man diese dicht an dicht auf den Saum seines Zeltes schichtete, konnte man es vor dem Davonfliegen bewahren. Es juckte Donia in den Fingern, die Flugtauglichkeit ihres Doppelzeltes zu testen und es an den Spannleinen wie einen Lenkdrachen steigen zu lassen. Doch ehe sie weiter darüber nachdenken konnte, winkte Griet sie beiseite.

„Wir beide verstehen uns doch viel besser als du und Beate“, begann sie. „Wollen wir ihr nicht mein kleines Zelt anbieten, und ich ziehe für den Rest der Reise zu dir?"

Donia fragte sich, warum sie nicht schon selbst auf diese Idee gekommen war und gab den Vorschlag sofort an Beate weiter, die sich zu ihrer großen Erleichterung mit dem Tausch einverstanden erklärte. Der Umzug fand noch am selben Abend statt.

Aufgrund weiterer Schneefälle im Hochland, von denen der Busfahrer per Funk erfuhr, musste die Route für den kommenden Tag kurzfristig geändert werden. Die Gruppe würde nun nicht, wie geplant, am Fuß des Gletschers Vatnajökull übernachten, sondern nach ihrem heutigen Ausflug auf den Vulkan Askja zum Zeltplatz am Mývatn zurückkehren. Von dort aus musste dann am Tag darauf das gesamte Hochland in einer einzigen langen Etappe bewältigt werden. Um dem Bus den Aufstieg zur Askja zu erleichtern, wurden Zelte und Gepäck im Wagen der Küchenmannschaft verstaut, die gleich von hier aus zum Mývatn zurückfuhr, die Gruppe zuvor aber noch reichlich mit Sandwichpaketen und großen Thermoskannen mit heißem Kaffee eindeckte.

Die Lavawüste lag an diesem Morgen unter einer dichten Nebelglocke, und im Bus breitete sich bald eine allgemeine Gleichgültigkeit aus. Selbst Beate ließ den Fotoapparat in der Tasche. „Ich finde diese ganze Tour idiotisch", maulte sie. „Warum sollen wir ausgerechnet heute auf einen Vulkankrater steigen? Man kann doch bei dem Wetter sowieso nichts sehen."

Kurz darauf setzte der Bus seine Passagiere vor dem Eingang zu einer feuchten Schlucht ab, über die hoch oben ein Drache aus Felsgestein zu wachen schien. Donia zog die Kapuze ihres Regenblousons tief in die Stirn und kletterte entschlossen zusammen mit einigen anderen in den Felsspalt hinein. Die Rutschpartie auf glitschigen Steinen führte immer am Ufer eines klaren Baches entlang und wurde an dessen Ende mit dem Anblick eines weiteren Wasserfalls belohnt.

Beate hatte den trockenen Bus lieber gar nicht erst verlassen und mindestens dreißig Fotos verpasst.

Der Fahrer steuerte sein klobiges Gefährt mit bewundernswerter, fast schlafwandlerischer Sicherheit weiter durch die Waschküche und über eine schmale Lavapiste Meter um Meter das Askja-Massiv hinauf. Oben angelangt hieß es für die Passagiere aussteigen um das noch vor ihnen liegende, pappige Altschneefeld zu Fuß zu überqueren. Während des Marsches mussten sie sich dicht beieinander halten, damit niemand im dichten Nebel verlorengehen konnte, in dem selbst die gelben Pfosten der Wegmarkierung erst von Nahem zu sehen waren.

Áki hatte der Gruppe bereits angedeutet, dass sich die Wetterverhältnisse oben auf dem Vulkan sehr rasch ändern konnten, aber die Geschwindigkeit, mit der es dann tatsächlich geschah, hatte selbst er nicht erwartet. Von einer Sekunde zur anderen verschwand der Nebel, und wo eben noch eine Wand aus Dunst gestanden hatte, erstreckte sich nun ein majestätisches Bergpanorama. Der große Kratersee der Askja glitzerte in tiefstem Blau, das Wasser in den beiden kleinen Schloten an seinen Flanken schillerte in milchigen Grüntönen, und über allem schwebten weiße Wolken am sonnenklaren Himmel.

Donia wünschte sich auf einmal nichts sehnlicher, als in absoluter Stille mit diesem Vulkan allein zu sein, doch so weit konnte sie sich gar nicht von der Gruppe entfernen, dass sie nicht immer noch deren Rufe und Gelächter gehört hätte. So stöpselte sie sich an einer abgelegenen Stelle, nahe des großen Sees, den Kopfhörer von Ákis Player in die Ohren und lauschte dem isländischen Chor. Es hätte keine schönere Musik zu dieser überwältigenden Szenerie geben können.

Auf der Rückfahrt zum Mývatn sagte sie kaum ein Wort. Auch später im Schwimmbad nicht, wo die Gruppe sich vom heißen Wasser die Kälte aus den Knochen vertreiben ließ.

Die Durchquerung des gesamten Hochlandes bis hinunter nach Landmannalaugar am nächsten Tag war die längste Strecke der Reise. Vor der anstrengenden Fahrt durfte die Busbesatzung daher noch eine kleine Pause am Aldeyjafoss einlegen, einem türkisfarbenen Wasserfall kurz vor Beginn des Wüstengebietes. Wieder ging Donia eigene Wege und gelangte so zu einer Stelle im Fels, von der aus sie einen schillernden Regenbogen im Wasserdunst ausmachen konnte. Da sie die einzige war, die ihn gesehen hatte, empfand sie ihn als ein ganz persönliches Geschenk.

Gegen Abend hatte der ständige Ausblick auf die schier endlose schwarze Lavawüste alle Reiseteilnehmer in schläfrige Benommenheit versetzt. Das letzte Klicken einer Kamera glaubte Donia beim Anblick der beiden Gletscherarme gehört zu haben, zwischen denen sie irgendwann einmal hindurch gefahren waren. Jetzt steuerten sie auf den Zeltplatz von Landmannalaugar zu, und plötzlich wurden auch die Fotografen wieder wach, denn der Bus hielt mitten zwischen grün und golden schimmernden Bergen, deren weiße Schneekuppen in der Abendsonne strahlten.

Donia, Griet, Janneke und Klaas hätten sich am liebsten sofort auf den ausgewiesenen Rundweg durch dieses Märchenland begeben, aber zuerst einmal mussten die Zelte aufgebaut werden, was bei dem steinigen Untergrund leichter gesagt als getan war. Um sie hier fachgerecht zu verankern, hätte man Schlagbohrer und Dübel benötigt, und dem Versuch, stattdessen Steine als Hämmer zu missbrauchen, fielen etliche Heringe zum Opfer. Auch Donia und Griet griffen daher bald zur allgemein praktizierten Notlösung, indem sie die Spannleinen um zentnerschwere Felsbrocken wickelten und die Zeltsäume ein weiteres Mal durch aufgeschichtetes Geröll sicherten. Dann endlich konnten sie den Rundweg erkunden.

Da Donia Landmannalaugar schon auf vielen Fotos gesehen hatte, fühlte sie sich zu Beginn ihrer Wanderung, als ginge sie wie Mary Poppins nur in einem Bild spazieren. Doch dieser Eindruck legte sich spätestens in dem Moment, als ihr die ersten wohlvertrauten Schwefeldämpfe in die Nase stiegen. Sie entwichen Erdspalten und Geröllhaufen, zischten gleichmäßig vor sich hin oder schossen in kurzen Abständen hervor. Zusammen mit den bizarren Lavagebilden ringsum ließen sie an den Eingang zur Unterwelt glauben.

Oberhalb eines Baches kletterten sie moosbedeckte Lavabrocken hinauf und hinab, zwischen denen sie in unermesslich tiefe Löcher schauen konnten. Der Berg schien eine Art Emmentaler Käse aus Lava zu sein, und sie mussten aufpassen, dass sie nicht aus Versehen in eines dieser Löcher hineintraten und vielleicht in einem unterirdischen Labyrinth verschwanden. Zu Hause hätte Donia sich niemals auf eine ähnlich waghalsige Tour eingelassen, hier aber fühlte sie sich bei jedem Schritt, den sie tat, so sicher wie auf ebenem Boden. Als würde dieses Land sie auf unerklärliche Weise beschützen.

Diese angenehme Empfindung begleitete sie bis in ihre Träume und wich gegen Morgen einem beruhigenden Rauschen, das immer lauter wurde und dann mehr von außen als von innen zu kommen schien. Als sie erwachte, hörte es sich an, als brause jemand ihr Zelt mit einem Gartenschlauch ab. Zum ersten Mal seit ihrer Ankunft auf Island regnete es. Und zwar so heftig, dass die Gruppe ihr Frühstück ausnahmsweise im Bus einnehmen durfte, damit ihnen die Cornflakes nicht davonschwammen.

Im Dauerregen besuchten sie den letzten Wasserfall ihrer Tour, den Gullfoss, der seine gelben Fluten rauschend über zwei Kaskaden in eine Basaltschlucht ergoss. Trotz des schlechten Wetters war er genauso beeindruckend, wie Iris ihn immer beschrieben hatte. Ebenso wie das Tal der Geysire, dessen kleiner Geysir Strokkur dem Regen unverdrossen alle fünf Minuten eine Fontäne kochenden Wassers entgegenschleuderte.

Tropfend durchwanderte die Gruppe später noch die Schlucht von Þingvellir. Die landschaftliche Schönheit dieses geschichtsträchtigen Tales ließ sich heute hinter dem Regenschleier allerdings nur erahnen. Hier entdeckten sie zu ihrer großen Überraschung und allgemeinen Erheiterung das einzige Reitverbotsschild auf ihrer Route. Natürlich wurde es sofort fotografiert, denn dieses Schild mit der Silhouette eines Reiters auf einem töltenden Pony mochte wohl einmalig in ganz Europa sein.

Nass und frierend kehrten die Passagiere anschließend wieder in den Bus zurück, und selbst Donia war froh, ihn vor ihrem Reiseziel Reykjavik heute nicht mehr verlassen zu müssen.

Der Abend dieses Tages wurde lang. Außer Donia würden am nächsten Tag alle Teilnehmer der Hochlandreise wieder nach Hause zurückkehren, und niemand wusste, ob und wann man dort noch einmal zusammenkam. Also gingen sie gemeinsam essen,

tauschten Adressen aus und redeten, bis auch die letzten von Müdigkeit überwältigt wurden.

„Du hast es gut", sagte Janneke beim Abschied zu Donia. „Du kannst noch drei Wochen bleiben."

Donia winkte dem in Richtung Keflavik davonfahrenden Bus hinterher, bis sie ihn aus den Augen verlor. Die drei Holländer und sie waren inzwischen zu richtigen Freunden geworden. Sie konnte nur hoffen, dass sie sich mit Jóns Familie auch so gut verstehen würde.

Erst als sie später schon im Café des Reykjaviker Flughafens auf die Inlandmaschine nach Akureyri wartete und in ihren Jackentaschen nach dem Portemonnaie suchte, fiel ihr plötzlich Ákis Musikplayer in die Hand. Den würde sie vor ihrem Heimflug nach Deutschland unbedingt noch im Reykjaviker Büro der Busgesellschaft abgeben müssen.

Eine Farm am Mückensee

Durch die kleinen Fenster der zweimotorigen Maschine konnte Donia das Hochland mitsamt seinen Gletschern und Lavawüsten jetzt einmal aus einer ganz anderen Perspektive betrachten. Kaum vorstellbar, dass sie noch vor wenigen Tagen selbst dort unten unterwegs gewesen war.

In Akureyri wurde sie von Jóns neunzehnjähriger Schwester Lára mit dem Auto vom Flughafen abgeholt. Donia wusste sofort, wer ihr da gegenüberstand, denn die junge Isländerin war groß und dünn wie ihr Bruder und hatte ebenso strahlenden Augen.

Sie begrüßte Donia mit kräftigem Händedruck, nahm ihr den großen Koffer ab und warf ihn auf die Rückbank ihres arg vernachlässigten Wagens. Dann fegte sie mit dem Arm rasch noch einige Kleinigkeiten vom Beifahrersitz und ließ Donia einsteigen.

Lára sprach recht gut Deutsch, so dass die beiden Frauen nur hin und wieder ein paar englische Sätze in ihre Unterhaltung einflechten mussten. Während Lára ihr Auto mit für Donias Begriffe viel zu hohem Tempo über die rutschigen Schotterstraßen jagte, erzählte sie von ihrer Familie, die auf einer Farm in der Nähe des Mývatn lebte und dort Schafe und Pferde züchtete. Lára selbst arbeitete in einer Buchhandlung in Akureyri und wohnte als einziges der drei erwachsenen Kinder noch bei den Eltern. Jón war nach Deutschland gegangen, und ein weiterer Bruder lebte in Reykjavik, wo er während der Sommermonate bei einem Touristik-Unternehmen jobbte.

„Sonst arbeitet er für eine Spedition und manchmal als Diskjockey. Aber seine größte Liebe sind und bleiben die Pferde, und deshalb kommt er zwischendurch immer wieder für ein paar Tage nach Hause.“ Lára schleuderte unvermittelt um eine Kurve und lachte, als Donia sich erschrocken ans Handschuhfach klammerte. „Ich hatte noch nie einen Unfall“, behauptete sie. Donia mochte es kaum glauben.

„Die meisten Leute bei uns sind auf mehrere Jobs gleichzeitig angewiesen“, setzte Lára ungerührt ihren Bericht fort. „Das Leben in Island ist teuer. Vieles kann nur importiert werden, und außerdem müssen die wenigen Einwohner unseres großen Landes ja sämtliche öffentlichen Ausgaben bezahlen. Ich selbst arbeite an einigen Abenden in der Woche zusätzlich noch in einem Hamburger-Laden, und unsere Eltern haben beide nebenher noch einen kleinen Bürojob. Die Pferde und Schafe allein bringen der Familie nicht genug Geld ein, um mal ins Ausland reisen zu können oder sich alle paar Jahre einen neuen Wagen zu kaufen. Autos halten bei uns nämlich nicht sehr lange."

Kein Wunder, wenn hier alle so wild fuhren, wie Lára, dachte Donia. Dennoch gewöhnte sie sich allmählich an den Fahrstil der Isländerin und hielt sich in den Kurven nicht mehr ganz so krampfhaft fest. Manchmal wagte sie sogar schon, den Blick für einen kurzen Moment von der Straße zu nehmen und ihn über die Landschaft huschen zu lassen. Nicht weit von ihrem Weg entfernt lag der Mývatn ruhig unter einem stahlblauen Himmel, und auf dem nahegelegenen Hügel glaubte sie die Pferde wiederzuerkennen, auf denen Áki vor einer Woche den Ausritt organisiert hatte.

Sie nahm das begonnene Gesprächsthema wieder auf. „In Deutschland verdienen manche Islandpferdeleute ihr Geld nur durch Verkauf und Zucht", erzählte sie. „So wie Lilo und Bernd, bei denen dein Bruder lebt."

„Wenn du eine sehr große Farm hast und ein guter Bereiter bist, kannst du hier natürlich auch davon existieren", sagte Lára. „Oder wenn du Zuchtpferde besitzt, die zur Elite des Landes zählen und deren Nachkommen sich teuer verkaufen lassen. Davon konnten wir auf unserer Farm bisher leider nur träumen. Aber mein Bruder war jetzt mit einigen unserer Nachwuchsstuten auf dem Landsmót, und sie wurden dort sehr gut bewertet. Wer weiß, vielleicht sorgen ihre Fohlen ja in ein paar Jahren für unseren Wohlstand." Lára bog in einen schmalen Weg ein und parkte vor einem Anwesen, dessen drei Gebäude rundum mit rot, blau und grün gestrichenem Wellblech verkleidet waren. Sie wies von einem zum anderen „Das ist der Pferdestall, dort stehen die Schafe, und da drüben wohnen wir", erklärte sie. „Und dies hier ist unsere Vina." Sie streichelte eine braunweiß gefleckte Islandspitzhündin, die sie schwanzwedelnd umrundete. „Ihr Name bedeutet Freundin, und eine Freundin ist sie auch.“

Donia zerrte ihren Koffer vom Rücksitz und ließ sich das winzige Gästezimmer zeigen. Während sie ihre Sachen auspackte, kochte Lára ihnen einen starken Kaffee, den sie anschließend im Wohnzimmer tranken. Dazu aßen sie leuchtendrosa und knallgelb glasiertes Zuckergebäck. Die Isländer schienen eine ganz besondere Freude an bunt gestalteten Dingen zu haben, seien es nun Häuser oder Kekse.

Bald darauf kamen Láras Eltern nach Hause und Donia begrüßte sie höflich mit: „Guten Tag, Frau Baldvinsson, guten Tag, Herr Baldvinsson“, woraufhin beide sich erst fragend anschauten und dann in heiteres Gelächter ausbrachten, in das auch Lára einstimmte.

Donia fühlte sich wie früher als kleines Mädchen, wenn ältere Kinder über einen Witz lachten den sie noch nicht verstand. Sie warf Lára einen verunsicherten Blick zu.

Die wischte sich die Lachtränen von den Wangen und erklärte Donia, worüber sie und ihre Eltern sich so amüsiert hatten: „Baldvinsson heißen nur meine beiden Brüder.“

„Verstehe“, sagte Donia. „Deine Mutter hat nach der Geburt deiner Brüder also noch mal geheiratet und deshalb tragen die beiden einen anderen Nachnamen.“

Nun war es an Lára, erstaunt zu gucken. Dann schüttelte sie nachdrücklich den Kopf. „Wir haben alle drei denselben Vater, den Mann unserer Mutter. Aber der heißt nicht Baldvinsson, und meine Mutter und ich ebenfalls nicht.“

Donias Gesicht war ein einziges Fragezeichen.

„Bei uns auf Island gibt es keine Familiennamen, so wie bei euch“, versuchte Lára die Namensgebung verständlich zu machen. „Unser Hauptname ist das, was ihr Vorname nennt. Und als Herkunftsnamen tragen wir den Vornamen unseres Vaters mit der Endung ‚son‘ bei Söhnen oder ‚dóttir‘ bei Töchtern. Unser Vater heißt mit Vornamen Baldvin, deshalb heißen meine Brüder mit Herkunftsnamen Baldvinsson und ich Baldvinsdóttir.“

„Und wie heißen euer Vater und eure Mutter mit Nachnamen, ich meine Herkunftsnamen?“, fragte Donia.

„Da der Vater unseres Vaters Gustaf heißt, heißt unser Vater Baldvin Gustafsson und unsere Mutter nach ihrem Vater Geir Sigrun Geirsdóttir. Aber sag einfach Sigrun und Baldvin zu ihnen. Die Herkunftsnamen benutzen wir hier auf Island sowieso nicht. Deswegen finden Ausländer bei uns auch niemanden von dem sie nur den Herkunftsnamen kennen, im Telefonbuch, weil dort alle Personen alphabetisch nach ihrem Rufnamen eingetragen sind." Lára lachte, als sei den Isländern damit ein besonderer Trick gelungen.

Nun hatte Donia die Sachlage verstanden.

„Wart ihr schon bei den Pferden?", fragte Láras Vater in einem Kauderwelsch aus Englisch und Deutsch.

„Wir sind eben erst angekommen", erklärte seine Tochter. Sie wandte sich an Donia. „Aber wenn du willst, können wir jetzt zu den Koppeln gehen."

Was für eine Frage. Donia sprang sofort auf und griff nach ihrem Blouson. Die Familie lachte.

„Dass ihr Deutschen es immer so schrecklich eilig habt", bemerkte die Mutter.

Donia wurde rot. Hatte Iris ihr nicht oft genug gesagt, dass auf Island alles etwas geruhsamer zuging als bei ihnen zu Hause? Verunsichert setzte sie sich wieder.

Lára reichte ihr die Hand und zog sie hoch. „Nun komm schon", sagte sie.

Hinter dem grün gestrichenen Stallgebäude weideten auf einer kleinen Koppel etwa zehn Wallache und auf einer größeren ungefähr ebenso viele Mutterstuten, die ihre Fohlen sofort mit beunruhigtem Wiehern zu sich riefen, als sie Donia und Lára bemerkten.

„Unsere Jungpferde stehen bei einem Nachbarn, und die Stuten, die in diesem Jahr beim Hengst waren, laufen auf einer Weide dort hinten." Lára wies in die Landschaft, wo sich aber trotz klarer Sicht keine weiteren Pferde ausmachen ließen. „Wir holen sie in ein paar Tagen an den Hof, wenn mein Bruder aus Reykjavik kommt."

Donia hatte neben Lára die Koppel der Wallache betreten und ging auf das nächststehende Pferd, einen Braunschecken, zu, der vor ihrer freundlich ausgestreckten Hand mit hocherhobenem Kopf in den Schutz seiner Kollegen zurückwich.

„Willst du ihn nachher mal reiten?“, fragte Lára.

Donia schaute sie an. „Gern, wenn er mich an sich heranlässt.“

„Ich werde ihn dir schon einfangen.“ Lára lachte.

Während Donia nach dem Abendessen noch ihre Stiefel und ihren Reithelm holen musste, die zusammen mit der erforderlichen Desinfektionsbescheinigung in einem Plastikbeutel verpackt waren, ging Lára bereits mit zwei Reithalftern auf die Weide. Wenig später kam sie mit dem Schecken und einem Rappen am Zügel zurück.

„Wie hast du denn das gemacht?“ Donia kam auf einem Bein aus dem Haus gehüpft, den zweiten Stiefel in der Hand.

„Wie immer“, antwortete Lára spitzbübisch, hakte die Zügel an einer Seite aus und ließ das freie Ende zu Boden fallen. Die Pferde blieben gehorsam mitten auf dem Hof stehen. „Ich zeige dir heute, wie wir es machen, und ab morgen kannst du deine Pferde dann selbst satteln.“ Sie putzte die Wallache nur an Kopf und Rumpf, reinigte ihre Hufe und legte ihnen dann die abgewetzten und an vielen Stellen geflickten Sättel auf. Sie wirkten nicht sehr vertrauenerweckend. „Neues Sattelzeug ist bei uns kaum zu bezahlen“, erklärte Lára auf Donias skeptischen Blick hin.

Sie hakte die Zügel wieder ein und führte ihren Rappen ein Stück von Donias Pferd weg. Dort saß sie auf. Donia nahm wie gewohnt die Zügel leicht anstehend in die linke Hand, um ebenfalls aufzusitzen. Doch sofort drängte der Schecke unruhig vorwärts, so dass sie nicht einmal den Fuß in den Bügel bekam.

„Vængur mag es nicht, wenn man ihn im Maul stört“, erklärte Lára.

Daraufhin ließ Donia die Zügel leicht durchhängen und das Aufsitzen gelang.

Sie ritten, begleitet von Vina, über den Zufahrtsweg hinunter zur Straße, die beidseitig von breiten Gras-Streifen gesäumt wurde. Dort trieben sie ihre Pferde zu einem schnelleren Tempo an. Obwohl Donia ihrem Schecken gar keine speziellen Hilfen gab, fiel er sofort in einen dermaßen weichen Tölt, wie Donia ihn bisher nur von Jörvi kannte. Sie lächelte glücklich in sich hinein. Seit Jahren hatte sie davon geträumt, ein Islandpferd in seiner Heimat zu reiten. In dem Land, das die Ausdauer, die Genügsamkeit und den Charakter dieser alten Rasse geprägt hatte, wo man tagelang im Sattel unterwegs sein konnte, ohne einer Menschenseele zu begegnen. Jetzt war dieser Traum Wirklichkeit geworden, und jetzt erst wurde Donia bewusst, dass sie während der Bustour zwar manches von Island gesehen, das Land an sich aber gar nicht richtig erlebt hatte.

In den folgenden Tagen half sie Láras Familie bei der Farmarbeit und lernte nicht nur die Umgebung sondern auch die übrigen am Hof stehenden Reitpferde besser kennen, von denen jedes seine besonderen Eigenheiten besaß. Gemeinsam war ihnen allen nur, dass keines sich gerne fangen lassen wollte. Zwar kannte Donia nach kurzer Zeit bereits die meisten Kniffe, mit denen man sie dann doch zu fassen bekam, aber Lára war immer noch ein ganzes Stück schneller als sie.

„Wenn mein Bruder kommt, wirst du sehen, wer aus unserer Familie den Rekord im Pferdefangen hält", meinte Lára.

Ihr Bruder kam Samstagnachmittag an, und das erste, was Donia von ihm sah, als er sich rückwärts aus seinem Auto schob, war ein dünnes Nackenzöpfchen, das über den Kragen seiner Jeansjacke lugte.

Áki konnte sein Erstaunen ebenfalls nicht verbergen. Er begrüßte Donia mit einem strahlenden Lächeln. „Du bist also unser deutscher Sommergast. Warum hast du mir das denn nicht schon während der Hochlandtour verraten?", fragte er.

„Ich kannte ja nur deinen Vornamen", antwortete Donia. „Wie konnte ich da ahnen, dass du Jóns kleiner Bruder bist?"

Áki reckte sich zur vollen Größe. „Klein?", fragte er.

Donia lachte. „Mit klein meinte ich jünger."

„Schon fast fünfundzwanzig." Áki verschränkte die Arme.

Donia tat es ihm gleich. „Bereits zweiundzwanzig." Áki schmunzelte. Donia schaute ihn mit schiefgelegtem Kopf an.

„Lára behauptet, du seist der beste Pferdefänger in der Familie?“

„Und unser bester Reiter“, ergänzte Lára. „Deshalb haben wir auf ihn gewartet, ehe wir die anderen Stuten zurück auf die Farm holen.“ Sie zog ihren Bruder schelmisch am Zöpfchen. „Wir brechen morgen schon ganz früh auf. Es wird ein langer Ritt werden.“

Heimwärts

Die Landschaft lag noch im Morgendunst, als Donia und die Geschwister vom Hof ritten. Lára hatte sich ihren Rappen gesattelt, Donia Vængur und Áki einen kräftigen Isabellen. Auf dem Rückweg würde er sein eigenes Pferd reiten, eine Stute aus der Herde, die sie heimtreiben wollten.

Im Gegensatz zu ihren kurzen Ausritten in die nähere Umgebung der Farm ließen sie ihre Pferde heute nicht nur tölten, sondern auch traben. Vor allem, wenn die Querfeldeinroute durch manchmal geradezu knochenbrecherisches Gelände führte. Es grenzte fast an ein Wunder, dass die drei Wallache dort überhaupt noch Platz für ihre Hufe fanden. Derart unwegsame Strecken hätte Donia Lilja nicht einmal im Schritt zugemutet. Doch die Pferde hier liefen wie aufgezogen über Stock und Stein, und keines von ihnen zögerte oder vertrat sich nur ein einziges Mal. Vina, die die Gruppe selbst auf diesem langen Ritt begleitete, fand ihre eigenen Wege über schroffe Felsen und karges Gestrüpp. Sie hielt erstaunlich gut mit dem flotten Tempo der Pferde Schritt.

Nach etwa vierzig Minuten legten sie ihre erste Pause in Sichtweite der Lavaformationen von Dimmuborgir ein. Die schwarzen, zerklüfteten Umrisse der hohen Gebilde erinnerten Donia an die Ruinen einer Geisterstadt und wirkten selbst jetzt bei Tag irgendwie gespenstisch. Im Dunkeln oder im Dämmerlicht der isländischen Sommernächte hätte sie hier nur ungern vorbeireiten mögen. Sie konnte gut nachvollziehen, dass die Isländer, in deren Augen an vielen Stellen in der Landschaft Geister wohnten, den nächtlichen Weg durch dieses Gebiet über Jahrhunderte hinweg gemieden hatten.

Mitten auf der zweiten Etappe schonte Láras Rappe urplötzlich das rechte Hinterbein. Lára sprang sofort aus dem Sattel und untersuchte den Huf. In seinem Eisen hatte sich ein Stück Schotter verkantet, das ohne Hilfsmittel nicht wieder herauszubekommen war. Kurzerhand zog Lára einen ihrer Steigbügel vom Riemen und hämmerte damit so lange auf den Gesteinsbrocken ein, bis er sich löste und zu Boden fiel. Sie fädelte den Steigbügel wieder auf, und nachdem sie festgestellt hatte, dass ihr Pferd den Huf wieder normal belastete, ging der Ritt in unvermindertem Tempo weiter.

Am späten Vormittag erreichten sie die abseits gelegene Stutenweide, an der sie ihre Reitpferde von Sätteln und Zaumzeug befreiten und zum Verschnaufen in einen kleinen Paddock gleich hinter dem Gatter entließen. Auch sie selbst gönnten sich nach dem mehrstündigen Ritt erst einmal eine ausgiebige Rast und stärkten sich aus Ákis Satteltaschen mit belegten Broten und heißem Kaffee aus Thermoskannen. Vina lag hechelnd im Gras. Donia streichelte sie. Diese kleine Hündin war ausdauernder als Graupel. Obwohl der Rüde von einer Dalmatinerhündin abstammte, hätte er das Tempo des Rittes nicht vom Hof bis hierher durchgehalten, ganz zu schweigen von dem Rückweg, der ihnen noch

bevorstand. Ein Hund wie Vina, den man auch auf lange Überlandritte mitnehmen konnte, gefiel Donia da schon viel besser.

Die ersten Stuten der über die Weide verteilten, etwa dreißigköpfigen Herde waren inzwischen auf die Neuankömmlinge aufmerksam geworden und näherten sich vorsichtig, aber höchst interessiert, dem unteren Zaun. Die anderen folgten ihnen in einigem Abstand. So brauchte es nach Beendigung des Picknicks nur noch etwas Geduld, Taktik und Vinas tatkräftige Unterstützung, um sie ebenfalls in den Paddock hineinzutreiben. Dort fing Áki mit wirklich beachtlichem Geschick drei Stuten heraus, denen sie nun das Sattelzeug anlegten. Dann führten sie sie durch das Außengatter, saßen auf und begannen den Heimtrieb.

Vorneweg ritt Lára auf einem Grauschimmel, der Leitstute der Herde. Ihr folgten in kleinen Grüppchen die freilaufenden Pferde. Donia und Áki achteten am Schluss des Zuges darauf, dass keines zurückblieb oder eigene Wege ging. Áki hatte Donia eine nicht besonders große, aber sehr muntere, palominofarbene Stute herausgefangen, dunkelgolden mit schneeweißem Langhaar und einer breiten Blesse. Sie legte trotz der Wegverhältnisse ständig kurze Galoppsprints ein, und Donia hatte anfangs ziemliche Mühe, sie über längere Strecken im Tölt oder Trab zu halten. Dann aber gab Áki ihr ein paar Ratschläge, wie sie die kleine Stute handhaben musste, und bald lief sie ein ebenso gleichmäßiges Tempo, wie die anderen Pferde.

„Gefällt sie dir?“, fragte Áki.

Donia nickte. „Sie hat viel Vorwärtsdrang und geht einen wunderbaren Tölt.“

„Du kannst sie auch im Flugskeið reiten.“

„Im fliegenden Rennpass? Jetzt beim Treiben?“, fragte Donia erstaunt.

Áki schüttelte den Kopf. „Jetzt wäre es natürlich viel zu anstrengend für sie, aber du bist ja noch zwei Wochen bei uns. Sie ist zu verkaufen. Ich glaube, sie passt gut zu dir.“

„Nein“, sagte Donia sofort. „Ich würde niemals ein Pferd kaufen, das hier geboren ist und sich dann bei uns womöglich für den Rest seines Lebens mit Sommerekzem herumplagen muss.“

„Wir verkaufen unsere Pferde schon seit Jahren auf den Kontinent, und bisher hat noch kein einziges von ihnen dort Ekzem bekommen."

„Trotzdem", beharrte Donia.

Áki lächelte sie an. „Reite sie erst einmal", sagte er. „Ihr Name ist Freisting, das heißt Verlockung."

„Und wie heißt dein Pferd?", fragte Donia, um Áki irgendwie vom Thema Pferdekauf abzubringen.

„Skekkja. Das bedeutet Fehler." Áki wies auf das linke Vorderbein seiner Fuchsstute, das bis zur Schulter hinauf schneeweiß war und wie ein Gipsverband wirkte. „Aber das weiße Bein ist ihr einziger Fehler", versicherte er, ehe er mit Skekkja unvermittelt seitwärts ausscherte, um zwei Wallachen, die sich selbständig machen wollten, den Weg abzuschneiden.

Sonst gab es unterwegs keine nennenswerten Vorkommnisse, denn die meisten Pferde aus der Herde wussten bereits aus Erfahrung, was beim Treiben von ihnen erwartet wurde. Sie liefen selbst am Straßenrand ruhig hintereinander her und zuckten nicht einmal mit der Wimper, als plötzlich ein großer Reisebus auftauchte und dröhnend an ihnen vorbeifuhr. Donia versuchte, sich diese Szenerie in Deutschland vorzustellen. Undenkbar. Schon allein deshalb, weil es dort gesetzlich verboten war, Großtiere auf öffentlichen Wegen freilaufend zu treiben. Die Leute zu Hause würden sicher große Augen machen, wenn auf einmal eine ganze Herde Pferde wie hier mitten durch eine Ortschaft trabte. Doch nach Ákis Auskunft gehörte so etwas auf Island zum alltäglichen Bild.

Vor einem Supermarkt parkte mit laufendem Motor ein offener Geländewagen. Der Fahrer war weit und breit nicht zu sehen. Áki stieg vom Pferd, beugte sich über die Wagentür, schaltete die Zündung aus und saß wieder auf.

„Nur weil wir hier bei uns so saubere Luft haben, begreifen viele Isländer noch nicht, dass auch ihre Autos die Umwelt vergiften", erklärte er ärgerlich.

Lára schaute ihren Bruder missbilligend an. „Ich finde es nicht in Ordnung, dass du dich einfach in die Angelegenheiten anderer

Leute einmischt“, sagte sie. „Jeder muss doch selbst wissen, was er tut.“

„So lange er damit niemandem schadet, bin ich der gleichen Meinung“, stimmte Áki ihr zu. „Aber in diesem Fall kann ich unmöglich tatenlos zusehen. Es geht hier schließlich um mein Land und um die Luft, die ich atme.“

Donia hatte sich zwar aus der geschwisterlichen Debatte herausgehalten, doch insgeheim bewunderte sie Áki für seinen Mut, nicht nur zu reden, sondern auch zu handeln.

Zurück auf der Farm wurden die Stuten in einen kleinen Paddock direkt am Stall getrieben, wo ihnen, wenn man sie fangen wollte, keine Möglichkeit zur Flucht blieb. Sie waren jetzt eine ganze Weile sich selbst überlassen gewesen und mussten sich erst wieder an die Nähe des Menschen gewöhnen.

„Wir lassen sie jetzt erst mal zwei, drei Tage hier ankommen“, erklärte Áki. „Übermorgen werden sie beschlagen und danach werden wir sie dann täglich reiten.“

Donia starrte ihn an. Sie hatte nicht damit gerechnet, dass er über das Wochenende hinaus auf der Farm bleiben würde. „Ist dein Job in Reykjavik denn schon zu Ende?“, fragte sie.

„Nein“, antwortete Áki. „Ich habe nur drei Wochen frei genommen, um mich um die Stuten zu kümmern. Wenn du willst, zeige ich dir, wie Freisting sich am besten in den Flugskeið legen lässt.“ Áki nahm seinen Sattel am Bauchgurt und warf ihn sich über die Schulter, so dass die Steigbügel fast über den Boden schleiften. „Ich wette eine ganze Flasche Whisky darum, dass du sie doch noch kaufst.“

Whisky war auf Island ein Luxusartikel. Áki musste sich seiner Sache ziemlich sicher sein.

Donia war es ebenfalls. „Ich halte dagegen.“

Áki schmunzelte in sich hinein, als wüsste er bereits, wie ihre Wette ausgehen würde, wechselte aber das Thema: „Jón sagte mir, dass du gern den Vater deiner Stute kennenlernen möchtest.“

„Ja, das wäre mein Traum.“

„Fagri-Draumur“, meinte Áki.

„Was heißt das?“

„Schöner Traum."
„Ja, ein schöner Traum." Donia verstand nicht so recht, worauf Áki hinaus wollte
„So heißt der Hengst", erklärte Áki.
„Welcher Hengst."
„Der Vater deiner Stute."
„Ach ja, natürlich."
„Wir können ihn morgen besuchen", bot Áki an. „Wenn wir erst einmal jeden Tag die Verkaufspferde trainieren, werden wir keine Zeit mehr für einen Ausflug zur Farm seines Züchters haben."
„Ist es weit bis dorthin", fragte Donia.
„Für isländische Verhältnisse nicht allzu weit. Die Farm liegt am Eyarfjörður, nahe Akureyri. Wir könnten morgen gleich früh losfahren und auf dem Rückweg noch einen Stopp in Akureyri einlegen."
„Das wäre ganz wundervoll", sagte Donia begeistert.
„Abgemacht?", fragte Áki.
„Abgemacht."

Pferdeland

Als Donia zu Áki ins Auto stieg, war sie auf alles gefasst – nur nicht darauf, dass sein Fahrstil sehr viel besonnener und achtsamer sein würde als der seiner Schwester. Schon bald saß sie entspannt auf dem Beifahrersitz und genoss den Blick auf die Landschaft, durch die sie fuhren.

Über die große Ringstraße, die einmal um ganz Island herum führte, erreichten sie nach einer Weile, deren Dauer Donia nur schwer einschätzen konnte, das Umland von Akureyri. Sie fuhren jedoch nicht bis zur Stadt weiter sondern bogen schon vorher nach Süden in die Flusslandschaft des Eyarfjörðurs ab. Hier führte der Weg wieder über Schotterstraßen, doch Áki gab sich alle Mühe, so zu fahren, dass sie auch dort im Auto möglichst wenig durchgeschüttelt wurden.

Er lenkte das Auto die Zufahrt zu einem einsam liegenden Gehöft hinauf und parkte es vor einem Stallgebäude aus Wellblech.

Sie stiegen aus und betraten den Stall.

Zu Donias großem Erstaunen standen die Pferde hier einzeln in so schmalen Ständern angebunden, dass sie sich kaum seitwärts bewegen konnten.

„Oh Gott, die armen Pferde“, entfuhr es ihr.

„Sie stehen nur tagsüber im Stall“, beruhigte Áki sie. „Wenn wir bei uns jetzt jeden Tag unsere Verkaufspferde reiten, machen wir es ebenso. Es würde viel zu viel Zeit kosten, sie jedes Mal erst einzeln aus der Herde heraus zu fangen. Sie sind nachts auf der Koppel, werden morgens in den Stall getrieben, bekommen dort den ganzen Tag Heu, werden geritten und dürfen abends wieder raus.“ Er wandte sich einem älteren Mann zu, der soeben in den Stall gekommen war. „Hallo Geir.“

Der ältere Mann tippte kurz an seine Mütze uns murmelte etwas auf Isländisch.

„Das ist Geir“, stellte Áki ihn Donia vor und übersetzte lachend, was er zu ihm gesagt hatte: „Er fragt, ob du meine neue Freundin bist.“

Donia schaute Geir an und schüttelte den Kopf. „Sag ihm bitte, dass ich eine Tochter von Fagri-Draumur besitze und gern deren Vater kennenlernen möchte“, bat sie Áki.

Áki übersetzte, Geir schmunzelte und erwiderte etwas.

Auch wenn Donia so gut wie nichts von dem verstand, was er und Áki miteinander redeten, genoss sie doch den Klang der isländischen Sprache und nahm sich vor, sich zu Hause nach einem Isländisch-Sprachkurs zu erkundigen.

„Geir sagt, dass Fagri-Draumur zusammen mit den anderen Wallachen auf der Weide hinter dem Haus steht“, wandte Áki sich wieder an Donia.

„Mit den anderen Wallachen?“, fragte Donia erstaunt. „Weshalb steht er denn nicht zum Decken bei den Stuten?“

„Weil er bereits vor einigen Jahren kastriert wurde und jetzt der Reitwallach von Geirs zehnjähriger Enkelin ist.“

Mit dieser Nachricht hatte Donia nun gar nicht gerechnet. Aus Deutschland kannte sie es nur, dass gute Zuchthengste ihr Leben lang Hengst blieben, selbst wenn sie schon zu alt waren, um noch zur Zucht eingesetzt zu werden. Das sagte sie Áki.

„Hier bei uns ist das anders“, erklärte Áki. „Manche Hengste sind nur probeweise im Deckeinsatz, um zu sehen, welche Nachzucht sie bringen. Und selbst sehr gute Hengste, wie Fagri-Draumur, werden nicht selten kastriert, wenn sie für genug Fohlen gesorgt haben.“

Geir winkte sie aus dem Stallgebäude hinaus und sie folgten ihm am Wohnhaus vorbei auf eine Koppel, auf der inmitten andersfarbiger Pferde auch ein lehmgelber Falbe graste, den Geir jetzt an den Kinnhaaren nahm und auf Donia zu führte.

„Das ist er also.“ Donia berührte beinahe ehrfürchtig den nach wie vor kräftigen Hals des Wallachs, den so nur erwachsene Hengste ausbildeten. Der Falbe kannte sie nicht und beroch sie skeptisch, aber interessiert. „Hallo, Fagri-Draumur, du Schöner.“

Geir sagte etwas Isländisches zu ihr, und Áki betätigte sich wieder als Übersetzer: „Geir sagt, dass sein jetziger Zuchthengst, Rúbin, ein Sohn von Fagri-Draumur ist und erst neulich beim Landsmót einen Preis als bester Hengst seiner Altersklasse erhalten hat.“

„Steht er auch hier auf dem Hof?“, fragte Donia.

Áki gab die Frage an Geir weiter und der schüttelte den Kopf und antwortete etwas.

„Er steht einige Kilometer von hier entfernt mit Zuchtstuten auf der Deckweide und Geir möchte nicht, dass wir ihn dort stören. Aber er kann uns Fotos von Rúbin zeigen und lädt uns zu einem Kaffee ein.“

Donia nickte begeistert.

Im Haus bat Geir sie und Áki in die Küche und setzte die Kaffeemaschine in Gang. Während diese vor sich hin schnorchelte, ging Geir in ein Nebenzimmer, aus dem er mit einem Fotoalbum zurückkehrte. Er blätterte eine Seite auf, legte das Album vor Donia auf den Tisch und wies mit dem Zeigefinger auf ein Foto von einem bestens proportionierten Rotfalben mit ebenso rotem Langhaar wie Lilja.

Donia kam ein Gedanke: „Wie heißt seine Mutter?“, erkundigte sie sich und wunderte sich nicht wirklich, als sie Geir den Namen Elding sagen hörte. So hieß auch Liljas Mutter, also waren sie und Rúbin vermutlich Vollgeschwister. Es sei denn, es gab hier noch eine andere Stute namens Elding. Donia fragte nach und lauschte dem Singsang der isländischen Sprache, in der Geir Áki eine offensichtlich sehr ausführliche Antwort gab, während er ihnen allen Kaffee einschenkte.

Áki hörte zu, nickte, lachte, wehrte ab und übersetzte dann: „Es gab nur diese eine Elding hier auf der Farm, Rúbin und deine Stute sind also tatsächlich Vollgeschwister. Und Geir ärgert sich noch heute, dass er sich damals von Jón hat überreden lassen, Elding nach Deutschland zu verkaufen. Zu der Zeit war Rúbin noch ein Jährling, zwar durchaus erfolgversprechend, aber keiner ahnte, dass aus ihm mal ein prämiierter Hengst werden könnte.“

„Jón hat Elding an Gut Aue verkauft?“

„Ja, wusstest du das nicht? Er hat Lilo und Bernd so einige gute Pferde von hier vermittelt. Geir war schon mit Lilos Vater bekannt, als der noch Gut Aue leitete.“

In Donias Kopf begann es zu arbeiten und dann hellte sich ihr Gesicht auf. „Jetzt verstehe ich: Geir ist dein Großvater, der Vater eurer Mutter, denn die heißt ja mit Herkunftsnamen Geirsdóttir." Sie schaute Áki strahlend an.

„Gut aufgepasst." Áki prostete ihr mit seiner Kaffeetasse zu. „Unsere Mutter ist nach der Hochzeit mit unserem Vater auf dessen Farm gezogen. Den Hof hier führt ihr jüngerer Bruder Svein gemeinsam mit seiner Frau und Geir weiter. Svein ist der Vater unserer Cousine Lisa, dem Mädchen, dem Fagri-Draumur jetzt gehört. Sie sind aber beide momentan nicht zu Hause sondern zusammen mit Lisas Mutter zu einem Nachbarn auf der anderen Seite des Flusses gefahren." Er stellte seine leere Kaffeetasse auf den Tisch. „Wenn wir noch nach Akureyri wollen, sollten wir bald wieder fahren."

Donia nickte. Ehe sie sich von Geir verabschiedeten, zog sie noch ein Foto von Lilja aus ihrem Rucksack hervor und schenkte es Ákis Großvater. Jetzt, da sie wusste, dass Liljas Bruder ein so gutes Zuchtpferd war, bedauerte sie es umso mehr, dass sie aus ihr vermutlich nie ein Fohlen würde ziehen können.

In Akureyri erledigte Áki einige Besorgungen und lud Donia zu einem Softeis ein. Eigentlich mochte sie kein Softeis, doch sie wollte nicht unhöflich sein und es zumindest einmal probieren. Und es war das beste Softeis, das sie jemals gegessen hatte, cremig, fest und nach frischer Milch schmeckend, ganz anders als die weiche, manchmal nur nach Zucker oder Vanille schmeckenden Sorten, die sie aus Deutschland kannte.

Auf ihren Wunsch hin fuhren sie noch zu dem Wollgeschäft, das sie schon zu Beginn ihrer Bustour besucht hatten und dessen Adresse Áki daher bekannt war. Nach langem Auswählen und Vergleichen entschied sie sich für den Kauf einer warmen Wolldecke in wunderschönen Rot- und Orangetönen.

Als sie an der Kasse in ihrer Jackentasche nach dem Portemonnaie grub, fiel ihr plötzlich wieder Ákis Musikplayer in die Finger. Ein guter Moment, um ihn endlich zurückzugeben. Sie drückte ihn Áki mit einer verlegenen Entschuldigung in die Hand.

Áki steckte ihn lachend wieder in Donias Jackentasche. „Behalte ihn nur. Ich wusste nicht, dass ich ihn zurückbekommen würde und habe mir in Reykjavik gleich die neuere Version davon gekauft.“

Donia wusste gar nicht, wie sie sich für dieses großzügige Geschenk bedanken sollte und schenkte Áki einfach nur ein freudiges Lächeln.

Am nächsten Tag wurden auf der Farm von Ákis Eltern alle Stuten des Weideabtriebs beschlagen, die verkauft werden sollten, denn bei den isländischen Bodenverhältnissen kamen Reitpferde nicht um einen schützenden Hufbeschlag herum. Allerdings machte man hier nicht so viel Aufhebens um das Beschlagen wie in Deutschland, wo die Eisenrohlinge den Pferdehufen durch langwieriges Schmieden und Aufbrennen genauestens angepasst wurden, sondern nagelte einfach die Rohlinge einer passenden Größe auf.

Tags darauf begannen Áki und Donia mit dem Training der Verkaufspferde.

Um jeden Anschein, sie könne ihre Meinung zum Kauf von Freisting doch noch ändern, von vornherein zu vermeiden, wählte Donia sich in der ersten Zeit ganz bewusst andere Stuten zum Reiten aus und genoss frei von allen Kaufüberlegungen jeden einzelnen Ausritt auf ihnen. Áki führte sie dabei in immer wieder andere, interessante Gegenden rund um den Mývatn und zeigte ihr mit großem Stolz die Schönheiten seiner Heimat. Wie nach dem Erlebnis mit dem Geländewagen nicht anders zu erwarten, achtete er stets sehr gewissenhaft darauf, dass ihre Wege nicht über Wollgraswiesen oder durch andere geschützte Gebiete führten.

Fast nebenbei machte er Donia auch noch mit den Feinheiten des Rennpassreitens vertraut. Bislang hatte sie nur gewusst, dass man ein Pferd in den Rennpass legt, indem man ihm in einer ganz bestimmten Phase des Galoppsprungs einseitig eine kurze Parade gibt und das Reitergewicht entsprechend verlagert. Jetzt lernte sie, den richtigen Moment für die Hilfen förmlich zu erspüren und sie wirklich punktgenau einzusetzen. Welch ein herrliches Gefühl, wenn das Pferd sich unter dem Sattel auf ihre Aufforderung hin plötzlich streckte und vom Dreischlag des Galopps in den stampfenden Zweitakt des fliegenden Rennpasses umsprang.

Seit dem Tag des Heimtriebs hatte Áki Donia nicht mehr auf das Thema Pferdekauf angesprochen, so dass sie ihre anfängliche Vorsicht bald wieder aufgab und auch die übrigen Stuten ritt. Sie hatten unter dem Sattel ebenfalls einiges zu bieten. Vor allem einen schier unerschöpflichen Gehwillen, sei es nun in vier oder in fünf Gangarten. Hier auf der Farm züchtete man wirklich gute Pferde. Zu Donias Erstaunen ritt Áki Freisting fast doppelt so häufig wie die anderen Verkaufspferde und ließ sie sehen, welche Talente in der kleinen Palominostute schlummerten. Bis Donia ihn eines Tages mitten auf offener Strecke um einen Pferdetausch bat. Áki überreichte ihr schmunzelnd die Zügel.

Jetzt, da sie so viel über die isländische Reitweise dazugelernt hatte, wusste Donia Freistings Qualitäten erst richtig zu würdigen. Keines der anderen Verkaufspferde konnte einem Vergleich mit dieser Fünfgangstute standhalten, die Vorwärtsdrang, Charakter und Umgänglichkeit in sich vereinigte und entgegen aller Bedenken bald Donias absolute Favoritin wurde. Auf ihr machte das Reiten sogar dann noch Spaß, wenn das Wetter wieder einmal umschlug und stundenlang nur Regen und Wind produzierte.

Am Tag vor ihrer Abreise unterschrieb Donia zu ihrer eigenen Verwunderung tatsächlich den Kaufvertrag für Freisting. Das kostete sie einige tausend Euro und eine große Flasche besten Whiskys.

Aber noch ehe sie den Wetteinsatz einbüßte, hatte sie längst ihr Herz an Áki verloren. Sie fand es wunderbar, dass er sich selbst nie so furchtbar wichtig nahm und ganz unbekümmert mitlachen konnte, wenn sie sich über seine komischen deutschen Versprecher amüsierte. Sie mochte seinen respektvollen Umgang mit den Pferden, und nicht zuletzt natürlich die liebevolle Aufmerksamkeit, die er ihr Tag für Tag entgegengebracht hatte. Er ließ keinen Zweifel daran, dass er sich ebenfalls mehr als nur freundschaftlich für sie interessierte.

Doch welche Zukunft sollte eine Verliebtheit über zweitausend Kilometer Entfernung haben, wenn sie mit Felix nicht einmal zweihundert Kilometer überstanden hatte? Warum nur, musste das Leben ausgerechnet ihr, immer derartige Stolpersteine in den Weg legen? Den Tränen nahe wickelte Donia Ákis Abschiedsgeschenk in ihr Halstuch ein, ein schillerndes Lavastück vom Fuß eines nahegelegenen Vulkankegels, den sie auf einem ihrer Ausritte besucht hatten. Sie putzte sich die Nase. „Es war nur ein Urlaubsflirt, mehr darf es nicht gewesen sein“, sagte sie laut zu sich selbst und zog mit einem energischen Ruck den Reißverschluss ihres Koffers zu.

Neulinge

Freisting war im selben Transport wie Jóns neue Pferde in Deutschland angekommen und fürs erste ebenfalls nach Gut Aue gebracht worden, wo die ganze Herde nun zwei Wochen lang auf einer abgelegenen Weide unter amtstierärztlicher Beobachtung stand. Falls eines der Importpferde eine bisher unentdeckte Krankheit mitgebracht hatte oder in der neuen Umgebung erkranken sollte, konnte es so nicht gleich den ganzen Pferdebestand des Hofes gefährden. Donia hatte ihre Stute selbst in Hamburg in Empfang genommen und ihren Weitertransport begleitet, sie seither aber noch nicht wieder besucht, geschweige denn geritten.

Es gab für die Importpferde ohnedies schon genug zu verkraften. So hatte sich ihr Fell mit seiner dichten Unterwolle bereits auf den nasskalten isländischen Spätsommer eingestellt, und plötzlich waren sie damit der hiesigen Augusthitze ausgesetzt, vor der sie nur im kühlen Laufstall Schutz fanden. Erst gegen Abend wagten sie sich wieder hinaus ins Freie. Auch das Gras auf den Weiden hier unterschied sich sehr von dem ihrer Heimat. Damit ihre Verdauung sich allmählich darauf umstellen konnte, ließ Jón die neuen Pferde vorerst nur stundenweise auf die Koppel und glich ihren restlichen Futterbedarf durch Heu aus.

Mit der Unterwolle hatte Freistings zuvor dunkelgoldenes Deckhaar einen buttercremegelben Farbton angenommen, ähnlich dem von Liljas Winterpelz. Donia betrachtete ihre neue Stute nachdenklich. Ob es wirklich richtig gewesen war, sie aus ihrer

Heimat fortzuholen? Doch wenn sie es nicht getan hätte, dann jemand anderes, denn von Deutschland bis nach den USA und Kanada herrschte eine rege Nachfrage nach guten Pferden aus Island. Bei ihr war Freisting wenigstens in vertraute Hände gekommen. Nein, es gab keinen Grund, sich wegen des Kaufes Vorwürfe zu machen. Donia ließ die Neulinge allein und ging zur Stutenweide hinunter.

Dort, wo im Winter die Absetzer gestanden hatten, grasten jetzt die Mutterstuten mit ihren Fohlen. Fünfzehn waren es in diesem Jahr, sechs davon unverkennbar Kinder des Mausfalben Djarfur. Dem exzellenten Viergänger führte das Gut bevorzugt passtöltende Stuten zu, damit deren Fohlen von ihm die Veranlagung zu sauberen und klar voneinander getrennten Gängen erbten. Djarfurs erste Nachzucht vom vergangenen Sommer hatte das sehr schön belegt, und auch mit seinen diesjährigen Fohlen waren Lilo und Bernd mehr als zufrieden. Für Stuten mit übermäßig starken Trabtendenzen eignete sich als Partner besser der Fünfgänger Hrimnir, der seinen Kindern den weichen Tölt und manchmal auch seinen schwungvollen Rennpass vererbte. Liljas Fohlen wäre ebenfalls von ihm gewesen.

„Hallo, Donia." Bernd trat zu ihr. Er sah müde aus. Trotz seiner bulligen Statur wirkte er kraftlos.

Donia schaute ihn an. „Bist du krank?" fragte sie.

„Ich habe die vergangenen Nächte schlecht geschlafen."

„Das liegt vielleicht am Vollmond." Donia deutete zum Himmel hinauf, auch wenn der Mond jetzt mitten am Tag gar nicht dort zu sehen war.

„Schon möglich." Es klang wenig überzeugend.

„Es tut mir übrigens leid, dass wir jetzt doch nicht wegen einer zweiten Stute für mich ins Geschäft gekommen sind", versuchte Donia dem Gespräch eine andere Richtung zu geben. „Aber ich habe mich auf Island nun mal in Freisting verliebt, und noch ein drittes Pferd wäre mir momentan zu viel."

Bernd legte seine Unterarme auf das Gatter. „So ist das mit der Liebe", sagte er, ohne Donia anzusehen. „Einer ist immer zu viel."

Derart melancholisch hatte Donia Bernd noch nie erlebt. Ob das wohl ebenfalls dem Vollmond zuzuschreiben war? „Was glaubst du, wann ich sie holen kann?“, fragte sie.

„Wen?“ Bernd schien mit seinen Gedanken wirklich sehr weit weg zu sein.

„Freisting natürlich.“

Bernd schüttelte verwirrt den Kopf und nahm die Arme vom Gatter. „Ja, natürlich Freisting“, sagte er. „Nun, ich denke am Wochenende, wenn der Tierarzt sie sich alle noch einmal angeschaut hat.“

„Gut. Wir kommen dann Sonntagnachmittag mit dem Hänger und holen sie ab. Ich kann es kaum erwarten, sie endlich auf dem Hof zu haben.“

„Scheint ein gutes Pferd zu sein“, meinte Bernd. „Was hat sie für eine Abstammung?“

Donia nannte ihm die Namen von den Eltern und Großeltern ihrer neuen Stute. „Das ist alles, was ich aus ihren Papieren weiß. Aber Freisting wurde ja von Jóns Familie gezogen, und bestimmt kann er dir noch etwas mehr über ihre Vorfahren sagen.“

„So wichtig ist es nun auch wieder nicht“, wehrte Bernd ab.

Donia runzelte verdutzt die Stirn. Das wäre das erste Mal, dass Bernd sich die Gelegenheit entgehen ließ, die genaue Abstammung eines guten Pferdes zu erfahren. Sie lächelte ihm zum Abschied aufmunternd zu. „Grüß Lilo von mir. Schade, dass ich sie nicht angetroffen habe.“

„Sie reitet mal wieder mit unserem isländischen Teilhaber spazieren“, erklärte Bernd, wobei er das Wort Teilhaber seltsam betonte.

Donia seufzte. Was hätte sie darum gegeben, jetzt ebenfalls mit einem ganz bestimmten Isländer ausreiten zu können. Sie dachte noch sehr oft an Áki, und dass er sie ebenfalls nicht vergessen hatte, bewiesen schon die Ansichtskarten, die seit ihrer Rückkehr fast wöchentlich bei ihr eingetroffen waren. Selbst wenn auf ihnen stets nur der eine Satz stand: „Viele Grüße von Áki.“ Nur änderten auch noch so viele Kartengrüße leider nichts an der Tatsache, dass zwischen Island und Deutschland nach wie vor ein ganzer Ozean lag. Donia stieg ins Auto. „Vergiss ihn“, wies sie sich selbst zurecht, wie jedes Mal, wenn sie an Áki denken musste. Und wie jedes Mal nützte es nichts.

Auf dem Weg zu Iris' Hof machte sie einen kurzen Abstecher zum Kotten, wo sie Kerstin auf der neu angelegten Terrasse hinter dem Haus antraf. In der bequemen Gartenschaukel ihr gegenüber saß Roberts Tochter Alexandra und hielt den kleinen Niklas auf dem Schoß. Seit sie an ihrem Studienort eine Unterkunft für ihren Fuchswallach Hvatur gefunden hatte, waren ihre Familienbesuche zu einer großen Seltenheit geworden. Als Niklas in sein übliches Geschrei ausbrach, gab Alexandra ihn an Kerstin zurück, und jetzt erst konnte man sehen, dass ihr Bauch sich eindeutig wölbte.

Donia drückte Kerstin einen Begrüßungskuss auf die Wange und nahm am anderen Ende der breiten Gartenschaukel Platz. „Bist du schwanger?", fragte sie Alexandra, geradeso, als könnte es für deren Rundung noch eine andere Erklärung geben.

Roberts Tochter strich sich über ihren Kugelbauch. „Schon Ende des fünften Monats." Sie lächelte stolz. „Da staunst du, was?"

„Bei dir erstaunt mich ehrlich gesagt nichts mehr", nahm Donia ihr den Wind aus den Segeln. „Dann kann dein Freund ja schon mal das Wickeln üben."

„Wir haben uns getrennt", erklärte Alexandra knapp. „Der Schauspieler mochte Vaterrollen nur auf der Bühne. Es wird also ganz allein mein Baby werden. Kerstin und andere Mütter haben es schließlich auch geschafft, ein Kind ohne Vater großzuziehen. Warum sollte also ausgerechnet ich nicht damit fertig werden?"

Kerstin wechselte auf den Gartentisch zwischen leeren Gläsern und Sonnencreme Niklas' Windeln. „Es ist nicht immer einfach. Aber dieser Hinweis kommt jetzt wohl zu spät."

„Was wird denn nun aus deinem Psychologiestudium?", erkundigte sich Donia.

„Ich werde das Wintersemester aussetzen und erst im Sommer weiter studieren", meinte Alexandra. „Das Baby kommt dann vormittags in die Kinderkrippe unserer Uni. Und wenn das alles nicht funktioniert, pausiere ich eben die paar Jahre bis ich aus dem Gröbsten raus bin. Notfalls kann ich wieder zu meiner Mutter nach Hamburg ziehen."

„Die wird sich freuen", bemerkte Donia trocken und fügte hinzu: „Du und irgendwann aus dem Gröbsten raus, guter Witz ..."

Alexandra erhob sich aus der Gartenschaukel. „Ich besuche jetzt die Fohlen."

Donia und Kerstin begleiteten sie. Kerstin trug Niklas auf dem Arm, der beim Wickeln schon fast eingeschlafen war und nun mit erneutem Geschrei gegen die Veränderung protestierte.

„Unter euren Vorfahren muss es einen Brüllaffen gegeben haben", spöttelte Donia.

„Nicht in unserem Zweig der Familie", erklärte Alexandra bestimmt. „Mein Kind wird sicher ein ganz ruhiges, freundliches Baby werden."

„Das würde mich wundern", bemerkte Donia, ehe Kerstin ihr einen liebevollen Rippenstoß versetzte.

Die Stuten standen auf einer Weide in der Nähe und wurden dort aufmerksam von Jörvi bewacht. Offenbar fühlte er sich ganz als Leithengst. Er umrundete die kleine, wildfarbene Herde, die fast an eine Gruppe Dülmener erinnerte, in einem derart schwebenden Imponiertrab, wie er ihn unter dem Sattel noch niemals gezeigt hatte. Ísafolds Zwillinge und das einige Wochen jüngere, mausfalbe Töchterchen von Nös versuchten immer wieder, den Wallach in ihre ausgelassenen Spiele miteinzubeziehen. Doch Jörvi hatte jetzt eine wichtigere Aufgabe zu erfüllen und für solche Kindereien überhaupt keine Zeit.

„Wisst ihr schon, wie ihr die Fohlen nennt?", fragte Donia."

Kerstin deutete auf die Zwillinge. „Das Stütchen hat Lilo Bleikála getauft, nach Ísas Mutter, und ihren Bruder Bleikur, also der und die lehmfarbene Braunfalbe. Das Fohlen von Nös heißt Múska, die Mausgraue."

„Wie originell", bemerkte Alexandra spitz.

„Ich finde es eher mutig, sie nach ihrer Farbe zu benennen", sagte Donia. „ An den Jungpferden auf Gut Aue sehen wir doch jedes Jahr, wie sehr sich die Fellfarbe vom Fohlen bis zum erwachsenen Pferd noch verändern kann und dass sich sogar unter einem grauen Fohlenplüsch manchmal ein schwarzer Jährling versteckt."

„Wir werden es erleben", meinte Kerstin.

Donia schaute zu Nös' kleiner Tochter hinüber. „Nun hat Ísafold eine Enkelin im gleichen Alter wie ihre eigenen Kinder“, stellte sie fest. „Das kommt bei Menschen bestimmt viel seltener vor.“

„Und was ist hiermit?“ Alexandra reckte demonstrativ ihren Bauch vor. „Das zukünftige Enkelkind meines Vaters wird auch nur gut ein Jahr jünger sein als Niklas.“

„Stimmt.“ Donia lachte. „Hast du dir schon einen Namen für dein Kind ausgesucht?“

„Darüber entscheide ich spontan, wenn es geboren ist.“ Alexandra reckte den Kopf hoch. „Aber ich nenne es bestimmt nicht Múska oder Bleikála.“

Donia fuhr bald darauf zu Iris weiter. Vielleicht war heute die Lieferung des Reitsport-Versands eingetroffen, bei dem sie schon vor einiger Zeit gemeinsam eine Bestellung aufgegeben hatten.

Iris stand in der Küche vor der Spüle und bewältigte den Abwasch von mindestens einer Woche.

„Ist unser Paket gekommen?“, fragte Donia.

„Heute Vormittag.“ Iris deutete mit dem Kopf in die Ecke, wo auf der Sitzbank ein dunkelgrüner Karton stand. „Ich hatte nur noch keine Zeit, es auszupacken, weil ich für Gerald Fotos heraussuchen musste. Und als ich mir dann zur Belohnung einen Tee gönnen wollte, stellte ich fest, dass es im ganzen Haus keine einzige saubere Tasse mehr gab. So kommt eins zum anderen.“ Sie warf einen Schwung nassen Bestecks in den Abtropfkorb.

Donia hatte gar nicht erst versucht, die Paketverschnürung aufzudröseln, sondern gleich zur Schere gegriffen. Neugierig öffnete sie den Karton und schob die Deckschicht aus zusammengeknülltem Papier beiseite.

Iris war neben sie getreten, nahm das obenauf liegende Ausbildungsgebiss heraus und wog es prüfend in der Hand. „Jetzt kann Vindingur kommen“, sagte sie zufrieden und griff als nächstes nach mehreren durchsichtigen Plastiktüten mit kunterbuntem Inhalt. „Für die neuen Gurthalfter wurde es auch allerhöchste Zeit. Die alten sind wirklich kaum noch zu gebrauchen.“

„Das hier habe ich für Freisting bestellt.“ Donia hielt einen Trensenzaum aus hellbraunem Leder, ein dickes Olivenkopfgebiss und ein weißes Stallhalfter mit schwarzweiß gestreiftem Führstrick hoch.

Iris zog die Brauen zusammen. „Ein weißes Halfter? Das kannst du ja jede Woche in die Waschmaschine stecken.“

„Rot oder Blau hätte zu Freistings Palominofarbe sicher ebenfalls hübsch ausgesehen.“,Donia wickelte den Führstrick um Gurthalfter und Zaumzeug. „Aber Rot ist schon an Vindstjarna vergeben und Blau wird hier auf dem Hof immer Gyrðirs Farbe bleiben, selbst wenn er schon lange fort ist. Sogar Alexandra hat erst dann einen blauen Putzkasten für ihr Pferd zu kaufen gewagt, als Hvatur zu Robert an den Kotten umzog. Ich habe sie vorhin übrigens dort getroffen. Wusstest du, dass sie ein Baby bekommt?“

„Ja, das weiß ich schon seit einiger Zeit.“ Iris legte die Halfter und ein für Vindingur bestelltes Einohr-Kopfstück beiseite und kehrte kehrte zu ihrem Abwasch zurück.

„Aber ich musste Alexandra hoch und heilig versprechen, kein Wort davon zu sagen, ehe sie es euch nicht selbst erzählt hat. Sie-lässt es sich nun mal nicht gerne nehmen, im Mittelpunkt zu stehen, ganz gleich aus welchem Anlass.“

Donia verstaute ihre Neuerwerbungen in ihrem kleinen Rucksack. „Weißt du dann vielleicht auch, was auf Gut Aue vor sich geht?“, fragte sie Iris nach kurzem Zögern. „Lilo ist schrecklich nervös geworden, und Bernd wirkt so niedergeschlagen. Haben die beiden irgendwelche Probleme?“

„Du bist eine gute Beobachterin.“

„Aber welche denn nur?“ Donia nahm ein Geschirrtuch vom Haken und begann abzutrocknen. „Sie hatten für Hrimnir und Djarfur doch noch nie so viele Stutenanmeldungen wie in diesem Jahr, und der Pferdeverkauf lief fast so gut wie bei Jón. Ist er etwa der Grund für die seltsame Stimmung auf dem Hof?“

„Es geht tatsächlich um ihn, aber in einem anderen Zusammenhang.“ Iris hielt im Abwaschen inne und drehte sich zu Donia um. „Nun gut, wenn wir schon so weit sind, kannst du alles erfahren. Lilo und Jón haben sich ineinander verliebt, und nun will Lilo sich von Bernd trennen mit Jón leben.“ Sie stellte die letzte abgewaschene Schüssel in den Korb, zog den Stöpsel heraus und sah zu, wie das schmutzige Wasser strudelnd im Ausguss verschwand. „Aber behalte diese Information bitte für dich, sie ist noch nicht offiziell.“

Donia zwirbelte das Geschirrtuch in den Händen. „Gibt es denn für die Ehe der beiden überhaupt keine Hoffnung mehr?“ Sie blickte Iris so flehend an, als könne sie den Lauf der Dinge noch ändern. „Lilo und Bernd haben für mich immer zusammengehört wie Adam und Eva. Ich kann mich nicht erinnern, dass sie sich jemals ernsthaft gestritten hätten oder achtlos miteinander umgegangen wären. Und das alles soll nun plötzlich vorbei sein?“

„Mir fiel es anfangs ebenfalls schwer, das zu glauben“, gab Iris zu. „Ich hielt diese Affäre mit Jón nur für ein kurzes Strohfeuer, wie es selbst in den besten Beziehungen einmal vorkommen kann. Doch ich hätte eigentlich wissen müssen, dass Lilo nicht der Typ für unverbindliches Geplänkel ist. Sie hat noch nie halbe Sachen gemacht, und wenn sie von Trennung spricht, dann meint sie es so.“ Iris zuckte machtlos die Schultern. „Es werden uns also wohl einige Veränderungen bevorstehen.“

Die Dinge ändern sich

Zu Iris' und Donias Überraschung waren ihre beiden Pferde bei ihrem Eintreffen auf Gut Aue bereits aufgehalftert und standen abholbereit am Sattelplatz. Vindingur schielte verzückt zu Freisting hinüber, die in einigem Abstand zu ihm angebunden war. Dass die Situation auch sie nicht ganz kalt ließ, bewies ein Haufen frischer Pferdeäpfel zu ihren Hufen. Bernd kam mit Besen und Schaufel aus dem Stall und kehrte mürrisch die Hinterlassenschaften der Stute zusammen.

„Spürst du die Spannung, die hier in der Luft liegt?“, flüsterte Iris Donia zu, die ihr half, die Klappe des Zweipferdehängers herunterzulassen. „Wie kurz vor einem Gewitter. Ich glaube, Bernd würde uns am liebsten so schnell wie möglich wieder abfahren sehen. Verlieren wir also keine Zeit.“ Sie löste die hintere Verankerung der Zwischenwand und schob sie zur Seite, so dass ein breiter, trichterförmiger Eingang entstand.

Zuerst kam Vindingur an die Reihe. Iris baute auf die unbändige Neugier des jungen Hengstes, und tatsächlich erklomm er die Rampe mit aufmerksam gespitzten Ohren fast von allein. Iris lobte ihn und band ihn vorn an der Querstrebe an. „In der nächsten Zeit werde ich ihn immer wieder mal auf den Hänger führen, bis das Verladen für ihn eine Selbstverständlichkeit geworden ist“, sagte sie. Sie schob die Trennwand zurück an ihren Platz und hakte die rückwärtige Querstange ein. „Du kannst jetzt Freisting bringen.“

„Komm, meine Schöne.“ Donia nahm ihre Stute am Halfter.

Freisting folgte ihr brav bis zur Rampe, blieb dann aber stehen und schnaubte skeptisch. Donia strich ihr beruhigend übers Fell. Sie ließ ihre Hände langsam am linken Vorderbein hinabgleiten und hob behutsam den Huf auf die Schräge. Damit hatte sie Freisting sozusagen den ersten Schritt abgenommen. Doch auch das änderte die Meinung der Palominostute nicht. Sie stand weiterhin da, stocksteif wie ein Sägebock, nur eben jetzt mit ausgestrecktem Vorderbein. Erst allmählich löste sich ihre Verspannung, und es dauerte eine Weile, ehe Donia unter liebevollem Zureden Freistings zweiten Vorderhuf auf die Rampe setzen konnte. Vindingur wandte den Kopf, so weit es der Anbindestrick zuließ und gab dunkle Lockrufe von sich. Daraufhin entschloss die Stute sich, den nächsten Schritt aus freien Stücken zu tun. Wenig später stand sie ebenfalls im Hänger, von Vindingur über die Zwischenwand hinweg höchst interessiert berochen.

Iris hakte die Querstange hinter Freistings Schweif ein, schlug die Rampe hoch und verriegelte sie. „Jetzt aber nichts wie nach Hause. Die beiden Halfter bringe ich Bernd irgendwann in den nächsten Tagen zurück."

Auf dem Zufahrtsweg zur Hauptstraße kamen ihnen Lilo und Jón Hand in Hand entgegen, begleitet von Jóns hochträchtiger Hündin. Lilo winkte ihnen kurz zu. Sie machte immer noch einen angespannten Eindruck, obwohl sie insgesamt zufriedener wirkte als in den vergangenen Monaten.

„Das Drama nähert sich seinem Ende." Iris ließ erst einen Lastwagen an ihrem Hängergespann vorbeiziehen, ehe sie weiterredete. „Bernd hat einen kleinen Hof nördlich von Hamburg übernommen und wird Anfang Oktober mit Hrimnir und einem Teil der Stuten dorthin umziehen. Krissa soll bei Lilo bleiben, damit sie nach der Trennung ihrer Eltern nicht zusätzlich noch aus der gewohnten Umgebung herausgerissen wird. Bernd wird sie dann in den Kindergartenferien und später auch übers Wochenende zu sich holen. Aber jetzt ist es für alle erst einmal wichtig, nach dem ganzen Durcheinander wieder zur Ruhe zu kommen und sich in die neuen Verhältnisse einzuleben."

„Und was wird nun aus dem jährlichen ‚Schnuppertag' im Oktober?", fragte Donia.

„Lilo wird die Gestütsschau diesmal gemeinsam mit Jón veranstalten. Sie wollen den ‚Schnuppertag' gleich nutzen, um Gut Aue unter neuer Leitung vorzustellen. Ich habe Lilo bereits unsere übliche Mithilfe bei der Organisation angeboten."

Donia nickte zustimmend.

Auf dem Hof angekommen, brachten sie Vindingur in die leerstehende Berittpferdebox, denn ehe der Tierarzt nicht die Trächtigkeit der Stuten bestätigt hatte, wollte Iris den jungen Hengst lieber von ihnen fernhalten. Freisting hingegen wurde gleich auf die Stutenweide entlassen, wo sie erst einmal davontrabte. Als sie jedoch merkte, dass ihr niemand folgte, blieb sie stehen.

„Jetzt kommt der Rest der Familie.“ Iris schob die Rundbalken zum Auslauf beiseite.

Hyndla, Lilja und Vindstjarna drängten hinaus und stürzten sich sofort wie die Furien auf die fremde Stute, die verschreckt vor ihnen die Flucht ergriff und sich widerstandslos über die Koppel jagen ließ. Am schlimmsten trieb es Lilja. Sie zwickte Freisting immer wieder in die Flanken, quiekte sie böse an und setzte sogar hin und wieder ihre Hufe ein. Auch Hyndla und Vindstjarna richteten gezielte Attacken gegen den Neuzugang. Irgendwann wurde es der Palominostute zu viel. Sie legte die Ohren an, keilte heftig nach den Angreiferinnen aus und galoppierte dann mit wehendem Schweif bis zum anderen Ende der Weide. Hyndla und ihre jüngeren Stallgefährtinnen schauten ihr mit Siegerblicken nach.

„Die Stuten werden ihre neue Rangordnung wohl noch miteinander ausfechten müssen“, stellte Iris fest. „Ich glaube jedenfalls nicht, dass deine Freisting sich auf Dauer mit der untersten Position in der Herde zufriedengeben wird.“

Donia fuhr das Hängergespann beiseite und schloss das Gatter. Dann machte sie sich gemeinsam mit Iris ans alltägliche Ausmisten von Stall und Auslauf.

„Schon ist wieder Platz für ein ganzes Pferd mehr“, bemerkte Donia nach der letzten Fuhre und stellte die Schubkarre hochkant neben den Misthaufen.

„Den werden sie bald mehr als genug haben.“ Iris stützte sich auf ihre Schaufel. „Gerald und ich denken nämlich daran, unser Miteinander auszuweiten, sowohl privat als auch was die Pferde betrifft.“

Donia trat einen Schritt zurück. „Erzähl mir jetzt nur nicht, dass ihr heiraten wollt.“

Iris schüttelte heftig den Kopf und lachte. „Wer redet denn von Heirat? Wenn zwei Menschen nicht fürs Eheleben geschaffen sind, dann Gerald und ich. Nein, an der Art unserer Beziehung wird sich zukünftig nichts ändern, nur an unserer Wohnsituation und der unserer Pferde.“ Iris stellte ihre Schaufel beiseite. „Die

Besitzer des Schulten-Hofes gehen noch dieses Jahr aufs Altenteil, das heißt sie geben die Landwirtschaft und Rinderzucht auf und ziehen in ein kleines Häuschen in der Nähe. Und da von ihren Kindern keines den Hof übernimmt, wollen Gerald und ich ihn mitsamt dem dazugehörigen Land pachten. Das Wohnhaus ist groß genug für zwei Einzelgänger wie uns, in dem kleinen Heuerhaus vorn an der Straße richten wir die Agentur und mein Fotoatelier ein, und für die Pferde sind ausreichend Stallungen und Weiden vorhanden. Da Schultens ihre Rinder artgerecht in Laufställen gehalten haben, brauchen wir baulich nicht einmal viel zu verändern, um die Pferde dort unterzubringen. Unsere Fohlen können wir nach dem Absetzen selbst aufzuziehen und ich könnte mehrere Berittpferde gleichzeitig annehmen."

Donia hätte sich gerne gesetzt, aber in nächster Nähe gab es nur den dampfenden Misthaufen. So lehnte sie sich gegen die Betonmauer, die ihn an drei Seiten begrenzte. „Du willst den Pappelhof also aufgeben", stellte sie mit belegter Stimme fest.

„Lieber würde ich ihn an jemanden weitergeben." Iris sah Donia aus den Augenwinkeln an. „Und zwar am liebsten an dich. Es sei denn, das Leben in der Stadt gefällt dir besser als das auf dem Lande."

Donia bohrte sich den Zeigefinger in den Brustkorb. „Ich soll deinen Hof übernehmen? Aber mein Geld reicht doch überhaupt nicht aus, um ihn dir abzukaufen."

„Das könntest du auch gar nicht, denn ich habe ihn ja selbst nur gepachtet." Iris schmunzelte. „Ich will ihn dir vermieten. Die Reitbahn hier würde ich allerdings weiterhin mitbenutzen wollen." Iris legte den Kopf schief. „Wäre das für dich in Ordnung?"

„Und ob." Donia umarmte sie. „Stell dir vor, bis zur Agentur hätte ich dann nur noch zehn Minuten mit dem Fahrrad zu fahren, und wenn im Winter Schnee liegt, dann reite ich eben zu den Besprechungsterminen." Sie lachte glücklich. „Wieviel Zeit bleibt mir, um meine Wohnung zu kündigen?"

„Der Schulten-Hof wird erst Mitte Dezember frei. Aber überlege es dir wirklich gut, ob du deine Stadtwohnung auf Dauer gegen ein einsam gelegenes Bauernhaus eintauschen willst, in dessen

Nähe es weder Kaufhaus noch Kino gibt. Das Leben auf dem Lande kann vor allem in trüben Winterwochen schon recht eintönig sein. Dein Einhüten im vorletzten Sommer lässt sich damit überhaupt nicht vergleichen.“ Iris zupfte sich einige Pferdehaare von der Jacke. „Falls du dich also gegen das Landleben entscheiden solltest, würde ich es dir nicht verübeln. Deine Pferde wären natürlich auf dem Schulten-Hof ebenfalls willkommen. Freistings Fohlen kann so oder so in meiner ersten eigenen Absetzerherde aufwachsen, gemeinsam mit denen von Vindstjarna und Hyndla und den Fohlen von Gut Aue. Ich habe bereits mit Lilo darüber gesprochen. Sobald Bernd fortgezogen ist, müssen sie und Jón sich ja allein um den ganzen Betrieb kümmern und sind froh, wenn die Absetzer des Gutes bei uns aufwachsen können. Vielleicht später sogar die Jährlinge, das wird sich zeigen, wenn sich alles eingespielt hat.“

Sie gingen ins Haus. Vor der Tür zum Wohnflur klemmte Iris ihren Absatz in den Stiefelknecht und wand ihren Fuß aus dem engen Schaft. „Wann wirst du Freisting reiten?“ Sie stellte den ausgezogenen Stiefel beiseite und nahm den zweiten in Angriff.

„In vier Tagen, wenn der Tierarzt da war. Sie soll sich hier erst etwas eingewöhnen und die Trächtigkeitsuntersuchung hinter sich bringen.“ Donia wartete auf das Freiwerden des Stiefelknechts.

Iris schob in ihr hinüber. „Sehr vernünftig. Ich hätte Lust, dich dann auf Hyndla zu begleiten. Wir könnten einen richtig schönen Fünfgangritt zusammen machen.“

Donia ließ ihren Fuß einen Moment zögernd in der Luft schweben und schaute Iris entschuldigend an. „Ein anderes Mal gern“, sagte sie, „aber bitte nicht gleich bei unserem allerersten Ausritt hier. Den möchte ich lieber mit Freisting ganz allein genießen.“

Aus zwei mach vier

Donia sah den Wagen des Tierarztes aus der Pappelallee auf die Hauptstraße abbiegen und davonfahren und schnippte verärgert mit dem Finger durch die Luft. Nur weil sich die Montagsbesprechung bei Gerald so fürchterlich in die Länge gezogen hatte, war sie nun zu spät gekommen, um Dr. Marquardt noch auf Iris' Hof anzutreffen. Sie bog in die Allee ein, parkte ihr Auto und warf sich eine Jacke über, denn im Vergleich zur vergangenen Woche hatte sich das Wetter merklich abgekühlt.

Im Auslauf wartete Hyndla wie gewohnt darauf, dass ihr jemand den Durchgang zur Weide öffnete, Lilja kraulte die Mähne ihrer Busenfreundin Vindstjarna, und Freisting beobachtete all das aus einem gewissen Sicherheitsabstand. Iris war damit beschäftigt, einen neuen Salzleckstein in die Vorrichtung neben dem Stalleingang zu klemmen. Sie sammelte die Reste seines Vorgängers vom Boden auf und warf sie im Stall in die Futterkrippe. Donia ging ihr nach.

„Was hat Doktor Marquardt gesagt?", fragte sie.

„Er lässt dich grüßen."

Donia stupste Iris an. „Mach es doch nicht so spannend. Sind Freisting und deine Stuten nun tragend oder nicht?"

„Sie sind es."

„Freisting wird ein Fohlen bekommen." Donia warf die Arme in die Luft und vollführte einen Freudentanz durch den Stall.

Iris wartete, bis Donia wieder zum Stillstand gekommen war. „Und Lilja ebenfalls", fügte sie dann mit verschmitztem Lächeln hinzu.

„Lilja?" Donia riss ungläubig die Augen auf. „Aber der Tierarzt sagte doch, dass sie nie wieder ein Fohlen haben kann. Und wie ist sie überhaupt zum Hengst gekommen?"

„Wir haben sie mit meinem Hänger hingefahren." Iris löste mühsam die erste rostige Schraube einer kaputten Halterung für die Rundbalken.

„Wen meinst du mit wir?", fragte Donia.

Iris ließ die Schraube in der Tasche ihrer Arbeitshose verschwinden. „Deine Mutter und mich", antwortete sie. „Doktor Marquardt sagte nach Liljas Fehlgeburt nur, es sei ungewiss, ob sie jemals wieder trächtig würde, aber von unmöglich war nie die Rede gewesen. Lilo hat sich übrigens ebenfalls an der Aktion beteiligt, weil sie dir im Winter doch Sina nicht geben konnte und weil Hrimnirs Decktaxe für uns sonst zu hoch gewesen wäre.

Donia fühlte sich hin und her gerissen zwischen der Freude über Liljas unerwartete Trächtigkeit und dem Ärger über das eigenmächtige Handeln von Iris und Kerstin. Sie setzte sich auf den Rand der Futterkrippe. „Ihr hättet mich vorher fragen müssen", meinte sie."

„Wir wollten dir nur eine weitere Enttäuschung ersparen." Iris war bei der dritten Rostschraube angelangt. „Wäre die Untersuchung heute negativ ausgefallen, hättest du nie etwas von unserer kleinen Verschwörung erfahren. Doch jetzt gibt es keinen Zweifel mehr daran, dass Lilja ein Fohlen bekommen wird, und darüber solltest du dich eigentlich freuen. So war es jedenfalls von uns gedacht. Natürlich haben Kerstin und ich uns nicht ganz korrekt verhalten, da hast du schon Recht, ich denke aber, das Ergebnis wiegt unser Tun wieder auf."

„Schon möglich", lenkte Donia ein. "Es ist nur etwas viel auf einmal. Gestern bietest du mir an, deinen Hof zu mieten und heute erfahre ich, dass Lilja ein Fohlen bekommt, das will mir alles noch gar nicht richtig in den Kopf." Sie holte ihr neues Gurthalfter aus dem Auto, fing Freisting ein und führte sie hinüber zu den Anbinde-Ringen, wo sie sie putzte und sattelte.

Iris kam aus dem Dielentor, die beiden Teile der abgeschraubten Halterung in der Hand. „Welchen Weg wirst du nehmen?", fragte sie. „Falls irgendetwas passiert, was ich natürlich nicht hoffe."

Donia zurrte den Kinnriemen ihres Reithelms fest. „Ich will am Ententeich vorbeireiten, dann durch das kleine Wäldchen und über den langen Feldweg wieder zurückkommen." Sie ließ das Stallhalfter auf Freistings Hals hinabrutschen, warf ihr die Zügel über und schob ihr die vertraute Isländische Kandare ins Maul. Das für die Stute noch ungewohnte, dicke Olivenkopfgebiss sollte erst später an die Reihe kommen.

Freisting drehte aufmerksam die Ohren vor und zurück, damit ihr ja nichts entging. Donia löste das Halfter, nahm die Zügel locker in die linke Hand und saß auf.

„Hals und Beinbruch", wünschte Iris.

„Wird schon schiefgehen." Donia ritt an.

Freisting kannte es aus Island nur, unter dem Reiter sofort aus

dem Stand loszulaufen, doch hier, in direkter Nähe der vielbefahrenen Hauptstraße, wäre so ein unkontrollierter Schnellstart viel zu riskant gewesen. Donia ritt daher erst eine ganze Weile im Schritt, ehe sie nachgurtete und ihre Stute zum Antölten aufforderte. Das ließ Freisting sich nicht zweimal sagen. Im schnellen, gleichmäßigen Viertakt und mit stolz erhobenem Kopf eilte sie über den langen Feldweg. Erst hinter dem Ententeich parierte Donia ihre Stute sanft wieder zum Schritt.

Sie war gespannt, wie Freisting auf das vor ihnen liegende Wäldchen reagieren würde, denn Bäume, die höher waren als ein Busch, gab es auf Island allenfalls in windgeschützten Hausgärten. In der freien Landschaft jedoch kamen sie durch das raue Klima nur selten über die Größe niedrigen Strauchwerks hinaus.

Doch Freisting zeigte sich von den ungewohnt hohen Gewächsen nicht im Geringsten beeindruckt. Sie marschierte so seelenruhig unter dem Blätterdach des Wäldchens hindurch, als sei sie dort aufgewachsen.

Den festen, ebenen Abschnitt des Sandwegs, der wieder Richtung Hof führte, hatte Donia sich für den Höhepunkt des Ausrittes aufgehoben. Sie ließ Freisting angaloppieren, saß tief ein, gab ihr eine kurze Parade, und die Stute schoss mit vorgerecktem Hals im Rennpass davon. Ein derartiger Geschwindigkeitsrausch, der kaum noch vom Durchgehen zu unterscheiden war, hätte Donia auf einem fremden Pferd sicher in Angst und Schrecken versetzt.

Freistings energischen Vorwärtsdrang jedoch konnte sie ganz unbekümmert genießen, denn sie wusste, dass sich die Stute, so wie jetzt, jederzeit wieder in eine ruhigere Gangart zurücknehmen ließ.

Wie allen Importpferden waren Freisting auf Island noch vor dem Transport die Hufeisen abgenommen worden. Doch sie ging selbst ohne Eisen so schön, dass Donia entschied, sie vorerst nicht beschlagen zu lassen. Freisting hatte sehr gutes und festes Hufhorn, und die Wege hier am Rand des Naturschutzgebietes Nordheide waren sehr pferdefreundlich, so dass kein zwingender Grund für einen Hufbeschlag bestand. Den Winter über gingen die Pferde vom Pappelhof sowieso unbeschlagen und bekamen noch dazu für ein bis zwei Monate Urlaub, in dem sie gar nicht geritten wurden. Im nächsten Frühjahr würde man dann weitersehen, ob Eisen nötig waren oder nicht.

Donia strahlte. Was war heute doch für ein herrlicher Tag. Ihre Stuten würden beide ein Fohlen bekommen, und Freisting ging in ihrer neuen Heimat ebenso kraftvoll und willig wie zuvor auf Island. Donia klopfte ihr den Hals und nannte sie das wunderbarste Pferd auf der ganzen Welt. Freisting streckte sich schnaubend am langen Zügel.

Auf dem Hof wieherte ihnen vom Sattelplatz Jörvi entgegen. Wo der Falbe war, konnte Kerstin nicht weit sein. Donia versorgte Freisting, glättete ihr mit einem Gummistriegel den feuchten Pelz und führte sie zurück zum Auslauf, wo wie erwartet Kerstin am Gatter stand und die Pferde beobachtete.

Sie gab Donia, die keine Miene verzog, einen Begrüßungskuss auf die Wange. „Robert und ich machen heute den Härtetest mit Niklas' Babysitter", berichtete sie fröhlich. „Wir wollen ausprobieren, ob er schon länger als drei Stunden ohne unsere Hilfe mit dem Kleinen zurechtkommt. Da habe ich die Gelegenheit gleich zu einem Ausritt genutzt." Sie strich Freisting freundlich über die Stirn. „Das ist sie also", bemerkte sie mit anerkennendem Kopfnicken.

Donia sagte immer noch nichts. Sie entließ Freisting in den Auslauf, wo sie sofort wieder von Lilja, Hyndla und Vindstjarna umringt und weggebissen wurde. Iris hatte während ihrer Abwesenheit Vindingur zur Herde gelassen, der nun im Gegenzug mit allen Mitteln versuchte, die vier Stuten möglichst dicht beieinander zu halten. Ganz offensichtlich fühlte er sich bereits als Herdenboss.

Ein gezielter Biss von Hyndla belehrte ihn eines Besseren, und auch Freisting setzte sich vehement gegen sämtliche Angriffe zur Wehr.

„Deine neue Stute hat ein sehr freundliches Gesicht“, sagte Kerstin und fügte mit einem Blick auf ihre Tochter hinzu: „Ganz im Gegensatz zu dir. Gibt es einen besonderen Grund für deine schlechte Laune?“

„Ich habe keine schlechte Laune.“ Donia wickelte sorgfältig den schwarzweißen Strick des Halfters auf. „Ich fand nur eure eigenmächtige Aktion mit Lilja nicht ganz in Ordnung.“

„Das hat Iris mir eben schon berichtet.“ Kerstin blickte Donia forschend in die Augen. „Aber mal ehrlich, bist du wirklich noch so böse auf uns, wie du jetzt vorgibst.“

Ihre Mutter ließ sich eben nicht so leicht hinters Licht führen. Donia schüttelte lächelnd den Kopf. „Eigentlich bin ich sogar sehr glücklich“, gab sie zu. „Iris sollte die Sache nur nicht ganz allein ausbaden müssen, denn du warst ja ebenso daran beteiligt.“

Kerstin drückte Donia erleichtert an sich. Dann schaute sie wieder zu Freisting hinüber. „Hätte Lilja damals nicht ihr Fohlen verloren, wärst du wohl nie auf die Idee gekommen, dir aus Island dieses schöne Pferd mitzubringen.“ Sie schmunzelte. „Anfang des Jahres hast du von nur einem neuen Pferd geträumt, und nun sind es plötzlich fast schon drei. Eine richtige kleine Herde. Ich sehe dich schon als nächstes auf einem eigenen Hof leben.“

„Ich mich auch“, bemerkte Donia.

Der Schnuppertag

Seit Donia erfahren hatte, dass Áki zur Zeit des ‚Schnuppertages‘ zu Besuch auf Gut Aue sein und sie ihm spätestens dann dort begegnen würde, träumte sie nachts ständig von tränenreichen Abschiedsszenen. Es war grauenvoll. Da sie Lilo und Jón aber schon die Mitbetreuung des Infostandes zugesagt hatte, konnte sie heute nicht einfach zu Hause bleiben, nur um dem Wiedersehen mit Áki aus dem Weg zu gehen. Einem Wiedersehen, dem doch nur ein neuer Abschied folgen würde. Vor lauter Aufregung brachte Donia kaum ihr Frühstück hinunter. Sie ließ die angebissene Scheibe Brot auf dem Teller liegen, zog ihre Jacke an, klemmte sich die selbstentworfene Papptafel zum Thema Offenstallhaltung unter den Arm und verließ die Wohnung.

An der Rückwand des Infostandes prangte bereits das Ansichtsexemplar eines brandneuen Islandpferde-Plakates, das in wunderschönen Farbaufnahmen einen Fünfgänger in den einzelnen Bewegungsphasen jeder Gangart zeigte. Die Fotos stammten von Iris, während Gerald die Gesamtgestaltung übernommen hatte. Beider Namen und die zukünftige Adresse der Agentur standen in kleiner Schrift am unteren rechten Rand.

„Werbung muss sein", sagte Gerald, der noch mit der Dekoration des Tisches beschäftigt war, auf dem außer den Plakaten auch Bücher und bunte Aufkleber zum Verkauf auslagen. Kostenlos gab es nur die neuen Prospekte von Gut Aue, sowie Handzettel mit Informationen zur Offenstallhaltung.

Donia pinnte ihre Tafel mit Heftzwecken neben das Fünfgang-Plakat und stellte zwei große, oben offene und mit den Längsseiten aneinander geklebte Schuhkartons auf den Tisch. In jedem dieser Kartons saß ein lebensgroßes Meerschweinchen aus Plüsch in einem Nest aus Holzwolle. Vor den Kartons stand ein rot umrandetes Schild mit der Frage: ‚Was haben Meerschweinchen und Pferde gemeinsam?'

Iris kam um den Tisch herum und wies auf die Meerschweinchen-Kartons. „Hoffentlich verstehen die Leute, was damit gemeint ist." Sie setzte sich auf einen der Klappstühle.

„Sonst müssen wir es ihnen eben erklären. Dazu sind wir ja hier." Donia zuckte die Achseln. „Hast du Kerstin schon irgendwo gesehen?"

„Noch nicht", antwortete Iris. „Aber mein Pferdehänger, den sie sich ausgeliehen hat, um Jörvi heute herbringen zu können, steht schon unten bei den Paddocks. Sie ist ziemlich stolz darauf, dass

Lilo und Jón sie gebeten haben, mit Jörvi in der Schaugruppe der Naturtölter mitzureiten. Ich nehme an, dass ich ihr und Robert spätestens am Kaffeestand begegnen werde. Außer mit Lilo und Jón habe ich bisher nur mit Áki ein paar Worte gewechselt. Es war nett, ihn nach den zwei Jahren seit meinem Besuch auf der Farm seiner Eltern einmal wiederzusehen. Er hat nichts von seiner angenehmen Art verloren." Sie beugte sich zu Donia hinüber. „Kein Wunder, dass er dir so gut gefällt", flüsterte sie ihr zu, ehe sie aufstand und ihren Klappstuhl beiseite stellte.

Donia war es bei der Erwähnung von Ákis Namen ganz heiß geworden. Fahrig rückte sie den Stapel Plakate wieder zurecht, den Iris während ihres Abgangs verschoben hatte. Als sie aufschaute sah sie direkt in Ákis strahlendes Lächeln.

„Hallo Donia." Er berührte für einen Augenblick liebevoll ihre Schulter.

Donias Stimme versagte. Sie räusperte sich und brachte dann ebenfalls ein „Hallo" zustande.

„Wie geht es Freisting?", fragte Áki.

„Gut. Und Skekkja?"

Áki nickte. „Skekkja geht es auch gut."

„Schön", bemerkte Donia und dachte im Stillen, dass sie schon lange kein so dämliches Gespräch mehr geführt hatte. Aber hätte sie Áki jetzt etwa um den Hals fallen sollen und damit alles nur noch schlimmer machen?

„Ich muss wieder zu Jón zurück." Áki lächelte. „Wir sehen uns dann später."

„Ja."

„So einsilbig kenne ich dich gar nicht." Gerald reichte Donia einen Becher Fencheltee aus seiner Thermoskanne.

Donia leerte ihn in einem Zug und schwieg.

Die ersten Veranstaltungsbesucher schlenderten zwischen den Stallungen des Gutes und der Ovalbahn umher. Ein etwa zwölfjähriges Mädchen in Reitkleidung trat an den Infostand und musterte die Meerschweinchen-Kartons. „Was soll das bedeuten?"

„Glaubst du, dass es richtig wäre, Meerschweinchen auf diese Art zu halten?", fragte Donia.

„Bestimmt nicht.“ Das Mädchen verschränkte die Arme. „Die beiden Meerschweinchen meiner besten Freundin haben es in ihrem großen Käfig viel besser. Sie können immer miteinander herumtoben und sich beim Schlafen ganz dicht aneinander kuscheln. Da wäre es doch gemein, sie ganz allein in einen Schuhkarton zu sperren.“

„Aber viele Menschen finden es völlig normal, wenn Pferde so untergebracht sind.“

„In einem Schuhkarton?“, fragte das Mädchen ungläubig.

Donia musste lachen. „Nein, der ist natürlich nur als Beispiel dafür gedacht, dass es den meisten Pferden nicht besser geht als Meerschweinchen in einem solchen Karton. Sie stehen den ganzen Tag in ihren vergitterten Einzelboxen und haben nicht einmal genug Platz, um sich richtig zu bewegen.“

„Mein Pferd und das von meiner besten Freundin stehen im Reitstall auch in Einzelboxen“, sagte das Mädchen. „Aber wir reiten sie jeden Tag mindestens eine Stunde und dann sind sie doch auch zusammen.“

„Das wäre so, als würde man deine Freundin und dich den ganzen Tag allein aufs Klo sperren und euch nur zur Turnstunde rauslassen“, stellte Donia einen neuen Vergleich an, denn offensichtlich waren die Meerschweinchen-Kartons doch nicht so einleuchtend, wie sie gehofft hatte. „Und genauso, wie du deine Freundin nicht nur in der Turnstunde treffen willst, möchten eure Pferde auch einmal ohne euch zusammen sein. Wenn dein Pferd gemeinsam mit anderen in einem Offenstall leben würde, hätte es immer Gesellschaft und könnte sich den ganzen Tag so viel bewegen, wie es ihm Spaß macht.“

„Es würde sich dann aber bestimmt nicht mehr so über meine Besuche freuen wie jetzt, wenn ich in seine Box komme und es zum Reiten heraushole“, meinte das Mädchen. „Nein, ich will lieber, dass es ganz allein mein Pferd bleibt.“ Es legte den Handzettel, den es sich bereits genommen hatte, wieder zurück und ging.

Donia ließ sich seufzend auf ihren Klappstuhl fallen. „Wenn das so weitergeht, dann können wir einpacken.“

Gerald grinste. „Nimm es leicht. Es kommen nicht nur solche Leute hierher.“

Kurz darauf kamen Kerstin, Robert und Alexandra zum Stand. Robert, der eine Babytrage mit dem schlafenden Niklas auf dem Rücken trug, trat prüfend einen Schritt zurück und begutachtete die Auslagen. „Gefällt mir“, bemerkte er anerkennend. „Die Idee mit den Meerschweinchen ist wirklich pfiffig.“

„Leider wird sie nicht von allen verstanden.“ Donia schilderte ihr Gespräch mit dem Mädchen.

„Selbst wenn es nur jeder zehnte Besucher versteht, ist schon viel gewonnen“, meinte Robert.

Donia verzog den Mund. „Du kannst einem richtig Mut machen.“ Sie sah ihre Mutter an. „Hast du schon Lampenfieber vor deinem großen Auftritt?“

„Und wie.“ Kerstin rollte vorsichtig das eben erworbene Plakat zusammen. „Aber im Tölt kann mit Jörvi ja nicht viel schiefgehen. Eine Teilnahme an der Viergang-Quadrille hätte ich mir bei seinem derzeitigen Trainingsstand sicher nicht zugetraut.“

„Ich wäre unter anderen Umständen auf Hvatur sogar bei den Fünfgängern mitgeritten.“ Alexandra blickte ihrem Vater über die Schulter.

Robert wandte den Kopf. „Ohne andere Umstände wolltest du wohl sagen. Aber gräme dich nicht, dafür kannst du dann im nächsten Jahr mit deinem Kind die Windelgruppe anführen.“

Alexandra drehte ihm eine lange Nase. „Wie gut, dass es noch charmantere Männer gibt als dich. Nimm dir mal ein Beispiel an Jóns Bruder. Das war doch wirklich süß, wie er mich vorhin gleich zu einem Kaffee eingeladen hat, obwohl wir uns erst fünf Minuten kannten.“

Donia hielt die Luft an.

„Pass nur auf“, warnte Robert seine Tochter. „Isländer sollen die geborenen Herzensbrecher sein.“

„Ich will ihn ja nicht gleich heiraten“, erklärte Alexandra. „Außerdem fliegt er sowieso in ein paar Tagen wieder nach Island zurück. Lass mir doch meine kleinen Flirts.“ Lachend zog sie Robert und Kerstin mit sich fort.

Donia ballte unter dem Tisch die Fäuste. Sie hätte Alexandra die Augen auskratzen können und Áki gleich dazu. Dass er in ihrer direkten Nähe so einfach mit anderen Frauen flirten würde, hätte sie nie von ihm gedacht. Sie schenkte sich einen weiteren Tee aus Geralds Kanne ein. Fenchel sollte angeblich beruhigen. Doch bei ihr verfehlte er seine Wirkung. Jetzt konnte nur noch Ablenkung helfen, und nachdem Gerald ihr versichert hatte, dass er den Infostand gut eine Weile allein betreuen könne, ging sie hinüber zur Ovalbahn.

Dort führte Krissa unter Lilos Anleitung eben eine kleine Voltigier-Nummer vor. Ihre mutigen Übungen auf dem ruhig im Kreis schreitenden Fálki wurden vom Publikum mit viel Applaus bedacht.

Als nächstes kamen die Viergänger in die Bahn, die in einer kurzfristig einstudierten Quadrille ihre einzelnen Gangarten präsentierten. Vom raumgreifenden Schritt über zügigen Trab und schnellen Tölt bis hin zum dem rund gesprungenen Galopp, den Pferde mit Passveranlagung nur selten beherrschten. Anschließend bewies Lilo auf Djarfur, dass man auch Islandpferden Lektionen aus der Hohen Schule beibringen kann. Wer schwierigere Dressuraufgaben bisher nur in Zusammenhang mit kurzgeschorenen Großpferden gewohnt war, für den mochten die Piaffen und Traversalen eines Ponys im zottigen Winterfell anfangs wohl etwas merkwürdig aussehen. Aber Djarfur überzeugte selbst die Skeptiker und verabschiedete sich in versammeltem Trab von den klatschenden Zuschauern.

Die Gruppe der Naturtölter wiederum zeigte alle Arten und Geschwindigkeiten des Tölts, vom gemütlichen Dahintölten über das Arbeitstempo bis hin zum rasanten Tempo mit starker Aufrichtung und hoher Aktion. Manches davon wurde am durchhängenden Zügel geritten und verdeutlichte dem nicht immer fachkundigen Publikum noch einmal die Natürlichkeit dieser Gangart.

Früher hatte es im Anschluss an diese Vorführung immer den Auftritt der Deutschen Tölter gegeben, doch seit das Gut die Vollblüter verkauft hatte, konnte Lilo nur noch per Lautsprecher darauf hinweisen, dass die Veranlagung zu Tölt und Pass kein Vorrecht der Islandpferde war, sondern ebenso vielen anderen Pferderassen im Blut lag.

Vor der Präsentation der Fünfgänger und der darauf folgenden Zuchtpferdeschau, dem Höhepunkt des heutigen Tages, lag nun erst einmal die Mittagspause, in der die Besucher wieder über das Gelände schwärmten. Donia sah Alexandra und Áki am Kaffeestand miteinander reden und lachen. Wenn sie die Zeit dazu gehabt hätte, wäre sie liebend gern dazwischengefahren. So aber musste sie sich dieses Bedürfnis ebenso verkneifen wie den kurzen Abstecher zu den Welpen der Islandhündin. Sie hätte Jón gerne einen von ihnen abgekauft, aber sie waren leider schon alle vergeben. In diesem Jahr stand ihr Kaufinteresse an Tieren vom Gut wirklich unter keinem glücklichen Stern. Donia nahm rasch wieder ihren Platz am Infostand ein, und Gerald ging los, um ihnen etwas zu essen zu besorgen.

Gottseidank waren die Besucher des Standes doch nicht ganz so begriffsstutzig, wie Robert es ausgemalt hatte. Die meisten verstanden die Anspielung mit den Meerschweinchen-Kartons sofort und amüsierten sich köstlich über diese originelle Idee. Es wurden viele Handzettel und Prospekte mitgenommen, und die Fünfgangplakate gingen trotz ihres Preises weg wie warme Semmeln. Als Robert vorbeigeschlendert kam, heuerte Donia ihn kurzerhand als Standaufsicht an, um aus Geralds Auto rasch Nachschub für den schrumpfenden Plakatvorrat zu holen.

Áki war ihr zum Parkplatz gefolgt und legte ihr den Arm um die Taille. „Wir haben uns noch gar nicht unterhalten."

„Du unterhältst dich doch schon blendend mit Alexandra." Donia wand sich aus seiner Umarmung.

Áki sah sie erstaunt an. „Alexandra ist ein nettes Mädchen, aber ich möchte trotzdem viel lieber mit dir reden."

Das ließ zwar manches in einem anderen Licht erscheinen, aber es würde dennoch nichts an dem bevorstehenden Abschied ändern. Donia öffnete den Kofferraum von Geralds Wagen und zerrte die restlichen Plakate heraus. „Ich kann jetzt nicht", behauptete sie. „Ich habe zu tun."

„Wann können wir uns denn sehen?", fragte Áki.

„Am besten gar nicht.“

Áki ließ sich nicht abschrecken. „Warum nicht?“, bohrte er nach.

„Weil du ja doch wieder fortgehen wirst“, meinte Donia leise.

„Aber jetzt bin ich noch hier, und wir können zusammen sein, bis ich wieder nach Island zurückfliege.“

Donia konnte den schweren Stapel Plakate kaum noch halten. „Es würde alles nur noch schlimmer machen“, erklärte sie und ließ Áki stehen.

Am Infostand drängten sich die Leute unter lautem Gelächter inzwischen so dicht, wie vor einer Aalbude auf dem Hamburger Fischmarkt. „Also“, hörte Donia beim Näherkommen Roberts Stimme, „wenn ihnen nur eine Einzelbox zur Verfügung steht, dann quartieren sie dort statt eines Pferdes lieber dreißig Meerschweinchen ein. Die haben auf der Fläche wenigstens genügend Auslauf und sind in Anschaffung und Unterhalt erheblich preiswerter.“

„Ich habe drüben im Stallgebäude aber außer dem großen Offenstall auch Einzelboxen gesehen“, wand das Mädchen ein, das vormittags bereits einmal dagewesen war.

„Waren sie bis obenhin vergittert?“, erkundigte sich Robert.

Das Mädchen verneinte.

„Das ist nämlich der große Unterschied“, erklärte Robert. „Hier

auf dem Gut stehen Pferde nur manchmal und für kurze Zeit in den Boxen, und selbst dann können sie über die niedrigen Trennwände hinweg immer noch ihren Nachbarn kraulen. Alles weitere erklärt ihnen jetzt wieder unsere Fachfrau.“ Er wies auf Donia, die sich durch die Menge drängte und die Plakate mit einer letzten Anstrengung auf den Tisch wuchtete. Robert wand Niklas mühsam ein Plüsch-Meerschweinchen wieder aus den Fäusten, setzte es zurück in seinen Schuhkarton und wanderte davon.

Er schien mit seinen Ausführungen beim Publikum großes Interesse geweckt zu haben, denn Donia konnte sich vor Nachfragen kaum retten und die Handzettel zur Offenstallhaltung nur noch mit vollen Händen verteilen.

Gerald kam erst zurück, als sich die Menge bereits wieder zerstreut hatte. „Ich dachte, es sei mehr los“, bemerkte er etwas enttäuscht. „Aber wenigstens sind schon viele Plakate verkauft worden. Ich werde gleich mal den Rest aus dem Auto holen.“

„Das ist bereits der Rest.“ Donia schilderte ihm den Andrang, der inzwischen hier geherrscht hatte.

Gerald strahlte und reichte ihr ein Papptablett. „Ich habe dir eine Frühlingsrolle mitgebracht“, sagte er. „Schmeckt wirklich lecker.“

Donia biss hungrig in die knusprige Teigrolle mit der Gemüsefüllung. „Das war genau das Richtige.“ Sie gab Gerald einen Kuss auf die Wange.

„Dass Alexandra mit Áki flirtet, gibt dir noch lange nicht das Recht, dich jetzt an meinen Freund heranzumachen.“ Iris drohte verschmitzt mit dem Finger. „Die Veranstaltung ist ein voller Erfolg für Lilo und Jón.“ Sie stützte sich auf die Tischkante. „Jetzt wissen selbst die Letzten, dass hier mit den Pferden alles wie gewohnt weiterlaufen wird. Hat jemand von euch Lust, mit zu den Fünfgängern zu kommen?“

„Geh nur“, sagte Gerald zu Donia. „Du bist heute sowieso viel zu unruhig, um es lange an einer Stelle auszuhalten.“

Donia hakte Iris unter, und gemeinsam gingen sie zur Ovalbahn, um sich die Fünfgänger anzusehen, die zusätzlich zu Schritt, Tölt, Trab und Galopp noch Rennpass auf einer langen, geraden Strecke zeigten und begeistert von den Zuschauern angefeuert wurden. Áki ritt diese Vorführung auf einem von Jóns Neuimporten mit.

Donia wandtc sich ab, ehe die Reiter die Bahn wieder verließen, denn eine weitere Begegnung mit Áki wollte sie unbedingt vermeiden. Es war schon schwierig genug, ihre Gefühle unter Kontrolle zu halten. Sie kehrte zum Infostand zurück.

„Ist dir nicht gut?“, fragte Gerald. „Du bist ganz blass.“

„Ich glaube, ich werde krank“, meinte Donia, denn genauso fühlte sie sich plötzlich. „Wenn du mich irgendwie entbehren kannst, würde ich gerne nach Hause fahren.“

„Das geht schon in Ordnung.“ Gerald machte eine verscheuchende Handbewegung in Donias Richtung. „Sieh du nur zu, dass du wieder auf die Beine kommst.“

Donia nickte. Ohne sich noch von irgendjemandem sonst zu verabschieden, ging sie zu ihrem Auto, stieg ein und fuhr langsam vom Hof, während ihr die Tränen die Wangen herunter liefen

Herzenswünsche

Das ovale Schild zeigte auf dunkelrotem Grund einen töltenden Rotfalben in einer weißen, von zwei schmalen grünen Blättern flankierten, Lilienblüte. Über dieser Szenerie wölbte sich der gelborange Schriftzug Liljahús - Lilienhaus - und darunter war in kleineren Buchstaben Donias Name zu lesen.

Anfangs hatte Donia befürchtet, die vielen verschiedenen Rottöne könnten das Schild zu üppig wirken lassen, aber nachdem es fertig war, gefiel es ihr ausgesprochen gut. Mit klammen Fingern zog sie die letzte Schraube fest. Jetzt konnte man gleich vorne am Hoftor sehen, dass sich hier etwas verändert hatte. Den Gestütsnamen Pappelhof, der vielen Islandpferdefreunden bereits bekannt war, hatte Iris mit auf den neuen Hof genommen.

Auch dort würden die Fohlen von Iris’ und Geralds Stuten also den Namenszusatz vom Pappelhof erhalten. Gerald hatte ebenfalls schon ein schönes Logo entworfen, auf dem vor eine Pappelreihe eine kleine Mutterstutenherde graste. Mit dem Satz ‚Pappelhof – Islandpferde, Fotos, Grafik‘ warb es für alles, was Iris und Gerald an ihrem neuen Standort anzubieten hatten.

Donia begutachtete noch einmal ihr Schild. Ja, es sah wirklich hübsch aus, und so fest, wie es angeschraubt war, dürfte es selbst die zu erwartenden Winterstürme überstehen. Sie brachte das Werkzeug zurück auf die Wohndiele, in der ein großer Adventskranz von der Decke baumelte. Drei seiner dicken gelben Kerzen waren bereits abgebrannt, und am kommenden Wochenende würde die vierte folgen. Dann war der erste Weihnachtsabend auf dem eigenen Hof nicht mehr weit.

Die restliche Einrichtung der Wohndiele bestand momentan erst aus einem Schränkchen und einem alten Sessel, und in den übrigen Räumen sah es kaum anders aus. Donia hatte bisher immer nur in kleinen Wohnungen gelebt, deren Möbel sich in einem Haus wie diesem natürlich schnell verloren. Iris hätte die notgedrungen karge Möblierung sicher sehr gut gefallen, denn sie schwärmte für sparsam eingerichtete Räume mit viel freier Fläche, aber Donia mochte es lieber etwas kuscheliger und mit liebevollem Schnickschnack garniert. Im Laufe der Zeit würden sowohl die Küche, die Wohndiele und die beiden unteren Zimmer als auch der große Mansardenraum bestimmt noch ein anderes Gesicht bekommen.

Donia kochte sich einen Kaffee und schaltete das kleine Radio auf dem Fensterbrett an. Aber das vorweihnachtliche Gedudel auf allen Kanälen ging ihr schon bald auf die Nerven. Dann trank sie ihren Kaffee doch schon lieber in einer absolut stillen Küche. Damals, während ihrer sommerlichen Pferdebetreuung, war es hier nie so ruhig gewesen wie jetzt. Draußen in den Bäumen hatten die Vögel gezwitschert, und außerdem war ständig Graupel um sie herum gewuselt. Nun gab es für den Rüden einen größeren Hof zu bewachen, und da Donias Wunsch nach einem Islandhund diesmal noch nicht in Erfüllung gegangen war, musste sie die Stille wohl vorerst ertragen lernen.

Sie trank ihre Tasse leer, füllte den restlichen Kaffee in eine Thermoskanne und nahm beides mit hinüber in ihr neues Arbeitszimmer. Dort stand außer dem Tisch mit dem Computer bisher nur das deckenhohe und über zwei Meter lange Regal an seinem

Platz. Iris hatte es vor vielen Jahren direkt hier im Zimmer so gewissenhaft zusammengeleimt, dass es sich jetzt nicht mehr auseinanderbauen ließ und man es weder durch die Tür noch durchs Fenster wieder aus dem Raum hinaus bekam. Also war es einfach dort stehengeblieben.

Donia öffnete einen der vielen im Raum verteilten Bananenkartons, die ihre gesamten Arbeitsmaterialien und eine Menge anderen Papierkram enthielten. Gleich im ersten Karton befanden sich ihre Fotoalben, darunter das von ihrer Islandreise. Donia ließ alles andere stehen und liegen, setzte sich auf den Fußboden und begann zu blättern. Obwohl sie sich nach dem ‚Schnuppertag' geschworen hatte, Áki jetzt wirklich endgültig zu vergessen, versetzte es ihr doch einen Stich, auf den Fotos wieder sein Gesicht zu sehen. Seit der Gestütsschau hatte sie es ganz bewusst vermieden, Jón auf Áki anzusprechen, denn falls er zu Hause inzwischen eine andere Freundin gefunden hatte, wollte sie das lieber gar nicht wissen. Es war schon seit zwei Monaten keine Karte mehr von Áki gekommen.

Allmählich wurde es Donia auf dem nackten Holzfußboden zu kalt. Sie stellte das Album zu den anderen ins Fach, sortierte die übrigen Sachen ebenfalls ins Regal ein und stapelte die leeren Kartons auf der Diele, damit sie ihr im Wohnbereich nicht im Weg standen. Dann ging sie hinüber zu den Pferden im Offenstall.

Lilja und Freisting hatten sich trotz ihrer anfänglichen Reibereien inzwischen recht gut aneinander gewöhnt. Jedenfalls gut genug, um nicht mehr aufeinander loszugehen und sich manchmal sogar schon zu einem kurzen gegenseitigen Beknabbern herabzulassen. Donia streichelte beide liebevoll. Wer die Stuten nicht kannte, dem blieb jetzt in ihrem fast gleichfarbigen Winterfell nur noch das weiße und rote Langhaar, um sie voneinander zu unterscheiden. Schneeweißchen und Rosenrot, dachte Donia schmunzelnd. Sie holte einen duftenden Ballen Heu vom Dachboden und trug je eine Ration an jedes Krippenende, so dass die Stuten ungestört fressen konnten. Anfangs hatten sie sich aus Futterneid und Machtgerangel ständig gegenseitig von der Krippe weg gebissen. Das war jetzt mit den weiter auseinanderliegenden Fressplätzen erheblich besser geworden.

Während Lilja und Freisting ihr Heu kauten, mischte Donia ihnen zwei Portionen Kraftfutter mit Mineralstoffen. Das Kraftfutter brauchten sie bei der Winterkälte für ihren Wärmehaushalt und wegen ihrer Trächtigkeit, und die Mineralstoffe kamen ebenfalls sowohl den Stuten als auch ihrem Nachwuchs zugute. Donia musste die Köpfe von Lilja und Freisting energisch zur Seite schieben, um nicht von ihnen beim Ausleeren des Futters in die Krippe umgestoßen zu werden. Beiden Stuten schmeckte die Mischung ausgesprochen gut, und wenn es nach ihnen gegangen wäre, hätten sie sich bestimmt daran überfressen. Donia überließ sie ihrem Kauvergnügen und kehrte zu ihrem heißen Kaffee zurück.

Im Wohnraum warteten in einem Extrakarton noch sämtliche Weihnachtsgeschenke darauf, festlich verpackt zu werden. Iris sollte von Donia eine neue Führkette bekommen. Für Kerstin hatte sie einen Sattelbezug aus Schaffell gekauft, der ihr das Reiten auf Jörvi noch bequemer machen würde. Robert bekam ein Buch mit Pferdegeschichten aus Island und Gerald ein Buch mit witzigen, wahren Geschichten, die Grafiker schon mit ihren Kunden erlebt hatten. Für Alexandra war Donia ein Comicband über alleinerziehende Mütter in die Hände gefallen. Lilo und Jón sollten ein selbstgebasteltes Fotoalbum mit Aufnahmen vom diesjährigen Landsmót und Donias Aufenthalt auf der Farm erhalten. Donias Freunde und Freundinnen würden kleinere Geschenke in der Art netter Aufmerksamkeiten bekommen.

Das Telefon klingelte natürlich genau in dem Moment, als Donia mitten in einem heillosen Durcheinander mit einem widerspenstigen Verpackungsband kämpfte, und es gelang ihr nur mit Hilfe ihres guten Gehörs, den Apparat unter dem Geschenkpapier wiederzufinden.

„Liljahús“, meldete sie sich.

„Klingt wirklich gut“, hörte sie Kerstins Stimme.

Donia lachte. „Finde ich auch. Ich habe vorhin das neue Schild angebracht. Es sieht toll aus. Ihr müsst unbedingt bald kommen und es euch ansehen.“

„Weihnachten besuchen wir dich mit Mann und Maus“, versprach Kerstin. „Genauer gesagt mit zwei Mäusen. Alexandra hat nämlich heute am frühen Morgen eine kleine Tochter bekommen. Sie soll Verena heißen, nach Alexandras Lieblingsdozentin.“

„Wie originell“, säuselte Donia. „Geht es ihr gut?“

„Sie ist schon wieder putzmunter, und versucht bereits die Schwestern in der Klinik herumzukommandieren. Aber die lassen sich von ihr natürlich nichts vorschreiben. Hast du Lust, sie morgen mit uns zusammen zu besuchen?“

„Klar, ich will doch meine Halbnichte sehen“, Donia lächelte den Hörer an.

„Schön. Wir holen dich dann ab.“ Kerstin machte eine Pause, und Donia überlegte schon, ob die Leitung vielleicht unterbrochen worden sei, als ihre Mutter sich wieder meldete. „Da wäre noch eine Sache wegen unseres Weihnachtsgeschenks für dich...“, begann sie.

„Bitte nicht verraten, was es ist“, fiel Donia ihr ins Wort. „Ich will mich viel lieber überraschen lassen.“

„Die Überraschung ließ sich leider nicht bis Heiligabend hinauszögern“, sagte Kerstin. „Und weil ich ja wusste, dass du den ganzen Tag zu Hause sein würdest, bekommst du es heute schon. Per Eilboten.“

Donia starrte den Hörer fragend an. „Na, da bin ich aber gespannt.“

„Melde dich, wenn es eingetroffen ist. Es wird dir bestimmt gefallen. Bis später.“

„Bis später.“ Donia legte auf.

Wenn es mit dem angekündigten Geschenk so furchtbar eilte, konnte es sich dabei wohl nur um etwas leicht Verderbliches handeln, überlegte Donia, aber was um alles in der Welt sollte das sein? Ein Tannenbaum vielleicht? Doch was nützte ihr ein Tannenbaum, der nicht einmal mehr die paar Tage bis Weihnachten überstand? Donia spielte noch einige weitere Ideen durch, kam aber zu keinem einleuchtenden Ergebnis und widmete sich nach einer Weile wieder dem Verpacken ihrer Geschenke.

Am späten Vormittag begannen die Stuten plötzlich unruhig im

Auslauf hin und her zu wandern, ohne dass Donia vom Küchenfenster aus einen triftigen Grund für dieses Verhalten erkennen konnte. Vor allem Freisting war sehr aufgeregt und wieherte laut und sehnsüchtig. Donia lief über die Diele, um nachzusehen, was ihre Pferde so durcheinander brachte. Sie schoss aus dem Tor und rannte fast einen drahtigen Fuchs über den Haufen, der quer vor dem Eingang stand und dessen linkes Vorderbein bis zur Schulter in einem Gipsverband zu stecken schien. Ihr blieb fast das Herz stehen.

„Skekkja“, flüsterte sie.

„Du erkennst sie noch?“ Hinter Skekkja tauchte ein wohlvertrautes Gesicht auf.

„Áki.“ Donia kam sich zwar etwas blöd vor, aber mehr fiel ihr im Augenblick nicht ein. Die Überraschung war einfach zu groß.

Áki kam auf sie zu und gab ihr einen fast schüchternen Kuss auf die Wange. Dann zog er behutsam die Ränder der derben Stofftasche auseinander, die er gut verschnallt vor dem Bauch trug. „Sieh mal, was ich dir mitgebracht habe.“

Donias warf vorsichtig einen Blick in den Beutel. Er war innen dick mit weichem Schaffell ausgepolstert, aus dem sich jetzt das Köpfchen eines jungen Hundes hervor schob. Er sah Donia mit großen dunklen Knopfaugen an.

„Das ist Pálli.“ Áki nahm das sandfarbene Hundekind heraus und reichte es Donia, die es sofort schützend in die Arme nahm. „Sein Name bedeutet Paulchen. Er ist ein Weihnachtsgeschenk von deiner Mutter und ihrem Mann. Ich musste ihn dir aber schon vorher bringen, weil Jón die Welpen alle am gleichen Tag fortgeben wollte. Und der ist heute.“

„Dann bist du der Eilbote, den meine Mutter mir angekündigt hat? Aber was machst du hier in Deutschland, und weshalb bekomme ich jetzt doch noch einen Hund aus dem Wurf? Sie waren doch schon alle vergeben.“

„Ein Käufer hat abgesagt, weil er doch lieber eine Hündin als einen Rüden haben wollte, und da haben deine Mutter und ihr Mann Pálli sofort für dich gekauft.“

Áki, rollte die Tasche zusammen, schnallte sie hinter Skekkjas

Sattel und zog die übergeschlagenen Steigbügel wieder herunter. „Ich muss leider schon wieder zurückreiten, sonst komme ich erst im Dunkeln nach Hause, und ich kenne die Wege hier noch nicht so gut.“ Er lächelte entschuldigend. „Aber das wird sich bald ändern. Lilo hat mir angeboten, das Gut mit ihr und Jón zusammen zu leiten. Das war für mich die große Chance, endlich nur mit Pferden arbeiten zu können, und deshalb wohnen Skekkja und ich jetzt auf Gut Aue.“

Vor Überraschung hätte Donia beinahe Pálli fallenlassen. Ihr Herz schlug bis zum Hals und ihre Zunge war wie festgeklebt. Das einzige Wort, das sie herausbrachte, war: „Schön“.

Áki lächelte, schwang sich auf Skekkja und ritt davon. Am Hoftor drehte er sich noch einmal um und winkte fröhlich.

Donia schaute ihm immer noch fassungslos nach. Nur langsam wurde ihr der Sinn seiner Worte klar. Áki lebte auf Gut Aue, keine dreißig Autokilometer von ihr entfernt. Oder gut zwanzig Kilometerr im Sattel. Sie drückte Pálli an sich und vergrub selig ihr Gesicht in seinem Welpenfell. Was bedeuteten schon zwanzig Kilometer, wenn man gute Pferde hatte.

Anhang

Über das Islandpferd

Das Islandpferd ist ein seit dem Jahre 930 auf Island gezüchteter, direkter Nachkomme des altnordischen und keltischen Pferdes.
Sein Stockmaß liegt zwischen 1,30 m und 1,45 m, in seltenen Fällen auch darüber. Bis auf Tigerschecken kommen nahezu sämtliche Fellfarben und Scheckungen vor.
Als Spätentwickler sollte es nicht vor dem 5. Lebensjahr angeritten werden, kann dann aber ein hohes Alter erreichen.
Neben den drei Grundgangarten beherrschen viele Islandpferde noch Tölt und Pass und werden auf Island- und Gangpferdeturnieren speziell in diesen Gangarten geprüft (Töltprüfung, Viergang, Fünfgang und Passrennen).
Die oft behauptete „Reinzucht seit über 1000 Jahren“ ist nicht belegt. Obwohl im Jahre1200 bereits ein Einfuhrverbot für Pferde erlassen wurde, holte man bis Anfang des 20. Jahrhunderts immer wieder mal Pferde auf die Insel. Zuletzt einige Fjordpferdestuten und -wallache des schweren Typs als Arbeitspferde für den Bau des Hafens in Reykjavik. Erst 1909 wurde das Importverbot für Pferde aus Seuchenschutzgründen gesetzlich verankert.

Im 19. Jahrhundert setzte man Islandpferde in englischen und deutschen Bergwerken als Grubenponys ein, die oft bis zu ihrem Lebensende unter Tage blieben. Erst nach dem zweiten Weltkrieg begann die Rasse sich, von Deutschland ausgehend, auf dem Kontinent als Reitpferd durchzusetzen. Dies ist vor allem der Schriftstellerin und Pferdekennerin Ursula Bruns zu verdanken, die sich mit großem Engagement für das Islandpferd einsetzte. Gegen alle Widerstände aus den Reihen der herkömmlichen Reiterei, in der man Tölt und Pass seinerzeit noch als unnatürlich und krankhaft abstempelte. Außerdem galten Ponys in Deutschland in den fünfziger Jahren als reine Kinderpferde, auf denen ein erwachsener Reiter sich nur lächerlich machte.

Doch die kleine Rasse aus dem hohen Norden gewann trotz dieser Anfangsschwierigkeiten durch ihre Vielseitigkeit, Robustheit und reiterfreundlichen Gangarten immer mehr Freunde als Familien-, Freizeit- und Sportpferd. Heute (2013) zählt man allein in Deutschland bereits über 50.000 Islandpferde. Die Reinzucht gilt auch auf dem Kontinent als oberstes Gebot. Hier geborene Pferde werden nur als reinrassig anerkannt, wenn sich die Abstammung beider Elternteile lückenlos bis zu zwei Generationen auf Island zurückverfolgen lässt.

Seit 1969 finden alljährlich die Deutschen Islandpferdemeisterschaften (DIM) statt. 1970 und 1972 gab es die ersten und zweiten Europameisterschaften, die ab 1975 im zweijährigen Turnus ausgetragen wurden und sich inzwischen durch amerikanische und kanadische Beteiligung zu Weltmeisterschaften entwickelt haben. Auf Island selbst treffen sich die besten Reiter und Züchter mit ihren Pferden seit 1950 alle vier Jahre zum Landsmót Hestamanna, dem größten Pferdetreffen der Insel, sowie zu kleineren regionalen Turnieren. Eine Teilnahme kontinentaler Reiter mit ihren eigenen Pferden ist dort aufgrund des Einfuhrverbotes nicht möglich. Aus demselben Grund dürfen isländische Teilnehmer an den Internationalen Meisterschaften ihre Pferde nicht mit auf die Insel zurückbringen und sind gezwungen, sie zu verkaufen bzw. ihre Turnierpferde außerhalb Islands zu halten und zu trainieren. Auch alle Gegenstände, die auf dem Kontinent bereits mit Pferden in Berührung gekommen sind (Reitkleidung, Sattelzeug) müssen vor der Mitnahme nach Island desinfiziert werden.

1976 nahmen mehrere Islandpferde am Great American Horse Race teil, dem längsten Distanzritt in der jüngsten Zeit. Er führte von der Atlantik- zur Pazifikküste über 3972 km quer durch die USA. Nach 66 Reit- und 31 Ruhetagen erreichten von 105 Startern 53 das Ziel, darunter auf Platz 13 und 21 ein österreichischer und ein deutscher Reiter auf Islandpferden.
Vier der gestarteten IslandpferdereiterInnen aus Deutschland und der Schweiz hatten etwa auf halber Strecke, in Kansas City, das

Great American Horse Race verlassen, um am Pony Express Race über 3048 km teilzunehmen. Nach 52 Reit- und 8 Ruhetagen belegten sie am Ziel den 2., 7., 9., und 10. Platz. Ihre Islandpferde hatten zu diesem Zeitpunkt über 5000 km zurückgelegt!

Die isländischen Pferdenamen

Die Isländer beschreiben mit den Namen ihrer Pferde oft deren Aussehen, Charakter, Temperament oder besonderen Eigenschaften. Auch Frauen- und Männernamen sowie die Namen von Göttern und Helden aus der isländischen Geschichte werden häufig vergeben. Die meisten Islandpferdezüchter auf dem Kontinent haben diese Tradition übernommen und setzen sie fort.

Der vollständige Name eines Islandpferdes besteht aus dem Eigennamen und dem Herkunftsort. In Island geborene Pferde heißen dann z.B. „Hvatur frá Kirkjubæ“, was bedeutet, dass Hvatur vom Gestüt Kirkjubæ stammt (dem einzigen auf Island, in dem ausschließlich Pferde einer Farbe, nämlich Füchse mit hellem Langhaar, gezüchtet werden). Auf dem Kontinent geborene Pferde tragen ebenfalls den Namen des Hofes, Ortes oder Gestüts ihrer Geburt. Sie heißen dann in Deutschland z. B. „Vindstjarna vom Pappelhof“ oder Lilja von Gut Aue.

Übersetzung der im Buch vorkommenden Namen

Alvitur:	der Kluge (m)
Baggi:	Heuballen (w)
Bleikála:	lehmfarbene Braunfalbe (w)
Bleikur:	lehmfarbener Braunfalbe (w)
Blika:	Heller Streifen am Horizont (w)
Bondi:	Bauer (m)
Budda:	kleines, molliges Mädchen (w)
Djarfur:	der Mutige (m)

Dögg:	Tau (w)
Elding:	Blitz (w), Name für einen rotgoldenen Fuchs
Fagri-Draumur:	schöner Traum (m)
Fálki:	Falke (m)
Fluga:	Fliege (w)
Freisting:	Verlockung (w)
Frökk:	die Tapfere, Freche (w)
Gigja:	Geige (w)
Gyrðir:	der Gegürtete (m), Name für einen Schecken
Hnysa:	die Neugierige (w)
Hrimnir:	Rauhreif (m)
Hvatur:	Eile (m)
Hyndla:	weiße Riesin (w)
Ísafold:	Isländische Heimat (w)
Jörvi:	Sandbank (m)
Kvika:	Leichtfuß (w)
Lettir:	der Elegante (m)
Lilja:	Lilie (w)
Múska:	die Mausgraue (w)
Nös:	Nase (w), Name für eine Stute mit Schnippe
Odin:	Göttervater (m)
Padda:	Käfer (w)
Rúbin:	Rubin (roter Edelstein) (w)
Sina:	verblichenes Gras (w), Name für eine Isabellstute
Skekkja:	Fehler (w)
Vængur:	der Geflügelte (m), Name für einen Schecken
Vindingur:	Wind (m)
Vindstjarna:	Windstern (w), Name für eine windfarbene Stute mit Stern

Farben und Abzeichen

Aalstrich:
Dunkle, durchgehende und dauerhaft sichtbare Rückenlinie. Typisches Merkmal der Falben.

Abzeichen:
Weiße Stellen am Kopf (z. B. Blesse, Stern, Schnippe) und an den Beinen des Pferdes.

Albinos:
Weiß geborene Pferde mit roten, lichtempfindlichen Augen. Sie sind oft nicht lebensfähig oder erreichen nur ein geringes Alter.

Braune:
Rötlich- bis dunkelbraune Pferde mit gleichfarbigem oder dunklem Langhaar (Mähne und Schweif).

Erdfarbene:
Hellbraune Pferde mit braunem bis schwarzem Langhaar und schwarzen Beinen. Erdfarben ist die durch ein Creme-Gen verdünnte Grundfarbe Braun.

Falben:
Pferde in einer aufgehellten Grundfarbe mit typischen Fellzeichnungen der Wildpferde wie dem Aalstrich, Zebrastreifen an den Beinen und häufig auch Streifen an der Schulter. Ein Fuchsfalbe ist rötlichgelb, ein Braunfalbe hell- bis gelbbraun, ein Mausfalbe (aufgehellter Rappe) grau. Das Langhaar zeigt die Grundfarbe, die in der Mähne meist mit Weiß kombiniert ist.

Farbwechsler:
Pferde, deren Grundfarbe am Körper mit weißen Stichelhaaren durchsetzt ist. Da die Unterwolle des Winterfells nur aus hellem Haar besteht, wirken sie im Sommer dunkler. Einzig Kopf, Beine und Langhaar behalten ganzjährig die Grundfarbe.

Füchse:
Fuchsfarbene/rötliche Pferde mit gleichfarbigem oder hellerem Langhaar.

Grundfarben der Pferde:
Füchse, Braune und Rappen. Aus diesen Farben bestehen alle übrigen Farbvarianten.

Isabellen:
Cremefarbene bis goldgelbe Pferde mit hellem bis weißem Langhaar. Isabell ist die durch ein Creme-Gen verdünnte Grundfarbe Fuchs.

Palominos:
Goldisabellen mit cremefarbenem oder weißem Langhaar.

Rappen:
Schwarze Pferde mit gleichfarbigem Langhaar. Von ‚Sommerrappen' spricht man, wenn das Fell nur im Sommer tiefschwarz, als Winterhaar jedoch bräunlich ist, beim ‚Winterrappen' verhält es sich umgekehrt.

Schecken:
Pferde jeglicher Farbe mit angeborenen weißen Fellmustern, wovon auch das Langhaar betroffen ist. Porzellanschecken (‚Schimmelschecken') verlieren, ebenso wie Schimmel, mit der Zeit ihre Farbe und werden dann komplett weiß.

Schimmel:
Weiße Pferde, die andersfarbig geboren werden und erst im Laufe der Jahre ‚ausschimmeln'. In dieser Übergangszeit treten häufig helle, runde Flecken an bestimmten Körperpartien auf (Apfelschimmel). Im Alter zeigt das Fell vieler Schimmel kleine Tupfer in der ursprünglichen Farbe (Fliegenschimmel). Nur sehr selten gibt es bereits weiß geborene Pferde mit dunklen Augen.

Tigerschecken:
Pferde mit einer andersfarbigen Sprenkelung des Fells. Die Hufe sind oft gestreift. Die Tigerscheckung kommt als Fellfarbe beim Islandpferd nicht vor.

Windfarbene:
Die Farbe variiert von einem hellen Kaffeebraun bis zu einem rötlichen Anthrazit mit creme- bis silberfarbenem Langhaar und hellen Wimpern. Windfarben kommt als Aufhellung nur bei der Grundfarbe Braun und Schwarz vor.

Die Gangarten

Galopp:
Mittelschnelle bis schnelle Dreitaktgangart mit der Fußfolge: hinten rechts, hinten links und vorne rechts gleichzeitig, vorne links (Linksgalopp. Die Fußfolge des Rechtsgalopps endet auf dem rechten Vorderbein). Galopp wird bei der Bahnarbeit ausgesessen. Im Gelände reitet man ihn meist im Entlastungssitz.

Grundgangarten:
Als die drei Grundgangarten des Pferdes bezeichnet man den Schritt, den Trab und den Galopp.

Pass:
Zweitaktgangart im langsamen bis Renntempo (Rennpass) mit der Fußfolge hinten rechts und vorne rechts gleichzeitig, hinten links und vorne links gleichzeitig.

Schritt:
Langsame Viertaktgangart mit der Fußfolge: hinten rechts, vorne rechts, hinten links, vorne links.

Tölt:
Mittelschnelle bis schnelle Viertaktgangart in der gleichen Fuß-

folge wie der Schritt (wird deshalb im Amerikanischen ‚running step' = Rennschritt genannt). Die Abstände zwischen den einzelnen Takten sind gleich lang.

Trab:
Zweitaktgangart im mittelschnellen bis Renntempo mit der Fußfolge hinten rechts und vorne links gleichzeitig, hinten links und vorne rechts gleichzeitig.

Pass:
Zweitaktgangart im langsamen bis Renntempo (Rennpass) mit der Fußfolge hinten rechts und vorne rechts gleichzeitig, hinten links und vorne links gleichzeitig.

Erklärung der Fachausdrücke

Absetzer (Absatzfohlen):
Fohlen, die von ihren Müttern entwöhnt werden (im Alter von ca. 6 Monaten)

Abteilung:
Gruppe von Reitern, zum Beispiel im Reitunterricht.

Abreiten:
Das Warmreiten eines Pferdes

Aktion:
Das Anheben der Beine und das Ausschreiten in den mittelschnellen Gangarten.

Arbeitstempo:
Ruhiges Mitteltempo bei Tölt, Trab und Galopp.

Ausbildungsgebiss:
Metallgebiss aus drei gelenkig verbundenen Teilen. Es wirkt weicher als die nur einmal gebrochene Wassertrense.

Auslauf (Paddock):
Eingezäunter Außenplatz, auf dem sich die Pferde frei bewegen können

Aussitzen:
Der Reiter passt sich den Bewegungen des Pferdes an und sollte dabei ‚wie angegossen' im Sattel sitzen.

Bodenarbeit:
Übungen des Pferdes an der Hand.

Box:
Einzelstall. Die Tür einer Innenbox führt in den Innenbereich, die einer Außenbox ins Freie.

Cavaletti:
Runde Holzstangen, die so an seitlichen Stützkreuzen befestigt sind, dass man sie in unterschiedlichen Höheneinstellungen verwenden kann.

Distanzritt:
Reitwettbewerb, bei dem die Pferde im offenen Gelände in Bestzeit eine vorgegebene Strecke (meist zwischen 20 und 100 km) zurücklegen müssen. Die gebräuchlichste und schonendste Gangart auf Distanzritten ist der gleichmäßige Trab am langen Zügel und im Entlastungssitz.

Doppelt gebrochenes Gebiss:
Metallgebiss aus drei gelenkig verbundenen Teilen. Es wirkt weicher als die nur einmal gebrochene Wassertrense.

Einohr-Kopfstück:
Zaum, der nur aus einem einzigen, verstellbaren Lederriemen besteht. Eine halbrunde Schlaufe, über ein Ohr des Pferdes gelegt, hindert es am Verrutschen.

Englisches Reithalfter:
Sperrhalfter, dessen breiter Riemen unterhalb der Ganaschen (Kinnladen des Pferdes) um den Pferdekopf verschnallt wird. Es verhindert das Aufsperren des Maules, ohne dabei die Atmung des Pferdes zu beeinträchtigen.

Entlastungssitz:
Der Reiter verlagert sein Gewicht vom Gesäß auf die Steigbügel und Knie und entlastet so das Pferd im Rücken.

Fesselbehang:
Die langen Beinhaare des Pferdes, deren Länge je nach Rasse unterschiedlich ist.

Flehmen:
Das Pferd zieht die Oberlippe hoch und „schmeckt“ die Luft nach Gerüchen ab.

Fohlenschein:
Geburtsurkunde des Pferdes, in der die Elterntiere aufgeführt sind.
Großpferd:
Sammelbegriff für alle Pferde über 1,473m Stockmaß.

Gangpferde:
Zu den Gangpferden zählen sämtliche Pferde, die Tölt oder Pass gehen können (nach neuesten Untersuchungen weltweit ca. 60 % aller Pferderassen). Es gibt darunter Dreigänger, die außer Tölt oder Pass nur Schritt und Galopp, jedoch keinen Trab beherrschen. Wieder andere sind Viergänger, die neben den drei Grundgangarten noch Tölt gehen. Die Fünfgänger bieten außer Schritt, Tölt, Trab und Galopp auch noch den reinen Pass an. Als Fünf-

gänger werden aber, je nach Rasse, auch Pferde bezeichnet, die anstelle des reinen Tölt und Pass eine trabnahe und eine passnahe Töltvariante zeigen (oft in verschiedenen Geschwindigkeiten geritten).

Seit 1989 findet alljährlich das Internationale offene Gangpferdeturnier statt, auf dem sich Pferde verschiedenster Rassen und Kreuzungen den einzelnen Prüfungen stellen.

Gummistange:
Dickes, einteiliges Gebiss aus Spezialgummi oder Kunststoff.

Hannoversches Reithalfter:
Sperrhalfter, dessen Riemen auf Höhe der Trensenringe um das Pferdemaul verschnallt wird.

Hengst:
Männliches Pferd. Hengste, die zur Zucht verwendet werden sollen, müssen im Allgemeinen gekört, das heißt vom Zuchtverband für die jeweilige Rasse anerkannt sein.

Heustauballergie:
Reizhusten des Pferdes, der durch den Feinstaub im Futterheu ausgelöst wird.

Hilfen:
Einwirkung des Reiters auf das Pferd durch Zügel, Schenkel, Kreuz und Gewicht.

Inzucht:
Das Züchten mit Pferden, die eng miteinander verwandt sind.

Isländische Kandare:
Einmal gebrochenes Metallgebiss (Wassertrense) mit breiter, flacher Kinnkette und gelenkig angebrachten langen Seitenteilen

(Anzügen), in deren Enden die Zügel eingeschnallt werden. Dadurch entsteht eine leichte Hebelwirkung.

Jährling:
Einjähriges Pferd.

Jungpferde:
Noch nicht gerittene Pferde ab dem zweiten Lebensjahr.

Kaltblut:
Bezeichnung für schwergewichtige, kräftige Pferderassen.

Kappzaum:
Gebissloser, stabiler Spezialzaum, der am Pferdekopf nicht verrutschen kann. Der Kappzaum ist mit Ringen versehen und wird beim Longieren oder auch bei der Bodenarbeit eingesetzt.

Körung:
Zulassung von Hengsten zur Zucht.

Kolik:
Schmerzen im Verdauungstrakt des Pferdes, die verschiedene Ursachen haben können.

Langhaar:
Mähne und Schweif.

Laufstall:
Großer Stallraum für mehrere Pferde, die sich dort frei bewegen können. Haben sie jederzeit Zugang ins Freie, spricht man von einem Offenstall.

Leichttraben:
Der Reiter erhebt sich im Rhythmus des Trabes bei jedem zweiten Schritt leicht aus dem Sattel. Dadurch weicht er den Trabstößen aus, ohne die Einwirkung auf sein Pferd aufzugeben.

Linke Hand:
Das Pferd geht in der Bahn links herum oder führt Übungen links herum aus. Gegenteil: rechte Hand.

Longe:
Lange Gurtleine.

Longieren:
Das Pferd geht an der Longe auf dem Zirkel. Es wird von der Mitte des Zirkels aus allein über Stimme, Longe und Peitschenzeichen geleitet.

Martingal:
Hilfszügel, die die Zügeleinwirkung verstärken. In der Islandpferdereiterei wird es nicht verwendet.

Mash:
Futterzubereitung aus Quetschhafer, Leinsamen, Glaubersalz und Kleie, die mit heißem Wasser angesetzt und später lauwarm verfüttert wird. Es regt die Verdauung auf schonende Art an und wird Pferden, die für Kolik anfälligen sind, zweimal wöchentlich gefüttert.

Military:
Reitwettbewerb, der sich über drei Tage erstreckt und hohe Anforderungen an Pferd und Reiter stellt. Er besteht aus einer Dressurprüfung, einem Geländeritt mit Hindernissen und einer Renngaloppstrecke und einer abschließenden Springprüfung.

Olivenkopfgebiss:
Gelenkiges Metallgebiss, dessen Enden die Trensenringe zur Schonung der empfindlichen Maulspalte über mehrere Zentimeter nach oben und unten umschließen. Dadurch ergibt sich ein sanfter Übergang, an dem sich das Pferdemaul nicht verletzen kann.

Ovalbahn (Töltbahn):
Eine ovalförmig oder mit sehr stark abgerundeten Ecken angelegte, ca. 4m breite Reitbahn mit einer Gesamtlänge von 200 oder 300m und festem Belag. Oft mit einer angeschlossenen, geraden Rennpassstrecke an einer der langen Seiten. Auf Islandpferdeturnieren werden alle Mehrgangwettbewerbe auf einer Ovalbahn ausgetragen.

Papiere (Abstammungsnachweis):
Urkunde, die belegt, wer die Eltern und Großeltern eines Pferdes sind. Wichtig zum Nachweis der Rassenzugehörigkeit, besonders bei Zuchttieren.

Parade:
Kurze Zügeleinwirkung (annehmen – nachgeben – annehmen) bei gleichzeitig vorwärtstreibenden Hilfen.

Piaffe:
Dressurlektion der Hohen Schule. Das Pferd hebt im Wechsel die diagonalen Beinpaare, bewegt sich dabei aber nicht vorwärts. Es »trabt« auf der Stelle.

Pony:
Größenbezeichnung für alle Pferde, deren Stockmaß unter 1,48 m liegt. Auch gebräuchlich für kleine Pferderassen im ursprünglichen, kräftigen Typ.

Ouadrille:
Zwei oder mehr gleich große Reitergruppen reiten in der Bahn zugleich dieselben Figuren und Gangarten.

Reinerbigkeit:
Ein Pferd erbt von beiden Elternteilen die Anlage für dieselbe Fellfarbe und gibt diese später auch an seine Nachkommen weiter.

Reinzucht:
Es wird ausschließlich mit Pferden derselben Rasse gezüchtet.

Reithelm:
Aus extrem schlagfestem Kunststoff bestehender, innen ausgepolsterter Helm mit Dreipunktgurt. Er schützt den Kopf vor schweren Verletzungen durch Stürze, Huftritte etc.

Robusthaltung:
Artgerechte Pferdehaltung mit ganzjährigem freiem Zugang zu Auslauf oder Weide.

Sattelblatt:
Flaches Seitenteil des Sattels, auf dem das Reiterbein aufliegt.

Sattelkissen:
Dicke Lederdecke in Sattelform mit Sattelgurt und Steigbügeln.

Sattellage:
Bereich des Pferderückens hinter dem Widerrist.

Schenkelweichen:
Gehorsamsprüfung. Das Pferd geht im Schritt oder Trab (Traversale) vorwärts-seitwärts und bleibt dabei geradeaus gerichtet.

Sicherheitssteigbügel:
Steigbügel, deren Seitenteile S-förmig nach vorn bzw. hinten geschwungen sind, so dass der Fuß des Reiters bei einem Sturz nicht darin hängenbleiben kann.

Silage:
Lang geschnittenes Gras, das durch biologische Gärung konserviert wurde.

Sommerekzem:
Überempfindlichkeit mancher Pferde gegen bestimmte stechende

Insektenarten. Sie scheuern sich gegen den Juckreiz Mähnenkamm und Schweifrübe oft bis zur Blutigkeit.

Spanische Hofreitschule:
1734 in Wien gegründet. Bis heute werden dort Lipizzaner-Hengste nach der Tradition der Hohen Schule der Dressur unter dem Sattel und an der Hand ausgebildet und vorgestellt.

Sperrhalfter:
Zusatzriemen des Zaumzeuges. Er soll verhindern, dass sich das Pferd den Zügelhilfen entzieht.

Stockmaß:
Von einer Messlatte neben dem Pferd wird im rechten Winkel die Höhe des Widerrists abgelesen.

Stute:
Weibliches Pferd.

Traversale:
Dressurlektion. Das Pferd trabt seitwärts-vorwärts, bleibt dabei aber geradeaus gerichtet, so dass es mit den Beinen bei jedem Schritt übertreten muss.

Trensenzaum:
Einfaches Zaumzeug zum Einschnallen aller gängigen Gebißarten

Töltsattel:
Für das Islandpferdereiten entwickelter Spezialsattel mit leicht nach hintem verlagerten Schwerpunkt. Manche Töltsättel haben einen Rippsitz aus quergesteppten Lederwülsten, die den ruhigen Sitz des Reiters unterstützen.

Vielseitigkeitssattel:
Satteltyp, der für verschiedene Zwecke geeignet, jedoch für keinen speziell ausgelegt ist.

Volte:
Bahnfigur. Ein gerittener Kreis von sechs Schritten Durchmesser.

Vollblut:
Bezeichnung für hoch im Blut stehende (schnelle, temperamentvolle, feingliedrige) Pferderassen, die über lange Zeiträume hinweg konsequent rein gezüchtet wurden. Dazu zählt z. B. das Arabische Vollblut, der Anglo-Araber und das Englische Vollblut.

Vorhandwendung:
Gehorsamsübung. Das Pferd geht mit den Hinterbeinen im Halbkreis um die Vorderbeine herum. Die Vorderhufe treten dabei auf der Stelle.

Wallach:
Unfruchtbar gemachter (kastrierter) Hengst, mit dem nicht (mehr) gezüchtet werden soll.

Warmblut:
In Deutschland ein gebräuchlicher Sammelbegriff für alle leichten bis mittelschweren Großpferderassen.

Wassertrense:
Einmal gebrochenes, gelenkiges Metallgebiss.

Westernstange:
Starres, einteiliges Metallgebiss, das direkt auf die Kinnladen des Pferdes wirkt.

Widerrist:
Wirbelhöcker des Pferdes zwischen Hals und Rücken.

Zirkel:
Bahnfigur. Ein großer Kreis, auf dem das Pferd geritten oder longiert wird.

Quer durch Island

Akureyri:
„Acker an einer Sandbank“. Größte Stadt Nordislands, am Eyarfjörður (‚Inselfjord‘) gelegen.

Aldeyarfoss:
„Alter Inselfall“. Wasserfall südlich des Goðafoss am Beginn der zentralisländischen Lavawüste.

Askja:
„Schachtel“. Etwa 1000 m hoch liegender Vulkan im Dyngjufjöll-Gebirge („Gebirge der Bedingungen“) im östlichen Zentralisland. Der bislang letzte Ausbruch der Askja ereignete sich 1961.

Dettifoss:
„Hineinstürzender Fall“. 44m hoher Wasserfall des Flusses Jökulsá á Fjöllum („Gletscherfluss vom Berg“) im Nordosten Islands. Wasserreichster Fall Europas.

Dimmuborgir:
„Dunkle Burgen“. Lavaformation in der Nähe des Mývatn.

Goðafoss:
„Fall der Götter“. Wasserfall zwischen Akureyri und Mývatn.

Gullfoss:
„Goldener Fall“. Wasserfall in Südwest-Island. Er stürzt in Kaskaden über insgesamt 31m in den Fluss Hvitá („weißer Fluss“, nach der milchigen Färbung des Gletscherflusses).

Herðubreið:
„Schulterbreite“. Tafelvulkan in der Ódáðahraun. 1682m hoch mit einer Kegelspitze von noch einmal 151m. An seiner nordöstlichen Flanke liegt die Oase Herðubreiðalindir („Herðubreiðquelle“) mit ihrem Grünland.

Keflavik:
„Knebelbucht“. Halbinsel im Südwestzipfel Islands mit dem einzigen internationalen Flughafen des Landes.

Landmannalaugar:
„Heißes Bad der Landmänner“. Gebiet mit heißen und kalten Quellen im südwestlichen Binnenland. Es liegt landschaftlich sehr reizvoll zwischen vielfarbigen Liparitbergen.

Mývatn:
„Mückensee“. See und Vogelparadies im nordöstlichen Island, 38qkm groß.

Námaskarð:
„Die Grube des Bastards“. Thermalgebiet mit Schwefelquellen nahe des Sees Mývatn.

Ódáðahraun:
„Lava der Untäter“/„Missetäterwüste“. Lavawüste im nordöstlichen Zentralisland mit einer Fläche von 4000 Quadratkilometern.

Reykjavik:
„Rauchbucht“. Islands Hauptstadt und nördlichste Hauptstadt der Welt an der Südwestküste des Landes. Sie wurde am Ort der ersten Ansiedlung auf Island erbaut und hat heute (2013) gut 120.000 Einwohner. Ihren Namen verdankt sie den heißen Quellen, deren Dämpfe die ersten Siedler irrtümlich für Rauch hielten. Seit 1930 wird ganz Reykjavik zentral mit diesem heißen Dampf beheizt.
Skagafjörður:
„Fjord an der großen Landspitze“. Name eines Fjords und der angrenzenden Region im Norden Islands. Eines der bekanntesten Pferdezuchtgebiete des Landes mit dem Städtchen Sauðárkrókur („Kochecke“).

Strokkur:
„Butterfass“. Aktiver Geysir („das Hervorsprudelnde“) im Hauka-

dalur („Habichtstal“) im Südwesten Islands. Er springt alle 3-5 Minuten bis zu 18m hoch.

Surtsey:
„Insel des Feuerriesen Surtur“. Im November 1963 durch einen unterseeischen Vulkanausbruch entstandene Insel vor der Südwestküste Islands.

Þing:
„Parlament“. Im Jahre 930 trat erstmals das Alþing (allgemeines Parlament) zusammen, die Frühform einer demokratischen Ordnung. Es tagte zuletzt im Jahre 1800 und wurde 1843 als beratende Versammlung wieder eingesetzt.

Þingvellir:
„Parlaments-Ebene“. Gebiet im Südwesten Islands, an dem bis Ende des 18.Jahrhunderts in jedem Sommer das Parlament tagte. Am 17.Juni 1944 wurde an dieser historischen Stätte auch die Isländische Republik ausgerufen, deren Gründungstag seither ebenfalls alljährlich dort gefeiert wird.

Torfkirche:
Kirchen, deren Wände nach alter Bauweise aus Torfsoden aufgeschichtet wurden. Man findet sie hauptsächlich noch im Nordland (z.B. Víðimýri).

Víðimýri:
„Weites Moor“. Gehöft im südlichen Skagafjörður.

Vindheimamelar:
„Welten des Windes“. Hochebene nahe Víðimýri.

Die Autorin:

Antje Diewerge begegnete Islandpferden erstmals Anfang der 1970er Jahre. Sie verliebte sich sofort in diese ursprüngliche Rasse, machte Urlaub auf Islandpferdehöfen, nahm an Wanderritten teil und erfüllte sich bald darauf den Traum vom eigenen Pferd. Mit zwei Reisen nach Island, zum dortigen großen Pferdetreffen und durchs Landesinnere, ging ein weiterer Traum in Erfüllung.

Heute lebt Antje Diewerge als ganzheitliche Beraterin, Grafikerin und Autorin in Bremen (www.antjediewerge.de). Den Islandpferden fühlt sie sich nach wie vor verbunden und hat bereits mehrere Jugendromane über sie geschrieben.

Foto: Kornelia Stille-Schröder

Quellenverzeichnis

Das Islandpferd, Magazin des IPZV (Islandpferde-Reiter- und Züchterverband e.V.), Bad Honnef

Freizeit im Sattel, Verlag Freizeit im Sattel, Bonn

Gangpferde, Verlag Freizeit im Sattel, Bonn

Wernher Gorbracht, Kennen Sie Pferde?, Limpert, Bad Homburg 1983

Max Indermaur, Der große Ritt, A+O, Einsiedeln

Ewald Isenbügel / Gunnar Jonsson, Islandpferde, FEIF, 1986

Andrea-Katharina Rostock / Walter Feldmann, Islandpferde Reitlehre, Bonn 1987

Anke Schwörer, Das Islandpferd, Franckh, Stuttgart 1988